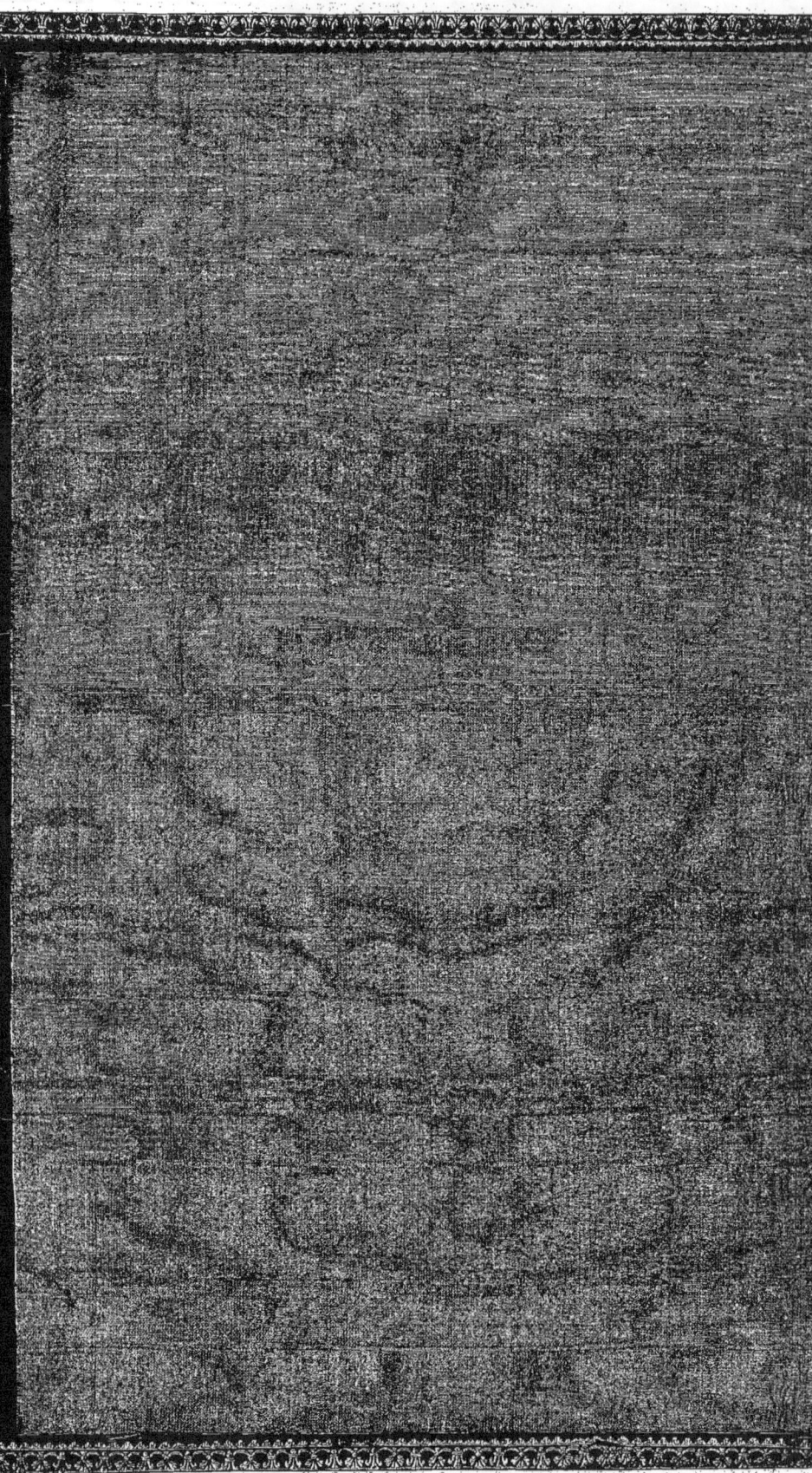

OEUVRES

COMPLETES

DE

VOLTAIRE.

CHARLES XII.

OEUVRES

COMPLETES

DE

VOLTAIRE.

TOME VINGT-TROISIEME.

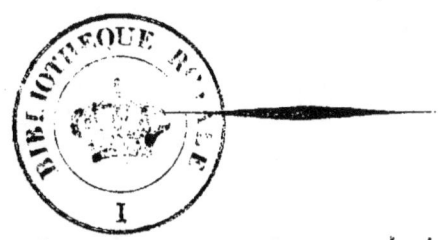

DE L'IMPRIMERIE DE LA SOCIÉTÉ LITTÉRAIRE-
TYPOGRAPHIQUE.

1 7 8 5.

HISTOIRE

DE

CHARLES XII.

DISCOURS

SUR

L'HISTOIRE DE CHARLES XII,

Qui était au-devant de la première édition.

Il y a bien peu de fouverains dont on dût écrire une hiftoire particulière. En vain la malignité ou la flatterie s'eft exercée fur prefque tous les princes : il n'y en a qu'un très-petit nombre dont la mémoire fe conferve; et ce nombre ferait encore plus petit, fi l'on ne fe fouvenait que de ceux qui ont été juftes.

Les princes qui ont le plus de droit à l'immortalité font ceux qui ont fait quelque bien aux hommes. Ainfi tant que la France fubfiftera, on s'y fouviendra de la tendreffe que *Louis XII* avait pour fon peuple; on excufera les grandes fautes de *François I* en faveur des arts et des fciences dont il a été le père ; on bénira la mémoire de *Henri IV*, qui conquit fon héritage à force de vaincre et de pardonner; on louera la magnificence de *Louis XIV*, qui a protégé les arts que *François I* avait fait naître.

A 2

Par une raifon contraire, on garde le souvenir des mauvais princes, comme on se souvient des inondations, des incendies et des peftes.

Entre les tyrans et les bons rois font les conquérans, mais plus approchans des premiers : ceux-ci ont une réputation éclatante ; on eft avide de connaître les moindres particularités de leur vie. Telle eft la miférable faibleffe des hommes, qu'ils regardent avec admiration ceux qui ont fait du mal d'une manière brillante, et qu'ils parleront souvent plus volontiers du deftructeur d'un empire que de celui qui l'a fondé.

Pour tous les autres princes qui n'ont été illuftres ni en paix ni en guerre, et qui n'ont été connus ni par de grands vices ni par de grandes vertus, comme leur vie ne fournit aucun exemple ni à imiter ni à fuir, elle n'eft pas digne qu'on s'en souvienne. De tant d'empereurs de Rome, d'Allemagne, de Moscovie ; de tant de fultans, de califes, de papes, de rois, combien y en a-t-il, dont le nom ne mérite de se trouver ailleurs que dans les tables chronologiques, où ils ne font que pour servir d'époques ?

Il y a un vulgaire parmi les princes, comme parmi les autres hommes ; cependant la fureur d'écrire eft venue au point qu'à peine un fouverain ceffe de vivre que le public eft inondé de volumes fous le nom de mémoires, d'hiftoire de fa vie, d'anecdotes de fa cour. Par-là les livres fe multiplient de telle forte qu'un homme qui vivrait cent ans, et qui les emploierait à lire, n'aurait pas le temps de parcourir ce qui s'eft imprimé fur l'hiftoire feule, depuis deux fiècles en Europe.

Cette démangeaifon de tranfmettre à la poftérité des détails inutiles, et d'arrêter les yeux des fiècles à venir fur des événemens communs, vient d'une faibleffe très-ordinaire à ceux qui ont vécu dans quelque cour, et qui ont eu le malheur d'avoir quelque part aux affaires publiques. Ils regardent la cour où ils ont vécu comme la plus belle qui ait jamais été, le roi qu'ils ont vu comme le plus grand monarque, les affaires dont ils fe font mêlés comme ce qui a jamais été de plus important dans le monde. Ils s'imaginent que la poftérité verra tout cela avec les mêmes yeux.

Qu'un prince entreprenne une guerre, que fa cour foit troublée d'intrigues, qu'il achète l'amitié d'un de fes voifins et qu'il vende la fienne à un autre; qu'il faffe enfin la paix avec fes ennemis, après quelques victoires et quelques défaites ; fes fujets , échauffés par la vivacité de ces événemens préfens , penfent être dans l'époque la plus fingulière depuis la création. Qu'arrive-t-il ? ce prince meurt ; on prend après lui des mefures toutes différentes ; on oublie et les intrigues de fa cour , et fes maîtreffes, et fes miniftres , et fes généraux, et fes guerres, et lui-même.

Depuis le temps que les princes chrétiens tâchent de fe tromper les uns les autres , et font des guerres et des alliances, on a figné des milliers de traités , et donné autant de batailles ; les belles ou infames actions font innombrables. Quand toute cette foule d'événemens et de détails fe préfente devant la poftérité, ils font prefque tous anéantis les uns par les autres ; les feuls qui reftent font ceux qui ont produit de grandes révolutions, ou ceux qui, ayant été décrits par quelque écrivain excellent , fe fauvent de la foule , comme des portraits d'hommes obfcurs peints par de grands maîtres.

On fe ferait donc bien donné de garde d'ajouter cette hiftoire particulière de *Charles XII*, roi de Suède , à la multitude des livres dont le public eft accablé, fi ce prince et fon rival *Pierre Alexiowitz*, beaucoup plus grand homme que lui n'avaient été , du confentement de

toute la terre, les perfonnages les plus
finguliers qui euffent paru depuis plus de
vingt fiècles. Mais on n'a pas été déterminé
feulement à donner cette vie, par la petite
fatisfaction d'écrire des faits extraordinaires;
on a penfé que cette lecture pourrait être
utile à quelques princes, fi ce livre leur tombe
par hafard entre les mains. Certainement il
n'y a point de fouverain qui, en lifant la vie
de *Charles XII*, ne doive être guéri de la folie
des conquêtes. Car où eft le fouverain qui
pût dire : J'ai plus de courage et de vertus,
une ame plus forte, un corps plus robufte;
j'entends mieux la guerre, j'ai de meilleures
troupes que *Charles XII* ? Que fi avec tous ces
avantages, et après tant de victoires, ce roi
a été fi malheureux, que devraient efpérer les
autres princes qui auraient la même ambition
avec moins de talens et de reffources?

On a compofé cette hiftoire fur des récits
de perfonnes connues, qui ont paffé plufieurs
années auprès de *Charles XII* et de *Pierre le
grand*, empereur de Mofcovie; et qui, s'étant
retirées dans un pays libre long-temps après
la mort de ces princes, n'avaient aucun intérêt
de déguifer la vérité. M. *Fabrice*, qui a vécu fept
années dans la familiarité de *Charles XII*, M. de
Fierville, envoyé de France, M. de *Villelongue*,

A 4

colonel au service de Suède, M. *Poniatowski*
même ont fourni les mémoires.

On n'a pas avancé un seul fait sur lequel
on n'ait consulté des témoins oculaires et irré-
prochables. C'est pourquoi on trouvera cette
histoire fort différente des gazettes qui ont paru
jusqu'ici sous le nom de la vie de *Charles XII.*
Si l'on a omis plusieurs petits combats donnés
entre les officiers suédois et moscovites, c'est
qu'on n'a point prétendu écrire l'histoire de
ces officiers, mais seulement celle du roi de
Suède; même parmi les événemens de sa vie,
on n'a choisi que les plus intéressans. On est
persuadé que l'histoire d'un prince n'est pas
tout ce qu'il a fait, mais ce qu'il a fait de
digne d'être transmis à la postérité.

On est obligé d'avertir que plusieurs choses,
qui étaient vraies lorsqu'on écrivit cette histoire
(en 1728,) cessent déjà de l'être aujourd'hui
(en 1739.) Le commerce commence, par
exemple, à être moins négligé en Suède.
L'infanterie polonaise est mieux disciplinée,
et a des habits d'ordonnance qu'elle n'avait pas
alors. Il faut toujours, lorsqu'on lit une histoire,
songer au temps où l'auteur a écrit. Un homme
qui ne lirait que le cardinal de *Retz* prendrait
les Français pour des forcenés qui ne respirent
que la guerre civile, la faction et la folie.

Celui qui ne lirait que l'hiſtoire des belles années de *Louis XIV* dirait : Les Français ſont nés pour obéir, pour vaincre et pour cultiver les arts. Un autre qui verrait les mémoires des premières années de *Louis XV* ne remarquerait dans notre nation que de la molleſſe, une avidité extrême de s'enrichir, et trop d'indifférence pour tout le reſte. Les Eſpagnols d'aujourd'hui ne ſont plus les Eſpagnols de *Charles - Quint*, et peuvent l'être dans quelques années. Les Anglais ne reſſemblent pas plus aux fanatiques de *Cromwell* que les moines et les *Monſignori* , dont Rome eſt peuplée, reſſemblent aux *Scipions*. Je ne ſais ſi les Suédois pourraient avoir tout d'un coup des troupes auſſi formidables que celles de *Charles XII.* On dit d'un homme : il était brave un tel jour ; il faudrait dire , en parlant d'une nation : elle paraiſſait telle ſous un tel gouvernement, et en telle année.

Si quelque prince et quelque miniſtre trou-vaient dans cet ouvrage des vérités déſagréables, qu'ils ſe ſouviennent qu'étant hommes publics, ils doivent compte au public de leurs actions , que c'eſt à ce prix qu'ils achètent leur grandeur, que l'hiſtoire eſt un témoin et non un flatteur, et que le ſeul moyen d'obliger les hommes à dire du bien de nous, c'eſt d'en faire.

LETTRE

A M. LE MARECHAL

DE SCHULLEMBOURG,

GENERAL DES VENITIENS.

A la Haie, le 15 septembre 1740.

MONSIEUR,

J'AI reçu par un courrier de M. l'ambassadeur
de France, le journal de vos campagnes de
1703 et 1704, dont votre excellence a bien
voulu m'honorer. Je dirai de vous, comme
de *César* : *Eodem animo scripsit quo bellavit.*
Vous devez vous attendre, Monsieur, qu'un
tel bienfait me rendra très-intéressé, et attirera
de nouvelles demandes. Je vous supplie de
me communiquer tout ce qui pourra m'instruire sur les autres événemens de la guerre
de *Charles XII.* J'ai l'honneur de vous envoyer
le journal des campagnes de ce roi, digne de
vous avoir combattu. Ce journal va jusqu'à
la bataille de Pultava inclusivement ; il est
d'un officier suédois, nommé M. *Adlerfeld* :
l'auteur me paraît très-instruit et aussi exact

qu'on peut l'être ; ce n'eſt pas une hiſtoire, il s'en faut beaucoup ; mais ce ſont d'excellens matériaux pour en compoſer une, et je compte bien réformer la mienne en beaucoup de choſes ſur les mémoires de cet officier.

Je vous avoue d'ailleurs, Monſieur, que j'ai vu avec plaiſir dans ces mémoires beaucoup de particularités qui s'accordent avec les inſtructions ſur leſquelles j'avais travaillé. Moi qui doute de tout, et ſur-tout des anecdotes, je commençais à me condamner moi-même ſur beaucoup de faits que j'avais avancés : par exemple, je n'oſais plus croire que M. de *Guiſcard*, ambaſſadeur de France, eût été dans le vaiſſeau de *Charles XII*, à l'expédition de Copenhague ; je commençais à me repentir d'avoir dit que le cardinal primat, qui ſervit tant à la dépoſition du roi *Auguſte*, s'oppoſa en ſecret à l'élection du roi *Staniſlas* ; j'étais preſque honteux d'avoir avancé que le duc de *Marlborough* s'adreſſa d'abord au baron de *Gortz* avant de voir le comte de *Piper*, lorſqu'il alla conférer avec le roi *Charles XII*. Le ſieur de *la Motraye* m'avait repris ſur tous ces faits avec une confiance qui me perſuadait qu'il avait raiſon ; cependant ils ſont tous confirmés par les mémoires de M. *Adlerfeld*.

J'y trouve auſſi que le roi de Suède mangea

quelquefois, comme je l'avais dit, avec le roi *Augufte* qu'il avait détrôné, et qu'il lui donna la droite. J'y trouve que le roi *Augufte* et le roi *Staniflas* fe rencontrèrent à fa cour et fe faluèrent fans fe parler. La vifite extraordinaire que *Charles XII* rendit à *Augufte* à Drefde, en quittant fes Etats, n'y eft pas omife. Le bon mot même du baron de *Stralheim* y eft cité mot pour mot, comme je l'avais rapporté.

Voici enfin comme on parle dans la préface du livre de M. *Adlerfeld*.

　　" Quant au fieur de *la Motraye*, qui s'eft
　　" ingéré de critiquer M. de *Voltaire*, la lecture
　　" de ces mémoires ne fervira qu'à le confondre,
　　" et à lui faire remarquer fes propres erreurs,
　　" qui font en bien plus grand nombre que
　　" celles qu'il attribue à fon adverfaire. ".

Il eft vrai, Monfieur, que je vois évidemment par ce journal que j'ai été trompé fur les détails de plufieurs événèmens militaires. J'avais, à la vérité, accufé jufte le nombre des troupes fuédoifes et mofcovites à la célèbre bataille de Nerva; mais dans beaucoup d'autres occafions j'ai été dans l'erreur. Le temps, comme vous favez, eft le père de la vérité; je ne fais même fi on peut jamais efpérer de la favoir entièrement. Vous verrez que dans certains points M. *Adlerfeld* n'eft point d'accord

avec vous, Monfieur, au fujet de votre admirable paffage de l'Omer; mais j'en croirai plus
le général allemand, qui a dû tout favoir, que
l'officier fuédois qui n'en a pu favoir qu'une
partie.

Je réformerai mon hiftoire fur les mémoires
de votre excellence et fur ceux de cet officier.
J'attends encore un extrait de l'hiftoire fuédoife
de *Charles XII*, écrite par M. *Norberg*, chapelain
de ce monarque.

J'ai peur, à la vérité, que le chapelain n'ait
quelquefois vu les chofes avec d'autres yeux
que les miniftres qui m'ont fourni mes matériaux. J'eftimerai fon zèle pour fon maître;
mais moi qui n'ai été chapelain ni du roi
ni du czar; mais moi qui n'ai fongé qu'à dire
vrai, j'avouerai toujours que l'opiniâtreté de
Charles XII à Bender, fon obftination à refter
dix mois au lit, et beaucoup de fes démarches
après la malheureufe bataille de Pultava,
me paraiffent des aventures plus extraordinaires qu'héroïques.

Si l'on peut rendre l'hiftoire utile, c'eft, ce
me femble, en fefant remarquer le bien et le
mal que les rois ont fait aux hommes. Je crois,
par exemple, que fi *Charles XII*, après avoir
vaincu le Danemarck, battu les Mofcovites,
détrôné fon ennemi *Augufte*, affermi le nouveau

roi de Pologne, avait accordé la paix au czar
qui la lui demandait, s'il était retourné chez
lui vainqueur et pacificateur du Nord; s'il
s'était appliqué à faire fleurir les arts et le
commerce dans fa patrie, il aurait été alors
véritablement un grand homme; au lieu qu'il
n'a été qu'un grand guerrier, vaincu à la fin
par un prince qu'il n'eſtimait pas. Il eût été
à fouhaiter pour le bonheur des hommes,
que *Pierre le grand* eût été quelquefois moins
cruel, et *Charles XII* moins opiniâtre.

Je préfère infiniment à l'un et à l'autre un
prince qui regarde l'humanité comme la première des vertus, qui ne fe prépare à la guerre
que par néceſſité, qui aime la paix parce qu'il
aime les hommes, qui encourage tous les arts,
et qui veut être, en un mot, un fage fur le
trône : voilà mon héros, Monfieur. Ne croyez
pas que ce foit un être de raifon; ce héros
exiſte peut-être dans la perfonne d'un jeune
roi, dont la réputation viendra bientôt jufqu'à
vous; vous verrez fi elle me démentira; il
mérite des généraux tels que vous. C'eſt de tels
rois qu'il eſt agréable d'écrire l'hiſtoire : car
alors on écrit celle du bonheur des hommes.

Mais fi vous examinez le fond du journal
de M. *Adlerfeld*, qu'y trouverez-vous autre
chofe, finon : lundi 3 avril il y a eu tant de

milliers d'hommes égorgés dans un tel champ :
le mardi, des villages entiers furent réduits
en cendres, et les femmes furent confumées
par les flammes avec les enfans qu'elles tenaient
dans leurs bras : le jeudi, on écrafa de mille
bombes les maifons d'une ville libre et inno-
cente, qui n'avait pas payé comptant cent
mille écus à un vainqueur étranger qui paffait
auprès de fes murailles : le vendredi, quinze
ou feize cents prifonniers périrent de froid et
de faim. Voilà à peu-près le fujet de quatre
volumes.

N'avez-vous pas fait réflexion fouvent,
M. le maréchal, que votre illuftre métier eft
encore plus affreux que néceffaire ? Je vois que
M. *Adlerfeld* déguife quelquefois des cruautés,
qui en effet devraient être oubliées, pour n'être
jamais imitées. On m'a affuré, par exemple,
qu'à la bataille de Frauenftadt, le maréchal
Renfchild fit maffacrer de fang-froid douze ou
quinze cents mofcovites qui demandaient la
vie à genoux, fix heures après la bataille ; il
prétend qu'il n'y en eut que fix cents, encore
ne furent-ils tués qu'immédiatement après
l'action. Vous devez le favoir, Monfieur ; vous
aviez fait les difpofitions admirées des Suédois
même à cette journée malheureufe : ayez donc
la bonté de me dire la vérité, que j'aime autant
que votre gloire.

J'attends avec une extrême impatience le reste des instructions dont vous voudrez bien m'honorer : permettez-moi de vous demander ce que vous pensez de la marche de *Charles XII* en Ukraine, de sa retraite en Turquie, de la mort de *Patkul.* Vous pouvez dicter à un secrétaire bien des choses, qui serviront à faire connaître des vérités dont le public vous aura obligation. C'est à vous, Monsieur, à lui donner des instructions, en récompense de l'admiration qu'il a pour vous.

Je suis avec les sentimens de la plus respectueuse estime, et avec des vœux sincères pour la conservation d'une vie que vous avez si souvent prodiguée,

MONSIEUR,

DE VOTRE EXCELLENCE,

Le très - humble et très-
obéissant serviteur, *V.*

En finissant ma lettre, j'apprends qu'on imprime à la Haie la traduction française de l'histoire de Charles XII, écrite en suédois par M. Norberg; ce sera pour moi une nouvelle palette (*) dans laquelle je tremperai les pinceaux dont il me faudra repeindre mon tableau.

(*) La palette n'a pu servir. On sait que l'histoire de *Charles XII* par *Norberg* n'est, jusqu'en 1709, qu'un amas indigeste de faits mal rapportés, et depuis 1709 qu'une copie de l'histoire composée par M. de *Voltaire*.

LETTRE

LETTRE

A M. NORBERG,

Chapelain du roi de Suède, CHARLES XII,
et auteur d'une hiſtoire de ce monarque.

SOUFFREZ, Monſieur, qu'ayant entrepris la
tâche de lire ce qu'on a déjà publié de votre
hiſtoire de *Charles XII*, on vous adreſſe
quelques juſtes plaintes, et ſur la manière
dont vous traitez cette hiſtoire, et ſur celle
dont vous en uſez dans votre préface avec
ceux qui l'ont traitée avant vous.

Nous aimons la vérité; mais l'ancien pro-
verbe, *toutes vérités ne ſont pas bonnes à dire*,
regarde ſur-tout les vérités inutiles. Daignez
vous ſouvenir de ce paſſage de la préface de
l'hiſtoire de M. de *Voltaire. L'hiſtoire d'un prince*,
dit-il, *n'eſt pas tout ce qu'il a fait, mais ſeulement
ce qu'il a fait de digne d'être tranſmis à la poſtérité.*

Il y a peut-être des lecteurs qui aimeront à
voir le catéchiſme qu'on enſeignait à *Charles XII*,
et qui apprendront avec plaiſir qu'en 1693
le docteur *Pierre Rudbekius* donna le bonnet de
docteur au maître-ès-arts *Aquinus*, à *Samuel
Virenius*, à *Ennegius*, à *Herlandus*, à *Stukius*, et
autres perſonnages très-eſtimables, ſans doute,

Hiſt. de Charles XII.   B

mais qui ont eu peu de part aux batailles de votre héros, à ses triomphes et à ses défaites.

C'èst peut-être une chose importante pour l'Europe qu'on sache que la chapelle du château de Stockholm, qui fut brûlée il y a cinquante ans, était dans la nouvelle aile du côté du nord, et qu'il y avait deux tableaux de l'intendant *Kloker*, qui sont à présent à l'église Saint-Nicolas; que les siéges étaient couverts de bleu les jours de sermon; qu'ils étaient, les uns de chêne et les autres de noyer; et qu'au lieu de lustres, il y avait de petits chandeliers plats, qui ne laissaient pas de faire un très-bel effet; qu'on y voyait quatre figures de plâtre, et que le carreau était blanc et noir.

Nous voulons croire encore qu'il est d'une extrême conséquence d'être instruit à fond qu'il n'y avait point d'or faux dans le dais qui servit au couronnement de *Charles XII;* de savoir quelle était la largeur du baldaquin; si c'était du drap rouge ou du drap bleu que l'église était tendue, et de quelle hauteur étaient les bancs. Tout cela peut avoir son mérite pour ceux qui veulent s'instruire des intérêts des princes.

Vous nous dites, après le détail de toutes ces grandes choses, à quelle heure *Charles XII*

fut couronné ; mais vous ne dites point pourquoi il le fut avant l'âge prefcrit par la loi;
pourquoi on ôta la régence à la reine - mère ;
comment le fameux *Piper* eut la confiance du
roi ; quelles étaient alors les forces de la Suède ;
quel nombre de citoyens elle avait ; quels
étaient fes alliés, fon gouvernement, fes défauts
et fes reffources.

Vous nous avez donné une partie du journal
militaire de M. *Adlerfeld* ; mais, Monfieur, un
journal n'eft pas plus une hiftoire que des
matériaux ne font une maifon. Souffrez qu'on
vous dife que l'hiftoire ne confifte point ainfi
à détailler de petits faits, à produire des
manifeftes, des repliques, des dupliques. Ce
n'eft point ainfi que *Quinte-Curce* a compofé
l'hiftoire d'*Alexandre* ; ce n'eft point ainfi que
Tite-Live et *Tacite* ont écrit l'hiftoire romaine.
Il y a mille journaliftes ; à peine avons-nous
deux ou trois hiftoriens modernes. Nous fouhai-
terions que tous ceux qui broient les couleurs
les donnaffent à quelque peintre pour en faire
un tableau.

Vous n'ignorez pas que M. de *Voltaire* avait
publié cette déclaration que votre traducteur
rapporte.

„ J'aime la vérité, et je n'ai d'autre but et
„ d'autre intérêt que de la connaître. Les

,, endroits de mon hiſtoire de *Charles XII*, où
,, je me ſerai trompé, ſeront changés. Il eſt
,, très-naturel que M. *Norberg*, ſuédois, et
,, témoin oculaire, ait été mieux inſtruit que
,, moi étranger. Je me réformerai ſur ſes
,, mémoires; j'aurai le plaiſir de me corriger. ,,

Voilà, Monſieur, avec quelle politeſſe M. de
Voltaire parlait de vous, et avec quelle déférence
il attendait votre ouvrage ; quoiqu'il eût des
mémoires ſur le ſien des mains de beaucoup
d'ambaſſadeurs, avec leſquels il paraît que
vous n'avez pas eu grand commerce, et même
de la part de plus d'une tête couronnée.

Vous avez répondu, Monſieur, à cette
politeſſe françaiſe, d'une manière qui paraît
dans un goût un peu gothique.

Vous dites dans votre préface que l'hiſtoire
donnée par M. de *Voltaire* ne vaut pas la peine
d'être traduite, quoiqu'elle l'ait été dans preſque
toutes les langues de l'Europe, et qu'on ait fait
à Londres huit éditions de la traduction anglaiſe.
Vous ajoutez enſuite très-poliment qu'un
Puffendorf le traiterait, comme *Varillas*, d'archimenteur.

Pour donner des preuves de cette ſuppo-
ſition ſi flatteuſe, vous ne manquez pas de
mettre dans les marges de votre livre toutes
les fautes capitales où il eſt tombé.

Vous marquez expreffément que le major
général *Stuard* ne reçut point une petite
bleffure à l'épaule, comme l'avance témérairement l'auteur français, d'après un auteur
allemand, mais, dites-vous, une contufion un
peu forte. Vous ne pouvez nier que M. de
Voltaire n'ait fidèlement rapporté la bataille
de Nerva, laquelle produit chez lui au moins
une defcription intéreffante ; vous devez favoir
qu'il a été le feul écrivain qui ait ofé affirmer
que *Charles XII* donna cette bataille de Nerva
avec huit mille hommes feulement. Tous les
autres hiftoriens lui en donnaient vingt mille ;
ils difaient ce qui était vraifemblable, et M. de
Voltaire a dit le premier la vérité dans cet
article important. Cependant vous l'appelez
archimenteur, parce qu'il fait porter au général
Liewen un habit rouge galonné au fiége de
Thorn ; et vous relevez cette erreur énorme,
en affurant pofitivement que le galon n'était
pas fur un fond rouge.

Mais, Monfieur, vous qui prodiguez fur
des chofes fi graves le beau nom d'*archimenteur*,
non-feulement à un homme très-amateur de la
vérité, mais à tous les autres hiftoriens qui
ont écrit l'hiftoire de *Charles XII*, quel nom
voudriez-vous qu'on vous donnât, après la
lettre que vous rapportez du grand feigneur

B 3

à ce monarque ? Voici le commencement de cette lettre.

,, Nous fultan baffa, au roi *Charles XII*, par ,, la grâce de DIEU, roi de Suède et des Goths, ,, falut, &c. ,,

Vous qui avez été chez les Turcs, et qui femblez avoir appris d'eux à ne pas ménager les termes, comment pouvez-vous ignorer leur ftyle ! Quel empereur turc s'eft jamais intitulé *fultan baffa* ? quelle lettre du divan a jamais ainfi commencé ? quel prince a jamais écrit qu'il enverra des ambaffadeurs plénipoten- tiaires à la première occafion, pour s'informer des circonftances d'une bataille ? Quelle lettre du grand feigneur a jamais fini par ces expref- fions, *à la garde de* DIEU ? Enfin, où avez-vous jamais vu une dépêche de Conftantinople, datée de l'année de la création, et non pas de l'année de l'hégire ? L'iman de l'augufte fultan, qui écrira l'hiftoire de ce grand empereur et de fes fublimes vifirs, pourra bien vous dire de groffes injures, fi la politeffe turque le permet.

Vous fied-il bien, après la production d'une pièce pareille, qui ferait tant de peine à ce M. le baron de *Puffendorf*, de crier au menfonge fur un habit rouge ?

Etes-vous bien d'ailleurs un zélé partifan
de la vérité, quand vous fupprimez les duretés
exercées par la chambre des liquidations fous
Charles XI? quand vous feignez d'oublier, en
parlant de *Patkul*, qu'il avait défendu les
droits des Livoniens qui l'en avaient chargé,
de ces mêmes Livoniens qui refpirent aujour-
d'hui fous la douce autorité de l'illuftre *Sémiramis*
du Nord? Ce n'eft pas-là feulement trahir la
vérité, Monfieur; c'eft trahir la caufe du genre
humain, c'eft manquer à votre illuftre patrie,
ennemie de l'oppreffion.

Ceffez donc de prodiguer dans votre compi-
lation des épithètes *vandales* et *hérules* à ceux
qui doivent écrire l'hiftoire; ceffez de vous
autorifer du pédantifme barbare que vous
imputez à ce *Puffendorf*.

Savez-vous que ce *Puffendorf* eft un auteur
quelquefois auffi incorrect qu'il eft en vogue?
Savez-vous qu'il eft lu, parce qu'il eft le feul
de fon genre qui fût fupportable en fon temps?
Savez-vous que ceux que vous appelez *archi-
menteurs* auraient à rougir, s'ils n'étaient pas
mieux inftruits de l'hiftoire du monde que
votre *Puffendorf*? Savez-vous que M. de *la
Martinière* a corrigé plus de mille fautes dans
la dernière édition de fon livre?

Ouvrons au hafard ce livre fi connu. Je

tombe fur l'article des papes. Il dit, en parlant de *Jules II*, qu'*il avait laiffé, ainfi qu'Alexandre VI, une réputation honteufe.* Cependant les Italiens révèrent la mémoire de *Jules II;* ils voient en lui un grand homme qui, après avoir été à la tête de quatre conclaves, et avoir commandé des armées, fuivit jufqu'au tombeau le magnifique projet de chaffer les barbares d'Italie. Il aima tous les arts ; il jeta le fondement de cette églife qui eft le plus beau monument de l'univers ; il encourageait la peinture, la fculpture, l'architecture, tandis qu'il ranimait la valeur éteinte des Romains. Les Italiens méprifent avec raifon la manière ridicule dont la plupart des ultramontains écrivent l'hiftoire des papes. Il faut favoir diftinguer le pontife du fouverain ; il faut favoir eftimer beaucoup de papes, quoiqu'on foit né a Stockholm ; il faut fe fouvenir de ce que difait le grand *Cofme de Médicis*, qu'on *ne gouverne point des Etats avec des patenôtres;* il faut enfin n'être d'aucun pays, et dépouiller tout efprit de parti quand on écrit l'hiftoire.

Je trouve, en r'ouvrant le livre de *Puffendorf*, à l'article de la reine *Marie d'Angleterre*, fille de *Henri VIII*, qu'*elle ne put être reconnue pour fille légitime, fans l'autorité du pape.* Que de bévues dans ces mots ! Elle avait été reconnue par le parlement; et comment d'ailleurs aurait-elle eu befoin de Rome pour être légitimée, puifque jamais Rome n'avait ni dû ni voulu caffer le mariage de fa mère?

Je lis l'article de *Charles-Quint.* J'y vois que, *dès avant l'an 1516, Charles-Quint avait toujours devant les yeux fon* NEC PLUS ULTRA; mais alors il avait quinze ans, et cette devife ne fut faite que long-temps après.

Dirons-nous pour cela que *Puffendorf* eft un *archimenteur?* non, nous dirons que, dans un ouvrage d'une fi grande étendue, il lui eft pardonnable d'avoir erré ; et nous vous prierons, Monfieur, d'être plus exact que lui, mieux inftruit que vous n'êtes du ftyle des Turcs, plus poli avec les Français, et enfin plus équitable et plus éclairé dans le choix des pièces que vous rapportez.

C'eft un malheur inféparable du bien qu'a produit l'imprimerie, que cette foule de pièces fcandaleufes, publiées à la honte de l'efprit et des mœurs. Par-tout où il y a une foule d'écrivains, il y a une foule de libelles; ces miférables ouvrages, nés fouvent en France, paffent dans le nord, ainfi que nos mauvais vins y font vendus pour du bourgogne et du champagne. On boit les uns, et on lit les autres, souvent avec auffi peu de goût ; mais les hommes qui ont une vraie connaiffance favent rejeter ce que la France rebute.

Vous citez , Monfieur , des pièces bien indignes d'être connues du chapelain de *Charles XII.* Votre traducteur , M. *Walmoth* , a eu l'équité d'avertir , dans fes notes , que ce font de ces mauvaifes et ténébreufes fatires qu'il n'eft pas permis à un honnête homme de citer.

Un hiftorien a bien des devoirs. Permettez-moi de vous en rappeler ici deux qui font de quelque confidération , celui de ne point calomnier , et celui de ne point ennuyer. Je puis vous pardonner le premier , parce que votre ouvrage fera peu lu ; mais je ne puis vous pardonner le fecond, parce que j'ai été obligé de vous lire. Je fuis d'ailleurs , autant que je peux , votre très-humble et très-obéiffant ferviteur.

AVIS IMPORTANT

SUR

L'HISTOIRE DE CHARLES XII.

ON se croit obligé, par respect pour le public et pour la vérité, de mettre au jour un témoignage irrécusable, qui apprendra quelle foi on doit ajouter à l'histoire de *Charles XII.*

Il n'y a pas long-temps que le roi de Pologne, duc de Lorraine se faisait relire cet ouvrage à Commerci; il fut si frappé de la vérité de tant de faits dont il avait été le témoin, et si indigné de la hardiesse avec laquelle on les a combattus dans quelques libelles et dans quelques journaux, qu'il voulut fortifier par le sceau de son témoignage la croyance que mérite l'historien; et que ne pouvant écrire lui-même il ordonna à un de ses grands officiers de dresser l'acte suivant. (*)

(*) On est obligé de le faire imprimer; on a pris seulement la liberté d'épargner aux yeux du lecteur quelques termes trop honorables; on sent assez qu'on ne les doit qu'à l'indulgence et à la bonté, et on se réduit uniquement au témoignage donné en faveur de la vérité.

,, Nous, lieutenant général des armées du roi,
,, grand maréchal des logis de fa majefté polonaife,
,, et commandant en Toulois, les deux Barois, &c.
,, certifions que fa majefté polonaife, après avoir
,, entendu la lecture de l'hiftoire de *Charles XII*,
,, écrite par M. de *Voltaire*, (dernière édition de
,, Genève) après avoir loué le ftyle..... de cette
,, hiftoire, et avoir admiré ces traits........ qui
,, caractérifent tous les ouvrages de cet illuftre
,, auteur, nous a fait l'honneur de nous dire qu'il
,, était prêt à donner un certificat à M. de *Voltaire*
,, pour conftater l'exacte vérité des faits contenus
,, dans cette hiftoire. Ce prince a ajouté que M. de
,, *Voltaire* n'a oublié ni déplacé aucun fait, aucune
,, circonftance intéreffante; que tout eft vrai, que
,, tout eft en fon ordre dans cette hiftoire; qu'il a
,, parlé fur la Pologne, et fur tous les événemens
,, qui y font arrivés, &c. comme s'il en eût été
,, témoin oculaire. Certifions, de plus, que ce
,, prince nous a ordonné d'écrire fur le champ à
,, M. de *Voltaire* pour lui rendre compte de ce que
,, nous venions d'entendre, et l'affurer de fon eftime
,, et de fon amitié.

,, Le vif intérêt que nous prenons à la gloire de
,, M. de *Voltaire*, et celui que tout honnête homme
,, doit avoir pour ce qui conftate la vérité des faits
,, dans les hiftoires contemporaines, nous a preffé
,, de demander au roi de Pologne la permiffion
,, d'envoyer à M. de *Voltaire* un certificat en forme de
,, tout ce que fa majefté nous a fait l'honneur de
,, nous dire. Le roi de Pologne non - feulement

» y a confenti , mais même nous a ordonné de
» l'envoyer, avec prière à M. de *Voltaire* d'en faire
» ufage toutes les fois qu'il le jugera à propos,
» foit en le communiquant , foit en le fefant
» imprimer, &c. »

Fait à Commerci, ce 11 juillet 1759.

LE COMTE DE TRESSAN.

N. B. Ce certificat a été imprimé dans l'hiftoire
de *Pierre I*, plufieurs années avant la mort du roi de
Pologne.

AUTRE AVIS.

Le P. *Barre* de St Geneviève, auteur d'une histoire d'Allemagne, a mis dans différens endroits de son ouvrage plus de deux cents pages qui se trouvent dans l'histoire de *Charles XII* par M. de *Voltaire*. Quelques critiques n'ont pas manqué d'en conclure que M. de *Voltaire* était un plagiaire. Il est sûr que l'un d'eux l'est; mais les critiques devaient savoir que M. de *Voltaire* a écrit plus de quinze ans avant le P. *Barre*. D'ailleurs, la différence de style dans tout ce que le P. *Barre* n'a pas copié est encore une preuve assez sensible. Les éditeurs ont cru devoir indiquer au moins quelques endroits que le P. *Barre* a copiés.

HISTOIRE

DE

CHARLES XII,

ROI DE SUEDE.

LIVRE PREMIER.

ARGUMENT.

Histoire abrégée de la Suède jusqu'à Charles XII.
Son éducation ; ses ennemis. Caractère du czar
Pierre Alexiowitz. Particularités très - curieuses
sur ce prince et sur la nation russe. La Moscovie,
la Pologne et le Danemarck se réunissent
contre Charles XII.

L A Suède et la Finlande composent un royaume Description de la Suède. large d'environ deux cents de nos lieues, et long de trois cents. Il s'étend du Midi au Nord, depuis le cinquante - cinquième degré, ou à peu - près, jusqu'au soixante et dixième, sous un climat rigoureux, qui n'a presque ni printemps ni automne. l'hiver y règne neuf mois de l'année : les chaleurs de l'été succèdent tout à coup à un froid excessif;

et il y gèle dès le mois d'octobre, fans aucune
de ces gradations infenfibles, qui amènent ailleurs
les faifons, et en rendent le changement plus doux.
La nature en récompenfe a donné à ce climat rude
un ciel ferein, un air pur. L'été, prefque toujours
échauffé par le foleil, y produit les fleurs et les
fruits en peu de temps. Les longues nuits de l'hiver
y font adoucies par des aurores et des crépufcules,
qui durent à proportion que le foleil s'éloigne moins
de la Suède, et la lumière de la lune, qui n'y eft
obfcurcie par aucun nuage, augmentée encore par
le reflet de la neige qui couvre la terre, et très-
fouvent par des feux femblables à la lumière
zodiacale, fait qu'on voyage en Suède la nuit
comme le jour. Les beftiaux y font plus petits que
dans les pays méridionaux de l'Europe, faute de
pâturages. Les hommes y font grands ; la fénérité
du ciel les rend fains, la rigueur du climat les
fortifie ; ils vivent long-temps, quand ils ne s'affai-
bliffent pas par l'ufage immodéré des liqueurs
fortes et des vins, que les nations feptentrionales
femblent aimer d'autant plus que la nature les leur
a refufés.

Les Suédois font bien faits, robuftes, agiles,
capables de foutenir les plus grands travaux, la
faim et la misère ; nés guerriers, pleins de fierté,
plus braves qu'induftrieux, ayant long-temps
négligé et cultivant mal aujourd'hui le commerce,
qui feul pourrait leur donner ce qui manque à leur
pays. On dit que c'eft principalement de la Suède,
dont une partie fe nomme encore Gothie, que fe
débordèrent ces multitudes de Goths qui inondèrent

l'Europe,

l'Europe, et l'arrachèrent à l'empire romain, qui en avait été cinq cents années l'usurpateur, le tyran et le légiflateur.

Les pays feptentrionaux étaient alors beaucoup plus peuplés qu'ils ne le font de nos jours, parce que la religion laiffait aux habitans la liberté de donner plus de citoyens à l'Etat, par la pluralité de leurs femmes ; que ces femmes elles-mêmes ne connaiffaient d'opprobre que la ftérilité et l'oifiveté, et qu'auffi laborieufes et auffi robuftes que les hommes, elles en étaient plus tôt et plus long-temps fécondes. Mais la Suède, avec ce qui lui refte aujourd'hui de la Finlande, n'a pas plus de quatre millions d'habitans. Le pays eft ftérile et pauvre. La Scanie eft fa feule province qui porte du froment. Il n'y a pas plus de neuf millions de nos livres en argent monnayé dans tout le pays. La banque publique, qui eft la plus ancienne de l'Europe, y fut introduite par néceffité, parce que les payemens fe fefant en monnaie de cuivre et de fer, le tranfport était trop difficile.

La Suède fut toujours libre jufqu'au milieu du quatorzième fiècle. Dans ce long efpace de temps, le gouvernement changea plus d'une fois ; mais toutes les innovations furent en faveur de la liberté. Leur premier magiftrat eut le nom de roi, titre qui en différens pays fe donne à des puiffances bien différentes ; car en France, en Efpagne, il fignifie un homme abfolu, et en Pologne, en Suède, en Angleterre, l'homme de la république. Ce roi ne pouvait rien fans le fénat ; et le fénat dépendait des états généraux, que l'on convoquait fouvent.

Hift. de Charles XII.   C

Les repréſentans de la nation, dans ces grandes
aſſemblées, étaient les gentilshommes, les évêques,
les députés des villes ; avec le temps on y admit
les payſans même, portion du peuple injuſtement
mépriſée ailleurs, et eſclave dans preſque tout le
Nord.

Environ l'an 1492, cette nation ſi jalouſe de ſa
liberté, et qui eſt encore fière aujourd'hui d'avoir
ſubjugué Rome, il y a treize ſiècles, fut miſe ſous
le joug par une femme, et par un peuple moins
puiſſant que les Suédois.

Marguerite de Valdemar, la *Sémiramis* du Nord, reine
de Danemarck et de Norvége, conquit la Suède par
force et par adréſſe, et fit un ſeul royaume de ces
trois vaſtes Etats. Après ſa mort, la Suède fut déchirée
par des guerres civiles : elle ſecoua le joug des
Danois; elle le reprit ; elle eut des rois, elle eut des
adminiſtrateurs. Deux tyrans l'opprimèrent d'une
manière horrible, vers l'an 1520. L'un était *Chriſtiern II*,
roi de Danemarck, monſtre formé de vices ſans
aucune vertu ; l'autre, un archevêque d'Upſal, primat
du royaume, auſſi barbare que *Chriſtiern*. Tous deux
de concert firent ſaiſir un jour les conſuls, les magiſ-
trats de Stockholm, avec quatre - vingt - quatorze
ſénateurs, et les firent maſſacrer par des bourreaux,
ſous prétexte qu'ils étaient excommuniés par le pape,
pour avoir défendu les droits de l'Etat contre l'archevêque.

Tandis que ces deux hommes ligués pour opprimer,
déſunis quand il faut partager les dépouilles, exer-
çaient ce que le deſpotiſme a de plus tyrannique, et

ce que la vengeance a de plus cruel, un nouvel événement changea la face du Nord.

Guſtave Vaſa, jeune homme deſcendu des anciens rois du pays, ſortit du fond des forêts de la Dalécarlie où il était caché, et vint délivrer la Suède. C'était une de ces grandes ames que la nature forme ſi rarement, avec toutes les qualités néceſſaires pour commander aux hommes. Sa taille avantageuſe et ſon grand air lui feſaient des partiſans dès qu'il ſe montrait. Son éloquence, à qui ſa bonne mine donnait de la force, était d'autant plus perſuaſive qu'elle était ſans art : ſon génie formait de ces entrepriſes que le vulgaire croit téméraires, et qui ne ſont que hardies aux yeux des grands hommes ; ſon courage infatigable les feſait réuſſir. Il était intrépide avec prudence, d'un naturel doux dans un ſiècle féroce, vertueux enfin, à ce que l'on dit, autant qu'un chef de parti peut l'être.

Guſtave Vaſa avait été otage de *Chriſtiern*, et retenu priſonnier contre le droit des gens. Echappé de ſa priſon, il avait erré, déguiſé en payſan, dans les montagnes et dans les bois de la Dalécarlie. Là il s'était vu réduit à la néceſſité de travailler aux mines de cuivre, pour vivre et pour ſe cacher. Enſeveli dans ces ſouterrains, il oſa ſonger à détrôner le tyran. Il ſe découvrit aux payſans ; il leur parut un homme d'une nature ſupérieure, pour qui les hommes ordinaires croient ſentir une ſoumiſſion naturelle. Il fit en peu de temps de ces ſauvages des ſoldats aguerris. Il attaqua *Chriſtiern* et l'archevêque, les vainquit ſouvent, les chaſſa tous deux de la Suède,

et fut élu avec justice, par les états, roi du pays
dont il était le libérateur.

A peine affermi sur le trône, il tenta une entreprise
plus difficile que des conquêtes. Les véritables tyrans
de l'Etat étaient les évêques, qui ayant presque
toutes les richesses de la Suède, s'en servaient pour
opprimer les sujets, et pour faire la guerre aux rois.
Cette puissance était d'autant plus terrible que l'ignorance des peuples l'avait rendue sacrée. Il punit la
religion catholique des attentats de ses ministres. En
moins de deux ans il rendit la Suède luthérienne,
par la supériorité de sa politique, plus encore que
par autorité. Ayant ainsi conquis ce royaume, comme
il le disait, sur les Danois et sur le clergé, il régna
heureux et absolu jusqu'à l'âge de soixante et dix ans,
et mourut plein de gloire, laissant sur le trône sa
famille et sa religion.

L'un de ses descendans fut ce *Gustave-Adolphe*,
qu'on nomme le *grand Gustave*. Ce roi conquit l'Ingrie,
la Livonie, Brème, Verden, Vismar, la Poméranie,
sans compter plus de cent places en Allemagne,
rendues par la Suède après sa mort. Il ébranla le
trône de *Ferdinand II*. Il protégea les luthériens en
Allemagne, secondé en cela par les intrigues de
Rome même, qui craignait encore plus la puissance
de l'empereur que celle de l'hérésie. Ce fut lui qui,
par ses victoires, contribua alors en effet à l'abaisse-
ment de la maison d'Autriche ; entreprise dont on
attribue toute la gloire au cardinal de *Richelieu*, qui
savait l'art de se faire une réputation, tandis que
Gustave se bornait à faire de grandes choses. Il allait
porter la guerre au-delà du Danube, et peut-être

détrôner l'empereur, lorfqu'il fut tué, à l'âge de
trente-fept ans, dans la bataille de Lutzen, qu'il gagna
contre *Valftein*, emportant dans le tombeau le nom
de *grand*, les regrets du Nord et l'eftime de fes
ennemis.

Sa fille *Chriftine*, née avec un génie rare, aima
mieux converfer avec des favans que de régner fur
un peuple qui ne connaiffait que les armes. Elle fe
rendit auffi illuftre en quittant le trône, que fes
ancêtres l'étaient pour l'avoir conquis ou affermi.
Les proteftans l'ont déchirée, comme fi on ne pouvait pas avoir de grandes vertus fans croire à *Luther ;*
et les papes triomphèrent trop de la converfion
d'une femme qui n'était que philofophe. Elle fe retira
à Rome, où elle paffa le refte de fes jours dans
le centre des arts qu'elle aimait, et pour lefquels
elle avait renoncé à un empire, à l'âge de vingt-fept
ans.

Avant d'abdiquer, elle engagea les états de la
Suède à élire en fa place fon coufin, *Charles Guftave*,
dixième de ce nom, fils du comte palatin, duc de
Deux-Ponts. Ce roi ajouta de nouvelles conquêtes à
celles de *Guftave-Adolphe :* il porta d'abord fes armes
en Pologne, où il gagna la célèbre bataille de Varfovie,
qui dura trois jours. Il fit long-temps la guerre heureufement contre les Danois, affiégea leur capitale,
réunit la Scanie à la Suède, et fit affurer, du moins
pour un temps, la poffeffion de Slefvick au duc de
Holftein. Enfuite ayant éprouvé des revers, et fait
la paix avec fes ennemis, il tourna fon ambition
contre fes fujets. Il conçut le deffein d'établir en
Suède la puiffance arbitraire ; mais il mourut à l'âge

C 3

de trente-fept ans, comme le *grand Guſtave*, avant d'avoir pu achever cet ouvrage du defpotifme que fon fils, *Charles XI*, éleva jufqu'au comble.

Charles XI, guerrier comme tous fes ancêtres, fut plus abfolu qu'eux. Il abolit l'autorité du fénat, qui fut déclaré le fénat du roi, et non du royaume. Il était frugal, vigilant, laborieux, tel qu'on l'eût aimé, fi fon defpotifme n'eût réduit les fentimens de fes fujets pour lui à celui de la crainte.

Il époufa, en 1680, *Ulrique Eléonore*, fille de *Frédéric III*, roi de Danemarck, princeffe vertueufe et digne de plus de confiance que fon époux ne lui en témoigna. De ce mariage naquit le roi *Charles XII*, l'homme le plus extraordinaire, peut-être, qui ait jamais été fur la terre, qui a réuni en lui toutes les grandes qualités de fes aïeux, et qui n'a eu d'autre défaut, ni d'autre malheur, que de les avoir toutes outrées. C'eft lui dont on fe propofe ici d'écrire ce qu'on a appris de certain touchant fa perfonne et fes actions.

27 juin
1682.

Education de
Charles XII. Le premier livre qu'on lui fit lire fut l'ouvrage de *Samuel Puffendorf*, afin qu'il pût connaître de bonne heure fes Etats et ceux de fes voifins. Il apprit d'abord l'allemand, qu'il parla toujours depuis auffi-bien que fa langue maternelle. A l'âge de fept ans, il favait manier un cheval. Les exercices violens, où il fe plaifait, et qui découvraient fes inclinations martiales, lui formèrent de bonne heure une conftitution vigou-reufe, capable de foutenir les fatigues où le portait fon tempérament.

Quoique doux dans fon enfance, il avait une

opiniâtreté infurmontable : le feul moyen de le plier
était de le piquer d'honneur ; avec le mot de gloire,
on obtenait tout de lui. Il avait de l'averfion pour le
latin ; mais dès qu'on lui eut dit que le roi de Pologne
et le roi de Danemarck l'entendaient, il l'apprit
bien vîte, et en retint affez pour le parler le refte
de fa vie. On s'y prit de la même manière pour
l'engager à entendre le français ; mais il s'obftina
tant qu'il vécut à ne jamais s'en fervir, même avec
des ambaffadeurs français, qui ne favaient point
d'autre langue.

Dès qu'il eut quelque connaiffance de la langue
latine, on lui fit traduire *Quinte-Curce :* il prit pour
ce livre un goût que le fujet lui infpirait beaucoup
plus encore que le ftyle. Celui qui lui expliquait cet
auteur lui ayant demandé ce qu'il penfait d'*Alexandre*,
je penfe, dit le prince, *que je voudrais lui reffembler.*
Mais, lui dit-on, il n'a vécu que trente-deux ans.
*Ah ! reprit-il, n'eft-ce pas affez quand on a conquis
des royaumes ?* On ne manqua pas de rapporter ces
réponfes au roi, fon père, qui s'écria : *Voilà un enfant
qui vaudra mieux que moi, et qui ira plus loin que
le grand Guftave.* Un jour il s'amufait dans l'appartement du roi à regarder deux cartes géographiques,
l'une d'une ville de Hongrie prife par les Turcs fur
l'empereur, et l'autre de Riga, capitale de la Livonie,
province conquife par les Suédois depuis un fiècle.
Au bas de la carte de la ville hongroife il y avait
ces mots tirés du livre de *Job* : DIEU *me l'a donnée,*
DIEU *me l'a ôtée, le nom du Seigneur foit béni.* Le jeune
prince ayant lu ces paroles, prit fur le champ un
crayon, et écrivit au bas de la carte de Riga : DIEU

C 4

me l'a donnée, le Diable ne me l'ôtera pas. (*a*) Ainfi, dans les actions les plus indifférentes de fon enfance, ce naturel indomptable laiffait fouvent échapper de ces traits qui caractérifent les ames fingulières, et qui marquaient ce qu'il devait être un jour.

Il avait onze ans lorfqu'il perdit fa mère. Cette *Le 5 auguste* princeffe mourut d'une maladie caufée, dit-on, par *1693.* les chagrins que lui donnait fon mari, et par les efforts qu'elle fefait pour les diffimuler. (*b*) *Charles XI* avait dépouillé de leurs biens un grand nombre de fes fujets, par le moyen d'une efpèce de cour de juftice, nommée la chambre des liquidations, établie de fon autorité feule. Une foule de citoyens ruinés par cette chambre, nobles, marchands, fermiers, veuves, orphelins, rempliffaient les rues de Stockholm, et venaient tous les jours à la porte du palais pouffer des cris inutiles. La reine fecourut ces malheureux de tout ce qu'elle avait. Elle leur donna fon argent, fes pierreries, fes meubles, fes habits même. Quand elle n'eut plus rien à leur donner, elle fe jeta en larmes aux pieds de fon mari, pour le prier d'avoir compaffion de fes fujets. Le roi lui répondit gravement : *Madame, nous vous avons prife pour nous donner des enfans, et non pour nous donner des avis.* Depuis ce temps il la traita, dit-on, avec une dureté qui avança fes jours.

16 avril Il mourut quatre ans après elle, dans la quarante-*1697.* deuxième année de fon âge, et dans la trente-feptième de fon règne, lorfque l'Empire, l'Efpagne, la Hollande,

(*a*) Deux ambaffadeurs de France en Suède m'ont conté ce fait.

(*b*) Le P. *Barre*, génovéfain, a copié tout cet article dans fon hiftoire d'Allemagne, tome VII, et il l'applique à un comte de Virtemberg.

d'un côté, et la France de l'autre, venaient de remettre
la décifion de leurs querelles à fa médiation , et
qu'il avait déjà entamé l'ouvrage de la paix entre ces
puiffances.

Il laiffa à fon fils, âgé de quinze ans , un trône
affermi et refpecté au dehors, des fujets pauvres, mais
belliqueux et foumis, avec des finances en bon ordre,
ménagées par des miniftres habiles.

Charles XII, à fon avénement , non-feulement fe
trouva maître abfolu et paifible de la Suède et de la
Finlande, mais il régnait encore fur la Livonie, la
Carelie, l'Ingrie ; il poffédait Vifmar, Vibourg, les
îles de Rugen, d'Oefel, et la plus belle partie de la
Poméranie, le duché de Brême et de Verden ; toutes
conquêtes de fes ancêtres, affurées à fa couronne par
une longue poffeffion et par la foi des traités folen-
nels de Munfter et d'Oliva, foutenus de la terreur
des armes fuédoifes. La paix de Ryfvick, commencée
fous les aufpices du père , fut conclue fous ceux du
fils : il fut le médiateur de l'Europe, dès qu'il commença à régner.

Les lois fuédoifes fixent la majorité des rois à
quinze ans : mais *Charles XI*, abfolu en tout, retarda
par fon teftament celle de fon fils jufqu'à dix-huit.
Il favorifait, par cette difpofition, les vues ambitieufes de fa mère, *Edwige-Eléonore* de Holftein , veuve
de *Charles X*. Cette princeffe fut déclarée par le roi,
fon fils, tutrice du jeune roi fon petit-fils , et régente
du royaume, conjointement avec un confeil de cinq
perfonnes.

La régente avait eu part aux affaires fous le règne
du roi, fon fils. Elle était avancée en âge ; mais fon

ambition , plus grande que fes forces et que fon
génie , lui fefait efpérer de jouir long-temps des
douceurs de l'autorité, fous le roi fon petit-fils. Elle
l'éloignait autant qu'elle pouvait des affaires. Le jeune
prince paffait fon temps à la chaffe, ou s'occupait à
faire la revue des troupes : il fefait même quelquefois
l'exercice avec elles ; ces amufemens ne femblaient
que l'effet naturel de la vivacité de fon âge. Il ne
paraiffait dans fa conduite aucun dégoût qui pût
alarmer la régente ; et cette princeffe fe flattait que
les diffipations de ces exercices le rendraient incapable d'application, et qu'elle en gouvernerait plus
long-temps.

Un jour , au mois de novembre, la même année
de la mort de fon père, il venait de faire la revue
de plufieurs régimens : le confeiller d'Etat, *Piper*, était
auprès de lui ; le roi paraiffait abymé dans une
rêverie profonde. ,, Puis-je prendre la liberté , lui dit
,, *Piper*, de demander à votre majefté à quoi elle
,, fonge fi férieufement? ,, *Je fonge*, répondit le prince,
que je me fens digne de commander à ces braves gens : et je
voudrais que ni eux ni moi ne reçuffions l'ordre d'une
femme. *Piper* faifit dans le moment l'occafion de faire
une grande fortune. Il n'avait pas affez de crédit
pour ofer fe charger lui-même de l'entreprife dangereufe d'ôter la régence à la reine, et d'avancer la
majorité du roi ; il propofa cette négociation au comte
Axel Sparre, homme ardent, et qui cherchait à fe
donner de la confidération : il le flatta de la confiance
du roi. *Sparre* le crut, fe chargea de tout, et ne
travailla que pour *Piper*. Les confeillers de la régence
furent bientôt perfuadés. C'était à qui précipiterait

l'exécution de ce deffein, pour s'en faire un mérite auprès du roi.

Ils allèrent en corps en faire la propofition à la reine, qui ne s'attendait pas à une pareille déclaration. Les états généraux étaient affemblés alors. Les confeillers de la régence y proposèrent l'affaire : il n'y eut pas une voix contre : la chofe fut emportée d'une rapidité que rien ne pouvait arrêter ; de forte que *Charles XII* fouhaita de régner, et en trois jours les états lui déférèrent le gouvernement. Le pouvoir de la reine et fon crédit tombèrent en un inftant. Elle mena depuis une vie privée, plus fortable à fon âge, quoique moins à fon humeur. Le roi fut couronné le 24 décembre fuivant. Il fit fon entrée dans Stockholm fur un cheval alezan, ferré d'argent, ayant le fceptre à la main et la couronne en tête, aux acclamations de tout un peuple, idolâtre de ce qui eft nouveau, et concevant toujours de grandes efpérances d'un jeune prince.

L'archevêque d'Upfal eft en poffeffion de faire la cérémonie du facre et du couronnement : c'eft de tant de droits que fes prédéceffeurs s'étaient arrogés prefque le feul qui lui refte. Après avoir, felon l'ufage, donné l'onction au prince, il tenait entre fes mains la couronne pour la lui remettre fur la tête ; *Charles* l'arracha des mains de l'archevêque, et fe couronna lui-même, en regardant fièrement le prélat. La multitude, à qui tout air de grandeur impofe toujours, applaudit à l'action du roi. Ceux même qui avaient le plus gémi fous le defpotifme du père, fe laiffèrent entraîner à louer dans le fils cette fierté qui était l'augure de leur fervitude.

Dès que *Charles* fut maître, il donna fa confiance et le maniement des affaires au confeiller *Piper*, qui fut bientôt fon premier miniftre, fans en avoir le nom. Peu de jours après il le fit comte; ce qui eft une qualité éminente en Suède, et non un vain titre qu'on puiffe prendre fans conféquence, comme en France.

Les premiers temps de l'adminiftration du roi ne donnèrent point de lui des idées favorables : il parut qu'il avait été plus impatient que digne de régner. Il n'avait, à la vérité, aucune paffion dangereufe ; mais on ne voyait dans fa conduite que des empor- temens de jeuneffe et de l'opiniâtreté. Il paraiffait inappliqué et hautain. Les ambaffadeurs qui étaient à fa cour le prirent même pour un génie médiocre, et le peignirent tel à leurs maîtres. (*c*) La Suède avait de lui la même opinion ; perfonne ne connaif- fait fon caractère ; il l'ignorait lui-même, lorfque des orages formés tout à coup dans le Nord donnèrent à fes talens cachés occafion de fe déployer.

Trois rois
fe liguent
contre lui. Trois puiffans princes voulant fe prévaloir de fon extrême jeuneffe, confpirèrent fa ruine prefqu'en même temps. Le premier fut *Frédéric IV*, roi de Danemarck, fon coufin ; le fecond, *Augufte*, électeur de Saxe, roi de Pologne ; *Pierre le grand*, czar de Mofcovie, était le troifième et le plus dangereux. Il faut développer l'origine de ces guerres, qui ont produit de fi grands événemens, et commencer par le Danemarck.

(*c*) Les lettres originales en font foi.

De deux sœurs qu'avait *Charles XII*, l'aînée avait épousé le duc de Holstein, jeune prince plein de bravoure et de douceur. Le duc, opprimé par le roi de Danemarck, vint à Stockholm avec son épouse se jeter entre les bras du roi, et lui demander du secours, non-seulement comme à son beau-frère, mais comme au roi d'une nation qui a pour les Danois une haine irréconciliable.

L'ancienne maison de Holstein, fondue dans celle d'Oldenbourg, était montée sur le trône de Danemarck par élection, en 1449. Tous les royaumes du Nord étaient alors électifs. Celui de Danemarck devint bientôt héréditaire. Un de ses rois, nommé *Christiern III*, eut pour son frère *Adolphe* une tendresse ou des ménagemens dont on ne trouve guère d'exemple chez les princes. Il ne voulait point le laisser sans souveraineté, mais il ne pouvait démembrer ses propres Etats. Il partagea avec lui, par un accord bizarre, les duchés de Holstein-Gottorp et de Slesvick, établissant que les descendans d'*Adolphe* gouverneraient désormais le Holstein conjointement avec les rois de Danemarck, que ces deux duchés leur appartiendraient en commun, et que le roi de Danemarck ne pourrait rien innover dans le Holstein sans le duc, ni le duc sans le roi. Une union si étrange, dont pourtant il y avait déjà eu un exemple dans la même maison pendant quelques années, était, depuis près de quatre-vingts ans, une source de querelles entre la branche de Danemarck et celle de Holstein-Gottorp ; les rois cherchant toujours à opprimer les ducs, et les ducs à être indépendans. Il en

avait coûté la liberté et la fouveraineté au dernier
duc. Il avait recouvré l'une et l'autre aux conférences d'Altena, en 1689, par l'entremife de la
Suède, de l'Angleterre et de la Hollande, garans de
l'exécution du traité. Mais comme un traité entre
les fouverains n'eft fouvent qu'une foumiffion à la
néceffité, jufqu'à ce que le plus fort puiffe accabler
le plus faible, la querelle renaiffait plus envenimée
que jamais entre le nouveau roi de Danemarck et
le jeune duc. Tandis que le duc était à Stockholm,
les Danois fefaient déjà des actes d'hoftilité dans le
pays de Holftein, et fe liguaient fecrètement avec
le roi de Pologne, pour accabler le roi de Suède
lui-même.

Frédéric - Augufte, électeur de Saxe, que ni l'éloquence et les négociations de l'abbé de *Polignac*, ni
les grandes qualités du prince de *Conti*, fon concur-
rent au trône, n'avaient pu empêcher d'être élu
depuis deux ans roi de Pologne, était un prince
moins connu encore par fa force de corps incroyable
que par fa bravoure et la galanterie de fon efprit.
Sa cour était la plus brillante de l'Europe après
celle de *Louis XIV*. Jamais prince ne fût plus
généreux, ne donna plus, n'accompagna fes dons
de tant de grâce. Il avait acheté la moitié des
fuffrages de la noblesse polonaife, et forcé l'autre
par l'approche d'une armée faxonne. Il crut avoir
befoin de fes troupes pour fe mieux affermir fur
le trône, mais il fallait un prétexte pour les retenir
en Pologne. Il les deftina à attaquer le roi de
Suède en Livonie, à l'occafion que l'on va rapporter.

La Livonie, la plus belle et la plus fertile province du Nord, avait appartenu autrefois aux chevaliers de l'ordre teutonique. Les Ruffes, les Polonais et les Suédois s'en étaient difputé la poffeffion. La Suède l'avait enlevée depuis près de cent années, et elle lui avait été enfin cédée folennellement par la paix d'Oliva.

(d) Le feu roi *Charles XI*, dans fes févérités pour fes fujets, n'avait pas épargné les Livoniens. Il les avait dépouillés de leurs priviléges et d'une partie de leurs patrimoines. *Patkul*, malheureufement célèbre depuis par fa mort tragique, fut député de la nobleffe livonienne pour porter au trône les plaintes de la province. Il fit à fon maître une harangue refpec-tueufe, mais forte et pleine de cette éloquence mâle que donne la calamité quand elle eft jointe à la hardieffe. Mais les rois ne regardent trop fouvent ces harangues publiques que comme des cérémonies vaines qu'il eft d'ufage de fouffrir, fans y faire atten-tion. Toutefois *Charles XI*, diffimulé quand il ne fe livrait pas aux emportemens de fa colère, frappa doucement fur l'épaule de *Patkul* : *Vous avez parlé pour votre patrie en brave homme*, lui dit-il, *je vous en eftime, continuez*. Mais peu de jours après, il le fit déclarer coupable de lèfe-majefté, et comme tel, condamner à la mort. *Patkul*, qui s'était caché, prit la fuite. Il porta dans la Pologne fes reffentimens. Il fut admis depuis devant le roi *Augufte*. *Charles XI* était mort ; mais la fentence de *Patkul* et fon indignation

(d) Tout cet article fe trouve prefque mot pour mot au tôme X du P. *Barre*.

fubfiftaient. Il repréfenta au monarque polonais la
facilité de la conquête de la Livonie ; des peuples
défefpérés , prêts à fecouer le joug de la Suède ; un
roi enfant, incapable de fe défendre. Ces follicitations
furent bien reçues d'un prince déjà tenté de cette
conquête. *Augufte*, à fon couronnement, avait promis
de faire fes efforts pour recouvrer les provinces que
la Pologne avait perdues. Il crut , par fon irruption
en Livonie, plaire à la république, et affermir fon
pouvoir ; mais il fe trompa dans ces deux idées
qui paraiffaient fi vraifemblables. Tout fut prêt bientôt
pour une invafion foudaine , fans même daigner
recourir d'abord à la vaine formalité des déclarations
de guerre et des manifeftes. Le nuage groffiffait
en même temps du côté de la Mofcovie. Le monarque qui la gouvernait mérite l'attention de la poftérité.

Hiftoire
de *Pierre*
le grand.

Pierre Alexiowitz , czar de Ruffie , s'était déjà
rendu redoutable par la bataille qu'il avait gagnée
fur les Turcs, en 1697 , et par la prife d'Azoph ,
qui lui ouvrait l'empire de la mer Noire. Mais
c'était par des actions plus étonnantes que des
victoires qu'il cherchait le nom de *grand*. La
Mofcovie ou Ruffie embraffe le nord de l'Afie et
celui de l'Europe , et depuis les frontières de la
Chine s'étend , l'efpace de quinze cents lieues, jufqu'aux confins de la Pologne et de la Suède. Mais
ce pays immenfe était à peine connu de l'Europe
avant le czar *Pierre*. Les Mofcovites étaient moins
civilifés que les Mexicains, quand ils furent décou-
verts par *Cortez ;* nés tous efclaves de maîtres auffi
barbares qu'eux , ils croupiffaient dans l'ignorance,

dans

dans le befoin de tous les arts, et dans l'infenfibilité de ces befoins qui étouffait toute induftrie. Une ancienne loi facrée parmi eux leur défendait, fous peine de mort, de fortir de leur pays fans la per- miffion de leur patriarche. Cette loi, faite pour leur ôter les occafions de connaître leur joug, plai- fait à une nation qui, dans l'abyme de fon ignorance et de fa mifère, dédaignait tout commerce avec les nations étrangères.

L'ère des Mofcovites commençait à la création du monde; ils comptaient [7207 ans, au commen- cement du fiècle paffé, fans pouvoir rendre raifon de cette date. Le premier jour de leur année venait au 13 de notre mois de feptembre. Ils alléguaient, pour raifon de cet établiffement, qu'il était vraifem- blable que D I E U avait créé le monde en automne, dans la faifon où les fruits de la terre font dans leur maturité. Ainfi les feules apparences de connaif- fances qu'ils euffent, étaient des erreurs groffières : perfonne ne fe doutait parmi eux que l'automne de Mofcovie pût être le printemps d'un autre pays dans les climats oppofés. Il n'y avait pas long-temps que le peuple avait voulu brûler à Mofcou le fecrétaire d'un ambaffadeur de Perfe, qui avait prédit une éclipfe de foleil. Ils ignoraient jufqu'à l'ufage des chiffres; ils fe fervaient pour leurs calculs de petites boules enfilées dans des fils d'archal. Il n'y avait pas d'autre manière de compter dans tous les bureaux de recettes, et dans le tréfor du czar.

(e) Leur religion etait et eft encore celle des chrétiens

_____

(e) Tout ce morceau eft copié mot à mot par le génovéfain *Barre*, dans fon hiftoire d'Allemagne, tome IX, pages 75 et fuivantes.

grecs, mais mêlée de fuperftitions, auxquelles ils
étaient d'autant plus fortement attachés, qu'elles
étaient plus extravagantes, et que le joug en était
plus gênant. Peu de Mofcovites ofaient manger
du pigeon, parce que le Saint-Efprit eft peint en
forme de colombe. Ils obfervaient régulièrement quatre carêmes par an ; et dans ces temps d'abftinence,
ils n'ofaient fe nourrir ni d'œufs ni de lait. DIEU et
St *Nicolas* étaient les objets de leur culte, et immédiatement après eux, le czar et le patriarche. L'autorité de ce dernier était fans bornes comme leur
ignorance. Il rendait des arrêts de mort, et infli-
geait les fupplices les plus cruels, fans qu'on pût
appeler de fon tribunal. Il fe promenait à cheval
deux fois l'an, fuivi de tout fon clergé en cérémonie :
et le peuple fe profternait dans les rues comme les
Tartares devant leur grand lama. La confeffion était
pratiquée ; mais ce n'était que dans le cas des plus
grands crimes ; alors l'abfolution leur paraiffait néceffaire, mais non le repentir. Ils fe croyaient purs
devant DIEU avec la bénédiction de leurs papas.
Ainfi ils paffaient fans remords de la confeffion
au vol et à l'homicide ; et ce qui eft un frein pour
d'autres chrétiens était chez eux un encouragement
à l'iniquité. Ils fefaient fcrupule de boire du lait un
jour de jeûne ; mais les pères de famille, les prêtres,
les femmes, les filles s'enivraient d'eau-de-vie les
jours de fêtes. On difputait cependant fur la religion
en ce pays comme ailleurs ; la plus grande querelle
était, fi les laïques devaient faire le figne de la
croix avec deux doigts ou avec trois. Un certain
Jacob Nurfuff, fous le précédent règne, avait excité

une fédition dans Aftracan, au fujet de cette difpute. Il y avait même des fanatiques, comme parmi ces nations policées chez qui tout le monde eft théologien : et *Pierre*, qui pouffa toujours la juftice jufqu'à la cruauté, fit périr par le feu quelques-uns de ces miférables qu'on nommait *Vosko-jéfuites*.

Le czar, dans fon vafte empire, avait beaucoup d'autres fujets qui n'étaient pas chrétiens. Les Tartares, qui habitent le bord occidental de la mer Cafpienne et des Palus-Méotides, font mahométans. Les Sibériens, les Oftiaques, les Samoïedes, qui font vers la mer Glaciale, étaient des fauvages, dont les uns étaient idolâtres, les autres n'avaient pas même la connaiffance d'un dieu ; et cependant les Suédois, envoyés prifonniers parmi eux, ont été plus contens de leurs mœurs que de celles des anciens Mofcovites.

Pierre Alexiowitz avait reçu une éducation qui tendait à augmenter encore la barbarie de cette partie du monde. Son naturel lui fit d'abord aimer les étrangers, avant qu'il sût à quel point ils pouvaient lui être utiles. *Le Fort*, comme on l'a déjà dit, fut le premier inftrument dont il fe fervit pour changer depuis la face de la Mofcovie. Son puiffant génie, qu'une éducation barbare avait pu détruire, fe développa prefque tout à coup. Il réfolut d'être homme, de commander à des hommes, et de créer une nation nouvelle. Plufieurs princes avaient avant lui renoncé à des couronnes, par dégoût pour le poids des affaires ; mais aucun n'avait ceffé d'être roi pour apprendre mieux à régner ; c'eft ce que fit *Pierre le grand.*

D 2

Il quitta la Ruffie, en 1698, n'ayant encore
régné que deux années, et alla en Hollande, déguifé
fous un nom vulgaire, comme s'il avait été un
domeftique de ce même *le Fort*, qu'il envoyait
ambaffadeur extraordinaire auprès des états généraux. Arrivé à Amfterdam, infcrit dans le rôle
des charpentiers de l'amirauté des Indes, il y
travaillait dans le chantier comme les autres charpentiers. Dans les intervalles de fon travail, il
apprenait les parties des mathématiques qui peuvent
être utiles à un prince, les fortifications, la navigation, l'art de lever des plans. Il entrait dans les
boutiques des ouvriers, examinait toutes les manufactures; rien n'échappait à fes obfervations. De-là
il paffa en Angleterre, où il fe perfectionna dans la
fcience de la conftruction des vaiffeaux; il repaffa
en Hollande, et vit tout ce qui pouvait tourner à
l'avantage de fon pays. Enfin, après deux ans de
voyages et de travaux, auxquels nul autre homme
que lui n'eût voulu fe foumettre, il reparut en Ruffie,
amenant avec lui les arts de l'Europe. Des artifans
de toute efpèce l'y fuivirent en foule. On vit pour
la première fois de grands vaiffeaux ruffes fur la
mer Noire, dans la Baltique et dans l'Océan. Des
bâtimens d'une architecture régulière et noble furent
élevés au milieu des huttes mofcovites. Il établit
des colléges, des académies, des imprimeries, des
bibliothèques : les villes furent policées; les habillemens, les coutumes changèrent peu à peu, quoiqu'avec difficulté. Les Mofcovites connurent par
degrés ce que c'eft que la fociété. Les fuperftitions mêmes furent abolies : la dignité de patriarche

fut éteinte; le czar fe déclara le chef de la religion :
et cette dernière entreprife, qui aurait coûté le trône
et la vie à un prince moins abfolu , réuffit prefque
fans contradiction , et lui affura le fuccès de toutes
les autres nouveautés.

Après avoir abaiffé un clergé ignorant et barbare,
il ofa effayer de l'inftruire, et par-là même il rifqua
de le rendre redoutable ; mais il fe croyait affez
puiffant pour ne le pas craindre. Il a fait enfeigner
dans le peu de cloîtres qui reftent la philofophie et
la théologie. Il eft vrai que cette théologie tient
encore de ce temps fauvage dont *Pierre Alexiowitz* a
retiré fa patrie. Un homme digne de foi m'a affuré
qu'il avait affifté à une thèfe publique , où il s'agiffait
de favoir fi l'ufage du tabac à fumer était un péché.
Le répondant prétendait qu'il était permis de s'en-
ivrer d'eau-de-vie , mais non de fumer, parce que la
très-fainte écriture dit que ce qui fort de la bouche
de l'homme le fouille , et que ce qui y entre ne le
fouille point.

Les moines ne furent pas contens de la réforme.
A peine le czar eut-il établi des imprimeries , qu'ils
s'en fervirent pour le décrier ; ils imprimèrent qu'il
était l'Antechrift ; leurs preuves étaient qu'il ôtait
la barbe aux vivans, et qu'on fefait dans fon académie des diffections de quelques morts. Mais un autre
moine, qui voulait faire fortune , réfuta ce livre, et
démontra que *Pierre* n'était pas l'Antechrift, parce
que le nombre 666 n'était pas dans fon nom. L'auteur du libelle fut roué , et celui de la réfutation fut
fait évêque de Rezan.

Le réformateur de la Moſcovie a ſur-tout porté
une loi ſage, qui fait honte à beaucoup d'Etats poli-
cés; c'eſt qu'il n'eſt permis à aucun homme au ſervice de l'Etat, ni à un bourgeois établi, ni ſur-tout
à un mineur, de paſſer dans un cloître.

Ce prince comprit combien il importe de ne point
conſacrer à l'oiſiveté des ſujets qui peuvent être
utiles, et de ne point permettre qu'on diſpoſe à
jamais de ſa liberté, dans un âge où l'on ne peut diſ-
poſer de la moindre partie de ſa fortune. Cependant
l'induſtrie des moines élude tous les jours cette loi
faite pour le bien de l'humanité, comme ſi les
moines gagnaient en effet à peupler les cloîtres aux
dépens de la patrie.

Le czar n'a point aſſujetti ſeulement l'Egliſe à
l'Etat, à l'exemple des ſultans turcs; mais, plus
grand politique, il a détruit une milice ſemblable
à celle des janiſſaires; et ce que les ottomans ont
vainement tenté, il l'a exécuté en peu de temps; il
a diſſipé les janiſſaires moſcovites, nommés *ſtrélitz*,
qui tenaient les czars en tutelle. Cette milice, plus
formidable à ſes maîtres qu'à ſes voiſins, était
compoſée d'environ trente mille hommes de pied,
dont la moitié reſtait à Moſcou, et l'autre était
répandue ſur les frontières. Un ſtrélitz n'avait que
quatre roubles par an de paie; mais des priviléges
ou des abus le dédommageaient amplement. *Pierre*
forma d'abord une compagnie d'étrangers, dans
laquelle il s'enrôla lui-même, et ne dédaigna pas
de commencer par être tambour et d'en faire les
fonctions; tant la nation avait beſoin d'exemples.
Il fut officier par degrés. Il fit petit à petit de

nouveaux régimens ; et enfin, fe fentant maître de
troupes difciplinées, il caffa les ftrélitz , qui n'ofè-
rent défobéir.

La cavalerie était à peu-près ce qu'eft la cavalerie
polonaife, et ce qu'était autrefois la françaife, quand
le royaume de France n'était qu'un affemblage de
fiefs. Les gentilshommes ruffes montaient à cheval
à leurs dépens, et combattaient fans difcipline, quelquefois fans autres armes qu'un fabre ou un carquois,
incapables d'être commandés, et par conféquent de
vaincre.

Pierre le grand leur apprit à obéir , par fon
exemple et par les fupplices ; car il fervait en qualité
de foldat et d'officier fubalterne , et puniffait rigou-
reufement en czar les boïards , c'eft-à-dire , les gentilshommes qui prétendaient que le privilége de la
nobleffe était de ne fervir l'Etat qu'à leur volonté.
Il établit un corps régulier pour fervir l'artillerie ,
et prit cinq cents cloches aux églifes , pour fondre
des canons. Il a eu treize mille canons de fonte en
l'année 1714. Il a formé auffi des corps de dragons, milice très-convenable au génie des Mofcovites,
et à la forme de leurs chevaux qui font petits. La
Mofcovie a aujourd'hui , en 1738 , trente régimens de dragons , de mille hommes chacun , bien
entretenus.

C'eft lui qui a établi des houffards en Ruffie. Enfin,
il a eu jufqu'à une école d'ingénieurs, dans un pays
où perfonne ne favait avant lui les élémens de la
géométrie.

Il était bon ingénieur lui-même ; mais fur-tout
il excellait dans tous les arts de la marine ; bon

D 4

capitaine de vaiſſeau , habile pilote , bon matelot,
adroit charpentier , et d'autant plus eſtimable dans
ces arts qu'il était né avec une crainte extrême de
l'eau. Il ne pouvait dans ſa jeuneſſe paſſer ſur un
pont ſans frémir : il feſait fermer alors les volets
de bois de ſon carroſſe ; le courage et le génie domp-
tèrent en lui cette faibleſſe machinale.

Il fit conſtruire un beau port auprès d'Azoph , à
l'embouchure du Tanaïs : il voulait y entretenir des
galères ; et dans la ſuite croyant que ces vaiſſeaux
longs , plats et légers devaient réuſſir dans la mer
Baltique , il en a fait conſtruire plus de trois cents
dans ſa ville favorite de Péterſbourg ; il a montré à
ſes ſujets l'art de les bâtir avec du ſimple ſapin ,
et celui de les conduire. Il avait appris juſqu'à la
chirurgie : on l'a vu dans un beſoin faire la ponction
à un hydropique ; il réuſſiſſait dans les mécaniques ,
et inſtruiſait les artiſans.

Les finances du czar étaient , à la vérité , peu de
choſe , par rapport à l'immenſité de ſes Etats : il n'a
jamais eu vingt-quatre millions de revenu , à compter
le marc à près de cinquante livres , comme nous
feſons aujourd'hui , et comme nous ne ferons peut-
être pas demain ; mais c'eſt être très-riche chez ſoi
que de pouvoir faire de grandes choſes. Ce n'eſt
pas la rareté de l'argent , mais celle des hommes et
des talens , qui rend un empire faible.

La nation ruſſe n'eſt pas nombreuſe , quoique
les femmes y ſoient fécondes et les hommes ro-
buſtes. *Pierre* lui-même , en poliçant ſes Etats , a
malheureuſement contribué à leur dépopulation.
De fréquentes recrues dans des guerres long-temps

malheureufes, des nations tranfplantées des bords
de la mer Cafpienne à ceux de la mer Baltique,
confumées dans les travaux, détruites par les
maladies, les trois quarts des enfans mourans en
Mofcovie de la petite vérole, plus dangereufe en
ces climats qu'ailleurs ; enfin les triftes fuites d'un
gouvernement long-temps fauvage et barbare même
dans fa police, font caufe que cette grande partie
du continent a encore de vaftes déferts. On compte
à préfent en Ruffie cinq cents mille familles de
gentilshommes, deux cents mille de gens de loi, un
peu plus de cinq millions de bourgeois et de payfans
payans une efpèce de taille, fix cents mille hommes
dans les provinces conquifes fur la Suède : les
Cofaques de l'Ukraine et les Tartares, vaffaux de la
Mofcovie, ne fe montent pas à plus de deux millions ;
enfin l'on a trouvé que ces pays immenfes ne contiennent pas plus de quatorze millions d'hommes ; (f)
c'eft-à-dire, un peu plus des deux tiers des habitans
de la France.

Le czar *Pierre*, en changeant les mœurs, les
lois, la milice, la face de fon pays, voulait auffi
être grand par le commerce, qui fait à la fois la
richeffe d'un Etat et les avantages du monde entier.
Il entreprit de rendre la Ruffie le centre du négoce
de l'Afie et de l'Europe. Il voulait joindre par des
canaux, dont il dreffa le plan, la Duine, le Volga,
le Tanaïs, et s'ouvrir des chemins nouveaux de la
mer Baltique au Pont-Euxin et à la mer Cafpienne,
et de ces deux mers à l'Océan feptentrional.

(f) Cela fut écrit en 1727 ; la population a augmenté depuis par
les conquêtes, par la police et par le foin d'attirer les étrangers.

Le port d'Archangel, fermé par les glaces neuf mois de l'année, et dont l'abord exigeait un circuit long et dangereux, ne lui paraiſſait pas aſſez commode. Il avait, dès l'an 1700, le deſſein de bâtir ſur la mer Baltique un port qui deviendrait le magaſin du Nord, et une ville qui ferait la capitale de ſon empire.

Il cherchait déjà un paſſage par les mers du Nord-eſt à la Chine; et les manufactures de Paris et de Pekin devaient embellir ſa nouvelle ville.

Un chemin par terre de ſept cents cinquante-quatre verſtes, pratiqué à travers des marais qu'il fallait combler, conduit de Moſcou à ſa nouvelle ville. La plupart de ſes projets ont été exécutés par ſes mains; et deux impératrices, qui lui ont ſuccédé l'une après l'autre, ont encore été au-delà de ſes vues, quand elles étaient praticables, et n'ont abandonné que l'impoſſible.

Il a voyagé toujours dans ſes Etats, autant que ſes guerres l'ont pu permettre; mais il a voyagé en légiſlateur et en phyſicien, examinant par-tout la nature, cherchant à la corriger ou à la perfectionner, ſondant lui-même les profondeurs des fleuves et des mers, ordonnant des écluſes, viſitant des chantiers, feſant fouiller des mines, éprouvant les métaux, feſant lever des cartes exactes, et y travaillant de ſa main.

Il a bâti dans un lieu ſauvage la ville impériale de Pétersbourg, qui contient aujourd'hui ſoixante mille maiſons, où s'eſt formée de nos jours une cour brillante, et où enfin on connaît les plaiſirs délicats.

Il a bâti le port de Cronftad fur la Neva, Sainte-
Croix fur les frontières de la Perfe, des forts
dans l'Ukraine, dans la Sibérie ; des amirautés à
Archangel, à Pétersbourg, à Aftracan, à Azoph ;
des arfenaux, des hôpitaux. Il fefait toutes fes
maifons petites et de mauvais goût ; mais il prodiguait pour les maifons publiques la magnificence et
la grandeur.

Les fciences, qui ont été ailleurs le fruit tardif de
tant de fiècles, font venues par fes foins dans fes
Etats toutes perfectionnées. Il a créé une académie
fur le modèle des fociétés fameufes de Paris et de
Londres : les *Delifle*, les *Bulfinger*, les *Hermann*, les
Bernouilli, le célèbre *Wolf*, homme excellent en tout
genre de philofophie, ont été appelés à grands frais
à Pétersbourg. Cette académie fubfifte encore, et il
fe forme enfin des philofophes mofcovites.

Il a forcé la jeune nobleffe de fes Etats à voyager,
à s'inftruire, à rapporter en Ruffie la politeffe
étrangère. J'ai vu de jeunes ruffes pleins d'efprit
et de connaiffances. C'eft ainfi qu'un feul homme
a changé le plus grand empire du monde. Il eft
affreux qu'il ait manqué à ce réformateur des
hommes la principale vertu, l'humanité. De la
brutalité dans fes plaifirs, de la férocité dans fes
mœurs, de la barbarie dans fes vengeances, fe
mêlaient à tant de vertus. Il poliçait fes peuples, et
il était fauvage. Il a, de fes propres mains, été l'exé-
cuteur de fes fentences fur des criminels ; et dans une
débauche de table il a fait voir fon adreffe à couper
des têtes. Il y a dans l'Afrique des fouverains qui
verfent le fang de leurs fujets de leurs mains, mais

ces monarques paffent pour des barbares. La mort
d'un fils qu'il fallait corriger ou déshériter, rendrait
la mémoire de *Pierre* odieufe, fi le bien qu'il a fait
à fes fujets ne fefait prefque pardonner fa cruauté
envers fon propre fang.

Tel était le czar *Pierre* ; et fes grands deffeins
n'étaient encore qu'ébauchés, lorfqu'il fe joignit
aux rois de Pologne et de Danemarck contre un
enfant qu'ils méprifaient tous. Le fondateur de la
Ruffie voulut être conquérant ; il crut pouvoir le
devenir fans peine, et qu'une guerre fi bien projetée
ferait utile à tous fes projets. L'art de la guerre
était un art nouveau, qu'il fallait montrer à fes
peuples.

D'ailleurs, il avait befoin d'un port à l'orient
de la mer Baltique pour l'exécution de toutes
fes idées. Il avait befoin de la province de l'Ingrie,
qui eft au nord-eft de la Livonie ; les Suédois
en étaient maîtres, il fallait la leur arracher. Ses
prédéceffeurs avaient eu des droits fur l'Ingrie,
l'Eftonie, la Livonie ; le temps femblait propice
pour faire revivre ces droits perdus depuis cent ans,
et anéantis par des traités. Il conclut donc une
ligue avec le roi de Pologne, pour enlever au jeune
Charles XII tous ces pays qui font entre le golfe
de Finlande, la mer Baltique, la Pologne et la
Mofcovie.

Fin du premier Livre.

LIVRE SECOND.

ARGUMENT.

Changement prodigieux et fubit dans le caractère de Charles XII. A l'âge de dix-huit ans il foutint la guerre contre le Danemarck, la Pologne et la Mofcovie ; termine la guerre de Danemarck en fix femaines ; défait quatre-vingts mille mofcovites avec huit mille fuédois, et paffe en Pologne. Defcription de la Pologne et de fon gouvernement. Charles gagne plufieurs batailles, et eft maître de la Pologne, où il fe prépare à nommer un roi.

TROIS puiffans rois menaçaient ainfi l'enfance de *Charles XII.* Les bruits de ces préparatifs confternaient la Suède, et alarmaient le confeil. Les grands généraux étaient morts ; on avait raifon de tout craindre fous un jeune roi qui n'avait encore donné de lui que de mauvaifes impreffions. Il n'affiftait prefque jamais dans le confeil que pour croifer les jambes fur la table ; diftrait, indifférent, il n'avait paru prendre part à rien.

Le confeil délibéra, en fa préfence, fur le danger où l'on était : quelques confeillers propofaient de détourner la tempête par des négociations : tout d'un coup le jeune prince fe lève avec l'air de gravité et d'affurance d'un homme fupérieur qui a

pris fon parti. ,, Meffieurs , dit-il, j'ai réfolu de ne
,, jamais faire une guerre injufte, mais de n'en finir
,, une légitime que par la perte de mes ennemis. Ma
,, réfolution eft prife : j'irai attaquer le premier qui
,, fe déclarera ; et quand je l'aurai vaincu , j'efpère
,, faire quelque peur aux autres. ,, Ces paroles
étonnèrent tous ces vieux confeillers ; ils fe regardèrent fans ofer répondre. Enfin , étonnés d'avoir
un tel roi, et honteux d'efpérer moins que lui,
ils reçurent avec admiration fes ordres pour la
guerre.

On fut bien plus furpris encore , quand on le
vit renoncer tout d'un coup aux amufemens les
plus innocens de la jeuneffe. Du moment qu'il fe
prépara à la guerre, il commença une vie toute
nouvelle , dont il ne s'eft jamais depuis écarté un
feul moment. Plein de l'idée d'*Alexandre* et de *Céfar*,
il fe propofa d'imiter tout de ces deux conquérans,
hors leurs vices. Il ne connut plus ni magnificence,
ni jeux, ni délaffemens; il réduifit fa table à la
frugalité la plus grande. Il avait aimé le fafte dans
les habits ; il ne fut vêtu depuis que comme un
fimple foldat. On l'avait foupçonné d'avoir eu une
paffion pour une femme de fa cour ; foit que cette
intrigue fût vraie ou non, il eft certain qu'il renonça
alors aux femmes pour jamais , non-feulement de
peur d'en être gouverné, mais pour donner l'exemple
à fes foldats, qu'il voulait contenir dans la difcipline la plus rigoureufe ; peut-être encore par la
vanité d'être. le feul de tous les rois, qui domptât
un penchant fi difficile à furmonter. Il réfolut auffi
de s'abftenir de vin tout le refte de fa vie. Les uns

m'ont dit qu'il n'avait pris ce parti que pour dompter en tout la nature, et pour ajouter une nouvelle vertu à son héroïsme ; mais le plus grand nombre m'a assuré qu'il voulut par-là se punir d'un excès qu'il avait commis, et d'un affront qu'il avait fait à table à une femme en présence même de la reine sa mère. Si cela est ainsi, cette condamnation de soi-même, et cette privation qu'il s'imposa toute sa vie, font une espèce d'héroïsme non moins admirable.

Il commença par assurer des secours au duc de Holstein, son beau-frère. Huit mille hommes furent envoyés d'abord en Poméranie, province voisine du Holstein, pour fortifier le duc contre les attaques des Danois. Le duc en avait besoin. Ses Etats étaient déjà ravagés, son château de Gottorp pris, sa ville de Tonningue pressée par un siége opiniâtre, où le roi de Danemarck était venu en personne, pour jouir d'une conquête qu'il croyait sûre. Cette étincelle commençait à embraser l'empire. D'un côté les troupes saxonnes du roi de Pologne, celles de Brandebourg, de Volfenbuttel, de Hesse-Cassel, marchaient pour se joindre aux Danois. De l'autre, les huit mille hommes du roi de Suède, les troupes d'Hanover et de Zell, et trois régimens de Hollande, venaient secourir le duc. (g) Tandis que le petit pays de Holstein était ainsi le théâtre de la guerre, deux escadres, l'une d'Angleterre et l'autre de Hollande, parurent dans la mer Baltique. Ces deux Etats étaient garans du traité d'Altena

(g) Copié mot pour mot par le P. *Barre*, tome X, pages 293 et suivantes.

rompu par les Danois : ils s'empreſſaient alors à ſecourir le duc de Holſtein opprimé , parce que l'intérêt de leur commerce s'oppoſait à l'agrandiſſe-ment du roi de Danemarck. Ils ſavaient que le Danois étant maître du paſſage du Sund impoſerait des lois onéreuſes aux nations commerçantes, quand il ſerait aſſez fort pour en uſer ainſi impunément. Cet intérêt a long-temps engagé les Anglais et les Hollandais à tenir, autant qu'ils l'ont pu, la balance égale entre les princes du Nord : ils ſe joignirent au jeune roi de Suède, qui ſemblait devoir être accablé par tant d'ennemis réunis, et le ſecoururent par la même raiſon pour laquelle on l'attaquait, parce qu'on ne le croyait pas capable de ſe défendre.

Il était à la chaſſe aux ours, quand il reçut la nouvelle de l'irruption des Saxons en Livonie : il feſait cette chaſſe d'une manière auſſi nouvelle que dangereuſe ; on n'avait d'autres armes que des bâtons fourchus derrière un filet tendu à des arbres ; un ours d'une grandeur déméſurée vint droit au roi qui le terraſſa après une longue lutte à l'aide du filet et de ſon bâton. Il faut avouer qu'en con-ſidérant de telles aventures, la force prodigieuſe du roi *Auguſte* et les voyages du czar, on croirait être au temps des *Hercule* et des *Théſée.*

Il partit pour ſa première campagne, le 8 mai (nou-veau ſtyle) de l'année 1700. Il quitta Stockholm, où il ne revint jamais. Une foule innombrable de peuple l'accompagna juſqu'au port de Carelſcroon, en feſant des vœux pour lui, en verſant des larmes, et en l'admirant. Avant de ſortir de Suède, il établit

à

à Stockholm un conseil de défense, composé de plusieurs sénateurs. Cette commission devait prendre soin de tout ce qui regardait la flotte, les troupes et les fortifications du pays. Le corps du sénat devait régler tout le reste provisionnellement dans l'intérieur du royaume. Ayant ainsi mis un ordre certain dans ses Etats, son esprit, libre de tout autre soin, ne s'occupa plus que de la guerre. Sa flotte était composée de quarante-trois vaisseaux : celui qu'il monta, nommé *le roi Charles*, le plus grand qu'on ait jamais vu, était de cent vingt pièces de canon ; le comte de *Piper*, son premier ministre, et le général *Renschild* s'y embarquèrent avec lui. Il joignit les escadres des alliés. La flotte danoise évita le combat, et laissa la liberté aux trois flottes combinées de s'approcher assez près de Copenhague pour y jeter quelques bombes.

Il est certain que ce fut le roi lui-même qui proposa alors au général *Renschild* de faire une descente, et d'assiéger Copenhague par terre, tandis qu'elle serait bloquée par mer. *Renschild* fut étonné d'une proposition qui marquait autant d'habileté que de courage dans un jeune prince sans expérience. Bientôt tout fut prêt pour la descente ; les ordres furent donnés pour faire embarquer cinq mille hommes, qui étaient sur les côtes de Suède, et qui furent joints aux troupes qu'on avait à bord. Le roi quitta son grand vaisseau, et monta une fregate plus légère : on commença par faire partir trois cents grenadiers dans de petites chaloupes. Entre ces chaloupes, de petits bateaux plats portaient des fascines, des chevaux de Frise et les instrumens

Hist. de Charles XII.   E

des pionniers : cinq cents hommes d'élite fuivaient dans d'autres chaloupes : après venaient les vaiffeaux de guerre du roi, avec deux frégates anglaifes et deux hollandaifes, qui devaient favorifer la defcente à coups de canon.

Copenhague, capitale du Danemarck, eft fituée dans l'île de Zéeland, au milieu d'une belle plaine, ayant au nord-oueft le Sund, et à l'orient la mer Baltique, où était alors le roi de Suède. Au mouvement imprévu des vaiffeaux qui menaçaient d'une defcente, les habitans, confternés par l'inaction de leur flotte et par le mouvement des vaiffeaux fuédois, regardaient alors avec crainte en quel endroit fondrait l'orage : la flotte de *Charles* s'arrêta vis-à-vis Humblebek, à fept milles de Copenhague. Auffitôt les Danois raffemblent en cet endroit leur cavalerie. Des milices furent placées derrière d'épais retranchemens, et l'artillerie qu'on put y conduire fut tournée contre les Suédois.

Charles bat les Danois.

Le roi quitta alors fa frégate pour s'aller mettre dans la première chaloupe, à la tête de fes gardes. L'ambaffadeur de France était alors auprès de lui. *Monfieur l'ambaffadeur*, lui dit-il en latin, (car il ne voulait jamais parler français) *vous n'avez rien à démêler avec les Danois : vous n'irez pas plus loin, s'il vous plaît. Sire*, lui répondit le comte de *Guifcard*, en français, *le roi mon maître m'a ordonné de réfider auprès de votre majefté ; je me flatte que vous ne me chafferez pas aujourd'hui de votre cour, qui n'a jamais été fi brillante.* En difant ces paroles, il donna la main au roi, qui fauta dans la chaloupe, où le comte de *Piper* et

l'ambaffadeur entrèrent. (*h*) On s'avançait fous les
coups de canon des vaiffeaux qui favorifaient la
defcente. Les bateaux de débarquement n'étaient
encore qu'à trois cents pas du rivage. *Charles XII*,
impatient de ne pas aborder affez près, ni affez tôt,
fe jette de fa chaloupe dans la mer, l'épée à la
main, ayant de l'eau par-delà la ceinture : fes
miniftres, l'ambaffadeur de France, les officiers, les
foldats fuivent auffitôt fon exemple, et marchent
au rivage, malgré une grêle de moufquetades. Le
roi, qui n'avait jamais entendu de fa vie de moufqueterie chargée à balle, demanda au major général
Stuart, qui fe trouva auprès de lui, ce que c'était que
ce petit fifflement qu'il entendait à fes oreilles.
,, C'eft le bruit que font les balles de fufil qu'on
,, vous tire, lui dit le major. *Bon*, dit le roi, *ce fera-
là dorénavant ma mufique*. Dans le même moment
le major, qui expliquait le bruit des moufquetades,
en reçut une dans l'épaule ; et un lieutenant tomba
mort à l'autre côté du roi.

Il eft ordinaire à des troupes attaquées dans leurs
retranchemens d'être battues, parce que ceux qui
attaquent ont toujours une impétuofité que ne
peuvent avoir ceux qui fe défendent, et qu'attendre
les ennemis dans fes lignes, c'eft fouvent un aveu
de fa faibleffe et de leur fupériorité. La cavalerie
danoife et les milices s'enfuirent après une faible
réfiftance. Le roi, maître de leurs retranchemens,
fe jeta à genoux pour remercier DIEU du premier
fuccès de fes armes. Il fit fur le champ élever des

(*h*) Copié mot pour mot par le P. *Barre*, tome X, page 396.

E 2

redoutes vers la ville , et marqua lui-même un campement. En même temps il renvoya fes vaiffeaux en Scanie , partie de la Suède , voifine de Copenhague , pour chercher neuf mille hommes de renfort. Tout confpirait à fervir la vivacité de *Charles*. Les neuf mille hommes étaient fur le rivage prêts à s'embarquer , et dès le lendemain un vent favorable les lui amena.

Tout cela s'était fait à la vue de la flotte danoife , qui n'avait ofé s'avancer. Copenhague intimidée envoya auffitôt des députés au roi , pour le fupplier de ne point bombarder la ville. Il les reçut à cheval , à la tête de fon régiment des gardes : les députés fe mirent à genoux devant lui ; il fit payer à la ville quatre cents mille rifdales , avec ordre de faire voiturer au camp toutes fortes de provifions , qu'il promit de faire payer fidèlement. On lui apporta des vivres , parce qu'il fallait obéir ; mais on ne s'attendait guère que des vainqueurs daignaffent payer ; ceux qui les apportèrent furent bien étonnés d'être payés généreufement et fans délai par les moindres foldats de l'armée. Il régnait depuis longtemps dans les troupes fuédoifes une difcipline , qui n'avait pas peu contribué à leur victoire : le jeune roi en augmenta encore la févérité. Un foldat n'eût pas ofé refufer le payement de ce qu'il achetait , encore moins aller en maraude , pas même fortir du camp. Il voulut de plus que , dans une victoire , fes troupes ne dépouillaffent les morts qu'après en avoir eu la permiffion ; et il parvint aifément à faire obferver cette loi. On fefait toujours dans fon camp la prière deux fois par jour , à fept heures du

matin, et à quatre heures du foir : il ne manqua
jamais d'y affifter , et de donner à fes foldats
l'exemple de la piété , qui fait toujours impreffion fur
les hommes, quand ils n'y foupçonnent pas de l'hypo-
crifie. Son camp, mieux policé que Copenhague ,
eut tout en abondance; les payfans aimaient mieux
vendre leurs denrées aux Suédois, leurs ennemis,
qu'aux Danois qui ne les payaient pas fi bien.
Les bourgeois de la ville furent même obligés de
venir plus d'une fois chercher au camp du roi de
Suède des provifions qui manquaient dans leurs
marchés.

Le roi de Danemarck était alors dans le Holftein,
où il femblait ne s'être rendu que pour lever le fiége
de Tonningue. Il voyait la mer Baltique couverte
de vaiffeaux ennemis , un jeune conquérant déjà
maître de la Zéeland , et prêt à s'emparer de la
capitale. Il fit publier dans fes Etats que ceux qui
prendraient les armes contre les Suédois auraient leur
liberté. Cette déclaration était d'un grand poids
dans un pays autrefois libre , où tous les payfans,
et même beaucoup de bourgeois , font efclaves
aujourd'hui. *Charles* fit dire au roi de Danemarck ,
qu'il ne fefait la guerre que pour l'obliger à faire la
paix, qu'il n'avait qu'à fe réfoudre à rendre juftice
au duc de Holftein, ou à voir Copenhague détruite ,
et fon royaume mis à feu et à fang. Le Danois était
trop heureux d'avoir à faire à un vainqueur qui fe
piquait de juftice. On affembla un congrès dans la
ville de Travendal, fur les frontières du Holftein.
Le roi de Suède ne fouffrit pas que l'art des
miniftres traînât les négociations en longueur : il

voulut que le traité s'achevât auffi rapidement qu'il
était defcendu en Zéeland. Effectivement il fut
conclu, le 5 d'augufte, à l'avantage du duc de Holftein,
qui fut indemnifé de tous les frais de la guerre,
et délivré d'oppreffion. Le roi de Suède ne voulut
rien pour lui-même, fatisfait d'avoir fecouru fon
allié et humilié fon ennemi. Ainfi *Charles XII*,
à dix-huit ans, commença et finit cette guerre en
moins de fix femaines.

Précifément dans le même temps, le roi de Pologne
inveftiffait la ville de Riga, capitale de la Livonie,
et le czar s'avançait du côté de l'Orient, à la tête de
près de cent mille hommes. Riga était défendue par
le vieux comte d'*Alberg*, général fuédois qui, à l'âge
de quatre-vingts ans, joignait le feu d'un jeune
homme à l'expérience de foixante campagnes. Le
comte *Fleming*, depuis miniftre de Pologne, grand
homme de guerre et de cabinet, et le livonien
Patkul, preffaient tous deux le fiége fous les yeux
du roi; mais, malgré plufieurs avantages que les
affiégeans avaient remportés, l'expérience du vieux
comte d'*Alberg* rendait inutiles leurs efforts, et le
roi de Pologne défefpérait de prendre la ville. Il
faifit enfin une occafion honorable de lever le fiége.
Riga était pleine de marchandifes appartenantes
aux Hollandais. Les états-généraux ordonnèrent
à leur ambaffadeur auprès du roi *Augufte*, de lui
faire fur cela des repréfentations. Le roi de Pologne
ne fe fit pas long-temps prier. Il confentit à lever
le fiége plutôt que de caufer le moindre dommage à
fes alliés, qui ne furent point étonnés de cet excès de
complaifance, dont ils furent la véritable caufe.

Il ne reftait donc plus à *Charles XII*, pour achever fa première campagne, que de marcher contre fon rival de gloire, *Pierre Alexiowitz*. Il était d'autant plus animé contre lui qu'il y avait encore à Stockholm trois ambaffadeurs mofcovites, qui venaient de jurer le renouvellement d'une paix inviolable. Il ne pouvait comprendre, lui qui fe piquait d'une probité févère, qu'un légiflateur comme le czar fe fît un jeu de ce qui doit être fi facré. Le jeune prince plein d'honneur ne penfait pas qu'il y eût une morale différente pour les rois et pour les particuliers. L'empereur de Mofcovie venait de faire paraître un manifefte, qu'il eût mieux fait de fupprimer. Il alléguait pour raifon de la guerre qu'on ne lui avait pas rendu affez d'honneurs lorfqu'il avait paffé *incognito* à Riga, et qu'on avait vendu les vivres trop chers à fes ambaffadeurs. C'étaient-là les griefs pour lefquels il ravageait l'Ingrie avec quatre-vingts mille hommes.

Il parut devant Nerva, à la tête de cette grande armée, le 1 octobre, dans un temps plus rude en ce climat que ne l'eft le mois de janvier à Paris. Le czar, qui dans de pareilles faifons fefait quel-quefois quatre cents lieues en pofte à cheval, pour aller vifiter lui-même une mine ou quelque canal, n'épargnait pas plus fes troupes que lui-même. Il favait d'ailleurs que les Suédois, depuis le temps de *Guftave-Adolphe*, fefaient la guerre au cœur de l'hiver comme dans l'été : il voulut accoutumer auffi fes Mofcovites à ne point connaître de faifons, et les rendre, un jour, pour le moins égaux aux Suédois. Ainfi dans un temps où les glaces et les neiges

Il bat les Ruffes.

E 4

forcent les autres nations, dans des climats tempérés, à suspendre la guerre, le czar *Pierre* assiégeait Nerva, à trente degrés du pôle, et *Charles XII* s'avançait pour la secourir. Le czar ne fut pas plus tôt arrivé devant la place qu'il se hâta de mettre en pratique ce qu'il venait d'apprendre dans ses voyages. Il traça son camp, le fit fortifier de tous côtés, éleva des redoutes de distance en distance, et ouvrit lui-même la tranchée. Il avait donné le commandement de son armée au duc de *Croi*, allemand, général habile, mais peu secondé alors par les officiers russes. Pour lui, il n'avait dans ses propres troupes que le rang de simple lieutenant. Il avait donné l'exemple de l'obéissance militaire à sa noblesse, jusque-là indisciplinable, laquelle était en possession de conduire sans expérience et en tumulte des esclaves mal armés. Il n'était pas étonnant que celui qui s'était fait charpentier à Amsterdam, pour avoir des flottes, fût lieutenant à Nerva, pour enseigner à sa nation l'art de la guerre.

Les Russes sont robustes, infatigables, peut-être aussi courageux que les Suédois; mais c'est au temps à aguerrir les troupes, et à la discipline à les rendre invincibles. Les seuls régimens, dont on put espérer quelque chose, étaient commandés par des officiers allemands, mais ils étaient en petit nombre. Le reste était des barbares arrachés à leurs forêts, couverts de peaux de bêtes sauvages, les uns armés de flèches, les autres de massues : peu avaient des fusils : aucun n'avait vu un siége régulier; il n'y avait pas un bon canonnier dans toute l'armée. Cent cinquante canons, qui auraient dû réduire la petite ville de Nerva en

cendres, y avaient à peine fait brèche, tandis que
l'artillerie de la ville renverfait à tout moment des
rangs entiers dans les tranchées. Nerva était prefque
fans fortifications : le baron de *Hoorn*, qui y commandait, n'avait pas mille hommes de troupes réglées ;
cependant cette armée innombrable n'avait pu la
réduire en dix femaines.

On était déjà au 15 de novembre, quand le
czar apprit que le roi de Suède, ayant traverfé la
mer avec deux cents vaiffeaux de tranfport, marchait
pour fecourir Nerva. Les Suédois n'étaient que vingt
mille. Le czar n'avait que la fupériorité du nombre.
Loin donc de méprifer fon ennemi, il emploïa tout
ce qu'il avait d'art pour l'accabler. Non content de
quatre - vingts mille hommes, il fe prépara à lui
oppofer encore une autre armée, et à l'arrêter à
chaque pas. Il avait déjà mandé près de trente
mille hommes, qui s'avançaient de Pleskow à grandes
journées. Il fit alors une démarche qui l'eût rendu
méprifable, fi un légiflateur, qui a fait de fi grandes
chofes, pouvait l'être. Il quitta fon camp, où fa
préfence était néceffaire, pour aller chercher ce
nouveau corps de troupes qui pouvait très-bien
arriver fans lui, et fembla, par cette démarche,
craindre de combattre dans un camp retranché un
jeune prince fans expérience qui pouvait venir
l'attaquer.

Quoi qu'il en foit, il voulait enfermer *Charles* **XII**
entre deux armées. Ce n'était pas tout : trente mille
hommes, détachés du camp devant Nerva, étaient
poftés à une lieue de cette ville fur le chemin du
roi de Suède ; vingt mille ftrélitz étaient plus loin

fur le même chemin ; cinq mille autres fefaient une garde avancée. Il fallait paffer fur le ventre à toutes ces troupes, avant que d'arriver devant le camp, qui était muni d'un rempart et d'un double foffé. Le roi de Suède avait débarqué à Pernaw dans le golfe de Riga, avec environ feize mille hommes d'infanterie, et un peu plus de quatre mille chevaux. De Pernaw il avait précipité fa marche jufqu'à Revel, fuivi de toute fa cavalerie, et feulement de quatre mille fantaffins. Il marchait toujours en avant, fans attendre le refte de fes troupes. Il fe trouva bientôt avec fes huit mille hommes feulement, devant les premiers poftes des ennemis. Il ne balança pas à les attaquer tous les uns après les autres, fans leur donner le temps d'apprendre à quel petit nombre ils avaient à faire. Les Mofcovites, voyant arriver les Suédois à eux, crurent avoir toute une armée à combattre. La garde avancée de cinq mille hommes, qui gardait entre des rochers un pofte où cent hommes réfolus pouvaient arrêter une armée entière, s'enfuit à la première approche des Suédois. Les vingt mille hommes qui étaient derrière, voyant fuir leurs compagnons, prirent l'épouvante, et allèrent porter le défordre dans le camp. Tous les poftes furent emportés en deux jours ; et ce qui en d'autres occafions eût été compté pour trois victoires, ne retarda pas d'une heure la marche du roi. Il parut donc enfin, avec fes huit mille hommes fatigués d'une fi longue marche, devant un camp de quatre-vingts mille ruffes, bordé de cent cinquante canons. A peine fes troupes eurent-elles pris quelque repos, que, fans délibérer, il donna fes ordres pour l'attaque.

Le fignal était deux fufées, et le mot en allemand, *avec l'aide de Dieu.* Un officier général lui ayant repréfenté la grandeur du péril : *Quoi, vous doutez,* dit-il, *qu'avec mes huit mille braves fuédois je ne paffe fur le corps à quatre-vingts mille mofcovites ?* Un moment après, craignant qu'il n'y eût un peu de fanfaronnade dans ces paroles, il courut lui-même après cet officier : *N'êtes-vous donc pas de mon avis?* lui dit-il ; *n'ai-je pas deux avantages fur les ennemis? l'un que leur cavalerie ne pourra leur fervir ; et l'autre, que le lieu étant refferré, leur grand nombre ne fera que les incommoder ; et ainfi je ferai réellement plus fort qu'eux.* L'officier n'eut garde d'être d'un autre avis, et on marcha aux Mofcovites, à midi, le 30 novembre 1700.

Dès que le canon des Suédois eut fait brèche aux retranchemens, ils s'avancèrent la baïonnette au bout du fufil, ayant au dos une neige furieufe, qui donnait au vifage des ennemis. Les Ruffes fe firent tuer pendant une demi-heure, fans quitter le revers des foffés. Le roi attaquait à la droite du camp, où était le quartier du czar ; il efpérait le ren-contrer, ne fachant pas que l'empereur lui-même avait été chercher ces quarante mille hommes, qui devaient arriver dans peu. Aux premières décharges de la moufqueterie ennemie, le roi reçut une balle à la gorge ; mais c'était une balle morte qui s'arrêta dans les plis de fa cravate noire, et qui ne lui fit aucun mal. Son cheval fut tué fous lui. M. de *Spaar* m'a dit que le roi fauta légèrement fur un autre cheval, en difant : *Ces gens-ci me font faire mes exercices ;* et continua de combattre et de donner les ordres avec la même préfence d'efprit. Après trois heures

de combat, les retranchemens furent forcés de tous
côtés. Le roi poursuivit la droite jusqu'à la rivière de
Nerva, avec son aile gauche, si l'on peut appeler de
ce nom environ quatre mille hommes qui en poursuivaient près de quarante mille. Le pont rompit
sous les fuyards ; la rivière fut en un moment
couverte de morts. Les autres désespérés retournèrent
à leur camp, sans savoir où ils allaient : ils trouvèrent
quelques baraques derrière lesquelles ils se mirent ;
là ils se défendirent encore, parce qu'ils ne pouvaient
pas se sauver ; mais enfin leurs généraux *Dolgorouky*,
Gollofkin, *Fédérowitz*, vinrent se rendre au roi, et
mettre leurs armes à ses pieds. Pendant qu'on les lui
présentait, arriva le duc de *Croi*, général de l'armée, qui venait se rendre lui-même avec trente
officiers.

(*i*) *Charles* reçut tous ces prisonniers d'importance avec une politesse aussi aisée et un air aussi
humain, que s'il leur eût fait dans sa cour les
honneurs d'une fête. Il ne voulut garder que les
généraux. Tous les officiers subalternes et les soldats
furent conduits désarmés jusqu'à la rivière de Nerva :
on leur fournit des bateaux pour la repasser, et
pour s'en retourner chez eux. Cependant la nuit
s'approchait ; la droite des Moscovites se battait
encore : les Suédois n'avaient pas perdu six cents
hommes : dix-huit mille moscovites avaient été
tués dans leurs retranchemens : un grand nombre
était noyé : beaucoup avaient passé la rivière ; il en
restait encore assez dans le camp pour exterminer

jusqu'au dernier suédois. Mais ce n'est pas le nombre des morts, c'est l'épouvante de ceux qui survivent, qui fait perdre les batailles. Le roi profita du peu de jour qui restait, pour saisir l'artillerie ennemie. Il se posta avantageusement entre leur camp et la ville : là il dormit quelques heures sur la terre, enveloppé dans son manteau, en attendant qu'il pût fondre, au point du jour, sur l'aile gauche des ennemis, qui n'avait point encore été tout-à-fait rompue. A deux heures du matin, le général *Vede*, qui commandait cette gauche, ayant su le gracieux accueil que le roi avait fait aux autres généraux, et comment il avait renvoyé tous les officiers subalternes et les soldats, l'envoya supplier de lui accorder la même grâce. Le vainqueur lui fit dire qu'il n'avait qu'à s'approcher à la tête de ses troupes, et venir mettre bas les armes et les drapeaux devant lui. Ce général parut bientôt après avec ses moscovites, qui étaient au nombre d'environ trente mille. Ils marchèrent tête nue, soldats et officiers, à travers moins de sept mille suédois. Les soldats, en passant devant le roi, jetaient à terre leurs fusils et leurs épées ; et les officiers portaient à ses pieds les enseignes et les drapeaux. Il fit repasser la rivière à toute cette multitude, sans en retenir un seul soldat prisonnier. S'il les avait gardés, le nombre des prisonniers eût été au moins cinq fois plus grand que celui des vainqueurs.

Alors il entra victorieux dans Nerva, accompagné du duc de *Croi* et des autres officiers généraux moscovites : il leur fit rendre à tous leurs épées ; et sachant qu'ils manquaient d'argent, et que les

marchands de Nerva ne voulaïent point leur en
prêter, il envoya mille ducats au duc de *Croi*, et
cinq cents à chacun des officiers mofcovites, qui
ne pouvaient fe laffer d'admirer ce traitement, dont
ils n'avaient pas même d'idée. On dreffa auffitôt
à Nerva une relation de la victoire, pour l'envoyer
à Stockholm et aux alliés de la Suède; mais le roi
retrancha de fa main tout ce qui était trop avantageux
pour lui et trop injurieux pour le czar. Sa modeftie
ne put empêcher qu'on ne frappât à Stockholm
plufieurs médailles pour perpétuer la mémoire de ces
événemens. Entre autres on en frappa une qui le
repréfentait d'un côté fur un piédeftal, où paraiffaient enchaînés un mofcovite, un danois, un polonais; de l'autre était un Hercule armé de fa maffue,
tenant fous fes pieds un Cerbère, avec cette légende:
Tres uno contudit ictu.

Parmi les prifonniers faits à la journée de Nerva,
on en vit un qui était un grand exemple des révolutions de la fortune : il était fils aîné et héritier du
roi de Georgie; on le nommait le *czarafis Artfchelou;*
ce titre de *czarafis* fignifie prince, ou fils du czar,
chez tous les Tartares comme en Mofcovie; car le
mot de *czar* ou *tzar* voulait dire roi chez les
anciens Scythes dont tous ces peuples font defcendus, et ne vient point des *Céfars* de Rome, fi
long-temps inconnus à ces barbares. Son père
Mittelleski, czar et maître de la plus belle partie des
pays qui font entre les montagnes d'Ararat, et les
extrémités orientales de la mer Noire, avait été
chaffé de fon royaume par fes propres fujets, en
1688, et avait choifi de fe jeter entre les bras de

l'empereur de Moſcovie, plutôt que de recourir à
celui des Turcs. Le fils de ce roi, âgé de dix-neuf
ans, voulut ſuivre *Pierre le grand* dans ſon expédition contre les Suédois, et fut pris en combattant
par quelques ſoldats finlandais, qui l'avaient déjà
dépouillé, et qui allaient le maſſacrer. Le comte
Renſchild l'arracha de leurs mains, lui fit donner un
habit, et le préſenta à ſon maître; *Charles* l'envoya
à Stockholm, où ce prince malheureux mourut
quelques années après. Le roi ne put s'empêcher,
en le voyant partir, de faire tout haut devant ſes
officiers une réflexion naturelle ſur l'étrange deſtinée
d'un prince aſiatique, né au pied du mont Caucaſe,
qui allait vivre captif parmi les glaces de la Suède.
C'eſt, dit-il, *comme ſi j'étais un jour priſonnier chez les
Tartares de Crimée.* Ces paroles ne firent alors aucune
impreſſion; mais dans la ſuite on ne s'en ſouvint
que trop, lorſque l'événement en eut fait une
prédiction.

Le czar s'avançait à grandes journées avec l'armée
de quarante mille ruſſes, comptant envelopper ſon
ennemi de tous côtés. Il apprit, à moitié chemin, la
bataille de Nerva et la diſperſion de tout ſon camp. Il
ne s'obſtina pas à vouloir attaquer, avec ſes quarante
mille hommes ſans expérience et ſans diſcipline, un
vainqueur qui venait d'en détruire quatre-vingts
mille dans un camp retranché; il retourna ſur ſes
pas, pourſuivant toujours le deſſein de diſcipliner
ſes troupes, pendant qu'il civiliſait ſes ſujets. ,, Je
,, fais bien, dit-il, que les Suédois nous battront long-
,, temps; mais à la fin ils nous apprendront eux-mêmes à
,, les vaincre. ,, Moſcou ſa capitale fut dans l'épouvante

et dans la défolation, à la nouvelle de cette défaite. Telle était la fierté et l'ignorance de ce peuple, qu'ils crurent avoir été vaincus par un pouvoir plus qu'humain, et que les Suédois étaient de vrais magiciens. Cette opinion fut fi générale que l'on ordonna à ce fujet des prières publiques à faint *Nicolas*, patron de la Mofcovie. Cette prière eft trop fingulière, pour n'être pas rapportée. La voici :

  „ O toi qui es notre confolateur perpétuel dans „ toutes nos adverfités, grand faint *Nicolas*, infiniment „ puiffant, par quel péché t'avons-nous offenfé dans „ nos facrifices, génuflexions, révérences et actions „ de grâces, pour que tu nous aies ainfi abandonnés? „ Nous avions imploré ton affiftance contre ces ter„ ribles, infolens, enragés, épouvantables, indomp„ tables deftructeurs, lorfque, comme des lions et „ des ours qui ont perdu leurs petits, ils nous „ ont attaqués, effrayés, bleffés, tués par milliers, „ nous qui fommes ton peuple. Comme il eft impof„ fible que cela foit arrivé fans fortilége et enchan„ tement, nous te fupplions, ô grand faint *Nicolas*, „ d'être notre champion et notre porte-étendard, „ de nous délivrer de cette foule de forciers, et de les „ chaffer bien loin de nos frontières avec la récompenfe „ qui leur eft due. „

  Tandis que les Ruffes fe plaignaient à faint *Nicolas* de leur défaite, *Charles XII* fefait rendre grâces à DIEU, et fe préparait à de nouvelles victoires.

  Le roi de Pologne s'attendit bien que fon ennemi, vainqueur des Danois et des Mofcovites, viendrait bientôt fondre fur lui. Il fe ligua plus étroitement que jamais avec le czar. Ces deux princes convinrent

d'une

d'une entrevue, pour prendre leurs mefures de concert. Ils fe virent à Birzen, petite ville de Lithuanie, fans aucune de ces formalités qui ne fervent qu'à retarder les affaires, et qui ne convenaient ni à leur fituation ni à leur humeur. Les princes du Nord fe voient avec une familiarité qui n'eft point encore établie dans le midi de l'Europe. *Pierre* et *Augufte* pafsèrent quinze jours enfemble dans des plaifirs qui allèrent jufqu'à l'excès : car le czar, qui voulait réformer fa nation, ne put jamais corriger dans lui-même fon penchant dangereux pour la débauche.

Le roi de Pologne s'engagea à fournir au czar cinquante mille hommes de troupes allemandes, qu'on devait acheter de divers princes, et que le czar devait foudoyer. Celui-ci, de fon côté, devait envoyer cinquante mille ruffes en Pologne, pour y apprendre l'art de la guerre, et promettait de payer au roi *Augufte* trois millions de rifdales en deux ans. Ce traité, s'il eût été exécuté, eût pu être fatal au roi de Suède; c'était un moyen prompt et fûr d'aguerrir les Mofcovites; c'était peut-être forger des fers à une partie de l'Europe.

Charles XII fe mit en droit d'empêcher le roi de Pologne de recueillir le fruit de cette ligue. Après avoir paffé l'hiver auprès de Nerva, il parut en Livonie auprès de cette même ville de Riga, que le roi *Augufte* avait affiégée inutilement. Les troupes faxonnes étaient poftées le long de la rivière de Duina, qui eft fort large en cet endroit : il fallait difputer le paffage à *Charles*, qui était à l'autre bord du fleuve. Les Saxons n'étaient pas commandés par leur prince, alors malade; mais ils avaient à leur

Hift. de Charles XII. F

tête le maréchal de *Stenau* qui fefait les fonctions de
général : fous lui commandaient le prince *Ferdinand*,
duc de Courlande, et ce même *Patkul* qui défendait
fa patrie contre *Charles XII*, l'épée à la main, après
en avoir foutenu les droits par la plume, au péril de
fa vie, contre *Charles XI*. Le roi de Suède avait
fait conftruire de grands bateaux d'une invention
nouvelle dont les bords, beaucoup plus hauts qu'à
l'ordinaire, pouvaient fe lever et fe baiffer comme
des ponts-levis. En fe levant ils couvraient les
troupes qu'ils portaient; en fe baiffant ils fervaient
de pont pour le débarquement. Il mit encore en
ufage un autre artifice. Ayant remarqué que le vent
foufflait du nord où il était, au fud où étaient campés
les ennemis, il fit mettre le feu à quantité de paille
mouillée, dont la fumée épaiffe, fe répandant fur la
rivière, dérobait aux Saxons la vue de fes troupes,
et de ce qu'il allait faire. A la faveur de ce nuage, il
fit avancer des barques remplies de cette même paille
fumante; de forte que le nuage groffiffant toujours,
et chaffé par le vent dans les yeux des ennemis,
les mettait dans l'impoffibilité de favoir fi le roi
paffait ou non. Cependant il conduifait feul l'exécution de fon ftratagême. Etant déjà au milieu de
la rivière : *Hé bien*, dit-il au général *Renfchild*, *la
Duina ne fera pas plus méchante que la mer de Copenhague;
croyez-moi, général, nous les battrons*. Il arriva en un
quart d'heure à l'autre bord, et fut mortifié de ne
fauter à terre que le quatrième. Il fait auffitôt
débarquer fon canon, et forme fa bataille, fans que
les ennemis, offufqués de la fumée, puiffent s'y
oppofer que par quelques coups tirés au hafard.

Le vent ayant diffipé ce brouillard, les Saxons virent le roi de Suède marchant déjà à eux.

Le maréchal *Stenau* ne perdit pas un moment: à peine aperçut-il les Suédois qu'il fondit fur eux Il bat les Saxons. avec la meilleure partie de fa cavalerie. Le choc violent de cette troupe, tombant fur les Suédois dans l'inftant qu'ils formaient leurs bataillons, les mit en défordre. Ils s'ouvrirent, ils furent rompus et pourfuivis jufque dans la rivière. Le roi de Suède les rallia, le moment d'après, au milieu de l'eau, auffi aifément que s'il eût fait une revue. Alors fes foldats, marchant plus ferrés qu'auparavant, repouffèrent le maréchal *Stenau*, et s'avancèrent dans la plaine. *Stenau* fentit que fes troupes étaient étonnées: il les fit retirer en habile homme dans un lieu fec, flanqué d'un marais et d'un bois où était fon artillerie. L'avantage du terrain, et le temps qu'il avait donné aux Saxons de revenir de leur première furprife, leur rendit tout leur courage. *Charles* ne balança pas à les attaquer: il avait avec lui quinze mille hommes: *Stenau* et le duc de Courlande environ douze mille, n'ayant pour toute artillerie qu'un canon de fer fans affût. La bataille fut rude et fanglante: le duc eut deux chevaux tués fous lui: il pénétra trois fois aux milieu de la garde du roi; mais enfin ayant été renverfé de fon cheval d'un coup de croffe de moufquet, le défordre fe mit dans fon armée, qui ne difputa plus la victoire. Ses cuiraffiers le retirèrent avec peine, tout froiffé et à demi-mort, du milieu de la mêlée, et de deffous les chevaux qui le foulaient aux pieds.

Le roi de Suède, après fa victoire, court à

Mittau, capitale de la Courlande. Toutes les villes de ce duché se rendent à lui à discrétion : c'était un voyage, plutôt qu'une conquête. Il passa sans s'arrêter en Lithuanie, soumettant tout sur son passage. Il sentit une satisfaction flatteuse, et il l'avoua lui-même, quand il entra en vainqueur dans cette ville de Birzen, où le roi de Pologne et le czar avaient conspiré sa ruine quelques mois auparavant.

Ce fut dans cette place qu'il conçut le dessein de détrôner le roi de Pologne, par les mains des Polonais mêmes. Là, étant un jour à table, tout occupé de cette entreprise, et observant sa sobriété extrême, dans un silence profond, paraissant comme enseveli dans ses grandes idées, un colonel allemand, qui assistait à son dîner, dit assez haut pour être entendu, que les repas que le czar et le roi de Pologne avaient faits au même endroit étaient un peu différens de ceux de sa majesté. *Oui*, dit le roi en se levant, *et j'en troublerai plus aisément leur digestion.* En effet, mêlant alors un peu de politique à la force de ses armes, il ne tarda pas à préparer l'événement qu'il méditait.

Description de la Pologne. — La Pologne, cette partie de l'ancienne Sarmatie, est un peu plus grande que la France, moins peuplée qu'elle, mais plus que la Suède. Ses peuples ne sont chrétiens que depuis environ sept cents cinquante ans. C'est une chose singulière, que la langue des Romains, qui n'ont jamais pénétré dans ces climats, ne se parle aujourd'hui communément qu'en Pologne; tout y parle latin jusqu'aux domestiques. Ce grand pays est très-fertile; mais les

peuples n'en font que moins induftrieux. (*k*) **Les**
ouvriers et les marchands qu'on voit en Pologne,
font des écoffais, des français, fur-tout des juifs.
Ils y ont près de trois cents fynagogues; et à force
de multiplier, ils en feront chaffés comme ils l'ont
été d'Efpagne. Ils achètent à vil prix les blés,
les beftiaux, les denrées du pays; les trafiquent à
Dantzick et en Allemagne, et vendent chèrement
aux nobles de quoi fatisfaire l'efpèce de luxe qu'ils
connaiffent, et qu'ils aiment. Ainfi ce pays, arrofé
des plus belles rivières, riche en pâturages, en mines
de fel, et couvert de moiffons, refte pauvre, malgré
fon abondance, parce que le peuple eft efclave, et
que la nobleffe eft fière et oifive.

Son gouvernement eft la plus fidelle image de
l'ancien gouvernement celte et gothique, corrigé
ou altéré par-tout ailleurs. C'eft le feul Etat qui ait
confervé le nom de république avec la dignité
royale.

Chaque gentilhomme a le droit de donner fa voix
dans l'élection d'un roi, et de pouvoir l'être lui-
même. Ce plus beau des droits eft joint au plus
grand des abus : le trône eft prefque toujours à
l'enchère; et, comme un polonais eft rarement affez
riche pour l'acheter, il a été vendu fouvent aux
étrangers. La nobleffe et le clergé défendent leur
liberté contre leur roi, et l'ôtent au refte de la
nation. Tout le peuple y eft efclave; tant la deftinée
des hommes eft que le plus grand nombre foit
par-tout, de façon ou d'autre, fubjugué par le plus
petit. Là, le payfan ne sème point pour lui, mais

(*k*) Copié par le P. *Barre*, tome IX.

F 3

pour des feigneurs, à qui lui, fon champ et le travail de fes mains appartiennent, et qui peuvent le vendre et l'égorger avec le bétail de la terre. Tout ce qui eft gentilhomme ne dépend que de foi. Il faut, pour les juger dans une affaire criminelle, une affemblée entière de la nation : il ne peut être arrêté qu'après avoir été condamné; ainfi il n'eft prefque jamais puni. Il y en a beaucoup de pauvres; ceux-là fe mettent au fervice des plus puiffans, en reçoivent un falaire, font les fonctions les plus baffes. Ils aiment mieux fervir leurs égaux que de s'enrichir par le commerce; et, en panfant les chevaux de leurs maîtres, ils fe donnent le titre d'électeurs des rois et de deftructeurs des tyrans.

Qui verrait un roi de Pologne dans la pompe de fa majefté royale, le croirait le prince le plus abfolu de l'Europe; c'eft cependant celui qui l'eft le moins. Les Polonais font réellement avec lui ce contrat qu'on fuppofe chez d'autres nations, entre le fouverain et les fujets. Le roi de Pologne, à fon facre même, et en jurant les *pacta conventa*, difpenfe fes fujets du ferment d'obéiffance, en cas qu'il viole les lois de la république.

Il nomme à toutes les charges, et confère tous les honneurs. Rien n'eft héréditaire en Pologne, que les terres et le rang de noble. Le fils d'un palatin et celui du roi, n'ont nul droit aux dignités de leur père; mais il y a cette grande différence entre le roi et la république, qu'il ne peut ôter aucune charge après l'avoir donnée, et que la république a le droit de lui ôter la couronne, s'il tranfgreffait les lois de l'Etat.

La noblesse, jalouse de sa liberté, vend souvent ses suffrages, et rarement ses affections. A peine ont-ils élu un roi qu'ils craignent son ambition, et lui opposent leurs cabales. Les grands qu'il a faits, et qu'il ne peut défaire, deviennent souvent ses ennemis, au lieu de rester ses créatures. Ceux qui sont attachés à la cour sont l'objet de la haine du reste de la noblesse: ce qui forme toujours deux partis; division inévitable, et même nécessaire, dans des pays où l'on veut avoir des rois, et conserver sa liberté.

Ce qui concerne la nation est réglé dans les états généraux qu'on appelle diètes. Ces états sont composés du corps du sénat et de plusieurs gentils-hommes; les sénateurs sont les palatins et les évêques: le second ordre est composé des députés des diètes particulières de chaque palatinat. A ces grandes assemblées préside l'archevêque de Gnesne, primat de Pologne, vicaire du royaume dans les interrègnes, et la première personne de l'Etat après le roi. Rarement y a-t-il en Pologne un autre cardinal que lui, parce que la pourpre romaine ne donnant aucune préféance dans le sénat, un évêque qui serait cardinal serait obligé ou de s'asseoir à son rang de sénateur, ou de renoncer aux droits solides de la dignité qu'il a dans sa patrie, pour soutenir les prétentions d'un honneur étranger.

Ces diètes se doivent tenir, par les lois du royaume, alternativement en Pologne et en Lithuanie. Les députés y décident souvent leurs affaires, le sabre à la main, comme les anciens Sarmates, dont ils sont descendus, et quelquefois même, au milieu de

F 4

l'ivreffe, vice que les Sarmates ignoraient. Chaque
gentilhomme député à ces états généraux jouit du
droit qu'avaient à Rome les tribuns du peuple, de
s'oppofer aux lois du fénat. Un feul gentilhomme
qui dit, *je protefte*, arrête par ce mot feul les réfolutions unanimes de tout le refte ; et s'il part de l'endroit
où fe tient la diète, il faut alors qu'elle fe fépare.

On apporte aux défordres qui naiffent de cette loi,
un remède plus dangereux encore. La Pologne eft rarement fans deux factions. L'unanimité dans les diètes
étant alors impoffible, chaque parti forme des confédérations, dans lefquelles on décide à la pluralité
des voix, fans avoir égard aux proteftations du plus
petit nombre. Ces affemblées, illégitimes felon les lois,
mais autorifées par l'ufage, fe font au nom du roi,
quoique fouvent contre fon confentement, et contre
fes intérêts ; à peu-près comme la ligue fe fervait
en France du nom de *Henri III* pour l'accabler ; et
comme en Angleterre le parlement, qui fit mourir
Charles I fur un échafaud, commença par mettre le
nom du prince à la tête de toutes les réfolutions
qu'il prenait pour le perdre. Lorfque les troubles
font finis, alors c'eft aux diètes générales à confirmer ou à caffer les actes de ces confédérations. Une
diète même peut changer tout ce qu'a fait la précé-
dente, par la même raifon que dans les Etats monar-
chiques un roi peut abolir les lois de fon prédéceffeur, et les fiennes propres.

La nobleffe, qui fait les lois de la république,
en fait auffi la force. Elle monte à cheval dans les
grandes occafions, et peut compofer un corps de
plus de cent mille hommes. Cette grande armée,

nommée *pofpolite*, fe meut difficilement, et fe gouverne mal : la difficulté des vivres et des fourrages la met dans l'impuiffance de fubfifter long-temps affemblée. La difcipline, la fubordination, l'expérience lui manquent; mais l'amour de la liberté qui l'anime la rend toujours formidable.

On peut la vaincre ou la diffiper, ou la tenir même pour un temps dans l'efclavage; mais elle fecoue bientôt le joug: ils fe comparent eux-mêmes aux rofeaux que la tempête couche par terre, et qui fe relèvent dès que le vent ne fouffle plus. C'eft pour cette raifon qu'ils n'ont point de places de guerre; ils veulent être les feuls remparts de leur république; ils ne fouffrent jamais que leur roi bâtiffe des fortereffes, de peur qu'il ne s'en ferve, moins pour les défendre que pour les opprimer. Leur pays eft tout ouvert, à la réferve de deux ou trois places frontières. Que fi dans leurs guerres, ou civiles, ou étrangères, ils s'obftinent à foutenir chez eux quelque fiége, il faut faire à la hâte des fortifications de terre, réparer de vieilles murailles à demi-ruinées, élargir des foffés prefque comblés; et la ville eft prife avant que les retranchemens foient achevés.

La *pofpolite* n'eft pas toujours à cheval pour garder le pays; elle n'y monte que par l'ordre des diètes, ou même quelquefois fur le fimple ordre du roi, dans les dangers extrêmes.

La garde ordinaire de la Pologne eft une armée qui doit toujours fubfifter aux dépens de la république. Elle eft compofée de deux corps fous deux grands généraux différens. Le premier corps eft celui de la Pologne, et doit être dé trente-fix mille hommes : le fecond, au nombre de douze mille, eft celui de Lithuanie. Les deux grands généraux font indépendans l'un de l'autre : quoique nommés par le roi, ils ne rendent jamais compte de leurs opérations qu'à la république, et ont une autorité fuprême fur leurs troupes. Les colonels font les maîtres abfolus de leurs régimens ; c'eft à eux à les faire fubfifter comme ils peuvent, et à leur payer leur folde. Mais étant rarement payés eux-mêmes, ils défolent le pays, et ruinent les laboureurs pour fatisfaire leur avidité et celle de leurs foldats. (*l*) Les feigneurs polonais paraiffent dans ces armées avec plus de magnificence que dans les villes ; leurs tentes font plus belles que leurs maifons. La cavalerie, qui fait les deux tiers de l'armée, eft prefque toute compofée de gentilshommes : elle eft remarquable par la beauté des chevaux, et par la richeffe des habillemens et des harnais.

Les gendarmes fur-tout, que l'on diftingue en houffards et pancernes, (*m*) ne marchent qu'accompagnés de plufieurs valets, qui leur tiennent des chevaux de main, ornés de brides à plaques et clous d'argent, de felles brodées, d'arçons, d'étriers dorés, et quelquefois d'argent maffif, avec de grandes houffes traînantes, à la manière des Turcs, dont les Polonais imitent autant qu'ils peuvent la magnificence.

Autant cette cavalerie eft parée et fuperbe, autant l'infanterie était alors délabrée, mal vêtue, mal

(*l*) Morceau copié par le P. *Barre.*

(*m*) *Idem.* On n'en citera pas davantage ; c'eft trop d'ennui pour L'éditeur.

armée, fans habit d'ordonnance ni rien d'uniforme.
C'eft ainfi du moins qu'elle fut jufque vers 1710.
Ces fantaffins, qui reffemblent à des tartares
vagabonds, fupportent avec une étonnante fermeté
la faim, le froid, la fatigue et tout le poids de la
guerre.

On voit encore dans les foldats polonais le caractère des anciens Sarmates, leurs ancêtres ; auffi peu
de difcipline, la même fureur à attaquer, la même
promptitude à fuir et à revenir au combat, le même
acharnement dans le carnage, quand ils font vainqueurs.

Le roi de Pologne s'était flatté d'abord que dans le
befoin ces deux armées combattraient en fa faveur,
que la *pofpolite* polonaife s'armerait à fes ordres,
et que toutes ces forces, jointes aux Saxons fes
fujets, et aux Mofcovites fes alliés, compoferaient
une multitude devant qui le petit nombre des Suédois
n'oferait paraître. Il fe vit prefque tout à coup privé
de ces fecours, par les foins mêmes qu'il avait pris
pour les avoir tous à la fois.

Accoutumé dans fes pays héréditaires au pouvoir
abfolu, il crut, trop peut-être, qu'il pourrait
gouverner la Pologne comme la Saxe. Le commencement de fon règne fit des mécontens ; fes
premières démarches irritèrent le parti qui s'était
oppofé à fon élection, et alliénèrent prefque tout le
refte. La Pologne murmura de voir fes villes remplies
de garnifons faxonnes, et fes frontières de troupes.
Cette nation, bien plus jaloufe de maintenir fa liberté
qu'empreffée à attaquer fes voifins, ne regarda point
la guerre du roi *Augufte* contre la Suède, et l'irruption

en Livonie, comme une entreprife avantageufe à la république. On trompe difficilement une nation libre fur fes vrais intérêts. Les Polonais fentaient que fi cette guerre entreprife fans leur confentement était malheureufe, leur pays, ouvert de tous côtés, ferait en proie au roi de Suède; et que fi elle était heureufe, ils feraient fubjugués par leur roi même, qui, maître alors de la Livonie, comme de la Saxe, enclaverait la Pologne entre ces deux pays. Dans cette alternative, ou d'être efclaves du roi qu'ils avaient élu, où d'être ravagés par *Charles XII* juftement outragé, ils ne formèrent qu'un cri contre la guerre, qu'ils crurent déclarée à eux-mêmes plus qu'à la Suède. Ils regardèrent les Saxons et les Mofcovites comme les inftrumens de leurs chaînes. Bientôt voyant que le roi de Suède avait renverfé tout ce qui était fur fon paffage, et s'avançait avec une armée victorieufe au cœur de la Lithuanie, ils éclatèrent contre leur fouverain, avec d'autant plus de liberté qu'il était malheureux.

Deux partis divifaient alors la Lithuanie, celui des princes *Sapieha* et celui d'*Oginski*. Ces deux factions avaient commencé par des querelles particulières dégénérées en guerre civile. Le roi de Suède s'attacha les princes *Sapieha*; et *Oginski*, mal fecouru par les Saxons, vit fon parti prefque anéanti. L'armée lithuanienne, que ces troubles et le défaut d'argent réduifaient à un petit nombre, était en partie difperfée par le vainqueur. Le peu qui tenait pour le roi de Pologne était féparé en petits corps de troupes fugitives, qui erraient dans la campagne et fubfiftaient de rapines. *Augufte* ne voyait en

Lithuanie que de l'impuiffance dans fon parti, de
la haine dans fes fujets, et une armée ennemie
conduite par un jeune roi outragé, victorieux et
implacable.

Il y avait, à la vérité, en Pologne une armée;
mais au lieu d'être de trente-fix mille hommes,
nombre prefcrit par les lois, elle n'était pas de dix-
huit mille. Non-feulement elle était mal payée et
mal armée, mais fes généraux ne favaient encore
quel parti prendre.

La reffource du roi était d'ordonner à la nobleffe
de le fuivre; mais il n'ofait s'expofer à un refus
qui eût trop découvert, et par conféquent augmenté
fa faibleffe.

Dans cet état de trouble et d'incertitude, tous
les palatinats du royaume demandaient au roi une
diète : de même qu'en Angleterre, dans les temps
difficiles, tous les corps de l'Etat préfentent des
adreffes au roi, pour le prier de convoquer un
parlement. *Augufte* avait plus befoin d'une armée
que d'une diète, où les actions des rois font pefées.
Il fallut bien cependant qu'il la convoquât, pour
ne point aigrir la nation fans retour. Elle fut donc
indiquée à Varfovie, pour le 2 de décembre de
l'année 1701. Il s'apperçut bientôt que *Charles XII*
avait pour le moins autant de pouvoir que lui dans
cette affemblée. Ceux qui tenaient pour les *Sapieha*,
les *Lubomirsky* et leurs amis, le palatin *Leczinski*,
tréforier de la couronne, qui devait fa fortune au
roi *Augufte*, et fur-tout les partifans des princes
Sobiesky, étaient tous fecrètement attachés au roi de
Suède.

Le plus confidérable de fes partifans, et le plus dangereux ennemi qu'eût le roi de Pologne, était le cardinal *Radjousky*, archevêque de Gnefne, primat du royaume, et préfident de la diète. C'était un homme plein d'artifice et d'obfcurité dans fa conduite, entièrement gouverné par une femme ambitieufe, que les Suédois appelaient *madame la cardinale*, laquelle ne ceffait de le pouffer à l'intrigue et à la faction. Le roi *Jean Sobiesky*, prédéceffeur d'*Augufte*, l'avait d'abord fait évêque de Varmie, et vice-chancelier du royaume. *Radjousky*, n'étant encore qu'évêque, obtint le cardinalat par la faveur du même roi. Cette dignité lui ouvrit bientôt le chemin à celle de primat; ainfi réuniffant dans fa perfonne tout ce qui impofe aux hommes, il était en état d'entreprendre beaucoup impunément.

Il effaya fon crédit après la mort de *Jean*, pour mettre le prince *Jacques Sobiesky* fur le trône; mais le torrent de la haine qu'on portait au père, tout grand homme qu'il était, en écarta le fils. Le cardinal primat fe joignit alors à l'abbé de *Polignac*, ambaffadeur de France, pour donner la couronne au prince de *Conti*, qui en effet fut élu. Mais l'argent et les troupes de Saxe triomphèrent de fes négociations. Il fe laiffa enfin entraîner au parti qui couronna l'électeur de Saxe, et attendit avec patience l'occafion de mettre la divifion entre la nation et ce nouveau roi.

Les victoires de *Charles XII*, protecteur du prince *Jacques Sobiesky*, la guerre civile de Lithuanie, le foulèvement général de tous les efprits contre le roi *Augufte*, firent croire au cardinal primat que le temps était arrivé, où il pourrait renvoyer *Auguſte* en Saxe, et ouvrir au fils du roi *Jean* le chemin du trône. Ce prince, autrefois l'objet innocent de la haine des Polonais, commençait à devenir leurs délices depuis que le roi *Auguſte* était haï; mais il n'ofait concevoir alors l'idée d'une ſi grande révolution; et cependant le cardinal en jetait infenſiblement les fondemens.

D'abord il ſembla vouloir réconcilier le roi avec la république. Il envoya des lettres circulaires, dictées en apparence par l'efprit de concorde et par la charité, piéges ufés et connus, mais où les hommes font toujours pris. Il écrivit au roi de Suède une lettre touchante, le conjurant, au nom de celui que tous les chrétiens adorent également, de donner la paix à la Pologne et à ſon roi. *Charles XII* répondit aux intentions du cardinal plus qu'à ſes paroles. Cependant il reſtait dans le grand duché de Lithuanie avec ſon armée victorieufe, déclarant qu'il ne voulait point troubler la diète; qu'il fefait la guerre à *Auguſte* et aux Saxons, non aux Polonais; et que loin d'attaquer la république, il venait la tirer d'oppreſſion. Ces lettres et ces réponfes étaient pour le public. Des émiſſaires qui allaient et venaient continuellement de la part du cardinal au comte *Piper*, et des aſſemblées fecrètes chez ce prélat, étaient les reſforts qui fefaient mouvoir la diète : elle propoſa d'envoyer une ambaſſade à *Charles XII*, et demanda unanimement au roi qu'il n'appelât plus les Mofcovites fur les frontières, et qu'il renvoyât ſes troupes faxonnes.

La mauvaife fortune d'*Auguſte* avait déjà fait ce

Il joint ſes armes aux intrigues d'un archevêque.

que la diète exigeait de lui. La ligue conclue fecrè-
tément à Birzen, avec le Mofcovite, était devenue
auffi inutile qu'elle avait paru d'abord formidable.
Il était bien éloigné de pouvoir envoyer au czar
les cinquante mille allemands qu'il avait promis de
faire lever dans l'Empire. Le czar même, dangereux
voifin de la Pologne, ne fe preffait pas de fecourir
alors de toutes fes forces un royaume divifé, dont il
efpérait recueillir quelques dépouilles. Il fe contenta
d'envoyer dans la Lithuanie vingt mille mofcovites,
qui y firent plus de mal que les Suédois, fuyant
par-tout devant le vainqueur, et ravageant les terres
des Polonais, jufqu'à ce que, pourfuivis par les
généraux fuédois, et ne trouvant plus rien à piller,
ils s'en retournèrent par troupes dans leur pays.
A l'égard des débris de l'armée faxonne battue à
Riga, le roi *Augufte* les envoya hiverner et fe recruter
en Saxe, afin que ce facrifice, tout forcé qu'il était,
pût ramener à lui la nation polonaife irritée.

Alors la guerre fe changea en intrigues. La diète
était partagée en prefque autant de factions qu'il y
avait de palatins. Un jour les intérêts du roi *Augufte*
y dominaient, le lendemain ils y étaient profcrits.
Tout le monde criait pour la liberté et la juftice;
mais on ne favait point ce que c'était que d'être libre
et jufte. Le temps fe perdait à cabaler en fecret, et
à haranguer en public. La diète ne favait ni ce qu'elle
voulait, ni ce qu'elle devait faire. Les grandes
compagnies n'ont prefque jamais pris de bons confeils
dans les troubles civils, parce que les factieux y
font hardis, et que les gens de bien y font timides
pour l'ordinaire. La diète fe fépara en tumulte, le

17

17 février de l'année 1702, après trois mois de cabales et d'irréfolutions. Les fénateurs, qui font les palatins et les évêques, reftèrent dans Varfovie. Le fénat de Pologne a le droit de faire provifionnellement des lois, que rarement les diètes infirment ; ce corps moins nombreux, accoutumé aux affaires, fut bien moins tumultueux, et décida plus vîte.

Ils arrêtèrent qu'on enverrait au roi de Suède l'ambaffade propofée dans la diète, que la *pofpolite* monterait à cheval, et fe tiendrait prête à tout événement : ils firent plufieurs règlemens pour apaifer les troubles de Lithuanie, et plus encore pour diminuer l'autorité de leur roi, quoique moins à craindre que celle de *Charles.*

Augufte aima mieux alors recevoir des lois dures de fon vainqueur que de fes fujets. Il fe détermina à demander la paix au roi de Suède, et voulut entamer avec lui un traité fecret. Il fallait cacher cette démarche au fénat, qu'il regardait comme un ennemi encore plus intraitable. L'affaire était délicate ; il s'en repofa fur la comteffe de *Konigsmark,* fuédoife d'une grande naiffance, à laquelle il était alors attaché. C'eft elle dont le frère eft connu par fa mort malheureufe, et dont le fils a commandé les armées en France avec tant de fuccès et de gloire. Cette femme, célèbre dans le monde par fon efprit et par fa beauté, était plus capable qu'aucun miniftre de faire réuffir une négociation. De plus, comme elle avait du bien dans les Etats de *Charles XII,* et qu'elle avait été long-temps à fa cour, elle avait un prétexte plaufible d'aller trouver ce prince. Elle

Il refufe de voir la mère du maréchal de Saxe.

Hift. de Charles XII.   G

vint donc au camp des Suédois en Lithuanie, et s'adreſſa d'abord au comte *Piper*, qui lui promit trop légèrement une audience de ſon maître. La comteſſe, parmi les perfections qui la rendaient une des plus aimables perſonnes de l'Europe, avait le talent ſingulier de parler les langues de pluſieurs pays qu'elle n'avait jamais vus, avec autant de délicateſſe que ſi elle y était née; elle s'amuſait même quelquefois à faire des vers français, qu'on eût pris pour être d'une perſonne née à Verſailles. Elle en compoſa pour *Charles XII*, que l'hiſtoire ne doit point omettre. Elle introduiſait les dieux de la fable, qui tous louaient les différentes vertus de *Charles*. La pièce finiſſait ainſi:

Enfin chacun des dieux, diſcourant à ſa gloire,
Le plaçait par avance au temple de mémoire :
Mais Vénus ni Bacchus n'en dirent pas un mot.

Tant d'eſprit et d'agrémens étaient perdus auprès d'un homme tel que le roi de Suède. Il refuſa conſtamment de la voir. Elle prit le parti de ſe trouver ſur ſon chemin, dans les fréquentes promenades qu'il feſait à cheval. Effectivement elle le rencontra un jour dans un ſentier fort étroit : elle deſcendit de carroſſe dès qu'elle l'aperçut : le roi la ſalua ſans lui dire un ſeul mot, tourna la bride de ſon cheval, et s'en retourna dans l'inſtant; de ſorte que la comteſſe de *Konigsmark* ne remporta de ſon voyage que la ſatisfaction de pouvoir croire que le roi de Suède ne redoutait qu'elle.

Il fallut alors que le roi de Pologne ſe jetât dans les bras du ſénat. Il lui fit des propoſitions par le

palatin de Marienbourg : l'une, qu'on lui laifsât la
difpofition de l'armée de la république, à laquelle
il payerait de fes propres deniers deux quartiers
d'avance : l'autre, qu'on lui permît de faire revenir
en Pologne douze mille faxons. Le cardinal primat
fit une réponfe auffi dure qu'était le refus du roi
de Suède. Il dit au palatin de Marienbourg, au nom
de l'affemblée, ,, qu'on avait réfolu d'envoyer à
,, *Charles XII* une ambaffade, et qu'il ne lui confeillait
,, pas de faire venir les Saxons. ,,

Le roi, dans cette extrémité, voulut au moins
conferver les apparences de l'autorité royale. Un de
fes chambellans alla de fa part trouver *Charles*, pour
favoir de lui, où et comment fa majefté fuédoife
voudrait recevoir l'ambaffade du roi fon maître et
de la république. On avait oublié malheureufement
de demander un paffe-port aux Suédois pour ce
chambellan. Le roi de Suède le fit mettre en prifon
au lieu de lui donner audience, en difant, qu'il
comptait recevoir une ambaffade de la république, et
rien du roi *Augufte*. Cette violation du droit des gens
n'était permife que par la loi du plus fort.

Alors *Charles*, ayant laiffé derrière lui des garnifons
dans quelques villes de Lithuanie, s'avança au-delà
de Grodno, ville connue en Europe par les diètes
qui s'y tiennent, mais mal bâtie, et plus mal
fortifiée.

A quelques milles par-delà Grodno, il rencontra
l'ambaffade de la république : elle était compofée
de cinq fénateurs. Ils voulurent d'abord faire régler
un cérémonial que le roi ne connaiffait guère ; ils

Il reçoit une
ambaffade
polonaife.

demandèrent qu'on traitât la république de *séréniffime*, qu'on envoyât au-devant d'eux les carroffes du roi et des fénateurs. On leur répondit que la république ferait appelée *illuftre*, et non *féréniffime*; que le roi ne fe fervait jamais de carroffe ; qu'il avait auprès de lui beaucoup d'officiers et point de fénateurs : qu'on leur enverrait un lieutenant général, et qu'ils arriveraient fur leurs propres chevaux.

Charles XII les reçut dans fa tente, avec quelque appareil d'une pompe militaire ; leurs difcours furent pleins de ménagemens et d'obfcurités. On remarquait qu'ils craignaient *Charles XII*, qu'ils n'aimaient pas *Augufte*, mais qu'ils étaient honteux d'ôter par l'ordre d'un étranger la couronne au roi qu'ils avaient élu. Rien ne fe conclut, et *Charles XII* leur fit comprendre enfin qu'il conclurait dans Varfovie.

Sa marche fut précédée par un manifefte, dont le cardinal et fon parti inondèrent la Pologne en huit jours. *Charles*, par cet écrit, invitait tous les Polonais à joindre leur vengeance à la fienne, et prétendait leur faire voir que leurs intérêts et les fiens étaient les mêmes. Ils étaient cependant bien différens ; mais le manifefte, foutenu par un grand parti, par le trouble du fénat et par l'approche du conquérant, fit de très-fortes impreffions. Il fallut reconnaître *Charles* pour protecteur, puifqu'il voulait l'être, et qu'on était encore trop heureux qu'il fe contentât de ce titre.

Les fénateurs contraires à *Augufte*, publièrent hautement l'écrit fous fes yeux mêmes. Le peu qui lui étaient attachés demeurèrent dans le filence. Enfin, quand on apprit que *Charles* avançait à

grandes journées, tous fe préparèrent en confufion
à partir : le cardinal quitta Varfovie des premiers :
la plupart précipitèrent leur fuite, les uns pour
aller attendre dans leurs terres le dénouement de
cette affaire, les autres pour aller foulever leurs
amis. Il ne demeura auprès du roi que l'ambaffadeur
de l'empereur, celui du czar, le nonce du pape,
et quelques évêques et palatins liés à fa fortune. Il
fallait fuir, et l'on n'avait encore rien décidé en fa
faveur. Il fe hâta, avant de partir, de tenir un confeil
avec ce petit nombre de fénateurs qui repréfentaient
encore le fénat. Quelque zélés qu'ils fuffent pour
fon fervice, ils étaient polonais : ils avaient tous
conçu une fi grande averfion pour les troupes
faxonnes, qu'ils n'osèrent pas lui accorder la liberté
d'en faire venir au-delà de fix mille pour fa défenfe;
encore votèrent-ils que ces fix mille hommes feraient
commandés par le grand général de la Pologne,
et renvoyés immédiatement après la paix. Quant
aux armées de la république, ils lui en laiffèrent la
difpofition.

Après ce réfultat le roi quitta Varfovie, trop
faible contre fes ennemis, et peu fatisfait de fon
parti même. Il fit auffitôt publier fes univerfaux
pour affembler la *pofpolite* et les armées, qui n'étaient
guère que de vains noms: il n'y avait rien à efpérer
en Lithuanie, où étaient les Suédois. L'armée de
Pologne, réduite à peu de troupes, manquait
d'armes, de provifions et de bonne volonté. La
plus grande partie de la nobleffe, intimidée, irréfolue,
ou mal difpofée, demeura dans fes terres. En vain
le roi, autorifé par les lois de l'Etat, ordonne fur

Il fe rend maître de Varfovie.

G 3

peine de la vie, à tous les gentilshommes de monter à cheval et de le fuivre; il commençait à devenir problématique, fi on devait lui obéir. Sa grande reffource était dans les troupes de fon électorat, où la forme du gouvernement entièrement abfolue, ne lui laiffait pas craindre une défobéiffance. Il avait déjà mandé fecrètement douze mille faxons, qui s'avançaient avec précipitation. Il en fefait encore revenir huit mille, qu'il avait promis à l'empereur, dans la guerre de l'Empire contre la France, et qu'il fut obligé de rappeler, par la néceffité où il était réduit. Introduire tant de faxons en Pologne, c'était révolter contre lui tous les efprits, et violer la loi faite par fon parti même, qui ne lui en permettait que fix mille; mais il favait bien que s'il était vainqueur, on n'oferait pas fe plaindre, et que s'il était vaincu, on ne lui pardonnerait pas d'avoir même amené les fix mille hommes. Pendant que ces foldats arrivaient par troupes, et qu'il allait de palatinat en palatinat raffembler la nobleffe qui lui était attachée, le roi de Suède arriva enfin devant Varfovie, le 5 mai 1702. A la première fommation les portes lui furent ouvertes. Il renvoya la garnifon polonaife, congédia la garde bourgeoife, établit par-tout des corps-de-garde, et ordonna aux habitans de venir remettre toutes leurs armes: mais content de les défarmer, et ne voulant pas les aigrir, il n'exigea d'eux qu'une contribution de cent mille francs. Le roi *Augufte* affemblait alors fes forces à Cracovie: il fut bien furpris d'y voir arriver le cardinal primat. Cet homme prétendait peut-être garder jufqu'au bout la décence de fon caractère, et chaffer fon roi avec des dehors refpectueux; il lui fit entendre que le roi de Suède paraiffait difpofé à un accommodement raifonnable, et demanda humblement la permiffion d'aller trouver le roi. *Augufte* accorda ce qu'il ne pouvait refufer, c'eft-à-dire, la liberté de lui nuire.

Le cardinal primat courut incontinent voir le roi de Suède, auquel il n'avait point encore ofé fe préfenter. Il vit ce prince à Praag, près de Varfovie, mais fans les cérémonies dont on avait ufé avec les ambaffadeurs de la république. Il trouva ce conquérant vétu d'un habit de gros drap bleu, avec des boutons de cuivre doré, de groffes bottes, des gants de buffle qui lui venaient jufqu'au coude, dans une chambre fans tapifferie, où étaient le duc de Holftein fon beau-frère, le comte *Piper* fon premier miniftre, et plufieurs officiers généraux. Le roi avança quelques pas au-devant du cardinal; ils eurent enfemble debout une conférence d'un quart d'heure, que *Charles* finit en difant tout haut: *Je ne donnerai point la paix aux Polonais qu'ils n'aient élu un autre roi.* Le cardinal, qui s'attendait à cette déclaration, la fit favoir auffitôt à tous les palatinats, les affurant de l'extrême déplaifir qu'il difait en avoir, et en même temps de la néceffité où l'on était de complaire au vainqueur.

A cette nouvelle, le roi de Pologne vit bien qu'il fallait perdre ou conferver fon trône par une bataille. Il épuifa fes reffources pour cette grande décifion. Toutes fes troupes faxonnes étaient arrivées des frontières de Saxe; la nobleffe du palatinat de Cracovie, où il était encore, venait en foule lui

offrir fes fervices. Il encourageait lui-même chacun
de ces gentilshommes à fe fouvenir de leurs fermens ;
ils lui promirent de verfer pour lui jufqu'à la dernière
goutte de leur fang. Fortifié de leurs fecours, et des
troupes qui portaient le nom de l'*armée de la couronne*,
il alla pour la première fois chercher en perfonne le
roi de Suède. Il le trouva bientôt qui s'avançait lui-
même vers Cracovie.

Il défait le
roi *Augufte*.
Juillet 1702.

Les deux rois parurent en préfence, le 13 juillet,
dans une vafte plaine auprès de Cliffau, entre Varfovie et Cracovie. *Augufte* avait près de vingt-quatre
mille hommes, *Charles XII* n'en avait que douze
mille. Le combat commença par des décharges d'artillerie. A la première volée, qui fut tirée par les Saxons,
le duc de Holftein qui commandait la cavalerie
fuédoife, jeune prince plein de courage et de vertu,
reçut un coup de canon dans les reins. Le roi demanda
s'il était mort, on lui dit que oui ; il ne répondit rien :
quelques larmes tombèrent de fes yeux : il fe cacha
un moment le vifage avec les mains ; puis tout à
coup pouffant fon cheval à toute bride, il s'élança
au milieu des ennemis, à la tête de fes gardes.

Le roi de Pologne fit tout ce qu'on devait attendre
d'un prince qui combattait pour fa couronne. Il
ramena lui-même trois fois fes troupes à la charge ;
mais il ne combattait qu'avec fes Saxons ; les Polonais, qui formaient fon aîle droite, s'enfuirent tous dès
le commencement de la bataille, les uns par terreur,
les autres par mauvaife volonté. L'afcendant de
Charles XII prévalut. Il remporta une victoire complète. Le camp ennemi, les drapeaux, l'artillerie,

la caiſſe militaire d'*Auguſte* lui demeurèrent. Il ne s'arrêta pas ſur le champ de bataille, et marcha droit à Cracovie, pourſuivant le roi de Pologne qui fuyait devant lui.

Les bourgeois de Cracovie furent aſſez hardis pour fermer leurs portes au vainqueur. Il les fit rompre ; la garniſon n'oſa tirer un ſeul coup, on la chaſſa à coups de fouet et de canne juſque dans le château, où le roi entra avec elle. Un ſeul officier d'artillerie oſant ſe préparer à mettre le feu au canon, *Charles* court à lui, et lui arrache la mèche : le commandant ſe jette aux genoux du roi. Trois régimens ſuédois furent logés à diſcrétion chez les citoyens, et la ville taxée à une contribution de cent mille riſdales. Le comte de *Steinbock* fait gouverneur de la ville, ayant ouï dire qu'on avait caché des tréſors dans les tombeaux des rois de Pologne, qui ſont à Cracovie dans l'égliſe Saint-Nicolas, les fit ouvrir ; on n'y trouva que des ornemens d'or et d'argent, qui appartenaient aux égliſes ; on en prit une partie, et *Charles XII* envoya même un calice d'or à une égliſe de Suède, ce qui aurait ſoulevé contre lui les Polonais catholiques, ſi quelque choſe avait pu prévaloir contre la terreur de ſes armes.

Il ſortait de Cracovie bien réſolu de pourſuivre le roi *Auguſte* ſans relâche. A quelques milles de la ville, ſon cheval s'abattit, et lui fracaſſa la cuiſſe. Il fallut le reporter à Cracovie, où il demeura au lit ſix ſemaines entre les mains des chirurgiens. Cet accident donna à *Auguſte* le loiſir de reſpirer. Il

On croit
Charles XII
mort.

fit auffitôt répandre dans la Pologne et dans l'Empire
que *Charles XII* était mort de fa chûte. Cette fauffe
nouvelle, crue quelque temps, jeta tous les efprits
dans l'étonnement et dans l'incertitude. Dans ce
petit intervalle il affemble à Marienbourg, puis à
Lublin, tous les ordres du royaume déjà convoqués
à Sendomir. La foule y fut grande : peu de palatinats refusèrent d'y envoyer. Il regagna prefque
tous les efprits par des largeffes, par des promeffes,
et par cette affabilité néceffaire aux rois abfolus
pour fe faire aimer, et aux rois électifs pour fe
maintenir. La diète fut bientôt détrompée de la
fauffe nouvelle de la mort du roi de Suède ; mais
le mouvement était déjà donné à ce grand corps :
il fe laiffa emporter à l'impulfion qu'il avait reçue :
tous les membres jurèrent de demeurer fidèles à
leur fouverain ; tant les compagnies font fujettes
aux variations. Le cardinal primat lui-même,
affectant encore d'être attaché au roi *Augufte*, vint
à la diète de Lublin : il y baifa la main au roi,
et ne refufa point de prêter le ferment comme les
autres. Ce ferment confiftait à jurer que l'on n'avait
rien entrepris, et qu'on n'entreprendrait rien contre
Augufte. Le roi difpenfa le cardinal de la première
partie du ferment, et le prélat jura le refte en
rougiffant. Le réfultat de cette diète fut que la
république de Pologne entretiendrait une armée
de cinquante mille hommes à fes dépens pour
le fervice de fon fouverain ; qu'on donnerait fix
femaines aux Suédois pour déclarer s'ils voulaient
la paix ou la guerre, et pareil terme aux princes
de *Sapieha*, les premiers auteurs des troubles de

Lithuanie , pour venir demander pardon au roi de Pologne.

Mais durant ces délibérations , *Charles XII* , guéri de fa bleffure, renverfait tout devant lui. Toujours ferme dans le deffein de forcer les Polonais à détrôner eux-mêmes leur roi , il fit convoquer par les intrigues du cardinal primat une nouvelle affemblée à Varfovie , pour l'oppofer à celle de Lublin. Ses généraux lui repréfentaient que cette affaire pourrait encore avoir des longueurs , et s'évanouir dans les délais ; que pendant ce temps les Mofcovites s'aguerriffaient tous les jours contre les troupes qu'il avait laiffées en Livonie et en Ingrie ; que les combats qui fe donnaient fouvent dans ces provinces entre les Suédois et les Ruffes , n'étaient pas toujours à l'avantage des premiers ; et qu'enfin fa préfence y ferait peut-être bientôt néceffaire. *Charles* , auffi inébranlable dans fes projets que vif dans fes actions, leur répondit : »Quand je devrais refter ici cinquante » ans , je n'en fortirai point que je n'aie détrôné le » roi de Pologne. »

Il veut détrôner le roi *Augufte.*

Il laiffa l'affemblée de Varfovie combattre par des difcours et par des écrits celle de Lublin , et chercher de quoi juftifier fes procédés dans les lois du royaume ; lois toujours équivoques , que chaque parti interprète à fon gré , et que le fuccès feul rend inconteftables. Pour lui , ayant augmenté fes troupes victorieufes de fix mille hommes de cavalerie , et de huit mille d'infanterie , qu'il reçut de Suède , il marcha contre les reftes de l'armée faxonne, qu'il avait battue à Cliffau , et qui avait eu le temps de fe rallier et de fe groffir , pendant que fa chute de cheval l'avait retenu au lit. Cette armée évitait fes approches, et fe retirait vers la Pruſſe au nord-oueſt de Varſovie. La rivière de Bug était entre lui et les ennemis. *Charles* paſſa à la nage, à la tête de fa cavalerie : l'infanterie alla chercher un gué au-deſſus. On arrive aux Saxons, dans un lieu nommé Pultesk. Le général *Stenau* les commandait au nombre d'environ dix mille. Le roi de Suède, dans fa marche précipitée, n'en avait pas amené davantage, sûr qu'un moindre nombre lui ſuffiſait. La terreur de ſes armes était ſi grande, que la moitié de l'armée faxonne s'enfuit à ſon approche ſans rendre de combat. Le général *Stenau* fit ferme un moment avec deux régimens : le moment d'après il fut lui-même entraîné dans la fuite générale de ſon armée, qui ſe diſperſa avant d'être vaincue. Les Suédois ne firent pas mille priſonniers, et ne tuèrent pas ſix cents hommes, ayant plus de peine à les pourſuivre qu'à les défaire.

Auguſte, à qui il ne reſtait plus que les débris des Saxons battus de tous côtés, ſe retira en hâte dans Thorn, vieille ville de la Pruſſe royale, ſur la Viſtule, laquelle eſt ſous la protection des Polonais. *Charles* ſe diſpoſa auſſitôt à l'aſſiéger. Le roi de Pologne, qui ne s'y crut pas en ſureté, ſe retira, et courut dans tous les endroits de la Pologne, où il pouvait raſſembler encore quelques ſoldats, et où les courſes des Suédois n'avaient point pénétré. Cependant *Charles*, dans tant de marches ſi vives, traverſant des rivières à la nage, et courant avec ſon infanterie montée en croupe derrière ſes cavaliers, n'avait pu amener de canon devant Thorn ;

Il défait encore les Saxons.

Le 1er mai 1703.

il lui fallut attendre qu'il lui en vînt de Suède
par mer.

En attendant il se posta à quelques milles de la
ville : il s'avançait souvent trop près des remparts
pour la reconnaître. L'habit simple qu'il portait
toujours lui était, dans ces dangereuses promenades,
d'une utilité à laquelle il n'avait jamais pensé : il
l'empêchait d'être remarqué, et d'être choisi par les
ennemis, qui eussent tiré à sa personne. Un jour
s'étant avancé fort près avec un de ses généraux
nommé *Lieven*, qui était vêtu d'un habit (*n*) bleu
galonné d'or, il craignit que ce général ne fût trop
aperçu ; il lui ordonna de se mettre derrière lui,
par un mouvement de cette magnanimité qui lui
était si naturelle, que même il ne fesait pas réflexion
qu'il exposait sa vie à un danger manifeste pour
sauver celle de son sujet. *Lieven* connaissant trop
tard sa faute d'avoir mis un habit remarquable,
qui exposait aussi ceux qui étaient auprès de lui, et
craignant également pour le roi, en quelque place
qu'il fût, hésitait s'il devait obéir : dans le moment
que durait cette contestation, le roi le prend par le
bras, se met devant lui et le couvre ; au même
instant une volée de canon, qui venait en flanc,
renverse le général mort sur la place même que le
roi quittait à peine. La mort de cet homme tué
précisément au lieu de lui, et parce qu'il l'avait
voulu sauver, ne contribua pas peu à l'affermir

(*n*) On avait, dans les premières éditions, donné un habit d'écarlate
à cet officier ; mais le chapelain *Norberg* a si bien démontré que l'habit
était bleu, qu'on a corrigé cette faute.

dans l'opinion où il fut toute fa vie d'une prédeſtination abſolue , et lui fit croire que fa deſtinée , qui
le conſervait ſi ſingulièrement , le réſervait à l'exécution des plus grandes choſes.

Tout lui réuſſiſſait , et ſes négociations et ſes armes
étaient également heureuſes. Il était comme préſent
dans toute la Pologne ; car ſon grand maréchal
Renſchild était au cœur de cet Etat avec un grand
corps d'armée. Près de trente mille ſuédois ſous
divers généraux , répandus au nord et à l'orient ſur
les frontières de la Moſcovie , arrêtaient les efforts de
tout l'empire des Ruſſes ; et *Charles* était à l'occident ,
à l'autre bout de la Pologne , à la tête de l'élite de
ſes troupes.

Le roi de Danemarck , lié par le traité de Travendal ,
que ſon impuiſſance l'empêchait de rompre , demeurait dans le ſilence. Ce monarque , plein de prudence ,
n'oſait faire éclater ſon dépit de voir le roi de Suède
ſi près de ſes Etats. Plus loin , en tirant vers le ſud-
oueſt , entre les fleuves de l'Elbe et du Veſer , le
duché de Brême , dernier territoire des anciennes
conquêtes de la Suède , rempli de fortes garniſons ,
ouvrait encore à ce conquérant les portes de la Saxe
et de l'Empire. Ainſi , depuis l'Océan germanique
juſqu'aſſez près de l'embouchure du Boriſthène , ce
qui fait la largeur de l'Europe , et juſqu'aux portes
de Moſcou , tout était dans la conſternation et dans
l'attente d'une révolution entière. Ses vaiſſeaux ,
maîtres de la mer Baltique , étaient employés à
tranſporter dans ſon pays les priſonniers faits en
Pologne. La Suède , tranquille au milieu de ces
grands mouvemens , goûtait une paix profonde , et

jouiſſait de la gloire de ſon roi, ſans en porter le poids, puiſque ſes troupes victorieuſes étaient payées et entretenues aux dépens des vaincus.

Dans ce ſilence général du Nord devant les armes de *Charles XII*, la ville de Dantzick oſa lui déplaire. Quatorze frégates et quarante vaiſſeaux de tranſport amenaient au roi un renfort de ſix mille hommes, avec du canon et des munitions, pour achever le ſiége de Thorn. Il fallait que ce ſecours remontât la Viſtule. A l'embouchure de ce fleuve eſt Dantzick, ville riche et libre, qui jouit en Pologne, avec Thorn et Elbing, des mêmes priviléges que les villes impériales ont dans l'Allemagne. Sa liberté a été attaquée tour à tour par les Danois, la Suède et quelques princes allemands ; et elle ne l'a conſervée que par la jalouſie qu'ont ces puiſſances les unes des autres. Le comte de *Steinbock*, un des généraux ſuédois, aſſembla le magiſtrat de la part du roi, demanda le paſſage pour les troupes, et quelques munitions. Le magiſtrat, par une imprudence ordinaire à ceux qui traitent avec plus fort qu'eux, n'oſa ni le refuſer, ni lui accorder nettement ſes demandes. Le général *Steinbock* ſe fit donner de force plus qu'il n'avait demandé : on exigea même de la ville une contribution de cent mille écus, par laquelle elle paya ſon refus imprudent. Enfin les troupes de renfort, le canon et les munitions étant arrivés devant Thorn, on commença le ſiége, le 22 ſeptembre.

Robel, gouverneur de la place, la défendit un mois avec cinq mille hommes de garniſon. Au bout de ce temps, il fut forcé de ſe rendre à diſcrétion.

Il rançonne les villes.

La garnison fut faite prisonnière de guerre, et envoyée en Suède. *Robel* fut présenté désarmé au roi. Ce prince, qui ne perdait jamais une occasion d'honorer le mérite dans ses ennemis, lui donna une épée de sa main, lui fit un présent considérable en argent, et le renvoya sur sa parole. Mais la ville, petite et pauvre, fut condamnée à payer quarante mille écus, contribution excessive pour elle.

Elbing, bâtie sur un bras de la Vistule, fondée par les chevaliers teutons, et annexée aussi à la Pologne, ne profita pas de la faute des Dantzickois; elle balança trop à donner passage aux troupes suédoises. Elle en fut plus sévèrement punie que Dantzick. *Charles* y entra, le 13 de décembre, à la tête de quatre mille hommes, la baïonnette au bout du fusil. Les habitans épouvantés se jetèrent à genoux dans les rues, et lui demandèrent miséricorde. Il les fit tous désarmer, logea ses soldats chez les bourgeois; ensuite ayant mandé le magistrat, il exigea le jour même une contribution de deux cents soixante mille écus; il y avait dans la ville deux cents pièces de canon et quatre cents milliers de poudre qu'il saisit. Une bataille gagnée ne lui eût pas valu de si grands avantages. Tous ces succès étaient les avant-coureurs du détrônement du roi *Auguste*.

A peine le cardinal avait juré à son roi de ne rien entreprendre contre lui, qu'il s'était rendu à l'assemblée de Varsovie, toujours sous le prétexte de la paix. Il arriva ne parlant que de concorde et d'obéissance, mais accompagné de soldats levés dans

ses

ſes terres. Enfin il leva le maſque, et déclara, au nom de l'aſſemblée, *Auguſte*, *électeur de Saxe*, *inhabile à porter la couronne de Pologne*. On y prononça d'une commune voix que le trône était vacant. La volonté du roi de Suède, et par conſéquent celle de cette diète, était de donner au prince *Jacques Sobiesky* le trône du roi *Jean*, ſon père. *Jacques Sobiesky* était alors à Breſlau en Siléſie, attendant avec impatience la couronne qu'avait portée ſon père. Il était un jour à la chaſſe, à quelques lieues de Breſlau, avec le prince *Conſtantin*, l'un de ſes frères ; trente cavaliers ſaxons, envoyés ſecrètement par le roi *Auguſte*, ſortent tout à coup d'un bois voiſin, entourent les deux princes, et les enlèvent ſans réſiſtance. On avait préparé des chevaux de relais, ſur leſquels ils furent ſur le champ conduits à Leipſick, où on les enferma étroitement. Ce coup dérange les meſures de *Charles*, du cardinal et de l'aſſemblée de Varſovie.

La fortune, qui ſe joue des têtes couronnées, mit preſque dans le même temps le roi *Auguſte* ſur le point d'être pris lui-même. Il était à table, à trois lieues de Cracovie, ſe repoſant ſur une garde avancée, et poſtée à quelque diſtance, lorſque le général *Renſchild* parut ſubitement, après avoir enlevé cette garde. Le roi de Pologne n'eut que le temps de monter à cheval, lui onzième. Le général *Renſchild* le pourſuivit pendant quatre jours prêt à le ſaiſir à tout moment. Le roi fuit juſqu'à Sendomir : le général ſuédois l'y ſuivit encore ; et ce ne fut que par un bonheur ſingulier que ce prince échappa.

Pendant tout ce temps le parti du roi *Auguſte*

Hiſt. de Charles XII. H

On déclare *Auguſte* déchu de la couronne. 14 février 1704.

traitait celui du cardinal, et en était traité réciproquement de traître à la patrie. L'armée de la couronne était partagée entre les deux factions. *Augufte*, forcé enfin d'accepter le fecours mofcovite, fe repentit de n'y avoir pas eu recours affez tôt. Il courait tantôt en Saxe, où fes reffources étaient épuifées, tantôt il retournait en Pologne, où l'on n'ofait le fervir. D'un autre côté, le roi de Suède victorieux et tranquille régnait en effet en Pologne.

Le comte *Piper*, qui avait dans l'efprit autant de politique que fon maître avait de grandeur dans le fien, propofa alors à *Charles XII* de prendre pour lui-même la couronne de Pologne. Il lui repréfentait combien l'exécution en était facile avec une armée victorieufe, et un parti puiffant dans le cœur d'un royaume qui lui était déjà foumis. Il le tentait par le titre de *défenfeur de la religion évangélique*, nom qui flattait l'ambition de *Charles*. Il était aifé, difait-il, de faire en Pologne ce que *Guftave Vafa* avait fait en Suède, d'y établir le luthéranifme, et de rompre les chaînes du peuple, efclave de la nobleffe et du clergé. *Charles* fut tenté un moment; mais la gloire était fon idole. Il lui facrifia fon intérêt, et le plaifir qu'il eût eu d'enlever la Pologne au pape. Il dit au comte *Piper* qu'il était plus flatté de donner que de gagner des royaumes: il ajouta en fouriant: ,, Vous étiez fait pour être le miniftre d'un ,, prince italien. ,,

Le prince
*Alexandre
Sobiesky*
refufe le
trône.

Charles était encore auprès de Thorn, dans cette partie de la Pruffe royale qui appartient à la Pologne; il portait de là fa vue fur ce qui fe paffait à Varfovie, et tenait en refpect les puiffances voifines. Le prince

Alexandre, frère des deux *Sobiesky* enlevés en Siléfie, vint lui demander vengeance. *Charles* la lui promit d'autant plus qu'il la croyait aifée, et qu'il fe vengeait lui-même. Mais impatient de donner un roi à la Pologne, il propofa au prince *Alexandre* de monter fur le trône, dont la fortune s'opiniâtrait à écarter fon frère. Il ne s'attendait pas à un refus. Le prince *Alexandre* lui déclara que rien ne pourrait jamais l'engager à profiter du malheur de fon aîné. Le roi de Suède, le comte *Piper*, tous fes amis, et fur-tout le jeune palatin de Pofnanie, *Staniflas Leczinsky*, le prefsèrent d'accepter la couronne. Il fut inébranlable : les princes voifins apprirent avec étonnement ce refus inoui, et ne favaient lequel ils devaient admirer davantage, ou un roi de Suède, qui à l'âge de vingt-deux ans donnait la couronne de Pologne, ou le prince *Alexandre* qui la refufait.

Fin du fecond Livre.

LIVRE TROISIEME.

ARGUMENT.

*Staniſlas Leczinsky élu roi de Pologne. Mort
du cardinal primat. Belle retraite du général
Schullembourg. Exploits du czar. Fondation
de Pétersbourg. Bataille de Frauenſtad. Charles
entre en Saxe. Paix d'Altranſtad. Auguſte
abdique la couronne, et la cède à Staniſlas.
Le général Patkul, plénipotentiaire du czar, eſt
roué et écartelé. Charles reçoit en Saxe des
ambaſſadeurs de tous les princes : il va ſeul à
Dreſde voir Auguſte avant de partir.*

Staniſlas,
fait roi.

LE jeune *Staniſlas Leczinsky* était alors député à
l'aſſemblée de Varſovie pour aller rendre compte au
roi de Suède de pluſieurs différens ſurvenus dans
le temps de l'enlèvement du prince *Jacques. Staniſlas*
avait une phyſionomie heureuſe, pleine de hardieſſe
et de douceur, avec un air de probité et de franchiſe,
qui de tous les avantages extérieurs eſt le plus grand,
et qui donne plus de poids aux paroles que l'éloquence même. La ſageſſe avec laquelle il parla du
roi *Auguſte*, de l'aſſemblée, du cardinal primat, et
des intérêts différens qui diviſaient la Pologne,
frappa *Charles*. Le roi *Staniſlas* m'a fait l'honneur
de me raconter qu'il dit en latin au roi de Suède :

Comment pourrons-nous faire une élection, fi les deux princes Jacques et Conftantin Sobiesky font captifs? et que *Charles* lui répondit: *Comment délivrera-t-on la république, fi on ne fait pas une élection?* Cette converfation fut l'unique brigue qui mit *Staniflas* fur le trône. *Charles* prolongea exprès la conférence, pour mieux fonder le génie du jeune député. Après l'audience il dit tout haut qu'il n'avait jamais vu d'homme fi propre à concilier tous les partis. Il ne tarda pas à s'informer du caractère du palatin *Leczinsky*. Il fut qu'il était plein de bravoure, endurci à la fatigue; qu'il couchait toujours fur une efpèce de paillaffe, n'exigeant aucun fervice de fes domeftiques auprès de fa perfonne; qu'il était d'une tempérance peu commune dans ce climat, économe, adoré de fes vaffaux, et le feul feigneur peut-être en Pologne qui eût quelques amis, dans un temps où l'on ne connaiffait de liaifons que celles de l'intérêt et de la faction. Ce caractère, qui avait en quelques chofes du rapport avec le fien, le détermina entièrement. Il dit tout haut après la conférence: *Voilà un homme qui fera toujours mon ami;* et on s'aperçut bientôt que ces mots fignifiaient: Voilà un homme qui fera roi.

Quand le primat de Pologne fut que *Charles XII* avait nommé le palatin *Leczinsky*, à peu-près comme *Alexandre* avait nommé *Abdalonime*, il accourut auprès du roi de Suède, pour tâcher de faire changer cette réfolution; il voulait faire tomber la couronne à un *Lubomirsky.* „Mais qu'avez-vous à alléguer contre „ *Staniflas Leczinsky*, dit le conquérant? „ Sire, dit le primat, il eft trop jeune. Le roi répliqua

H 3

sèchement : *Il est à peu-près de mon âge ;* tourna le
dos au prélat, et auffitôt envoya le comte de *Hoorn*
fignifier à l'affemblée de Varfovie, qu'il fallait
élire un roi dans cinq jours, et qu'il fallait élire
Staniflas Leczinsky. Le comte de *Hoorn* arriva le 7
juillet ; il fixa le jour de l'élection au 12, comme
il aurait ordonné le décampement d'un bataillon. Le
cardinal primat, fruftré du fruit de tant d'intrigues,
retourna à l'affemblée, où il remua tout pour faire
échouer une élection à laquelle il n'avait point de
part. Mais le roi de Suède arriva lui-même *incognito*
à Varfovie ; alors il fallut fe taire. Tout ce que
put faire le primat fut de ne point fe trouver à
l'élection ; il fe réduifit à une neutralité inutile, ne
pouvant s'oppofer au vainqueur, et ne voulant pas
le feconder.

1704.   Le famedi 12 juillet, jour fixé pour l'élection,
étant venu, on s'affembla à trois heures après midi au
Colo, champ deftiné pour cette cérémonie : l'évêque
de Pofnanie vint préfider à l'affemblée à la place
du cardinal primat. Il arriva fuivi des gentilshommes
du parti. Le comte de *Hoorn* et deux autres officiers
généraux affiftaient publiquement à cette folennité,
comme ambaffadeurs extraordinaires de *Charles*
auprès de la république. La féance dura jufqu'à
neuf heures du foir : l'évêque de Pofnanie la finit,
en déclarant, au nom de la diète, *Staniflas* élu roi de
Pologne : tous les bonnets fautèrent en l'air, et le
bruit des acclamations étouffa le cri des oppofans.

Il ne fervit de rien au cardinal primat et à ceux
qui avaient voulu demeurer neutres, de s'être abfentés
de l'élection, il fallut que dès le lendemain ils

vinffent tous rendre hommage au nouveau roi : la
plus grande mortification qu'ils eurent fut d'être
obligés de le fuivre au quartier du roi de Suède. Ce
prince rendit au fouverain qu'il venait de faire tous les
honneurs dûs à un roi de Pologne ; et pour donner
plus de poids à fa nouvelle dignité, on lui affigna
de l'argent et des troupes.

Charles XII partit auffitôt de Varfovie pour aller
achever la conquête de la Pologne. Il avait donné
rendez-vous à fon armée devant Léopold, capitale
du grand palatinat de Ruffie, place importante par
elle-même, et plus encore par les richeffes dont elle
était remplie. On croyait qu'elle tiendrait quinze
jours, à caufe des fortifications que le roi *Augufte* y
avait faites. Le conquérant l'inveftit le 5 feptembre,
et le lendemain la prit d'affaut. Tout ce qui ofa
réfifter fut paffé au fil de l'épée. Les troupes victorieufes et maîtreffes de la ville ne fe débandèrent point
pour courir au pillage, malgré le bruit des tréfors
qui étaient dans Léopold. Elles fe rangèrent en
bataille dans la grande place. Là ce qui reftait de
la garnifon vint fe rendre prifonnier de guerre. Le
roi fit publier à fon de trompe, que tous ceux des
habitans qui auraient des effets appartenans au roi
Augufte ou à fes adhérens, les apportaffent eux-
mêmes avant la fin du jour, fur peine de la vie.
Les mefures furent fi bien prifes que peu osèrent
défobéir ; on apporta au roi quatre cents caiffes
remplies d'or et d'argent monnayé, de vaiffelle et
de chofes précieufes.

Ce commencement du règne de *Staniflas* fut
marqué prefque le même jour par un événement

H 4

bien différent. Quelques affaires, qui demandaient absolument sa présence, l'avaient obligé de demeurer dans Varsovie. Il avait avec lui sa mère, sa femme et ses deux filles. Le cardinal primat, l'évêque de Posnanie et quelques grands de Pologne composaient sa nouvelle cour. Elle était gardée par six mille polonais de l'armée de la couronne, depuis peu passés à son service, mais dont la fidélité n'avait point encore été éprouvée. Le général *Hoorn*, gouverneur de la ville, n'avait d'ailleurs avec lui que quinze cents suédois. On était à Varsovie dans une tranquillité profonde, et *Staniflas* comptait en partir dans peu de jours pour aller à la conquête de Léopold. Tout à coup il apprend qu'une armée nombreuse approche de la ville : c'était le roi *Auguste* qui, par un nouvel effort, et par une des plus belles marches que jamais général ait faites, ayant donné le change au roi de Suède, venait avec vingt mille hommes fondre dans Varsovie, et enlever son rival.

La fille de *Staniflas*, depuis reine de France, abandonnée dans une auge, au fond d'une écurie.

Varsovie n'était pas fortifiée, les troupes polonaises qui la défendaient, peu sûres. *Auguste* avait des intelligences dans la ville ; si *Staniflas* demeurait, il était perdu. Il renvoya sa famille en Posnanie, sous la garde des troupes polonaises, auxquelles il se fiait le plus. Il crut dans ce désordre avoir perdu sa seconde fille âgée, d'un an. Elle fut égarée par sa nourrice : il la retrouva dans une auge d'écurie où elle avait été abandonnée, dans un village voisin : c'est ce que je lui ai entendu conter. Ce fut ce même enfant que la destinée, après de plus grandes vicissitudes, fit depuis reine de France. Plusieurs gentilshommes prirent des chemins différens ; le nouveau roi partit lui-même pour aller trouver *Charles XII*, apprenant de bonne heure à fouffrir des difgrâces, et forcé de quitter fa capitale fix femaines après y avoir été élu fouverain.

Augufte entra dans la capitale en fouverain irrité et victorieux. Les habitans, déjà rançonnés par le roi de Suède, le furent encore davantage par *Augufte*. Le palais du cardinal, et toutes les maifons des feigneurs confédérés, tous leurs biens à la ville et à la campagne furent livrés au pillage. Ce qu'il y eut de plus étrange dans cette révolution paffagère, c'eft qu'un nonce du pape, qui était venu avec le roi *Augufte*, demanda au nom de fon maître qu'on lui livrât l'évêque de Pofnanie, comme jufticiable de la cour de Rome, en qualité d'évêque et de fauteur d'un prince mis fur le trône par les armes d'un luthérien.

La cour de Rome, qui a toujours fongé à augmenter fon pouvoir temporel à la faveur du fpirituel, avait depuis très-long-temps établi en Pologne une efpèce de juridiction, à la tête de laquelle eft le nonce du pape. Ses miniftres n'avaient pas manqué de profiter de toutes les conjonctures favorables, pour étendre leur pouvoir révéré par la multitude, mais toujours contefté par les plus fages. Ils s'étaient attribué le droit de juger toutes les caufes des eccléfiaftiques, et avaient fur-tout dans les temps de troubles ufurpé beaucoup d'autres prérogatives, dans lefquelles ils fe font maintenus jufque vers l'année 1728, où l'on a retranché ces abus, qui ne font jamais réformés que lorfqu'ils font devenus tout-à-fait intolérables.

Le roi *Augufte*, bien aife de punir l'évêque de

Pofnanie avec bienféance, et de plaire à la cour de Rome, contre laquelle il fe ferait élevé en tout autre temps, remit le prélat polonais entre les mains du nonce. L'évêque, après avoir vu piller fa maifon, fut porté par des foldats chez les miniftres italiens, et envoyé en Saxe, où il mourut. Le comte de *Hoorn* effuya dans le château où il était renfermé, le feu continuel des ennemis : enfin la place n'étant pas tenable, il fe rendit prifonnier de guerre avec fes quinze cents fuédois. Ce fut-là le premier avantage qu'eut le roi *Augufte*, dans le torrent de fa mauvaife fortune, contre les armes victorieufes de fon ennemi.

Ce dernier effort était l'éclat d'un feu qui s'éteint. Ses troupes affemblées à la hâte étaient des polonais prêts à l'abandonner à la première difgrâce, des recrues de faxons, qui n'avaient point encore vu des guerres, des cofaques vagabonds, plus propres à dépouiller des vaincus qu'à vaincre : tous tremblaient au feul nom du roi de Suède.

Ce conquérant, accompagné du roi *Staniflas*, alla chercher fon ennemi à la tête de l'élite de fes troupes. L'armée faxonne fuyait par-tout devant lui. Les villes lui envoyaient leurs clefs de trente milles à la ronde : il n'y avait point de jour qui ne fût fignalé par quelque avantage. Les fuccès devenaient trop familiers à *Charles*. Il difait que c'était aller à la chaffe plutôt que faire la guerre, et fe plaignait de ne point acheter la victoire.

Schullembourg échappe aux Suédois. *Augufte* confia pour quelque temps le commandement de fon armée au comte de *Schullembourg*, général très-habile, et qui avait befoin de toute fon

expérience, à la tête d'une armée découragée. Il
fongea plus à conferver les troupes de fon maître
qu'à vaincre : il fefait la guerre avec adreffe , et les
deux rois avec vivacité. Il leur déroba des marches,
occupa des paffages avantageux , facrifia quelque
cavalerie pour donner le temps à fon infanterie
de fe retirer en fureté. Il fauva fes troupes par des
retraites glorieufes, devant un ennemi avec lequel
on ne pouvait guère alors acquérir que cette efpèce
de gloire.

A peine arrivé dans le palatinat de Pofnanie , il
apprend que les deux rois, qu'il croyait à cinquante
lieues de lui, avaient fait ces cinquante lieues en
neuf jours. Il n'avait que huit mille fantaffins et
mille cavaliers ; il fallait fe foutenir contre une
armée fupérieure, contre le nom du roi de Suède ,
et contre la crainte naturelle que tant de défaites
infpiraient aux Saxons. Il avait toujours prétendu,
malgré l'avis des généraux allemands, que l'infanterie pouvait réfifter en pleine campagne, même fans
chevaux de frife, à la cavalerie : il en ofa faire ce
jour-là l'expérience contre cette cavalerie victorieufe,
commandée par deux rois, et par l'élite des généraux
fuédois. Il fe pofta fi avantageufement qu'il ne
put être entouré. Son premier rang mit le genou en
terre ; il était armé de piques et de fufils : les foldats
extrêmement ferrés préfentaient aux chevaux des
ennemis une efpèce de rempart hériffé de piques et
de baïonnettes : le fecond rang , un peu courbé fur
les épaules du premier , tirait par-deffus ; et le
troifième debout fefait feu en même temps derrière
les deux autres. Les Suédois fondirent avec leur

impétuofité ordinaire fur les Saxons, qui les attendirent fans s'ébranler : les coups de fufil, de pique
et de baïonnette effarouchèrent les chevaux, qui fe
cabraient au lieu d'avancer. Par ce moyen les Suédois
n'attaquèrent qu'en défordre, et les Saxons fe défendirent en gardant leurs rangs.

Il en fit un bataillon quarré long ; et quoique
chargé de cinq bleffures, il fe retira en bon ordre
en cette forme, au milieu de la nuit, dans la petite
ville de Gurau, à trois lieues du champ de bataille.
A peine commençait-il de refpirer dans cet endroit
que les deux rois paraiffent tout à coup derrière lui.

Au-delà de Gurau, en tirant vers le fleuve de
l'Oder, était un bois épais, au travers duquel le
général faxon fauva fon infanterie fatiguée. Les
Suédois, fans fe rebuter, le pourfuivirent par le bois
même, avançant avec difficulté dans des routes à
peine praticables pour des gens de pied. Les Saxons
n'eurent traverfé le bois que cinq heures avant la
cavalerie fuédoife. Au fortir de ce bois, coule la
rivière de Parts, au pied d'un village nommé Rutfen.
Schullembourg avait envoyé en diligence raffembler des
bateaux ; il fait paffer la rivière à fa troupe, qui
était déjà diminuée de moitié. *Charles* arrive dans
le temps que *Schullembourg* était à l'autre bord. Jamais
vainqueur n'avait pourfuivi fi vivement fon ennemi.
La réputation de *Schullembourg* dépendait d'échapper
au roi de Suède : le roi, de fon côté, croyait fa
gloire intéreffée à prendre *Schullembourg*, et le refte
de fon armée : il ne perd point de temps ; il fait
paffer fa cavalerie à un gué. Les Saxons fe trou-
vaient enfermés entre cette rivière de Parts et le

grand fleuve de l'Oder, qui prend fa fource dans la Siléfie, et qui eft déjà profond et rapide en cet endroit.

La perte de *Schullembourg* paraiffait inévitable ; cependant, après avoir facrifié peu de foldats, il paffa l'Oder pendant la nuit. Il fauva ainfi fon armée; et *Charles* ne put s'empêcher de dire : ,, Aujourd'hui ,, *Schullembourg* nous a vaincus. ,,

C'eft ce même *Schullembourg* qui fut depuis général des Vénitiens, et à qui la république a érigé une ftatue dans Corfou, pour avoir défendu contre les Turcs ce rempart de l'Italie. Il n'y a que les républiques qui rendent de tels honneurs ; les rois ne donnent que des récompenfes.

Mais ce qui fefait la gloire de *Schullembourg* n'était guère utile au roi *Augufte*. Ce prince abandonna encore une fois la Pologne à fes ennemis; il fe retira en Saxe, et fit réparer avec précipitation les fortifications de Drefde, craignant déjà, non fans raifon, pour la capitale de fes Etats héréditaires.

Charles XII voyait la Pologne foumife ; fes généraux, à fon exemple, venaient de battre en Courlande plufieurs petits corps mofcovites qui, depuis la grande bataille de Nerva, ne fe montraient plus que par pelotons, et qui, dans ces quartiers, ne fefaient la guerre que comme des tartares vagabonds, qui pillent, qui fuient, et qui reparaiffent pour fuir encore.

Par-tout où fe trouvaient les Suédois, ils fe croyaient fûrs de la victoire, quand ils étaient vingt contre cent. Dans de fi heureufes conjonctures,

Staniflas prépara fon couronnement. La fortune, qui l'avait fait élire à Varfovie, et qui l'en avait chaffé, l'y rappela encore, aux acclamations d'une foule de nobleffe, que le fort des armes lui attachait. Une diète y fut convoquée ; tous les obftacles y furent applanis ; il n'y eut que la cour de Rome feule qui le traverfa.

Il était naturel qu'elle fe déclarât pour le roi *Augufte*, qui de proteftant s'était fait catholique pour monter fur le trône, contre *Staniflas* placé fur le même trône par un grand ennemi de la religion catholique. *Clément XI*, alors pape, envoya des brefs à tous les prélats de Pologne, et fur-tout au cardinal primat, par lefquels il les menaçait de l'excommunication, s'ils ofaient affifter au facre de *Staniflas*, et attenter en rien contre les droits du roi *Augufte*.

Si ces brefs parvenaient aux évêques qui étaient à Varfovie, il était à craindre que quelques-uns n'obéiffent par faibleffe, et que la plupart ne s'en prévaluffent pour fe rendre plus difficiles, à mefure qu'ils feraient plus néceffaires. On avait donc pris toutes les précautions pour empêcher que les lettres du pape ne fuffent reçues dans Varfovie. Un francifcain reçut fecrètement les brefs pour les délivrer en main propre aux prélats. Il en donna d'abord un au fuffragant de Chelm : ce prélat, très-attaché à *Staniflas*, le porta au roi tout cacheté. Le roi fit venir le religieux, et lui demanda comment il avait ofé fe charger d'une telle pièce ? Le francifcain répondit que c'était par l'ordre de fon général. *Staniflas* lui ordonna d'écouter déformais les ordres de fon roi préférablement à ceux du général des francifcains, et le fit fortir dans le moment de la ville.

Le même jour on publia un placard du roi de Suède, par lequel il était défendu à tous eccléfiaftiques féculiers et réguliers dans Varfovie, fous des peines très - grièves, de fe mêler des affaires d'Etat. Pour plus de fureté, il fit mettre des gardes aux portes de tous les prélats, et défendit qu'aucun étranger entrât dans la ville. Il prenait fur lui ces petites févérités, afin que *Staniflas* ne fût point brouillé avec le clergé à fon avénement. Il difait qu'il fe délaffait de fes fatigues militaires, en arrêtant les intrigues de la cour romaine, et qu'on fe battait contre elle avec du papier, au lieu qu'il fallait attaquer les autres fouverains avec des armes véritables.

Le cardinal primat était follicité par *Charles* et par *Staniflas*, de venir faire la cérémonie du couronnement. Il ne crut pas devoir quitter Dantzick pour facrer un roi qu'il n'avait point voulu élire ; mais comme fa politique était de ne jamais rien faire fans prétexte, il voulut préparer une excufe légitime à fon refus. Il fit afficher pendant la nuit le bref du pape à la porte de fa propre maifon. Le magiftrat de Dantzick, indigné, fit chercher les coupables qu'on ne trouva point. Le primat feignait d'être irrité, et était fort content : il avait une raifon pour ne point facrer le nouveau roi ; et il fe ménageait en même temps avec *Charles XII*, *Augufte*, *Staniflas* et le pape. Il mourut peu de jours après, laiffant fon pays dans une confufion affreufe, et n'ayant réuffi, par toutes fes intrigues, qu'à fe brouiller à la fois avec les trois rois *Charles*, *Augufte* et *Staniflas*, avec fa

république et avec le pape, qui lui avait ordonné
de venir à Rome rendre compte de sa conduite;
mais comme les politiques mêmes ont quelquefois
des remords dans leurs derniers momens, il écrivit
au roi *Auguste*, en mourant, pour lui demander
pardon.

4 octobre
1705.

Le sacre se fit tranquillement, et avec pompe dans
la ville de Varsovie, malgré l'usage où l'on est en
Pologne de couronner les rois à Cracovie. *Stanislas
Leczinsky*, et sa femme *Charlotta Opalinska*, furent
sacrés roi et reine de Pologne, par les mains de l'archevêque de Léopold, assisté de beaucoup d'autres
prélats. *Charles XII* vit cette cérémonie *incognito* :
unique fruit qu'il retirait de ses conquêtes.

Tandis qu'il donnait un roi à la Pologne soumise,
que le Danemarck n'osait le troubler, que le roi de
Prusse recherchait son amitié, et que le roi *Auguste*
se retirait dans ses Etats héréditaires, le czar devenait de jour en jour redoutable. Il avait faiblement
secouru *Auguste* en Pologne, mais il avait fait de
puissantes diversions en Ingrie.

Le czar
s'aguerrit :
il reprend
Nerva.

Pour lui, non-seulement il commençait à être
grand homme de guerre, mais même à montrer l'art
à ses Moscovites : la discipline s'établissait dans ses
troupes; il avait de bons ingénieurs, une artillerie
bien servie, beaucoup de bons officiers; il savait
le grand art de faire subsister des armées. Quelques-
uns de ses généraux avaient appris, et à bien
combattre, et, selon le besoin, à ne combattre
pas; bien plus, il avait formé une marine capable
de faire tête aux Suédois dans la mer Baltique.

Fort

Fort de tous ces avantages dus à fon feul génie, et de l'abfence du roi de Suède, il prit Nerva d'affaut après un fiége régulier, et après avoir empêché qu'elle ne fût fecourue par mer et par terre. Les foldats, maîtres de la ville, coururent au pillage ; ils s'abandonnèrent aux barbaries les plus énormes. Le czar courait de tous côtés pour arrêter le défordre et le maffacre ; il arracha lui-même des femmes des mains des foldats, qui les allaient égorger après les avoir violées. Il fut même obligé de tuer de fa main quelques mofcovites qui n'écoutaient point fes ordres. On montre encore à Nerva, dans l'hôtel-de-ville, la table fur laquelle il pofa fon épée en entrant ; et on s'y reffouvient des paroles qu'il adreffa aux citoyens qui s'y affemblèrent : ,, Ce n'eft point du fang des ,, habitans que cette épée eft teinte, mais de celui ,, des Mofcovites, que j'ai répandu pour fauver vos ,, vies. ,,

21 augufte 1704.

Grand mot du czar.

Si le czar avait toujours eu cette humanité, c'était le premier des hommes. Il afpirait à plus qu'à détruire des villes ; il en fondait une alors peu loin de Nerva même, au milieu de fes nouvelles conquêtes ; c'était la ville de Pétersbourg, dont il fit depuis fa réfidence et le centre du commerce. Elle eft fituée entre la Finlande et l'Ingrie, dans une île marécageufe, autour de laquelle la Neva fe divife en plufieurs bras avant de tomber dans le golfe de Finlande : lui-même traça le plan de la ville, de la fortereffe, du port, des quais qui l'embelliffent, et des forts qui en défendent l'entrée. Cette île inculte et déferte, qui n'était qu'un amas de boue pendant le court été de ces climats, et dans l'hiver qu'un étang glacé,

Hift. de Charles XII. I

où l'on ne pouvait aborder par terre qu'à travers des forêts fans route et des marais profonds, et qui n'avait été jufqu'alors que le repaire des loups et des ours, fut remplie, en 1703, de plus de trois cents mille hommes que le czar avait raffemblés de fes Etats. Les payfans du royaume d'Aftracan, et ceux qui habitent les frontières de la Chine, furent tranfportés à Pétersbourg. Il fallut percer des forêts, faire des chemins, fécher des marais, élever des digues, avant de jeter les fondemens de la ville. La nature fut forcée par-tout. Le czar s'obftina à peupler un pays qui femblait n'être pas deftiné pour des hommes : ni les inondations qui ruinèrent fes ouvrages, ni la ftérilité du terrain, ni l'ignorance des ouvriers, ni la mortalité même, qui fit périr deux cents mille hommes dans ces commencemens, ne lui firent point changer de réfolution. La ville fut fondée parmi les obftacles que la nature, le génie des peuples et une guerre malheureufe y apportaient. Pétersbourg était déjà une ville en 1705, et fon port était rempli de vaiffeaux. L'empereur y attirait les étrangers par des bienfaits, diftribuant des terres aux uns, donnant des maifons aux autres, et encourageant tous les arts qui venaient adoucir ce climat fauvage. Sur-tout il avait rendu Pétersbourg inacceffible aux efforts des ennemis. Les généraux fuédois, qui battaient fouvent fes troupes par-tout ailleurs, n'avaient pu endommager cette colonie naiffante. Elle était tranquille au milieu de la guerre qui l'environnait.

Le czar, en fe créant ainfi de nouveaux Etats, tendait toujours la main au roi *Augufte* qui perdait les fiens; il lui perfuada par le général *Patkul*, paffé depuis peu au fervice de Mofcovie, et alors ambaffadeur du czar en Saxe, de venir à Grodno conférer encore une fois avec lui fur l'état malheureux de fes affaires. Le roi *Augufte* y vint avec quelques troupes, accompagné du général *Schullembourg*, que fon paffage de l'Oder avait rendu illuftre dans le Nord, et en qui il mettait fa dernière efpérance. Le czar y arriva, fefant marcher après lui une armée de foixante et dix mille hommes. Les deux monarques firent de nouveaux plans de guerre. Le roi *Augufte* détrôné ne craignait plus d'irriter les Polonais en abandonnant leur pays aux troupes mofcovites. Il fut réfolu que l'armée du czar fe diviferait en plufieurs corps pour arrêter le roi de Suède à chaque pas. Ce fut dans le temps de cette entrevue que le roi *Augufte* renouvela l'ordre de l'aigle blanc, faible reffource alors pour lui attacher quelques feigneurs polonais, plus avides d'avantages réels que d'un vain honneur qui devient ridicule quand on le tient d'un prince qui n'eft roi que de nom. La conférence des deux rois finit d'une manière extraordinaire. Le czar partit foudainement, et laiffa fes troupes à fon allié, pour courir éteindre lui-même une rebellion dont il était menacé à Aftracan. A peine était-il parti, que le roi *Augufte* ordonna que *Patkul* fut arrêté à Drefde. Toute l'Europe fut furprife qu'il osât, contre le droit des gens, et en apparence contre fes intérêts, mettre en prifon l'ambaffadeur du feul prince qui le protégeait.

Voici le nœud fecret de cet événement, felon ce que le maréchal de *Saxe*, fils du roi *Augufte*, m'a fait l'honneur de me dire. *Patkul*, profcrit en

Suède, pour avoir foutenu les priviléges de la Livonie fa patrie, avait été général du roi *Augufte*; mais fon efprit vif et altier s'accommodant mal des hauteurs du général *Flemming*, favori du roi, plus impérieux et plus vif que lui, il avait paffé au fervice du czar, dont il était alors général et ambaffadeur auprès *d'Augufte*. C'était un efprit pénétrant; il avait démêlé que les vues de *Flemming* et du chancelier de Saxe, étaient de propofer la paix au roi de Suède à quelque prix que ce fût. Il forma auffitôt le deffein de les prévenir, de ména-ger un accommodement entre le czar et la Suède. Le chancelier éventa fon projet, et obtint qu'on fe faisît de fa perfonne. Le roi *Augufte* dit au czar que *Patkul* était un perfide qui les trahiffait tous deux. Il n'était pourtant coupable que d'avoir trop bien fervi fon nouveau maître; mais un fervice rendu mal à propos eft fouvent puni comme une trahifon.

Cependant, d'un côté, les foixante mille ruffes, divifés en plufieurs petits corps, brûlaient et rava-geaient les terres des partifans de *Staniflas*: de l'autre, *Schullembourg* s'avançait avec fes nouvelles troupes. La fortune des Suédois diffipa ces deux armées en moins de deux mois. *Charles XII* et *Staniflas* attaquèrent les corps féparés des Mofcovites, l'un après l'autre, mais fi vivement qu'un général mof-covite était battu avant qu'il fût la défaite de fon compagnon.

Nul obftacle n'arrêtait le vainqueur: s'il fe trouvait une rivière entre les ennemis et lui, *Charles XII* et

fes fuédois la paſſaient à la nage. Un parti fuédois
prit le bagage d'*Auguſte*, où il y avait deux cents
mille écus d'argent monnayé. *Staniſlas* faiſit huit
cents mille ducats appartenans au prince *Menzikoff*,
général mofcovite. *Charles*, à la tête de fa cavalerie,
fit trente lieues en vingt-quatre heures, chaque cavalier menant un cheval en main pour le monter quand
le fien ferait rendu. Les Mofcovites, épouvantés et
réduits à un petit nombre, fuyaient en défordre au-
delà du Boriſthène.

Tandis que *Charles* chaſſait devant lui les Mofcovites juſqu'au fond de la Lithuanie, *Schullembourg*
repaſſa enfin l'Oder, et vint à la tête de vingt mille
hommes préfenter la bataille au grand maréchal
Renfchild, qui paſſait pour le meilleur général de
Charles XII, et que l'on appelait le *Parménion de
l'Alexandre du Nord*. Ces deux illuſtres généraux, qui
femblaient participer à la deſtinée de leurs maîtres,
fe rencontrèrent aſſez près de Punits, dans un lieu
nommé Frauenſtad, territoire déjà fatal aux troupes
d'*Auguſte*. *Renfchild* n'avait que treize bataillons et
vingt-deux efcadrons, qui fefaient en tout près de
dix mille hommes. *Schullembourg* en avait une fois
autant. Il eſt à remarquer qu'il y avait dans fon
armée un corps de fix à fept mille mofcovites, que
l'on avait long-temps difciplinés, et fur lefquels on
comptait comme fur des foldats aguerris. Cette bataille
de Frauenſtad fe donna le 12 février 1706; mais ce
même général *Schullembourg*, qui, avec quatre mille
hommes, avait en quelque façon troublé la fortune
du roi de Suède, fuccomba fous celle du général
Renfchild. Le combat ne dura pas un quart d'heure;

Les Saxons
font encore
défaits.

les Saxons ne réſiſtèrent pas un moment ; les Moſcovites jetèrent leurs armes dès qu'ils virent les Suédois:
l'épouvante fut ſi ſubite, et le déſordre ſi grand,
que les vainqueurs trouvèrent ſur le champ de bataille
ſept mille fuſils tous chargés qu'on avait jetés à terre
ſans tirer. Jamais déroute ne fut plus prompte, plus
complète et plus honteuſe ; et cependant jamais
général n'avait fait une ſi belle diſpoſition que
Schullembourg, de l'aveu de tous les officiers ſaxons
et ſuédois, qui virent en cette journée combien la
prudence humaine eſt peu maîtreſſe des événemens.

Parmi les priſonniers, il ſe trouva un régiment
entier de Français. Ces infortunés avaient été pris par
les troupes de Saxe, l'an 1704, à cette fameuſe bataille
de Hochſtet, ſi funeſte à la grandeur de *Louis XIV*.
Ils avaient paſſé depuis au ſervice du roi *Auguſte*,
qui en avait fait un régiment de dragons, et en avait
donné le commandement à un français de la maiſon
de *Joyeuſe*. Le colonel fut tué à la première, ou
plutôt à la ſeule charge des Suédois ; le régiment
tout entier fut fait priſonnier de guerre. Dès le jour
même ces français demandèrent à ſervir *Charles XII*,
et ils furent reçus à ſon ſervice, par une deſtinée
ſingulière, qui les réſervait à changer encore de
vainqueur et de maître.

A l'égard des Moſcovites, ils demandèrent la vie
à genoux ; mais on les maſſacra inhumainement plus
de ſix heures après le combat, pour punir ſur eux les
violences de leurs compatriotes, et pour ſe débarraſſer
de ces priſonniers dont on n'eût ſu que faire.

Auguſte ſe vit alors ſans reſſources : il ne lui reſtait
plus que Cracovie, où il s'était enfermé avec deux

régimens de mofcovites, deux de faxons, et quelques troupes de l'armée de la couronne, par lefquelles même il craignait d'être livré au vainqueur; mais fon malheur fut au comble, quand il fut que *Charles XII* était enfin entré en Saxe, le premier feptembre 1706.

Il avait traverfé la Siléfie fans daigner feulement en faire avertir la cour de Vienne. L'Allemagne était confternée; la diète de Ratisbonne, qui repréfente l'Empire, mais dont les réfolutions font fouvent auffi infructueufes que folennelles, déclara le roi de Suède ennemi de l'Empire, s'il paffait au-delà de l'Oder avec fon armée; cela même le détermina à venir plus tôt en Allemagne.

Charles entre dans l'Empire. 1606.

A fon approche les villages furent déferts; les habitans fuyaient de tous côtés. *Charles* en ufa alors comme à Copenhague; il fit afficher par-tout qu'il n'était venu que pour donner la paix; que tous ceux qui reviendraient chez eux, et qui payeraient les contributions qu'il ordonnerait, feraient traités comme fes propres fujets, et les autres pourfuivis fans quartier. Cette déclaration d'un prince, qu'on favait n'avoir jamais manqué à fa parole, fit revenir en foule tous ceux que la peur avait écartés. Il choifit fon camp à Altranftad, près de la campagne de Lutfen, champ de bataille fameux par la victoire et par la mort de *Guftave-Adolphe*. Il alla voir la place où ce grand homme avait été tué. Quand on l'eut conduit fur le lieu : " J'ai tâché, dit-il, de vivre " comme lui; DIEU m'accordera peut-être un jour " une mort auffi glorieufe. "

De ce camp il ordonna aux états de Saxe de s'affembler, et de lui envoyer fans délai les regiftres

Il eft le maître en Saxe.

I 4

des finances de l'électorat. Dès qu'il les eut en fon pouvoir, et qu'il fut informé au jufte de ce que la Saxe pouvait fournir, il la taxa à fix cents vingt-cinq mille rifdales par mois. Outre cette contribution, les Saxons furent obligés de fournir à chaque foldat fuédois deux livres de viande, deux livres de pain, deux pots de bière, et quatre fous par jour, avec du fourrage pour la cavalerie. Les contributions ainfi réglées, le roi établit une nouvelle police pour garantir les Saxons des infultes de fes foldats : il ordonna, dans toutes les villes où il mit garnifon, que chaque hôte chez qui les foldats logeraient donnerait des certificats tous les mois de leur conduite, faute de quoi le foldat n'aurait point fa paye. De plus, des infpecteurs allaient tous les quinze jours de maifon en maifon, s'informer fi les Suédois n'avaient point commis de dégât. Ils avaient foin de dédommager les hôtes, et de punir les coupables.

On fait fous quelle difcipline févère vivaient les troupes de *Charles XII ;* qu'elles ne pillaient pas les villes prifes d'affaut, avant d'en avoir reçu la permiffion ; qu'elles allaient même au pillage avec ordre ; et le quittaient au premier fignal. Les Suédois fe vantent encore aujourd'hui de la difcipline qu'ils obfervèrent en Saxe ; et cependant les Saxons fe plaignirent des dégâts affreux qu'ils y commirent ; contradictions qu'il ferait impoffible de concilier, fi l'on ne favait combien les hommes voient différemment les mêmes objets. Il était bien difficile que les vainqueurs n'abufaffent quelquefois de leurs droits, et que les vaincus ne priffent les plus légères léfions pour des brigandages barbares. Un jour le roi fe promenant à cheval près de Leipfick, un payfan faxon vint fe jeter à fes pieds, pour lui demander juftice d'un grenadier qui venait de lui enlever ce qui était deftiné pour le dîner de fa famille. Le roi fit venir le foldat : Eft-il vrai, dit-il d'un vifage févère, que vous avez volé cet homme ? *Sire*, dit le foldat, *je ne lui ai pas fait tant de mal que votre majefté en a fait à fon maître; vous lui avez ôté un royaume, et je n'ai pris à ce manan qu'un dindon*. Le roi donna dix ducats de fa main au payfan, et pardonna au foldat, en faveur de la hardieffe du bon mot, en lui difant : *Souviens-toi, mon ami, que fi j'ai ôté un royaume au roi Augufte, je n'en ai rien pris pour moi*.

La grande foire de Leipfick fe tint comme à l'ordinaire : les marchands y vinrent avec une fureté entière : on ne vit pas un foldat fuédois dans la foire; on eût dit que l'armée du roi de Suède n'était en Saxe que pour veiller à la confervation du pays. Il commandait dans tout l'électorat avec un pouvoir auffi abfolu, et une tranquillité auffi profonde que dans Stockholm.

Le roi *Augufte*, errant dans la Pologne, privé à la fois de fon royaume et de fon électorat, écrivit enfin une lettre de fa main à *Charles XII*, pour lui demander la paix. Il chargea en fecret le baron d'*Imhof* d'aller porter la lettre, conjointement avec M. *Fingsten*, référendaire du confeil privé ; il leur donna à tous deux fes pleins pouvoirs, et fon blanc-figné. *Allez*, leur dit-il en propres mots, *tâchez de m'obtenir des conditions raifonnables et chrétiennes*. Il était réduit à la néceffité de cacher fes démarches pour la paix, et de ne recourir à la médiation d'aucun prince ; car, étant alors en Pologne à la merci des Moscovites, il craignait avec raison que le dangereux allié qu'il abandonnait ne se vengeât sur lui de sa soumission au vainqueur. Ses deux plénipotentiaires arrivèrent de nuit au camp de *Charles XII ;* ils eurent une audience secrète. Le roi lut la lettre. ,, Messieurs, dit-il aux plénipotentiaires, ,, vous aurez dans un moment ma réponse. ,, Il se retira aussitôt dans son cabinet, et fit écrire ce qui suit :

Je consens de donner la paix aux conditions suivantes, auxquelles il ne faut pas s'attendre que je change rien.

1. Que le roi Auguste renonce pour jamais à la couronne de Pologne, qu'il reconnaisse Stanislas pour légitime roi, et qu'il promette de ne jamais songer à remonter sur le trône, même après la mort de Stanislas.

2. Qu'il renonce à tous autres traités, et particulièrement à ceux qu'il a faits avec la Moscovie.

3. Qu'il renvoie avec honneur en mon camp les princes Sobiesky, et tous les prisonniers qu'il a pu faire.

4. Qu'il me livre tous les déserteurs qui ont passé à son service, et nommément Jean Patkul, et qu'il cesse toute procédure contre ceux qui, de son service, ont passé dans le mien.

Il donna ce papier au comte *Piper*, le chargeant de négocier le reste avec les plénipotentiaires du roi *Auguste*. Ils furent épouvantés de la dureté de ces propofitions. Ils mirent en ufage le peu d'art qu'on peut employer quand on eft fans pouvoir, pour tâcher de fléchir la rigueur du roi de Suède. Ils eurent plufieurs conférences avec le comte *Piper*. Ce miniftre ne répondit autre chofe à toutes leurs infinuations, finon : ,, Telle eft la volonté du roi mon ,, maître ; il ne change jamais fes réfolutions. ,,

Tandis que cette paix fe négociait fourdement en Saxe, la fortune fembla mettre le roi *Augufte* en état d'en obtenir une plus honorable, et de traiter avec fon vainqueur fur un pied plus égal.

Le prince *Menzikoff*, généraliffime des armées mofcovites, vint avec trente mille hommes le trouver en Pologne, dans le temps que non-feulement il ne fouhaitait plus fes fecours, mais que même il les craignait : il avait avec lui quelques troupes polonaifes et faxonnes, qui fefaient en tout fix mille hommes. Environné avec ce petit corps de l'armée du prince *Menzikoff*, il avait tout à redouter en cas qu'on découvrît fa négociation. Il fe voyait en même temps détrôné par fon ennemi, et en danger d'être arrêté prifonnier par fon allié. Dans cette circonftance délicate, l'armée fe trouva en préfence d'un des généraux fuédois, nommé *Meyerfeld*, qui était à la tête de dix mille hommes à Calish, près du palatinat de Pofnanie. Le prince *Menzikoff* preffa le roi *Augufte* de donner bataille. Le roi très-embarraffé différa fous divers prétextes ; car, quoique les ennemis fuffent trois fois moins forts que lui, il y avait quatre mille fuédois dans l'armée de *Meyerfeld ;* et c'en était affez pour rendre l'événement douteux.

Donner bataille aux Suédois pendant les négociations, et la perdre, c'était creufer l'abyme où il était ; il prit le parti d'envoyer un homme de confiance au général ennemi, pour lui donner part du fecret de la paix, et l'avertir de fe retirer ; mais cet avis eut un effet tout contraire à ce qu'il en attendait. Le général *Meyerfeld* crut qu'on lui tendait un piége pour l'intimider ; et fur cela feul il fe réfolut à rifquer le combat.

Les Ruffes vainquirent ce jour-là les Suédois en bataille rangée pour la première fois. Cette victoire, que le roi *Augufte* remporta prefque malgré lui, fut complète : il entra triomphant, au milieu de fa mauvaife fortune, dans Varfovie, autrefois fa capitale, ville alors démantelée et ruinée, prête à recevoir le vainqueur, quel qu'il fût, et à reconnaître le plus fort pour fon roi. Il fut tenté de faifir ce moment de profpérité, et d'aller attaquer en Saxe le roi de Suède avec l'armée mofcovite. Mais ayant réfléchi que *Charles XII* était à la tête d'une armée fuédoife jufqu'alors invincible ; que les Ruffes l'abandonne-raient au premier bruit de fon traité commencé ; que la Saxe, fon pays héréditaire, déjà épuifée d'argent et d'hommes, ferait ravagée également par les Suédois et par les Mofcovites ; que l'Empire, occupé de la guerre contre la France, ne pouvait le fecourir ; qu'il demeurerait fans Etats, fans argent, fans amis ; il conçut qu'il fallait fléchir fous la loi qu'impofait le roi de Suède. Cette loi ne devint que plus dure, quand *Charles* eut appris que le roi *Augufte* avait attaqué fes troupes pendant la négo-ciation. Sa colère et le plaifir d'humilier davantage un ennemi qui venait de le vaincre, le rendirent plus inflexible fur tous les articles du traité. Ainfi la victoire du roi *Augufte* ne fervit qu'à rendre fa fitua-tion plus malheureufe ; ce qui peut-être n'était jamais arrivé qu'à lui.

Il venait de faire chanter le *Te Deum* dans Varfovie, lorfque *Fingsten*, l'un de fes plénipotentiaires, arriva de Saxe avec ce traité de paix qui lui ôtait la cou-ronne. *Augufte* héfita, mais il figna, et partit pour la Saxe, dans la vaine efpérance que fa préfence pourrait fléchir le roi de Suède, et que fon ennemi fe fouvien-drait peut-être des anciennes alliances de leurs maifons, et du fang qui les uniffait.

Il force le roi *Augufte* de figner fon contrat d'ab-dication.

Ces deux princes fe virent, pour la première fois, dans un lieu nommé Guterfdorf, au quartier du comte *Piper*, fans aucune cérémonie. *Charles XII* était en groffes bottes, ayant pour cravate un taffetas noir qui lui ferrait le cou : fon habit était, comme à l'ordinaire, d'un gros drap bleu, avec des boutons de cuivre doré. Il portait au côté une longue épée qui lui avait fervi à la bataille de Nerva, et fur le pommeau de laquelle il s'appuyait fouvent. La converfation ne roula que fur fes groffes bottes. *Charles XII* dit au roi *Augufte* qu'il ne les avait quittées depuis fix ans que pour fe coucher. Ces bagatelles furent le feul entretien de deux rois, dont l'un ôtait une couronne à l'autre. *Augufte*, fur-tout, parlait avec un air de complaifance et de fatisfaction, que les princes et les hommes accoutumés aux grandes affaires, favent prendre au milieu des mortifications les plus cruelles. Les deux rois dînèrent deux fois enfemble. *Charles XII* affecta toujours de donner la

droite au roi *Augufte*; mais bien loin de rien relâcher
de fes demandes, il en fit encore de plus dures.
C'était déjà beaucoup qu'un fouverain fût forcé à
livrer un général d'armée, un miniftre public : c'était
un grand abaiffement d'être obligé d'envoyer à fon
fucceffeur *Staniflas* les pierreries et les archives de la
couronne; mais ce fut le comble à cet abaiffement,
d'être réduit enfin à féliciter de fon avénement au
trône celui qui allait s'y affeoir à fa place. *Charles*
exigea une lettre d'*Augufte* à *Staniflas* : le roi détrôné
fe le fit dire plus d'une fois; mais *Charles* voulait cette
lettre, et il fallait l'écrire. La voici telle que je l'ai vue
depuis peu copiée fidèlement fur l'original que le roi
Staniflas garde encore.

MONSIEUR ET FRERE,

*Nous avions jugé qu'il n'était pas néceffaire d'entrer
dans un commerce particulier de lettres avec votre majefté;
cependant, pour faire plaifir à fa majefté fuédoife, et afin
qu'on ne nous impute pas que nous fefons difficulté de fatisfaire à fon défir, nous vous félicitons par celle-ci de votre
avénement à la couronne, et vous fouhaitons que vous
trouviez dans votre patrie des fujets plus fidèles que ceux
que nous y avons laiffés. Tout le monde nous fera la juftice
de croire que nous n'avons été payés que d'ingratitude pour
tous nos bienfaits, et que la plupart de nos fujets ne fe font
appliqués qu'à avancer notre ruine. Nous fouhaitons que vous
ne foyez pas expofé à de pareils malheurs, vous remettant à
la protection de* DIEU.

A Drefde, le 8 avril 1707.

Votre frère et voifin, AUGUSTE, *roi.*

Il fallut qu'*Augufte* ordonnât lui-même à tous fes officiers de magiftrature de ne plus le qualifier de roi de Pologne, et qu'il fît effacer des prières publiques ce titre auquel il renonçait. Il eut moins de peine à élargir les *Sobieski* : ces princes, au fortir de leur prifon, refusèrent de le voir ; mais le facrifice de *Patkul* fut ce qui dut lui coûter davantage. D'un côté, le czar le redemandait hautement comme fon ambaffadeur ; de l'autre, le roi de Suède exigeait, en menaçant, qu'on le lui livrât. *Patkul* était alors enfermé dans le château de Kœnigftein en Saxe. Le roi *Augufte* crut pouvoir fatisfaire *Charles XII* et fon honneur en même temps. Il envoya des gardes pour livrer ce malheureux aux troupes fuédoifes ; mais auparavant il envoya au gouverneur de Kœnigftein un ordre fecret de laiffer échapper fon prifonnier. La mauvaife fortune de *Patkul* l'emporta fur le foin qu'on prenait de le fauver. Le gouverneur fachant que *Patkul* était très-riche, voulut lui faire acheter fa liberté. Le prifonnier, comptant encore fur le droit des gens, et informé des intentions du roi *Augufte*, refufa de payer ce qu'il penfait devoir obtenir pour rien. Pendant cet intervalle, les gardes commandés pour faifir le prifonnier arrivèrent, et le livrèrent immédiatement à quatre capitaines fuédois, qui l'emmenèrent d'abord au quartier général d'Altran ftad, où il demeura trois mois attaché à un poteau avec une groffe chaîne de fer. De là il fut conduit à Cafimir.

Charles XII oubliant que *Patkul* était ambaffadeur du czar, et fe fouvenant feulement qu'il était né fon fujet, ordonna au confeil de guerre de le juger avec

Il a la cruauté de faire rouer *Patkul*.

la dernière rigueur. Il fut condamné à être rompu vif, et à être mis en quartiers. Un chapelain vint lui annoncer qu'il fallait mourir, sans lui apprendre le genre du supplice. Alors cet homme, qui avait bravé la mort dans tant de batailles, se trouvant seul avec un prêtre, et son courage n'étant plus soutenu par la gloire ni par la colère, sources de l'intrépidité des hommes, répandit amèrement des larmes dans le sein du chapelain. Il était fiancé avec une dame saxonne, nommée Mᵐᵉ d'*Einsiedel*, qui avait de la naissance, du mérite et de la beauté, et qu'il avait compté d'épouser à peu-près dans le temps même qu'on le livra au supplice. Il recommanda au chapelain d'aller la trouver pour la consoler, et de l'assurer qu'il mourait plein de tendresse pour elle. Quand on l'eut conduit au lieu du supplice, et qu'il vit les roues et les pieux dressés, il tomba dans des convulsions de frayeur, et se rejeta dans les bras du ministre qui l'embrassa en le couvrant de son manteau, et en pleurant. Alors un officier suédois lut à haute voix un papier dans lequel étaient ces paroles :

» On fait savoir que l'ordre très-exprès de sa
» majesté, notre seigneur très-clément, est que cet
» homme, qui est traître à la patrie, soit roué et
» écartelé pour réparation de ses crimes, et pour
» l'exemple des autres. Que chacun se donne de
» garde de la trahison, et serve son roi fidèlement. »
A ces mots de *seigneur très-clément* : Quelle clémence ! dit *Patkul* ; et à ceux de *traître à la patrie* : Hélas ! dit-il, je l'ai trop bien servie. Il reçut seize coups, et souffrit le supplice le plus long et le plus affreux

qu'on

qu'on puisse imaginer. Ainsi périt l'infortuné *Jean Reginold Patkul*, ambassadeur et général de l'empereur de Russie.

Ceux qui ne voyaient en lui qu'un sujet révolté contre son roi disaient qu'il avait mérité la mort ; ceux qui le regardaient comme un livonien, né dans une province laquelle avait des privilèges à défendre, et qui se souvenaient qu'il n'était sorti de la Livonie que pour en avoir soutenu les droits, l'appelaient le martyr de la liberté de son pays. Tous convenaient d'ailleurs que le titre d'ambassadeur du czar devait rendre sa personne sacrée. Le seul roi de Suède, élevé dans les principes du despotisme, crut n'avoir fait qu'un acte de justice, tandis que toute l'Europe condamnait sa cruauté.

Ses membres coupés en quartiers restèrent exposés sur des poteaux jusqu'en 1713, qu'*Auguste* étant remonté sur son trône fit rassembler ces témoignages de la nécessité où il avait été réduit à Altranstad : on les lui apporta à Varsovie dans une cassette, en présence de *Buzenval*, envoyé de France. Le roi de Pologne montrant la cassette à ce ministre. Voilà, lui dit-il simplement, les membres de *Patkul*, sans rien ajouter pour blâmer ou pour plaindre sa mémoire, et sans que personne de ceux qui étaient présens osât parler sur un sujet si délicat et si triste.

Environ ce temps-là, un livonien nommé *Paikel*, officier dans les troupes saxonnes, fait prisonnier les armes à la main, venait d'être jugé à mort à Stockholm par arrêt du sénat ; mais il n'avait été condamné qu'à perdre la tête. Cette différence de

Hist. de Charles XII.   K

supplice dans le même cas fesait trop voir que *Charles*, en fesant périr *Patkul* d'une mort fi cruelle, avait plus fongé à fe venger qu'à punir. Quoi qu'il en foit, *Paikel*, après fa condamnation, fit propofer au fénat de donner au roi le fecret de faire de l'or, fi on voulait lui pardonner : il fit faire l'expérience de fon fecret dans la prifon, en préfence du colonel *Hamilton* et des magiftrats de la ville ; et foit qu'il eût en effet découvert quelque art utile, foit qu'il n'eût que celui de tromper habilement, ce qui eft beaucoup plus vraifemblable, on porta à la monnaie de Stockholm l'or qui fe trouva dans le creufet à la fin de l'expérience, et on en fit au fénat un rapport fi juridique, et qui parut fi important, que la reine aïeule de *Charles* ordonna de fufpendre l'exécution jufqu'à ce que le roi, informé de cette fingularité, envoyât fes ordres à Stockholm.

Le roi répondit qu'il avait refufé à fes amis la grâce du criminel, et qu'il n'accorderait jamais à l'intérêt ce qu'il n'avait pas donné à l'amitié. Cette inflexibilité eut quelque chofe d'héroïque dans un prince, qui d'ailleurs croyait le fecret poffible. Le roi *Augufle*, qui en fut informé, dit : *Je ne m'étonne pas que le roi de Suède ait tant d'indifférence pour la pierre philofophale ; il l'a trouvée en Saxe.*

Quand le czar eut appris l'étrange paix que le roi *Augufle*, malgré leurs traités, avait conclue à Altranftad, et que *Patkul*, fon ambaffadeur plénipotentiaire, avait été livré au roi de Suède, au mépris des lois des nations, il fit éclater fes plaintes dans toutes les cours de l'Europe : il écrivit à l'empereur d'Allemagne, à la reine d'Angleterre, aux états généraux des Provinces-Unies : il appelait lâcheté et perfidie la néceſſité douloureuſe ſous laquelle *Auguſte* avait ſuccombé : il conjura toutes ces puiſſances d'interpoſer leur médiation pour lui faire rendre ſon ambaſſadeur, et pour prévenir l'affront qu'on allait faire en ſa perſonne à toutes les têtes couronnées; il les preſſa, par le motif de leur honneur, de ne pas s'avilir juſqu'à donner de la paix d'Altranſtad une garantie que *Charles XII* leur arrachait en menaçant. Ces lettres n'eurent d'autre effet que de mieux faire voir la puiſſance du roi de Suède. L'empereur, l'Angleterre et la Hollande avaient alors à ſoutenir contre la France une guerre ruineuſe : ils ne jugèrent pas à propos d'irriter *Charles XII* par le refus de la vaine cérémonie de la garantie d'un traité. A l'égard du malheureux *Patkul*, il n'y eut pas une puiſſance qui interposât ſes bons offices en ſa faveur, et qui ne fît voir combien peu un ſujet doit compter ſur des rois, et combien tous les rois alors craignaient celui de Suède.

On propoſa dans le conſeil du czar d'uſer de repréſailles envers les officiers ſuédois, priſonniers à Moſcou. Le czar ne voulut point conſentir à une barbarie qui eût eu des ſuites ſi funeſtes : il y avait plus de moſcovites priſonniers en Suède que de ſuédois en Moſcovie.

Il chercha une vengeance plus utile. La grande armée de ſon ennemi était en Saxe ſans agir. *Levenhaupt*, général du roi de Suède, qui était reſté en Pologne, à la tête d'environ vingt mille hommes, ne pouvait garder les paſſages dans un pays ſans forterefſes et plein de factions. *Staniſlas* était au camp de *Charles XII.* L'empereur moſcovite ſaiſit cette conjoncture , et rentre en Pologne avec plus de ſoixante mille hommes : il les ſépare en pluſieurs corps, et marche avec un camp volant juſqu'à Léopold, où il n'y avait point de garniſon ſuédoiſe. Toutes les villes de Pologne ſont à celui qui ſe préſente à leurs portes avec des troupes. Il fit convoquer une aſſemblée à Léopold, telle à peu-près que celle qui avait détrôné *Auguſte* à Varſovie.

Défolation
de la
Pologne.

La Pologne avait alors deux primats, auſſi-bien que deux rois, l'un de la nomination d'*Auguſte*, l'autre de celle de *Staniſlas.* Le primat nommé par *Auguſte* convoqua l'aſſemblée de Léopold, où ſe rendirent tous ceux que ce prince avait abandonnés par la paix d'Altranſtad, et ceux que l'argent du czar avait gagnés. On y propoſa d'élire un nouveau ſouverain. Il s'en fallut peu que la Pologne n'eût alors trois rois, ſans qu'on eût pu dire quel était le véritable.

Pendant les conférences de Léopold, le czar lié d'intérêt avec l'empereur d'Allemagne, par la crainte commune où ils étaient du roi de Suède, obtint ſecrètement qu'on lui envoyât beaucoup d'officiers allemands. Ceux-ci venaient de jour en jour augmenter conſidérablement ſes forces, en apportant avec eux la diſcipline et l'expérience. Il les engageait à ſon ſervice par des libéralités ; et pour mieux encourager ſes propres troupes, il donna ſon portrait enrichi de diamans aux officiers généraux et aux colonels qui avaient combattu à la bataille de Caliſh : les officiers ſubalternes eurent des médailles d'or ; les ſimples foldats en eurent d'argent. Ces monumens de la victoire de Calish furent tous frappés dans fa nouvelle ville de Pétersbourg, où les arts floriffaient à mefure qu'il apprenait à fes troupes à connaître l'émulation et la gloire.

La confufion, la multiplicité des factions, les ravages continuels en Pologne, empêchèrent la diète de Léopold de prendre aucune réfolution. Le czar la fit transférer à Lublin. Le changement de lieu ne diminua rien des troubles et de l'incertitude où tout le monde était : l'affemblée fe contenta de ne reconnaître ni *Augufte*, qui avait abdiqué, ni *Staniflas* élu malgré eux ; mais ils ne furent ni affez unis ni affez hardis pour nommer un roi. Pendant ces délibérations inutiles, le parti des princes *Sapieha*, celui d'*Oginsky*, ceux qui tenaient en fecret pour le roi *Augufte*, les nouveaux fujets de *Staniflas*, fe fefaient tous la guerre, pillaient les terres les uns des autres, et achevaient la ruine de leur pays. Les troupes fuédoifes, commandées par *Levenhaupt*, dont une partie était en Livonie, une autre en Lithuanie, une autre en Pologne, cherchaient toutes les troupes mofcovites. Elles brûlaient tout ce qui était ennemi de *Staniflas*. Les Ruffes ruinaient également amis et ennemis ; on ne voyait que des villes en cendres et des troupes errantes de polonais dépouillés de tout, qui déteftaient également, et leurs deux rois, et *Charles XII*, et le czar.

Le roi *Staniflas* partit d'Altranftad avec le général *Renfchild*, feize régimens fuédois et beaucoup d'argent, pour apaifer tous ces troubles en Pologne, et fe faire reconnaître paifiblement. Il fut reconnu

15 juillet 1707.

K 3

par-tout où il paffa : la difcipline de fes troupes, qui fefait mieux fentir la barbarie des Mofcovites, lui gagna les efprits, fon extrême affabilité lui réunit prefque toutes les factions, à mefure qu'elle fut connue; fon argent lui donna la plus grande partie de l'armée de la couronne. Le czar craignant de manquer de vivres dans un pays que fes troupes avaient défolé, fe retira en Lithuanie, où était le rendez-vous de fes corps d'armée, et où il devait établir des magafins. Cette retraite laiffa le roi *Staniflas* fouverain de prefque toute la Pologne.

Le feul qui le troublât alors dans fes Etats était le comte *Siniawsky*, grand général de la couronne, de la nomination du roi *Augufte*. Cet homme qui avait d'affez grands talens et beaucoup d'ambition, était à la tête d'un tiers parti : il ne reconnaiffait ni *Augufte* ni *Staniflas* ; et après avoir tout tenté pour fe faire élire lui-même, il fe contentait d'être chef de parti, ne pouvant pas être roi. Les troupes de la couronne, qui étaient demeurées fous fes ordres, n'avaient guère d'autre folde que la liberté de piller impunément leur propre pays. Tous ceux qui craignaient ces brigandages, ou qui en fouffraient fe donnèrent bientôt à *Staniflas*, dont la puiffance s'affermiffait de jour en jour.

Le roi de Suède recevait alors dans fon camp d'Altranftad les ambaffadeurs de prefque tous les princes de la chrétienté. Les uns venaient le fupplier de quitter les terres de l'Empire; les autres euffent bien voulu qu'il eût tourné fes armes contre l'empereur ; le bruit même s'était répandu par-tout qu'il devait fe joindre à la France pour accabler la maifon

Le duc de Marlborough va voir Charles XII.

d'Autriche. Parmi tous ces ambaffadeurs vint le fameux *Jean*, duc de *Marlborough*, de la part d'*Anne*, reine de la Grande-Bretagne. Cet homme qui n'a jamais affiégé de ville qu'il n'ait prife, ni donné de bataille qu'il n'ait gagnée, était à Saint-James un adroit courtifan, dans le parlement un chef de parti, dans les pays étrangers le plus habile négociateur de fon fiècle. Il avait fait autant de mal à la France par fon efprit que par fes armes. On a entendu dire au fecrétaire des états généraux, M. *Fagel*, homme d'un très-grand mérite, que plus d'une fois les états généraux ayant réfolu de s'oppofer à ce que le duc de *Marlborough* devait leur propofer, le duc arrivait, leur parlait en français, langue dans laquelle il s'exprimait très-mal, et les perfuadait tous. C'eft ce que le lord *Bolingbroke* m'a confirmé.

Il foutenait, avec le prince *Eugène* compagnon de fes victoires, et avec *Heinfius*, grand penfionnaire de Hollande, tout le poids des entreprifes des alliés contre la France. Il favait que *Charles* était aigri contre l'Empire et contre l'empereur, qu'il était follicité fecrètement par les Français ; et que fi ce conquérant embraffait le parti de *Louis XIV*, les alliés feraient opprimés.

Il eft vrai que *Charles* avait donné fa parole de ne fe mêler en rien de la guerre de *Louis XIV* contre les alliés ; mais le duc de *Marlborough* ne croyait pas qu'il y eût un prince affez efclave de fa parole pour ne la pas facrifier à fa grandeur et à fon intérêt. Il partit donc de la Haie dans le deffein d'aller fonder les intentions du roi de Suède. M. *Fabrice*, qui était

1708.

K 4

alors auprès de *Charles XII*, m'a assuré que le duc de
Marlborough, en arrivant, s'adressa secrètement, non
pas au comte *Piper*, premier ministre, mais au baron
de *Gortz*, qui commençait à partager avec *Piper* la
confiance du roi. Il arriva même dans le carrosse de
ce baron au quartier de *Charles XII*, et il y eut des
froideurs marquées entre lui et le chancelier *Piper*.
Présenté ensuite par *Piper*, avec *Robinson*, ministre
d'Angleterre, il parla au roi en français ; il lui dit
qu'il s'estimerait heureux de pouvoir apprendre sous
ses ordres ce qu'il ignorait de l'art de la guerre. Le
roi ne répondit à ce compliment par aucune civilité,
et parut oublier que c'était *Marlborough* qui lui parlait.
Je sais même qu'il trouva que ce grand homme était
vêtu d'une manière trop recherchée, et avait l'air
trop peu guerrier. La conversation fut fatigante et
générale, *Charles XII* s'exprimant en suédois, et
Robinson servant d'interprète. *Marlborough*, qui ne
se hâtait jamais de faire ses propositions, et qui avait
par une longue habitude acquis l'art de démêler les
hommes, et de pénétrer les rapports qui sont entre
leurs plus secrètes pensées, leurs actions, leurs
gestes, leurs discours, étudia attentivement le roi.
En lui parlant de guerre en général, il crut aperce-
voir dans *Charles XII* une aversion naturelle pour la
France ; il remarqua qu'il se plaisait à parler des
conquêtes des alliés. Il lui prononça le nom du czar,
et vit que les yeux du roi s'allumaient toujours à
ce nom, malgré la modération de cette conférence.
Il aperçut de plus sur une table une carte de Moscovie, Il ne lui en fallut pas davantage pour juger
que le véritable dessein du roi de Suède et sa seule

ambition étaient de détrôner le czar après le roi de Pologne. Il comprit que si ce prince restait en Saxe, c'était pour imposer quelques conditions un peu dures à l'empereur d'Allemagne. Il savait bien que l'empereur ne résisterait pas, et qu'ainsi les affaires se termineraient aisément. Il laissa *Charles XII* à son penchant naturel; et satisfait de l'avoir pénétré, il ne lui fit aucune proposition. Ces particularités m'ont été confirmées par madame la duchesse de *Marlborough*, sa veuve, encore vivante. (*o*)

Comme peu de négociations s'achèvent sans argent, et qu'on voit quelquefois des ministres qui vendent la haine ou la faveur de leur maître, on crut dans toute l'Europe que le duc de *Marlborough* n'avait réussi auprès du roi de Suède qu'en donnant à propos une grosse somme au comte *Piper*; et la mémoire de ce suédois en est restée flétrie jusqu'aujourd'hui. Pour moi qui ai remonté, autant qu'il m'a été possible, à la source de ce bruit, j'ai su que *Piper* avait reçu un présent médiocre de l'empereur par les mains du comte de *Wratislau*, avec le consentement du roi son maître, et rien du duc de *Marlborough*. Il est certain que *Charles* était inflexible dans le dessein d'aller détrôner l'empereur des Russes, qu'il ne recevait alors conseil de personne, et qu'il n'avait pas besoin des avis du comte de *Piper* pour prendre de *Pierre Alexiowitz* une vengeance qu'il cherchait depuis si long-temps.

Enfin ce qui achève de justifier ce ministre, c'est l'honneur rendu long-temps après à sa mémoire par

Le comte Piper justifié.

(o) L'auteur écrivait en 1727. On voit par d'autres dates que l'ouvrage a été retouché depuis à plusieurs reprises.

Charles XII qui, ayant appris que *Piper* était mort en Ruſſie, fit tranſporter ſon corps à Stockholm, et lui ordonna à ſes dépens des obsèques magnifiques.

Le roi qui n'avait point encore éprouvé de revers, ni même de retardement dans ſes ſuccès, croyait qu'une armée lui ſuffirait pour détrôner le czar, et qu'il pourrait enſuite revenir ſur ſes pas s'ériger en arbitre de l'Europe; mais il voulait auparavant humilier l'empereur d'Allemagne.

Le baron de *Stralheim*, envoyé de Suède à Vienne, avait eu dans un repas une querelle avec le comte de *Zobor*, chambellan de l'empereur : celui-ci ayant refuſé de boire à la ſanté de *Charles XII*, et ayant dit durement que ce prince en uſait trop mal avec ſon maître, *Stralheim* lui avait donné un démenti et un ſoufflet, et avait oſé, après cette inſulte, demander réparation à la cour impériale. La crainte de déplaire, au roi de Suède avait forcé l'empereur à bannir ſon ſujet qu'il devait venger. *Charles XII* ne fut pas ſatisfait; il voulut qu'on lui livrât le comte de *Zobor*. La fierté de la cour de Vienne fut obligée de fléchir; on mit le comte entre les mains du roi, qui le renvoya, après l'avoir gardé quelque temps priſonnier à Stétin.

Il demanda de plus, contre toutes les lois des nations, qu'on lui livrât quinze cents malheureux moſcovites qui, ayant échappé à ſes armes, avaient fui juſque ſur les terres de l'Empire. Il fallut encore que la cour de Vienne conſentît à cette étrange demande; et ſi l'envoyé moſcovite à Vienne n'avait

adroitement fait évader ces malheureux par divers
chemins, ils étaient tous livrés à leurs ennemis.

La troisième et la dernière de ses demandes fut la
plus forte. Il se déclara protecteur des sujets protes-
tans de l'empereur en Silésie, province appartenante
à la maison d'Autriche, non à l'Empire. Il voulut
que l'empereur leur accordât des libertés et des priviléges, établis à la vérité par les traités de Vestphalie,
mais éteints, ou du moins éludés par ceux de Ryswick.
L'empereur, qui ne cherchait qu'à éloigner un voisin
si dangereux, plia encore, et accorda tout ce qu'on
voulut. Les luthériens de Silésie eurent plus de cent
églises que les catholiques furent obligés de leur
céder par ce traité; mais beaucoup de ces concessions,
que leur assurait la fortune du roi de Suède, leur
furent ravies dès qu'il ne fut plus en état d'imposer
des lois.

L'empereur qui fit ces concessions forcées, et qui
plia en tout sous la volonté de *Charles XII*, s'appelait
Joseph; il était fils aîné de *Léopold*, et frère de
Charles VI qui lui succéda depuis. L'internonce du
pape, qui résidait alors auprès de *Joseph*, lui fit des
reproches fort vifs de ce qu'un empereur catholique
comme lui avait fait céder l'intérêt de sa propre
religion à ceux des hérétiques. *Vous êtes bien heureux*,
lui répondit l'empereur en riant, *que le roi de Suède
ne m'ait pas proposé de me faire luthérien; car s'il l'avait
voulu, je ne sais pas ce que j'aurais fait.*

Le comte de *Wratislau*, son ambassadeur auprès
de *Charles XII*, apporta à Leipsick le traité en faveur
des Silésiens, signé de la main de son maître. Alors
Charles dit qu'il était le meilleur ami de l'empereur;

Réponse de l'empereur *Joseph I*, à l'internonce du pape.

cependant il ne fut pas fans dépit que Rome l'eût
traverfé autant qu'elle l'avait pu. Il regardait avec
mépris la faibleffe de cette cour qui, ayant aujourd'hui
la moitié de l'Europe pour ennemie irréconciliable,
eft toujours en défiance de l'autre, et ne foutient fon
crédit que par l'habileté des négociations ; cependant
il fongeait à fe venger d'elle. Il dit au comte de
Wratiflau que les Suédois avaient autrefois fubjugué
Rome, et qu'ils n'avaient pas dégénéré comme elle.
Il fit avertir le pape qu'il lui redemanderait un jour
les effets que la reine *Chrifline* avait laiffés à Rome.
On ne fait jufqu'où ce jeune conquérant eût porté
fes reffentimens et fes armes, fi la fortune eût fecondé
fes deffeins. Rien ne lui paraiffait alors impoffible :
il avait même envoyé fecrètement plufieurs officiers
en Afie, et jufque dans l'Egypte, pour lever le plan
des villes, et l'informer des forces de ces Etats. Il eft
certain que fi quelqu'un eût pu renverfer l'empire des
Perfans et des Turcs, et paffer enfuite en Italie,
c'était *Charles XII*. Il était auffi jeune qu'*Alexandre*,
auffi guerrier, auffi entreprenant, plus infatigable,
plus robufte et plus tempérant ; et les Suédois valaient
peut-être mieux que les Macédoniens : mais de pareils
projets, qui font traités de divins quand ils réuffiffent,
ne font regardés que comme des chimères quand on
eft malheureux.

Charles part   Enfin toutes les difficultés étant applanies, toutes
de la Saxe. fes volontés exécutées, après avoir humilié l'empereur,
donné la loi dans l'Empire, avoir protégé fa religion
luthérienne au milieu des catholiques, détrôné un
roi, couronné un autre, fe voyant la terreur de tous
les princes, il fe prépara à partir. Les délices de la

Saxe, où il était resté oisif une année, n'avaient en rien adouci fa manière de vivre. Il montait à cheval trois fois par jour, fe levait à quatre heures du matin, s'habillait feul, ne buvait point de vin, ne reftait à table qu'un quart d'heure, exerçait fes troupes tous les jours, et ne connaiffait d'autre plaifir que celui de faire trembler l'Europe.

Les Suédois ne favaient point encore où le roi voulait les mener. On fe doutait feulement dans l'armée que *Charles* pourrait aller à Mofcou. Il ordonna, quelques jours avant fon départ, à fon grand maréchal des logis de lui donner par écrit la route depuis Leipfick... il s'arrêta un moment à ce mot; et de peur que le maréchal des logis ne pût rien deviner de fes projets, il ajouta en riant : jufqu'à toutes les capitales de l'Europe. Le maréchal lui apporta une lifte de toutes ces routes, à la tête defquelles il avait affecté de mettre en groffes lettres : *Route de Leipfick à Stockholm*. La plupart des Suédois n'afpiraient qu'à y retourner; mais le roi était bien éloigné de fonger à leur faire revoir leur patrie. ,, Monfieur le maréchal, ,, dit-il, je vois bien où vous voudriez me mener; ,, mais nous ne retournerons pas à Stockholm fitôt. ,,

L'armée était déjà en marche, et paffait auprès de Drefde : *Charles* était à la tête, courant toujours felon fa coutume deux ou trois cents pas devant fes gardes. On le perdit tout d'un coup de vue : quelques officiers s'avancèrent à bride abattue pour favoir où il pouvait être : on courut de tous côtés, on ne le trouva point : l'alarme eft en un moment dans toute l'armée : on fait halte; les généraux s'affemblent; on était déjà dans la confternation ; on apprit enfin d'un faxon qui paffait ce qu'était devenu le roi.

Son aventure avec le roi *Augufte.*

L'envie lui avait pris, en paffant fi près de Drefde, d'aller rendre une vifite au roi *Augufte* : il était entré à cheval dans la ville, fuivi de trois ou quatre officiers généraux, on leur demanda leur nom à la barrière : *Charles* dit qu'il s'appelait *Carl*, et qu'il était draban ; chacun prit un nom fuppofé. Le comte *Flemming* les voyant paffer dans la place, n'eut que le temps de courir avertir fon maître. Tout ce qu'on pouvait faire dans une occafion pareille s'était déjà préfenté à l'idée du miniftre : il en parlait à *Augufte ;* mais *Charles* entra tout botté dans la chambre, avant qu'*Augufte* eût eu même le temps de revenir de fa furprife. Il était malade alors, et en robe de chambre : il s'habilla en hâte. *Charles* déjeûna avec lui comme un voyageur qui vient prendre congé de fon ami ; enfuite il voulut voir les fortifications. Pendant le peu de temps qu'il employa à les parcourir, un livonien profcrit en Suède, qui fervait dans les troupes de Saxe, crut que jamais il ne s'offrirait une occafion plus favorable d'obtenir fa grâce ; il conjura le roi *Augufte* de la demander à *Charles*, bien fûr que ce roi ne refuferait pas cette légère condefcendance à un prince à qui il venait d'ôter une couronne, et entre les mains duquel il était dans ce moment. *Augufte* fe chargea aifément de cette affaire. Il était un peu éloigné du roi de Suède, et s'entretenait avec *Hord*, général fuédois. Je crois, lui dit-il en fouriant, que votre maître ne me refufera pas. Vous ne le connaiffez pas, repartit le général *Hord* ; il vous refufera plutôt ici que par-tout ailleurs. *Augufte* ne laiffa pas de demander au roi en termes preſſans la grâce du livonien. *Charles* la refuſa d'une manière à ne ſe la pas faire demander une ſeconde fois. Après avoir paſſé quelques heures dans cette étrange viſite, il embraſſa le roi *Auguſle*, et partit. Il trouva, en rejoignant ſon armée, tous ſes généraux encore en alarmes; ils lui dirent qu'ils comptaient aſſiéger Dreſde, en cas qu'on eût retenu ſa majeſlé priſonnière. Bon, dit le roi, on n'oſerait. Le lendemain, ſur la nouvelle qu'on reçut que le roi *Auguſle* tenait conſeil extraordinaire à Dreſde, vous verrez, dit le baron de *Stralheim*, qu'ils délibèrent ſur ce qu'ils devaient faire hier. A quelques jours de-là *Renſchild* étant venu trouver le roi, lui parla avec étonnement de ce voyage de Dreſde. Je me ſuis fié, dit *Charles*, ſur ma bonne fortune : j'ai vu cependant un moment qui n'était pas bien net; *Flemming* n'avait nulle envie que je ſortiſſe de Dreſde ſitôt.

Fin du troiſième Livre.

LIVRE QUATRIEME.

ARGUMENT.

Charles victorieux quitte la Saxe ; poursuit le czar ;
s'enfonce dans l'Ukraine. Ses pertes ; sa blessure.
Bataille de Pultava. Suite de cette bataille.
Charles réduit à fuir en Turquie. Sa réception
en Bessarabie.

Etat flo-
rissant de
Charles.

CHARLES partit enfin de Saxe, en septembre 1707,
suivi d'une armée de quarante-trois mille hommes,
autrefois couverte de fer, et alors brillante d'or et
d'argent, et enrichie des dépouilles de la Pologne et
de la Saxe. Chaque soldat emportait avec lui cinquante écus, argent comptant ; non-seulement tous
les régimens étaient complets, mais il y avait dans
chaque compagnie plusieurs surnuméraires. Outre
cette armée, le comte *Levenhaupt*, l'un de ses
meilleurs généraux, l'attendait en Pologne avec
vingt mille hommes ; il avait encore une autre
armée de quinze mille hommes en Finlande, et de
nouvelles recrues lui venaient de Suède. Avec toutes
ces forces on ne douta pas qu'il ne dût détrôner le
czar.

Cet empereur était alors en Lithuanie occupé à
ranimer un parti, auquel le roi *Auguste* semblait
avoir

avoir renoncé : fes troupes, divifées en plufieurs corps, fuyaient de tous côtés au premier bruit de l'approche du roi de Suède. Il avait recommandé lui-même à tous fes généraux de ne jamais attendre ce conquérant avec des forces inégales, et il était bien obéi.

Le roi de Suède, au milieu de fa marche victo-rieufe, reçut un ambaffadeur de la part des Turcs. L'ambaffadeur eut fon audience au quartier du comte *Piper;* c'était toujours chez ce miniftre que fe fefaient les cérémonies d'éclat. Il foutenait la dignité de fon maître par des dehors qui avaient alors un peu de magnificence ; et le roi, toujours plus mal logé, plus mal fervi, et plus fimplement vêtu que le moindre officier de fon armée, difait que fon palais était le quartier de *Piper.* L'ambaffadeur turc préfenta à *Charles* cent foldats fuédois qui, ayant été pris par des calmouks, et vendus en Turquie, avaient été rachetés par le grand feigneur, et que cet empereur envoyait au roi comme le préfent le plus agréable qu'il pût lui faire ; non que la fierté ottomane pré-tendît rendre hommage à la gloire de *Charles XII,* mais parce que le fultan, ennemi naturel des empereurs de Mofcovie et d'Allemagne, voulait fe fortifier contre eux de l'amitié de la Suède, et de l'alliance de la Pologne. L'ambaffadeur complimenta *Staniflas* fur fon avénenement : ainfi ce roi fut reconnu en peu de temps par l'Allemagne, la France, l'An-gleterre, l'Efpagne et la Turquie. Il n'y eut que le pape qui voulut attendre, pour le reconnaître, que le temps eût affermi fur fa tête cette couronne qu'une difgrâce pouvait faire tomber.

Hift. de Charles XII.   L

A peine *Charles* eut-il donné audience à l'ambaffadeur de la Porte ottomane qu'il courut chercher
les Mofcovites. Les troupes du czar étaient forties
de Pologne, et y étaient entrées plus de vingt fois
pendant le cours de la guerre : ce pays ouvert de
toutes parts, n'ayant point de places fortes qui
coupent la retraite d'une armée, laiffait aux Ruffes
la liberté de reparaître fouvent au même endroit
où ils avaient été battus, et même de pénétrer dans
le pays auffi avant que le vainqueur. Pendant le
féjour de *Charles* en Saxe, le czar s'était avancé
jufqu'à Léopold, à l'extrémité méridionale de la
Pologne. Il était alors vers le Nord à Grodno en
Lithuanie, à cent lieues de Léopold.

Charles laiffa en Pologne *Staniflas* qui, affifté de
dix mille fuédois, et de fes nouveaux fujets, avait à
conferver fon nouveau royaume contre les ennemis
étrangers et domeftiques : pour lui, il fe mit à la tête
de fa cavalerie, et marcha vers Grodno, au milieu
des glaces, au mois de janvier 1708.

Il pourfuit
le czar.
1708.

Il avait déjà paffé le Niemen, à deux lieues de la
ville ; et le czar ne favait encore rien de fa marche.
A la première nouvelle que les Suédois arrivent, le
czar fort par la porte du nord, et *Charles* entre par
celle qui eft au midi. Le roi n'avait avec lui que
fix cents gardes ; le refte n'avait pu le fuivre. Le czar
fúyait avec plus de deux mille hommes, dans
l'opinion que toute une armée entrait dans Grodno.
Il apprend, le jour même, par un transfuge polonais,
qu'il n'a quitté la place qu'à fix cents hommes, et
que le gros de l'armée ennemie était encore éloigné

de plus de cinq lieues. Il ne perd point de temps ; il détache quinze cents chevaux de fa troupe, à l'entrée de la nuit, pour aller furprendre le roi de Suède dans la ville. Les quinze cents mofcovites arrivèrent à la faveur de l'obfcurité jufqu'à la première garde fuédoife, fans être reconnus. Trente hommes compofaient cette garde ; ils foutinrent feuls, un demi-quart d'heure, l'effort des quinze cents hommes. Le roi, qui était à l'autre bout de la ville, accourt bientôt avec le refte de fes fix cents gardes. Les Ruffes s'enfuirent avec précipitation. Son armée ne fut pas long-temps fans le joindre, ni lui fans pourfuivre l'ennemi. Tous les corps mofcovites répandus dans la Lithuanie fe retiraient en hâte du côté de l'Orient, dans le palatinat de Minski, près des frontières de la Mofcovie, où était leur rendez-vous. Les Suédois, que le roi partagea auffi en divers corps, ne cefsèrent de les fuivre pendant plus de trente lieues de chemin. Ceux qui fuyaient, et ceux qui pourfuivaient, fefaient des marches forcées prefque tous les jours, quoiqu'on fût au milieu de l'hiver. Il y avait déjà long-temps que toutes les faifons étaient devenues égales pour les foldats de *Charles* et pour ceux du czar ; la feule terreur qu'infpirait le nom du roi *Charles* mettait alors de la différence entre les Ruffes et les Suédois.

Depuis Grodno jufqu'au Boryfthène, en tirant vers l'Orient, ce font des marais, des déferts, des forêts immenfes ; dans les endroits qui font cultivés on ne trouve point de vivres, les payfans enfouiffent dans la terre tous les grains, et tout ce qui peut s'y conferver : il faut fonder la terre avec de grandes

perches ferrées, pour découvrir ces magafins fouter-
rains. Les Mofcovites et les Suédois fe fervirent tour
à tour de ces provifions; mais on n'en trouvait pas
toujours, et elles n'étaient pas fuffifantes.

Le roi de Suède, qui avait prévu ces extrémités,
avait fait apporter du bifcuit pour la fubfiftance de
fon armée : rien ne l'arrêtait dans fa marche. Après
qu'il eut traverfé la forêt de Minski, où il fallut
abattre à tout moment des arbres pour faire un
chemin à fes troupes et à fon bagage, il fe trouva,
le 25 juin 1708, devant la rivière de Bérézine, vis-
à-vis Boriflou.

Le czar avait raffemblé en cet endroit la plus
grande partie de fes forces; il y était avantageufement retranché. Son deffein était d'empêcher les
Suédois de paffer la rivière. *Charles* pofta quelques
régimens fur le bord de la Bérézine, à l'oppofite de
Boriflou, comme s'il avait voulu tenter le paffage à
la vue de l'ennemi. Dans le même temps il remonte
avec fon armée trois lieues au-delà vers la fource
de la rivière : il y fait jeter un pont, paffe fur le
ventre à un corps de trois mille hommes qui défendait
ce pofte, et marche à l'armée ennemie fans s'arrêter.
Les Ruffes ne l'attendirent pas, ils décampèrent,
et fe retirèrent vers le Boryfthène, gâtant tous les
chemins, et détruifant tout fur leur route pour
retarder au moins les Suédois.

Il bat les
Ruffes.

Charles furmonta tous les obftacles, avançant
toujours vers le Boryfthène. Il rencontra fur fon
chemin vingt mille mofcovites, retranchés dans un
lieu nommé Hollofin', derrière un marais, auquel
on ne pouvait aborder qu'en paffant une rivière.

Charles n'attendit pas pour les attaquer que le reste de son infanterie fût arrivé; il se jette dans l'eau à la tête de ses gardes à pied; il traverse la rivière et le marais, ayant souvent de l'eau au-dessus des épaules. Pendant qu'il allait ainsi aux ennemis, il avait ordonné à sa cavalerie de faire le tour du marais pour prendre les ennemis en flanc. Les Moscovites, étonnés qu'aucune barrière ne pût les défendre, furent enfoncés en même temps par le roi qui les attaquait à pied, et par la cavalerie suédoise.

Cette cavalerie s'étant fait jour à travers les ennemis, joignit le roi au milieu du combat. Alors il monta à cheval; mais quelque temps après il trouva dans la mêlée un jeune gentilhomme suédois, nommé *Gyllenstiern*, qu'il aimait beaucoup, blessé et hors d'état de marcher; il le força à prendre son cheval, et continua de commander à pied à la tête de son infanterie. De toutes les batailles qu'il avait données, celle-ci était peut-être la plus glorieuse, celle où il avait essuyé les plus grands dangers, et où il avait montré le plus d'habileté. On en conserva la mémoire par une médaille, où on lisait d'un côté: *Sylvæ*, *paludes*, *aggeres*, *hostes victi* : et de l'autre, ce vers de Lucain : *Victrices copias alium laturus in orbem.*

Les Russes, chassés par-tout, repassèrent le Borys-thène qui sépare la Pologne de leur pays. *Charles* ne tarda pas à les poursuivre ; il passa ce grand fleuve après eux à Mohilou, dernière ville de la Pologne, qui appartient tantôt aux Polonais, tantôt aux czars; destinée commune aux places frontières.

Le czar, qui vit alors son empire, où il venait

de faire naître les arts et le commerce, en proie à
une guerre capable de renverfer dans peu tous fes
grands deffeins, et peut-être fon trône, fongea à
parler de paix : il fit hafarder quelques propofitions
par un gentilhomme polonais, qui vint à l'armée de
Suède. *Charles XII*, accoutumé à n'accorder la paix
à fes ennemis que dans leurs capitales, répondit :
Je traiterai avec le czar à Mofcou. Quand on rapporta
au czar cette réponfe hautaine : „ Mon frère *Charles*,
„ dit-il, prétend faire toujours l'*Alexandre;* mais je
„ me flatte qu'il ne trouvera pas en moi un *Darius.*

De Mohilou, place où le roi traverfa le Boryfthène,
fi vous remontez au nord, le long de ce fleuve, toujours fur les frontières de Pologne et de Mofcovie,
vous trouvez, à trente lieues, le pays de Smolensko,
par où paffe la grande route qui va de Pologne à
Mofcou. Le czar fuyait par ce chemin. Le roi le
fuivait à grandes journées. Une partie de l'arrière-
garde mofcovite fut plus d'une fois aux prifes avec
les dragons de l'avant-garde fuédoife. L'avantage
demeurait prefque toujours à ces derniers; mais ils
s'affaibliffaient, à force de vaincre dans de petits
combats qui ne décidaient rien, et où ils perdaient
toujours du monde.

Le 22 feptembre de cette année 1708, le roi
attaqua auprès de Smolensko un corps de dix mille
hommes de cavalerie, et de fix mille calmouks.

Ces Calmouks font des tartares qui habitent
entre le royaume d'Aftracan, domaine du czar, et
celui de Samarcande, pays des tartares Usbecks, et
patrie de *Timur* connu fous le nom de *Tamerlàn.*
Le pays des Calmouks s'étend à l'Orient jufqu'aux

montagnes qui féparent le Mogol de l'Afie occiden-
tale. Ceux qui habitent vers Aftracan font tributaires
du czar : il prétend fur eux un empire abfolu ; mais
leur vie vagabonde l'empêche d'en être le maître ,
et fait qu'il fe conduit avec eux comme le grand
feigneur avec les Arabes , tantôt fouffrant leurs
brigandages, et tantôt les puniffant. Il y a toujours
de ces calmouks dans les troupes de Mofcovie. Le
czar était même parvenu à les difcipliner comme
le refte de fes foldats.

Le roi fondit fur cette armée, n'ayant avec lui que
fix régimens de cavalerie, et quatre mille fantaffins.
Il enfonça d'abord les Mofcovites à la tête de fon
régiment d'Oftrogothie ; les ennemis fe retirèrent.
Le roi avança fur eux par des chemins creux et iné-
gaux, où les Calmouks étaient cachés : ils parurent
alors , et fe jetèrent entre le régiment où le roi
combattait et le refte de l'armée fuédoife. A l'inftant,
et Ruffes et Calmouks entourèrent ce régiment, et
percèrent jufqu'au roi. Ils tuèrent deux aides de
camp qui combattaient auprès de fa perfonne. Le
cheval du roi fut tué fous lui : un écuyer lui en
préfentait un autre ; mais l'écuyer et le cheval furent
percés de coups. *Charles* combattit à pied entouré de
quelques officiers qui accoururent incontinent autour
de lui.

Plufieurs furent pris, bleffés ou tués, ou entraînés
loin du roi par la foule qui fe jetait fur eux ; il ne
reftait que cinq hommes auprès de *Charles*. Il avait
tué plus de douze ennemis de fa main, fans avoir
reçu une feule bleffure, par ce bonheur inexprimable
qui jufqu'alors l'avait accompagné par-tout, et fur

Il les bat encore.

L 4

lequel il compta toujours. Enfin un colonel, nommé *Dardof*, se fait jour à travers des Calmouks avec seulement une compagnie de son régiment; il arrive à temps pour dégager le roi : le reste des suédois fit main basse sur ces tartares. L'armée reprit ses rangs : *Charles* monta à cheval ; et tout fatigué qu'il était, il poursuit les Russes pendant deux lieues.

Le vainqueur était toujours dans le grand chemin de la capitale de Moscovie. Il y a de Smolensko, auprès duquel se donna ce combat, jusqu'à Moscou, environ cent de nos lieues françaises : l'armée n'avait presque plus de vivres. On pria fortement le roi d'attendre que le général *Levenhaupt*, qui devait lui en amener avec un renfort de quinze mille hommes, vînt le joindre. Non-seulement le roi, qui rarement prenait conseil, n'écouta point cet avis judicieux ; mais au grand étonnement de toute l'armée, il quitta le chemin de Moscou, et fit marcher au midi vers l'Ukraine, pays des Cosaques, situé entre la petite Tartarie, la Pologne et la Moscovie. Ce pays a environ cent de nos lieues du midi au septentrion, et presque autant de l'orient au couchant. Il est partagé en deux parties à peu-près égales par le Borysthène qui le traverse en coulant du nord-ouest au sud-est : la principale ville est Bathurin sur la petite rivière de Sem. La partie la plus septentrionale de l'Ukraine est cultivée et riche. La plus méridionale, située près du quarante-huitième degré, est un des pays des plus fertiles du monde, et des plus déserts. Le mauvais gouvernement y étouffait le bien que la nature s'efforce de faire aux hommes. Les habitans de ces cantons, voisins de la petite

(marginal note:) Description de l'Ukraine.

Tartarie, ne femaient ni ne plantaient, parce que les tartares de Budziac, ceux de Précop, les Moldaves, tous peuples brigands, auraient ravagé leurs moiffons.

L'Ukraine a toujours afpiré à être libre : mais étant entourée de la Mofcovie, des Etats du grand feigneur et de la Pologne, il lui a fallu chercher un protecteur, et par conféquent un maître dans l'un de ces trois Etats. Elle fe mit d'abord fous la protection de la Pologne, qui la traita trop en fujette : elle fe donna depuis au Mofcovite, qui la gouverna en efclave autant qu'il le put. D'abord les Ukrainiens jouirent du privilége d'élire un prince fous le nom de général ; mais bientôt ils furent dépouillés de ce droit, et leur général fut nommé par la cour de Mofcou.

Celui qui rempliffait alors cette place était un *Mazeppa.* gentilhomme polonais, nommé *Mazeppa*, né dans le palatinat de Podolie ; il avait été élevé page de *Jean Cafimir*, et avait pris à fa cour quelque teinture des belles-lettres. Une intrigue qu'il eut dans fa jeuneffe avec la femme d'un gentilhomme polonais ayant été découverte, le mari le fit lier tout nu fur un cheval farouche, et le laiffa aller en cet état. Le cheval qui était du pays de l'Ukraine y retourna, et y porta *Mazeppa* demi-mort de fatigue et de faim. Quelques payfans le fecoururent : il refta long-temps parmi eux, et fe fignala dans plufieurs courfes contre les Tartares. La fupériorité de fes lumières lui donna une grande confidération parmi les Cofaques : fa réputation s'augmentant de jour en jour obligea le czar à le faire prince de l'Ukraine.

Un jour étant à table à Moscou avec le czar, cet empereur lui proposa de discipliner les Cosaques, et de rendre ces peuples plus dépendans. *Mazeppa* répondit que la situation de l'Ukraine, et le génie de cette nation, étaient des obstacles insurmontables. Le czar, qui commençait à être échauffé par le vin, et qui ne commandait pas toujours à sa colère, l'appela traître, et le menaça de le faire empaler.

Mazeppa, de retour en Ukraine, forma le projet d'une révolte : l'armée de Suède, qui parut bientôt après sur les frontières, lui en facilita les moyens : il prit la résolution d'être indépendant, et de se former un puissant royaume de l'Ukraine, et des débris de l'empire de Russie. C'était un homme courageux, entreprenant, et d'un travail infatigable, quoique dans une grande vieillesse. Il se ligua secrètement avec le roi de Suède pour hâter la chûte du czar, et pour en profiter.

Le roi lui donna rendez-vous auprès de la rivière de Desna. *Mazeppa* promit de s'y rendre avec trente mille hommes, des munitions de guerre, des provisions de bouche, et ses trésors qui étaient immenses. L'armée suédoise marcha donc de ce côté, au grand regret de tous les officiers, qui ne savaient rien du traité du roi avec les Cosaques. *Charles* envoya ordre à *Levenhaupt* de lui amener en diligence ses troupes, et des provisions dans l'Ukraine, où il projetait de passer l'hiver, afin que s'étant assuré de ce pays, il pût conquérir la Moscovie au printemps suivant ; et cependant il s'avança vers la rivière de Desna, qui tombe dans le Borysthène à Kiovie.

Les obstacles qu'on avait trouvés jusqu'alors dans

la route étaient légers en comparaifon de ceux qu'on
rencontra dans ce nouveau chemin. Il fallut traverfer une forêt de cinquante lieues pleine de maré-
cages. Le général *Lagercron*, qui marchait devant
avec cinq mille hommes et des pionniers, égara
l'armée vers l'Orient, à trente lieues de la véritable
route. Après quatre jours de marche, le roi reconnut
la faute de *Lagercron*: on fe remit avec peine dans
le chemin; mais prefque toute l'artillerie et tous les
chariots reftèrent embourbés ou abymés dans les
marais.

Enfin, après douze jours d'une marche fi pénible,
pendant laquelle les Suédois avaient confommé le
peu de bifcuit qui leur reftait, cette armée exténuée
de laffitude et de faim arrive fur les bords de la
Defna, dans l'endroit où *Mazeppa* avait marqué le
rendez-vous; mais au lieu d'y trouver ce prince,
on trouva un corps de mofcovites qui avançait vers
l'autre bord de la rivière. Le roi fut étonné; mais
il réfolut fur le champ de paffer la Defna, et d'attaquer les ennemis. Les bords de cette rivière étaient
fi efcarpés qu'on fut obligé de defcendre les foldats
avec des cordes. Ils traversèrent la rivière felon leur
manière accoutumée, les uns fur des radeaux faits à
la hâte, les autres à la nage. Le corps des Mofcovites,
qui arrivait dans ce temps-là même, n'était que de
huit mille hommes; il ne réfifta pas long-temps, et
cet obftacle fut encore furmonté.

Charles avançait dans ce pays perdu, incertain
de fa route et de la fidélité de *Mazeppa*: ce cofaque
parut enfin, mais plutôt comme un fugitif que comme
un allié puiffant. Les Mofcovites avaient découvert

et prévenu fes deffeins. Ils étaient venus fondre fur
fes cofaques, qu'ils avaient taillés en pièces : fes
principaux amis, pris les armes à la main, avaient
péri au nombre de trente par le fupplice de la roue ;
fes villes étaient réduites en cendres, fes tréfors
pillés, les provifions qu'il préparait au roi de Suède
faifies : à peine avait-il pu échapper avec fix mille
hommes, et quelques chevaux chargés d'or et
d'argent. Toutefois il apportait au roi l'efpérance de
fe foutenir par fes intelligences dans ce pays inconnu,
et l'affection de tous les Cofaques qui, enragés contre
les Ruffes, arrivaient par troupes au camp, et le
firent fubfifter.

Charles efpérait au moins que fon général Levenhaupt
viendrait réparer cette mauvaife fortune. Il devait
amener environ quinze mille fuédois qui valaient
mieux que cent mille cofaques, et apporter des provifions de guerre et de bouche. Il arriva à peu-près
dans le même état que Mazeppa.

Il avait déjà paffé le Boryfthène au-deffus de
Mohilou, et s'était avancé vingt de nos lieues au-
delà, fur le chemin de l'Ukraine. Il amenait au roi
un convoi de huit mille chariots, avec l'argent qu'il
avait levé en Lithuanie fur fa route. Quand il fut
vers le bourg de Lefno, près de l'endroit où les
rivières de Pronia et Soffa fe joignent pour aller
tomber loin au-deffous dans le Boryfthène, le czar
parut à la tête de près de quarante mille hommes.

Première
difgrâce
de *Charles.*
1708.

Le général fuédois, qui n'en avait pas feize mille
complets, ne voulut pas fe retrancher. Tant de
victoires avaient donné aux Suédois une fi grande
confiance qu'ils ne s'informaient jamais du nombre

de leurs ennemis, mais seulement du lieu où ils
étaient. *Levenhaupt* marcha donc à eux sans balancer,
le 7 d'octobre après midi. Dans le premier choc les
Suédois tuèrent quinze cents moscovites. La confusion se mit dans l'armée du czar ; on fuyait de tous
côtés. L'empereur des Russes vit le moment où il
allait être entièrement défait. Il sentait que le salut
de ses Etats dépendait de cette journée, et qu'il
était perdu, si *Levenhaupt* joignait le roi de Suède
avec une armée victorieuse.

Dès qu'il vit que ses troupes commençaient à Belle action
du czar.
reculer, il courut à l'arrière-garde, où étaient des
cosaques et des calmouks : *Je vous ordonne*, leur dit-il,
de tirer sur quiconque fuira, et de me tuer moi-même, si
j'étais assez lâche pour me retirer. De là il retourna à
l'avant-garde, et rallia ses troupes lui-même, aidé
du prince *Menzikoff* et du prince *Gallitzin. Levenhaupt*,
qui avait des ordres pressans de rejoindre son maître,
aima mieux continuer sa marche que recommencer
le combat, croyant en avoir assez fait pour ôter aux
ennemis la résolution de le poursuivre.

Dès le lendemain à onze heures, le czar l'attaqua
au bord d'un marais, et étendit son armée pour
l'envelopper. Les Suédois firent face par-tout : on
se battit pendant deux heures avec une opiniâtreté
égale. Les Moscovites perdirent trois fois plus de
monde; mais aucun ne lâcha pied, et la victoire fut
indécise.

A quatre heures, le général *Bayer* amena au czar
un renfort de troupes. La bataille recommença alors
pour la troisième fois avec plus de furie et d'acharnement ; elle dura jusqu'à la nuit : enfin, le nombre

l'emporta ; les Suédois furent rompus, enfoncés, et poussés jusqu'à leur bagage. *Levenhaupt* rallia ses troupes derrière ses chariots. Les Suédois étaient vaincus, mais ils ne s'enfuirent point. Ils étaient environ neuf mille hommes, dont aucun ne s'écarta : le général les mit en ordre de bataille aussi facilement que s'ils n'avaient point été vaincus. Le czar de l'autre côté passa la nuit sous les armes ; il défendit aux officiers, sous peine d'être cassés, et aux soldats, sous peine de mort, de s'écarter pour piller.

Le lendemain encore il commanda, au point du jour, une nouvelle attaque. *Levenhaupt* s'était retiré à quelques milles dans un lieu avantageux, après avoir encloué une partie de son canon, et mis le feu à ses chariots.

Les Moscovites arrivèrent assez à temps pour empêcher tout le convoi d'être consumé par les flammes ; ils se saisirent de plus de six mille chariots qu'ils sauvèrent. Le czar, qui voulait achever la défaite des Suédois, envoya un de ses généraux, nommé *Phlug*, les attaquer encore pour la cinquième fois : ce général leur offrit une capitulation honorable. *Levenhaupt* la refusa, et livra un cinquième combat, aussi sanglant que les premiers. De neuf mille soldats qu'il avait encore, il en perdit environ la moitié, l'autre ne put être forcée ; enfin la nuit survenant, *Levenhaupt*, après avoir soutenu cinq combats contre quarante mille hommes, passa la Saffa avec environ cinq mille combattans qui lui restaient. Le czar perdit près de dix mille hommes dans ces cinq combats, où il eut la gloire de vaincre les Suédois, et *Levenhaupt* celle de difputer trois jours la victoire, et de fe retirer fans avoir été forcé dans fon dernier pofte. Il vint donc au camp de fon maître avec l'honneur de s'être fi bien défendu, mais n'amenant avec lui ni munitions ni armée.

Le roi de Suède fe trouva ainfi fans provifions et fans communication avec la Pologne, entouré d'ennemis, au milieu d'un pays où il n'avait guère de reffource que fon courage.

Dans cette extrémité le mémorable hiver de 1709, plus terrible encore fur ces frontières de l'Europe que nous ne l'avons fenti en France, détruifit une partie de fon armée. *Charles* voulait braver les faifons comme il fefait fes ennemis ; il ofait faire de longues marches de troupes pendant ce froid mortel. Ce fut dans une de ces marches que deux mille hommes tombèrent morts de froid fous fes yeux. Les cavaliers n'avaient plus de bottes; les fantaffins étaient fans fouliers, et prefque fans habits. Ils étaient réduits à fe faire des chauffures de peaux de bêtes, comme ils pouvaient : fouvent ils manquaient de pain. On avait été réduit à jeter prefque tous les canons dans des marais et dans des rivières, faute de chevaux pour les traîner. Cette armée auparavant fi florif-fante était réduite à vingt-quatre mille hommes prêts à mourir de faim. On ne recevait plus de nouvelle de la Suède, on ne pouvait y en faire tenir. Dans cet état, un feul officier fe plaignit. ,, Hé quoi ! lui dit le roi, vous ennuyez-vous d'être ,, loin de votre femme ? fi vous êtes un vrai foldat, ,, je vous mènerai fi loin que vous pourrez à peine

,, recevoir des nouvelles de Suède une fois en trois ,, ans. ,,

Le marquis de *Brancas*, depuis ambaffadeur en Suède, m'a conté qu'un foldat ofa préfenter au roi avec murmure, en préfence de toute l'armée, un morceau de pain noir et moifi, fait d'orge et d'avoine, feule nourriture qu'ils avaient alors, et dont ils n'avaient pas même fuffifamment. Le roi reçut le morceau de pain fans s'émouvoir, le mangea tout entier, et dit enfuite froidement au foldat : *Il n'eft pas bon, mais il peut fe manger*. Ce trait, tout petit qu'il eft, fi ce qui augmente le refpect et la confiance peut être petit, contribua plus que tout le refte à faire fupporter à l'armée fuédoife des extrémités qui euffent été intolérables fous tout autre général.

Dans cette fituation il reçut enfin des nouvelles de Stockholm ; elles lui apprirent la mort de la ducheffe de Holftein, fa fœur, que la petite vérole enleva au mois de décembre 1708, dans la vingt-feptième année de fon âge. C'était une princeffe auffi douce et auffi compatiffante que fon frère était impérieux dans fes volontés, et implacable dans fes vengeances. Il avait toujours eu pour elle beaucoup de tendreffe ; il fut d'autant plus affligé de fa perte, que, commençant alors à devenir malheureux, il en devenait un peu plus fenfible.

Il apprit auffi qu'on avait levé des troupes et de l'argent, en exécution de fes ordres ; mais rien ne pouvait arriver jufqu'à fon camp, puifqu'entre lui et Stockholm, il y avait près de cinq cents lieues à traverfer, et des ennemis fupérieurs en nombre à combattre.

Le

Le czar, auffi agiffant que lui, après avoir envoyé
de nouvelles troupes au fecours des confédérés en
Pologne, réunis contre *Staniflas*, fous le général
Siniawski, s'avança bientôt dans l'Ukraine, au milieu
de ce rude hiver, pour faire tête au roi de Suède.
Là il continua dans la politique d'affaiblir fon
ennemi par de petits combats ; jugeant bien que
l'armée fuédoife périrait entièrement à la longue,
puifqu'elle ne pouvait être recrutée. Il fallait que
le froid fût bien exceffif, puifque les deux ennemis
furent contraints de s'accorder une fufpenfion d'armes.
Mais, dès le 1er février, on recommença à fe battre
au milieu des glaces et des neiges.

Après plufieurs petits combats, et quelques défa-
vantages, le roi vit, au mois d'avril, qu'il ne lui
reftait plus que dix-huit mille fuédois. *Mazeppa*
feul, ce prince des Cofaques, les fefait fubfifter ;
fans ce fecours l'armée eût péri de faim et de misère.
Le czar, dans cette conjoncture, fit propofer à
Mazeppa de rentrer fous fa domination : mais le
cofaque fut fidèle à fon nouvel allié, foit que le
fupplice affreux de la roue, dont avaient péri fes
amis, le fît craindre pour lui-même, foit qu'il
voulût les venger.

Charles, avec fes dix-huit mille fuédois, n'avait
perdu ni le deffein ni l'efpérance de pénétrer jufqu'à
Mofcou. Il alla vers la fin de mai inveftir Pultava,
fur la rivière Vorskla, à l'extrémité orientale de
l'Ukraine, à treize grandes lieues du Boryfthène ;
ce terrain eft celui des Zaporaviens, le plus étrange Peuple
peuple qui foit fur la terre. C'eft un ramas d'anciens fingulier.
Ruffes, Polonais et Tartares, fefant tous profeffion

Hift. de Charles XII.   M

d'une efpèce de chriftianifme, et d'un brigandage femblable à celui des flibuftiers. Ils élifent un chef qu'ils dépofent ou qu'ils égorgent fouvent. Ils ne fouffrent point de femmes chez eux, mais ils vont enlever tous les enfans à vingt et trente lieues à la ronde, et les élèvent dans leurs mœurs. L'été, ils font toujours en campagne; l'hiver, ils couchent dans des granges fpacieufes qui contiennent quatre ou cinq cents hommes. Ils ne craignent rien; ils vivent libres; ils affrontent la mort pour le plus léger butin avec la même intrépidité que *Charles XII* la bravait pour donner des couronnes. Le czar leur fit donner foixante mille florins, dans l'efpérance qu'ils prendraient fon parti; ils prirent fon argent, et fe déclarèrent pour *Charles XII*, par les foins de *Mazeppa*; mais ils fervirent très-peu, parce qu'ils trouvent ridicule de combattre pour autre chofe que pour piller. C'était beaucoup qu'ils ne nuififfent pas; il y en eut environ deux mille tout au plus qui firent le fervice. On préfenta dix de leurs chefs un matin au roi, mais on eut bien de la peine à obtenir d'eux qu'ils ne fuffent point ivres; car c'eft par-là qu'ils commencent la journée. On les mena à la tranchée; ils y firent paraître leur adreffe à tirer avec de longues carabines; car étant montés fur le revers, ils tuaient à la diftance de fix cents pas les ennemis qu'ils choififfaient. *Charles* ajouta à ces bandits quelques villes valaques que lui vendit le kan de la petite Tartarie. Il affiégeait donc Pultava avec toutes ces troupes de Zaporaviens, de Cofaques, de Valaques qui, joints à fes dix-huit mille fuédois, fefaient une armée d'environ trente mille hommes, mais une armée délabrée, manquant de tout. Le czar avait fait de Pultava un magafin. Si le roi le prenait, il fe r'ouvrait le chemin de Mofcou, et pouvait au moins attendre dans l'abondance de toutes chofes les fecours qu'il efpérait encore de Suède, de Livonie, de Poméranie et de Pologne. Sa feule reffource étant donc dans la prife de Pultava, il en preffa le fiége avec ardeur. *Mazeppa*, qui avait des intelligences dans la ville, l'affura qu'il en ferait bientôt le maître : l'efpérance renaiffait dans l'armée. Les foldats regardaient la prife de Pultava comme la fin de toutes leurs mifères.

Le roi s'apperçut, dès le commencement du fiége, qu'il avait enfeigné l'art de la guerre à fes ennemis. Le prince *Menzikoff*, malgré toutes fes précautions, jeta du fecours dans la ville. La garnifon par ce moyen fe trouva forte de près de cinq mille hommes.

On fefait des forties, et quelquefois avec fuccès; on fit jouer une mine ; mais ce qui rendait la ville imprenable, c'était l'approche du czar, qui s'avançait avec foixante et dix mille combattans. *Charles XII* alla les reconnaître, le 27 mai, jour de fa naiffance, et battit un de leurs détachemens : mais comme il retournait à fon camp, il reçut un coup de carabine qui lui perça la botte, et lui fracaffa l'os du talon. On ne remarqua pas fur fon vifage le moindre changement qui pût faire foupçonner qu'il était bleffé : il continua à donner tranquillement fes ordres , et demeura encore près de fix heures à cheval. Un de fes domeftiques, s'appercevant que le foulier de la botte du prince était tout fanglant, courut

chercher des chirurgiens : la douleur du roi commençait à être fi cuifante qu'il fallut l'aider à
defcendre de cheval , et l'emporter dans fa tente.
Les chirurgiens vifitèrent fa plaie ; ils furent d'avis
de lui couper la jambe. La confternation de l'armée
était inexprimable. Un chirurgien, nommé *Neuman*,
plus habile et plus hardi que les autres, affura qu'en
fefant de profondes incifions, il fauverait la jambe
du roi. Travaillez donc tout à l'heure, lui dit le roi;
taillez hardiment, ne craignez rien : il tenait lui-
même fa jambe avec les deux mains, regardant les
incifions qu'on lui fefait, comme fi l'opération eût
été faite fur un autre.

Charles eft
enfin vaincu
à Pultava.

8 juillet
1709.

Dans le temps même qu'on lui mettait un
appareil, il ordonna un affaut pour le lendemain ;
mais à peine avait-il donné cet ordre qu'on vint
lui apprendre que toute l'armée ennemie s'avançait fur lui. Il fallut alors prendre un autre parti.
Charles, bleffé et incapable d'agir , fe voyait entre
le Boryfthène et la rivière qui paffe à Pultava, dans
un pays défert, fans places de fureté, fans munitions, vis-à-vis une armée qui lui coupait la retraite
et les vivres. Dans cette extrémité il n'affembla point
de confeil de guerre, comme tant de relations l'ont
débité ; mais, la nuit du 7 au 8 de juillet, il fit
venir le feld-maréchal *Renfchild* dans fa tente, et
lui ordonna fans délibération, comme fans inquiétude, de tout difpofer pour attaquer le czar le
lendemain. *Renfchild* ne contefta point, et fortit pour
obéir. A la porte de la tente du roi, il rencontra le
comte *Piper*, avec qui il était fort mal depuis
long-temps, comme il arrive fouvent entre le miniftre

et le général. *Piper* lui demanda s'il n'y avait rien de nouveau : Non, dit le général froidement, et paſſa outre pour aller donner ſes ordres. Dès que le comte *Piper* fut entré dans la tente : *Renſchild* ne vous a-t-il rien appris, lui dit le roi ? Rien, répondit *Piper :* Hé bien, je vous apprends donc, reprit le roi, que demain nous donnons bataille. Le comte *Piper* fut effrayé d'une réſolution ſi déſeſpérée ; mais il ſavait bien qu'on ne feſait jamais changer ſon maître d'idée ; il ne marqua ſon étonnement que par ſon ſilence, et laiſſa *Charles* dormir juſqu'à la pointe du jour.

Ce fut le 8 juillet de l'année 1709 que ſe donna cette bataille déciſive de Pultava, entre les deux plus ſinguliers monarques qui fuſſent alors dans le monde : *Charles XII* illuſtre par neuf années de victoires, *Pierre Alexiowitz* par neuf années de peines, priſes pour former des troupes égales aux troupes ſuédoiſes : l'un glorieux d'avoir donné des Etats, l'autre d'avoir civiliſé les ſiens : *Charles* aimant les dangers, et ne combattant que pour la gloire ; *Alexiowitz* ne fuyant point le péril, et ne feſant la guerre que pour ſes intérêts : le monarque ſuédois libéral par grandeur d'ame, le moſcovite ne donnant jamais que par quelque vue : celui-là d'une ſobriété et d'une continence ſans exemple, d'un naturel magnanime, et qui n'avait été barbare qu'une fois ; celui-ci n'ayant pas dépouillé la rudeſſe de ſon éducation et de ſon pays, auſſi terrible à ſes ſujets qu'admirable aux étrangers, et trop adonné à des excès qui ont même abrégé ſes jours. *Charles* avait le titre d'*invincible*, qu'un moment pouvait

M 3

lui ôter; les nations avaient déjà donné à *Pierre Alexiowitz* le nom de *grand*, qu'une défaite ne pouvait lui faire perdre, parce qu'il ne le devait pas à des victoires.

Pour avoir une idée nette de cette bataille et du lieu où elle fut donnée, il faut se figurer Pultava au nord, le camp du roi de Suède au sud, tirant un peu vers l'orient, son bagage derrière lui à environ un mille, et la rivière de Pultava au nord de la ville, coulant de l'orient à l'occident.

Le czar avait passé la rivière à une lieue de Pultava, du côté de l'occident, et commençait à former son camp.

A la pointe du jour, les Suédois parurent hors de leurs tranchées avec quatre canons de fer pour toute artillerie : le reste fut laissé dans le camp avec environ trois mille hommes ; quatre mille demeurèrent au bagage : de sorte que l'armée suédoise marcha aux ennemis, forte d'environ vingt et un mille hommes, dont il y avait environ seize mille suédois.

Les généraux *Renschild*, *Roos*, *Levenhaupt*, *Slipenbak*, *Hoorn*, *Sparre*, *Hamilton*, le prince de *Wirtemberg*, parent du roi, et quelques autres, dont la plupart avaient vu la bataille de Nerva, fesaient tous souvenir les officiers subalternes de cette journée, où huit mille suédois avaient détruit une armée de quatre-vingts mille moscovites dans un camp retranché. Les officiers le disaient aux soldats ; tous s'encourageaient en marchant.

Le roi conduisait la marche, porté sur un brancard à la tête de son infanterie. Une partie de la

cavalerie s'avança par fon ordre pour attaquer celle
des ennemis ; la bataille commença par cet engage-
ment à quatre heures et demie du matin : la cavalerie
ennemie était à l'occident, à la droite du camp
mofcovite ; le prince *Menzikoff* et le comte *Golowin*
l'avaient difpofée par intervalles entre des redoutes
garnies de canons. Le général *Slipenbak*, à la tête
des Suédois, fondit fur cette cavalerie. Tous ceux
qui ont fervi dans les troupes fuédoifes favent qu'il
était prefque impoffible de réfifter à la fureur de leur
premier choc. Les efcadrons mofcovites furent rompus
et enfoncés. Le czar accourut lui-même pour les
rallier ; fon chapeau fut percé d'une balle de moufquet ; *Menzikoff* eut trois chevaux tués fous lui : les
Suédois crièrent victoire.

    Charles ne douta pas que la bataille ne fût gagnée ;
il avait envoyé au milieu de la nuit le général *Creuts*
avec cinq mille cavaliers ou dragons, qui devaient
prendre les ennemis en flanc, tandis qu'il les atta-
querait de front ; mais fon malheur voulut que *Creuts*
s'égarât, et ne parût point. Le czar, qui s'était cru
perdu, eut le temps de rallier fa cavalerie. Il fondit
à fon tour fur celle du roi, qui n'étant point foutenue
par le détachement de *Creuts*, fut rompue à fon tour ;
Slipenbak même fut fait prifonnier dans cet engage-
ment. En même temps foixante et douze canons
tiraient du camp fur la cavalerie fuédoife, et l'infanterie ruffienne débouchant de fes lignes venait
attaquer celle de *Charles*.

    Le czar détacha alors le prince *Menzikoff*, pour
aller fe pofter entre Pultava et les Suédois : le prince
Menzikoff exécuta avec habileté et avec promptitude

l'ordre de fon maître ; non-feulement il coupa la communication entre l'armée fuédoife et les troupes reftées au camp devant Pultava , mais ayant rencontré un corps de réferve de trois mille hommes, il l'enveloppa et le tailla en pièces. Si *Menzikoff* fit cette manœuvre de lui-même, la Ruffie lui dut fon falut : fi le czar l'ordonna, il était un digne adverfaire de *Charles XII.* Cependant l'infanterie mofcovite fortait de fes lignes ; et s'avançait en bataille dans la plaine. D'un autre côté la cavalerie fuédoife fe ralliait à un quart de lieue de l'armée ennemie ; et le roi, aidé de fon feld-maréchal *Renfchild*, ordonnait tout pour un combat général.

Il rangea fur deux lignes ce qui lui reftait de troupes, fon infanterie occupant le centre, fa cavalerie les deux ailes. Le czar difpofa fon armée de même ; il avait l'avantage du nombre et celui de foixante et douze canons, tandis que les Suédois ne lui en oppofaient que quatre, et qu'ils commençaient à manquer de poudre.

L'empereur mofcovite était au centre de fon armée, n'ayant alors que le titre de major général, et femblait obéir au général *Czermetoff*; mais il allait comme empereur de rang en rang monté fur un cheval turc, qui était un préfent du grand feigneur, exhortant les capitaines et les foldats, et promettant à chacun des récompenfes.

A neuf heures du matin la bataille recommença; une des premières volées du canon mofcovite emporta les deux chevaux du brancard de *Charles*, il en fit atteler deux autres: une feconde volée mit le brancard en pièces, et renverfa le roi. De vingt-quatre drabans qui fe relayaient pour le porter, vingt et un furent tués. Les Suédois confternés s'ébranlèrent, et le canon ennemi continuant à les écrafer, la première ligne fe replia fur la feconde, et la feconde s'enfuit. Ce ne fut en cette dernière action qu'une ligne de dix mille hommes de l'infanterie ruffe qui mit en déroute l'armée fuédoife; tant les chofes étaient changées.

Tous les écrivains fuédois difent qu'ils auraient gagné la bataille fi on n'avait point fait de fautes ; mais tous les officiers prétendent que c'en était une grande de la donner, et une plus grande encore de s'enfermer dans ces pays perdus, malgré l'avis des plus fages, contre un ennemi aguerri, trois fois plus fort que *Charles XII* par le nombre d'hommes et par les reffources qui manquaient aux Suédois. Le fouvenir de Nerva fut la principale caufe du malheur de *Charles* à Pultava.

Déjà le prince de *Wirtemberg*, le général *Renfchild* et plufieurs officiers principaux étaient prifonniers, le camp devant Pultava forcé, et tout dans une confufion à laquelle il n'y avait plus de reffource. Le comte *Piper* avec quelques officiers de la chancellerie étaient fortis de ce camp, et ne favaient ni ce qu'ils devaient faire, ni ce qu'était devenu le roi; ils couraient de côté et d'autre dans la plaine. Un major, nommé *Bère*, s'offrit de les conduire au bagage ; mais les nuages de pouffière et de fumée qui couvraient la campagne, et l'égarement d'efprit naturel dans cette défolation, les conduifirent droit fur la contrefcarpe de la ville même, où ils furent tous pris par la garnifon.

Le roi ne voulut point fuir, et ne pouvait fe

défendre. Il avait en ce moment auprès de lui le général *Poniatowski*, colonel de la garde fuédoife du roi *Staniflas*, homme d'un mérite rare, que fon attachement pour la perfonne de *Charles* avait engagé à le fuivre en Ukraine fans aucun commandement. C'était un homme qui, dans toutes les occurrences de fa vie et dans les dangers, où les autres n'ont tout au plus que de la valeur, prit toujours fon parti fur le champ, et bien, et avec bonheur. Il fit figne à deux drabans, qui prirent le roi par-deffous les bras, et le mirent à cheval, malgré les douleurs extrêmes de fa bleffure.

Poniatowski, quoiqu'il n'eût point de commandement dans l'armée, devenu en cette occafion général par néceffité, rallia cinq cents cavaliers auprès de la perfonne du roi; les uns étaient des drabans, les autres des officiers, quelques-uns de fimples cavaliers: cette troupe raffemblée, et ranimée par le malheur de fon prince, fe fit jour à travers plus de dix régimens mofcovites, et conduifit *Charles* au milieu des ennemis, l'efpace d'une lieue, jufqu'au bagage de l'armée fuédoife.

Le roi fuyant et pourfuivi eut fon cheval tué fous lui; le colonel *Gieta*, bleffé et perdant tout fon fang, lui donna le fien. Ainfi on remit deux fois à cheval dans fa fuite ce conquérant, qui n'avait pu y monter pendant la bataille.

Cette retraite étonnante était beaucoup dans un fi grand malheur; mais il fallait fuir plus loin; on trouva dans le bagage le carroffe du comte *Piper*, car le roi n'en eut jamais depuis qu'il fortit de Stockholm.

On le mit dans cette voiture, et l'on prit avec pré-cipitation la route du Boryſthène. Le roi, qui depuis le moment où on l'avait mis à cheval juſqu'à ſon arrivée au bagage, n'avait pas dit un ſeul mot, demanda alors ce qu'était devenu le comte *Piper*. Il eſt pris avec toute la chancellerie, lui répondit-on. Et le général *Renſchild* et le duc de *Wirtemberg*? ajouta-t-il. Ils ſont auſſi priſonniers, lui dit *Poniatowski*. *Priſonniers chez des Ruſſes !* reprit *Charles*, en hauſſant les épaules; *allons donc, allons plutôt chez les Turcs*. On ne remarquait pourtant point d'abatte-ment ſur ſon viſage, et quiconque l'eût vu alors, et eût ignoré ſon état, n'eût point ſoupçonné qu'il était vaincu et bleſſé.

Pendant qu'il s'éloignait, les Ruſſes ſaiſirent ſon artillerie dans le camp devant Pultava, ſon bagage, ſa caiſſe militaire, où ils trouvèrent ſix millions en eſpèces, dépouilles des Polonais et des Saxons. Prés de neuf mille hommes ſuédois ou coſaques furent tués dans la bataille; environ ſix mille furent pris. Il reſtait encore environ ſeize mille hommes, tant ſuédois et polonais que coſaques, qui fuyaient vers le Boryſthène, ſous la conduite du général *Levenhaupt*. Il marcha d'un côté avec ſes troupes fugitives; le roi alla par un autre chemin avec quelques cavaliers. Le carroſſe où il était rompit dans la marche, on le remit à cheval. Pour comble de diſgrâce, il s'égara pendant la nuit dans un bois; là, ſon courage ne pouvant plus ſuppléer à ſes forces épuiſées, les douleurs de ſa bleſſure devenues plus inſupportables par la fatigue, ſon cheval étant tombé de laſſitude, il ſe coucha quelques heures au pied

Charles s'en-fuit chez les Turcs.

d'un arbre , en danger d'être furpris à tout moment
par les vainqueurs qui le cherchaient de tous côtés.

Enfin la nuit du 9 au 1 0 juillet il fe trouva vis-à-
vis le Boryfthène. *Levenhaupt* venait d'arriver avec les
débris de l'armée. Les Suédois revirent, avec une
joie mêlée de douleur , leur roi qu'ils croyaient mort.
L'ennemi approchait; on n'avait ni pont pour paffer
le fleuve, ni temps pour en faire , ni poudre pour fe
défendre, ni provifion pour empêcher de mourir de
faim une armée qui n'avait mangé depuis deux jours.
Cependant les reftes de cette armée étaient des
fuédois, et ce roi vaincu était *Charles XII.* Prefque
tous les officiers croyaient qu'on attendrait là de pied
ferme les Ruffes, et qu'on périrait ou qu'on vaincrait
fur le bord du Boryfthène. *Charles* eût pris, fans doute,
cette réfolution, s'il n'eût été accablé de faibleffe. Sa
plaie fuppurait , il avait la fièvre; et on a remarqué
que la plupart des hommes les plus intrépides perdent
dans la fièvre de la fuppuration cet inftinct de valeur
qui, comme les autres vertus, demande une tête
libre. *Charles* n'était plus lui-même. C'eft ce qu'on
m'a affuré , et qui eft plus vraifemblable. On l'entraîna
comme un malade qui ne fe connaît plus. Il y avait
encore par bonheur une mauvaife calèche qu'on avait
amenée à tout hafard jufqu'en cet endroit : on l'embarqua fur un petit bateau ; le roi fe mit dans un
autre avec le général *Mazeppa.* Celui-ci avait fauvé
plufieurs coffres pleins d'argent ; mais le courant
étant trop rapide, et un vent violent commençant à
fouffler , ce cofaque jeta plus des trois quarts de
fes tréfors dans le fleuve pour foulager le bateau.
Mullern, chancelier du roi , et le comte *Poniatowski*,

homme plus que jamais néceffaire au roi par les reffources que fon efprit lui fourniffait dans les difgrâces, pafsèrent dans d'autres barques avec quelques officiers. Trois cents cavaliers et un très-grand nombre de polonais et de cofaques, fe fiant fur la bonté de leurs chevaux, hafardèrent de paffer le fleuve à la nage. Leur troupe bien ferrée réfiftait au courant, et rompait les vagues ; mais tous ceux qui s'écartèrent un peu au-deffous furent emportés et abymés dans le fleuve. De tous les fantaffins qui rifquèrent le paffage, aucun n'arriva à l'autre bord.

Tandis que les débris de l'armée étaient dans cette extrémité, le prince *Menzikoff* s'approchait avec dix mille cavaliers ayant chacun un fantaffin en croupe. Les cadavres des Suédois morts dans le chemin de leurs bleffures, de fatigue et de faim, montraient affez au prince *Menzikoff* la route qu'avait prife le gros de l'armée fugitive. Le prince envoya au général fuédois un trompette pour lui offrir une capitulation. Quatre officiers généraux furent auffitôt envoyés par *Levenhaupt* pour recevoir la loi du vainqueur. Avant ce jour, feize mille foldats du roi *Charles* euffent attaqué toutes les forces de l'empire mofcovite, et euffent péri jufqu'au dernier plutôt que de fe rendre ; mais après une bataille perdue, après avoir fui pendant deux jours, ne voyant plus leur prince, qui était contraint de fuir lui-même, les forces de chaque foldat étant épuifées, leur courage n'étant plus foutenu par aucune efpérance, l'amour de la vie l'emporta fur l'intrépidité. Il n'y eut que le colonel *Troutfetre* qui, voyant approcher les Mofcovites, s'ébranla avec un bataillon fuédois pour les

charger , espérant entraîner le reste des troupes;
mais *Levenhaupt* fut obligé d'arrêter ce mouvement
inutile. La capitulation fut achevée , et cette armée
entière fut faite prisonnière de guerre. Quelques
soldats désespérés de tomber entre les mains des
Moscovites se précipitèrent dans le Borysthène. Deux
officiers du régiment de ce brave *Troutfetre* s'entre-
tuèrent , le reste fut fait esclave. Ils défilèrent tous
en présence du prince *Menzikoff* , mettant les armes
à ses pieds , comme trente mille moscovites avaient
fait, neuf ans auparavant, devant le roi de Suède à
Nerva. Mais au lieu que le roi avait alors renvoyé
tous ces prisonniers moscovites qu'il ne craignait pas,
le czar retint les suédois pris à Pultava.

Ces malheureux furent dispersés depuis dans les
Etats du czar , mais particulièrement en Sibérie ,
vaste province de la grande Tartarie, qui du côté
de l'Orient s'étend jusqu'aux frontières de l'empire
chinois. Dans ce pays barbare , où l'usage du pain
n'était pas même connu, les Suédois, devenus ingé-
nieux par le besoin, y exercèrent les métiers et les
arts dont ils pouvaient avoir quelque teinture. Alors
toutes les distinctions que la fortune met entre les
hommes furent bannies. L'officier, qui ne put exercer
aucun métier, fut réduit à fendre et à porter le bois
du soldat devenu tailleur , drapier , menuisier , ou
maçon , ou orfévre, et qui gagnait de quoi subsister.
Quelques officiers devinrent peintres, d'autres archi-
tectes. Il y en eut qui enseignèrent les langues, les
mathématiques ; ils y établirent même des écoles
publiques , qui avec le temps devinrent si utiles et si
connues , qu'on y envoyait des enfans de Moscou.

Le comte *Piper*, premier miniftre du roi de Suède, fut long-temps enfermé à Pétersbourg. Le czar était perfuadé, comme le refte de l'Europe, que ce miniftre avait vendu fon maître au duc de *Marlborough*, et avait attiré fur la Mofcovie les armes de la Suède qui auraient pu pacifier l'Europe. Il lui rendit fa captivité plus dure. Ce miniftre mourut quelques années après en Mofcovie, peu fecouru par fa famille qui vivait à Stockholm dans l'opulence, et plaint inutilement par fon roi, qui ne voulut jamais s'abaiffer à offrir pour fon miniftre une rançon qu'il craignait que le czar n'acceptât pas; car il n'y eut jamais de cartel d'échange entre *Charles* et le czar.

L'empereur mofcovite, pénétré d'une joie qu'il ne fe mettait pas en peine de diffimuler, recevait fur le champ de bataille les prifonniers qu'on lui amenait en foule, et demandait à tout moment: Où eft donc mon frère *Charles*?

Il fit aux généraux fuédois l'honneur de les inviter à fa table. Entre autres queftions qu'il leur fit, il demanda au général *Renfchild* à combien les troupes du roi fon maître pouvaient monter avant la bataille. *Renfchild* répondit que le roi feul en avait la lifte, qu'il ne communiquait à perfonne; mais que pour lui il penfait que le tout pouvait aller à environ trente mille hommes, favoir dix-huit mille fuédois, et le refte cofaques. Le czar parut furpris, et demanda comment ils avaient pu hafarder de pénétrer dans un pays fi reculé, et d'affiéger Pultava avec ce peu de monde. Nous n'avons pas toujours été confultés, reprit le général fuédois; mais comme fidèles ferviteurs, nous avons obéi aux ordres de notre maître,

Grandeur
du czar.

fans jamais y contredire. Le czar fe tourna, à cette
réponfe, vers quelques-uns de fes courtifans, autrefois foupçonnés d'avoir trempé dans des confpirations
contre lui : ,, Ah! dit-il, voilà comme il faut fervir
,, fon fouverain. Alors prenant un verre de vin : A la
,, fanté, dit-il, de mes maîtres dans l'art de la guerre. ,,
Renfchild lui demanda qui étaient ceux qu'il honorait
d'un fi beau titre? ,, Vous, Meffieurs les généraux
,, fuédois, reprit le czar. Votre majefté eft donc bien
,, ingrate, reprit le comte, d'avoir tant maltraité fes
,, maîtres! ,, Le czar, après le repas, fit rendre les
épées à tous les officiers généraux, et les traita
comme un prince qui voulait donner à fes fujets des
leçons de générofité et de la politeffe qu'il connaiffait.
Mais ce même prince, qui traita fi bien les généraux
fuédois, fit rouer tous les cofaques qui tombèrent
dans fes mains.

Cependant cette armée fuédoife, fortie de la Saxe
fi triomphante, n'était plus. La moitié avait péri de
mifère; l'autre moitié était efclave ou maffacrée.
Charles XII avait perdu en un jour le fruit de neuf
ans de travaux, et de près de cent combats. Il fuyait
dans une méchante calèche, ayant à fon côté le
major général *Hord*, bleffé dangereufement. Le refte
de fa troupe fuivait, les uns à pied, les autres à
cheval, quelques-uns dans des charrettes, à travers
un défert où ils ne voyaient ni huttes, ni tentes, ni
hommes, ni animaux, ni chemins; tout y manquait,
jufqu'à l'eau même. C'était dans le commencement
de juillet. Le pays eft fitué au quarante-feptième
degré. Le fable aride du défert rendait la chaleur du
foleil plus infupportable; les chevaux tombaient;

les

les hommes étaient près de mourir de foif. Un ruif-
feau d'eau bourbeufe fut l'unique reffource qu'on
trouva vers la nuit ; on remplit des outres de cette
eau, qui fauva la vie à la petite troupe du roi de
Suède. Après cinq jours de marche il fe trouva
fur le rivage du fleuve Hippanis, aujourd'hui nommé
le Bogh par les barbares, qui ont défiguré jufqu'au
nom de ces pays que des colonies grecques firent
fleurir autrefois. Ce fleuve fe joint à quelques milles
de-là au Boryfthène, et tombe avec lui dans la mer
Noire.

Au-delà du Bogh, du côté du midi, eft la petite
ville d'Oczakou, frontière de l'empire des Turcs.
Les habitans voyant venir à eux une troupe de gens
de guerre, dont l'habillement et le langage leur étaient
inconnus, refufèrent de les paffer à Oczakou, fans
un ordre de *Mehemet* bacha, gouverneur de la ville.
Le roi envoya un exprès à ce gouverneur, pour lui
demander le paffage ; ce turc, incertain de ce qu'il
devait faire dans un pays où une fauffe démarche
coûte fouvent la vie, n'ofa rien prendre fur lui fans
avoir auparavant la permiffion du férafquier de fa
province, qui réfide à Bender dans la Beffarabie.
Pendant qu'on attendait cette permiffion, les Ruffes,
qui avaient pris l'armée du roi prifonnière, avaient
paffé le Boryfthène, et approchaient pour le prendre
lui-même. Enfin le bacha d'Oczakou envoya dire au
roi qu'il fournirait une petite barque pour fa perfonne
et pour deux ou trois hommes de fa fuite. Dans cette
extrémité, les Suédois prirent de force ce qu'ils ne
pouvaient avoir de gré : quelques-uns allèrent à
l'autre bord, dans une petite nacelle, fe faifir de

Hift. de Charles XII.   N

quelques bateaux, et les amenèrent à leur rivage : ce
fut leur falut ; car les patrons des barques turques,
craignant de perdre une occafion de gagner beaucoup,
vinrent en foule offrir leurs fervices. Précifément
dans le même temps la réponfe favorable du férafquier
de Bender arrivait auffi , et le roi eut la douleur de
voir cinq cents hommes de fa fuite faifis par fes ennemis , dont il entendait les bravades infultantes. Le
bacha d'Oczakou lui demanda , par un interprète,
pardon de fes retardemens , qui étaient caufe de la
prife de ces cinq cents hommes , et le fupplia de vouloir bien ne point s'en plaindre au grand feigneur.
Charles le promit , non fans lui faire une réprimande,
comme s'il eût parlé à un de fes fujets.

Le commandant de Bender, qui était en même
temps férafquier , titre qui répond à celui de général,
et bacha de la province , qui fignifie gouverneur et
intendant , envoya en hâte un aga complimenter le
roi , et lui offrir une tente magnifique , avec les provifions , le bagage , les chariots , les commodités , les
officiers , toute la fuite néceffaire pour le conduire
avec fplendeur jufqu'à Bender ; car tel eft l'ufage des
Turcs , non-feulement de défrayer les ambaffadeurs
jufqu'au lieu de leur réfidence , mais de fournir tout
abondamment aux princes réfugiés chez eux pendant
le temps de leur féjour.

Fin du quatrième Livre.

LIVRE CINQUIEME.

ARGUMENT.

Etat de la Porte ottomane. Charles séjourne près
de Bender. Ses occupations. Ses intrigues à la
Porte. Ses desseins. Auguste remonte sur son trône.
Le roi de Danemarck fait une descente en Suède.
Tous les autres Etats de Charles sont attaqués.
Le czar triomphe dans Moscou. Affaire du Pruth.
Histoire de la czarine, paysanne devenue
impératrice.

*A*CHMET *III* gouvernait alors l'empire de Turquie.
Il avait été mis, en 1703, sur le trône, à la place de
son frère *Mustapha*, par une révolution semblable à
celle qui avait donné en Angleterre la couronne de
Jacques II à son gendre *Guillaume. Mustapha* gouverné
par son muphti, que les Turcs abhorraient, souleva
contre lui tout l'empire. Son armée, avec laquelle
il comptait punir les mécontens, se joignit à eux.
Il fut pris, déposé en cérémonie, et son frère tiré
du sérail pour devenir sultan, sans qu'il y eût presque
une goutte de sang répandue. *Achmet* renferma le
sultan déposé dans le sérail de Constantinople, où
il vécut encore quelques années, au grand étonnement de la Turquie, accoutumée à voir la mort de
ses princes suivre toujours leur détrônement.

Le nouveau fultan, pour toute récompenſe d'une couronne qu'il devait aux miniſtres, aux généraux, aux officiers des janiſſaires, enfin à ceux qui avaient eu part à la révolution, les fit tous périr les uns après les autres, de peur qu'un jour ils n'en tentaſſent une ſeconde. Par le ſacrifice de tant de braves gens il affaiblit les forces de l'empire; mais il affermit ſon trône, du moins pour quelques années. Il s'appliqua depuis à amaſſer des tréſors : c'eſt le premier des ottomans qui ait oſé altérer un peu la monnaie, et établir de nouveaux impôts; mais il a été obligé de s'arrêter dans ces deux entrepriſes, de crainte d'un ſoulèvement; car la rapacité et la tyrannie du grand ſeigneur ne s'étendent preſque jamais que ſur les officiers de l'empire qui, quels qu'ils ſoient, ſont eſclaves domeſtiques du ſultan; mais le reſte des muſulmans vit dans une ſécurité profonde, ſans craindre ni pour leurs vies, ni pour leurs fortunes, ni pour leur liberté.

Tel était l'empereur des Turcs chez qui le roi de Suède vint chercher un aſile. Il lui écrivit dès qu'il fut ſur ſes terres; ſa lettre eſt du 13 juillet 1709. Il en courut pluſieurs copies différentes, qui toutes paſſent aujourd'hui pour infidelles; mais de toutes celles que j'ai vues, il n'en eſt aucune qui ne marquât de la hauteur, et qui ne fût plus conforme à ſon courage qu'à ſa ſituation. Le ſultan ne lui fit réponſe que vers la fin de ſeptembre. La fierté de la Porte ottomane fit ſentir à *Charles XII* la différence qu'elle mettait entre l'empereur turc et un roi d'une partie de la Scandinavie, chrétien, vaincu et fugitif. Au reſte toutes ces lettres, que les rois écrivent très-

rarement eux-mêmes , ne font que de vaines formalités qui ne font connaître ni le caractère des fouverains ni leurs affaires.

Charles XII , en Turquie , n'était en effet qu'un
captif honorablement traité. Cependant il concevait
le deffein d'armer l'empire ottoman contre fes ennemis. Il fe flattait de ramener la Pologne fous le joug,
et de foumettre la Ruffie ; il avait un envoyé à Conftantinople ; mais celui qui le fervit le plus dans fes
vaftes projets fut le comte *Poniatowski* , lequel alla à
Conftantinople fans miffion , et fe rendit bientôt
néceffaire au roi , agréable à la Porte , et enfin dangereux aux grands vifirs mêmes. (*p*)

Un de ceux qui fecondèrent plus adroitement fes
deffeins, fut le médecin *Fonfeca*, portugais, juif établi
à Conftantinople , homme favant et délié , capable
d'affaires et le feul philofophe peut-être de fa nation ;
fa profeffion lui procurait des entrées à la Porte
ottomane, et fouvent la confiance des vifirs. Je l'ai
fort connu à Paris ; il m'a confirmé toutes les particularités que je vais raconter. Le comte *Poniatowski*
m'a dit lui-même, et m'a écrit qu'il avait eu l'adreffe
de faire tenir des lettres à la fultane *Validé* , mère de
l'empereur régnant, autrefois maltraitée par fon fils,
mais qui commençait à prendre du crédit dans le
férail. Une juive , qui approchait fouvent de cette
princeffe , ne ceffait de lui raconter les exploits du
roi de Suède, et la charmait par fes récits. La fultane,
par une fecrète inclination , dont prefque toutes les

(*p*) C'eft de lui que je tiens non-feulement les remarques qui ont été
imprimées, et dont le chapelain *Norberg* a fait ufage , mais encore beaucoup d'autres manufcrits concernant cette hiftoire.

N 3

femmes fe fentent furprifes en faveur des hommes extraordinaires, même fans les avoir vus, prenait hautement dans le férail le parti de ce prince : elle ne l'appelait que fon lion. *Quand voulez-vous donc,* difait-elle quelquefois au fultan, fon fils, *aider mon lion à dévorer ce czar ?* Elle paffa même par-deffus les lois auftères du férail, au point d'écrire de fa main plufieurs lettres au comte *Poniatowski*, entre les mains duquel elles font encore au temps qu'on écrit cette hiftoire.

Cependant on avait conduit le roi avec honneur à Bender, par le défert qui s'appelait autrefois la folitude des Gètes. Les Turcs eurent foin que rien ne manquât fur fa route de tout ce qui pouvait rendre fon voyage plus agréable. Beaucoup de polonais, de fuédois, de cofaques échappés les uns après les autres des mains des Mofcovites, venaient par différens chemins groffir fa fuite fur la route. Il avait avec lui dix-huit cents hommes, quand il fe trouva à Bender : tout ce monde était nourri, logé, eux et leurs chevaux, aux dépens du grand feigneur.

Le roi voulut camper auprès de Bender, au lieu de demeurer dans la ville. Le férafquier *Juffuf*, bacha, lui fit dreffer une tente magnifique, et on en fournit à tous les feigneurs de fa fuite. Quelque temps après, le prince fe fit bâtir une maifon dans cet endroit : fes officiers en firent autant à fon exemple : les foldats dreffèrent des baraques ; de forte que ce camp devint infenfiblement une petite ville. Le roi n'étant point encore guéri de fa bleffure, il fallut lui tirer du pied un os carié ; mais dès qu'il put monter à

cheval, il reprit ſes fatigues ordinaires, toujours ſe
levant avant le ſoleil, laſſant trois chevaux par jour,
feſant faire l'exercice à ſes ſoldats. Pour tout amu-
ſement il jouait quelquefois aux échecs : ſi les petites
choſes peignent les hommes, il eſt permis de rapporter qu'il feſait toujours marcher le roi à ce jeu ;
il s'en ſervait plus que des autres pièces, et par-là
il perdait toutes les parties.

Il ſe trouvait à Bender dans une abondance de
toutes choſes, bien rare pour un prince vaincu et
fugitif ; car outre les proviſions plus que ſuffiſantes,
et les cinq cents écus par jour qu'il recevait de la
magnificence ottomane, il tirait encore de l'argent
de la France, et il empruntait des marchands de
Conſtantinople. Une partie de cet argent ſervit à
ménager des intrigues dans le ſérail, à acheter la
faveur des viſirs, ou à procurer leur perte. Il répan-
dait l'autre partie avec profuſion parmi ſes officiers
et les janiſſaires qui lui ſervaient de gardes à Bender.
Grothuſen, ſon favori et tréſorier, était le diſpenſateur
de ſes libéralités : c'était un homme qui, contre
l'uſage de ceux qui ſont en cette place, aimait autant
à donner que ſon maître. Il lui apporta un jour un
compte de ſoixante mille écus en deux lignes : dix
mille écus donnés aux Suédois et aux janiſſaires par
les ordres généreux de ſa majeſté, et le reſte mangé
par moi. „ Voilà comme j'aime que mes amis me
„ rendent leurs comptes, dit ce prince : *Mullerm* me
„ faire lire des pages entières pour des ſommes de dix
„ mille francs. J'aime mieux le ſtyle laconique de
„ *Grothuſen*. „ Un de ſes vieux officiers, ſoupçonné
d'être un peu avare, ſe plaignit à lui de ce que ſa

N 4

majesté donnait tout à *Grothusen* : ,, Je ne donne de ,, l'argent, répondit le roi, qu'à ceux qui savent en ,, faire usage. ,, Cette générosité le réduisit souvent à n'avoir pas de quoi donner. Plus d'économie dans ses libéralités eût été aussi honorable et plus utile; mais c'était le défaut de ce prince de pousser à l'excès toutes les vertus.

Beaucoup d'étrangers accouraient de Constantinople pour le voir. Les Turcs, les Tartares du voisinage y venaient en foule; tous le respectaient et l'admiraient. Son opiniâtreté à s'abstenir du vin, et sa régularité à assister deux fois par jour aux prières publiques, leur fesaient dire : *C'est un vrai musulman.* Ils brûlaient d'impatience de marcher avec lui à la conquête de la Moscovie.

Dans ce loisir de Bender, qui fut plus long qu'il ne pensait, il prit insensiblement du goût pour la lecture. Le baron *Fabrice*, gentilhomme du duc de Holstein, jeune homme aimable, qui avait dans l'esprit cette gaieté et ce tour aisé qui plaît aux princes, fut celui qui l'engagea à lire. Il était envoyé auprès de lui à Bender pour y ménager les intérêts du jeune duc de Holstein, et il y réussit en se rendant agréable. Il avait lu tous les bons auteurs français. Il fit lire au roi les tragédies de *Pierre Corneille*, celles de *Racine* et les ouvrages de *Despréaux.* Le roi ne prit nul goût aux satires de ce dernier, qui en effet ne sont pas ses meilleures pièces; mais il aimait fort ses autres écrits. Quand on lui lut ce trait de la satire huitième, où l'auteur traite *Alexandre* de fou et d'enragé, il déchira le feuillet.

De toutes les tragédies françaises, Mithridate était

celle qui lui plaisait davantage, parce que la situation de ce roi vaincu et respirant la vengeance, était conforme à la sienne. Il montrait avec le doigt à M. *Fabrice* les endroits qui le frappaient ; mais il n'en voulait lire aucun tout haut, ni hasarder jamais un mot en français. Même quand il vit depuis à Bender M. *Désaleurs*, ambassadeur de France à la Porte, homme d'un mérite distingué, mais qui ne savait que sa langue naturelle, il répondit à cet ambassadeur en latin ; et sur ce que M. *Désaleurs* protesta qu'il n'entendait pas quatre mots de cette langue, le roi, plutôt que de parler français, fit venir un interprête.

Telles étaient les occupations de *Charles XII* à Bender, où il attendait qu'une armée de turcs vînt à son secours. Son envoyé présentait des mémoires en son nom au grand visir, et *Poniatowshi* les soutenait par le crédit qu'il savait se donner. L'insinuation réussit par-tout : il ne paraissait vêtu qu'à la turque : il se procurait toutes les entrées. Le grand seigneur lui fit présent d'une bourse de mille ducats, et le grand visir lui dit : *Je prendrai votre roi d'une main, et une épée dans l'autre, et je le mènerai à Moscou, à la tête de deux cents mille hommes.* Ce grand visir s'appelait *Chourlouli Ali bacha* ; il était fils d'un paysan du village de Chourlou. Ce n'est point parmi les Turcs un reproche qu'une telle extraction ; on n'y connaît point la noblesse, soit celle à laquelle les emplois sont attachés, soit celle qui ne consiste que dans des titres. Les services seuls sont sensés tout faire, c'est l'usage de presque tout l'Orient ; usage très-naturel et très-bon, si les dignités pouvaient n'être données qu'au mérite ; mais les vifirs ne font d'ordinaire que des créatures d'un eunuque noir, ou d'une efclave favorite.

Le premier miniftre changea bientôt d'avis. Le roi ne pouvait que négocier, et le czar pouvait donner de l'argent ; il en donna, et ce fut de celui même de *Charles XII* qu'il fe fervit. Le caiffe militaire prife à Pultava fournit de nouvelles armes contre le vaincu ; il ne fut alors plus queftion de faire la guerre aux Ruffes. Le crédit du czar fut tout-puiffant à la Porte ; elle accorda à fon envoyé des honneurs dont les miniftres mofcovites n'avaient point encore joui à Conftantinople : on lui permit d'avoir un férail, c'eft-à-dire, un palais dans le quartier des Francs, et de communiquer avec les miniftres étrangers. Le czar crut même pouvoir demander qu'on lui livrât le général *Mazeppa*, comme *Charles XII* s'était fait livrer le malheureux *Patkul*. *Chourlouli Ali bacha* ne favait plus rien refufer à un prince qui demandait en donnant des millions : ainfi ce même grand vifir, qui auparavant avait promis folennellement de mener le roi de Suède en Mofcovie avec deux cents mille hommes, ofa bien lui faire propofer de confentir au facrifice du général *Mazeppa*. *Charles* fut outré de cette demande. On ne fait jufqu'où le vifir eût pouffé l'affaire, fi *Mazeppa*, âgé de foixante et dix ans, ne fût mort précifément dans cette conjoncture. La douleur et le dépit du roi augmentèrent, quand il apprit que *Tolftoy*, devenu l'ambaffadeur du czar à la Porte, était publiquement fervi par des fuédois faits efclaves à Pultava, et qu'on vendait tous les jours ces braves foldats dans le marché de

Le czar demande *Mazeppa* comme *Charles* s'était fait livrer *Patkul*.

Conſtantinople. L'ambaſſadeur moſcovite diſait même hautement que les troupes muſulmanes, qui étaient à Bender, y étaient plus pour s'aſſurer du roi, que pour lui faire honneur.

Charles, abandonné par le grand viſir, vaincu par l'argent du czar en Turquie, après l'avoir été par ſes armes dans l'Ukraine, ſe voyait trompé, dédaigné par la Porte, preſque priſonnier parmi des Tartares. Sa ſuite commençait à déſeſpérer. Lui ſeul tint ferme, et ne parut pas abattu un moment; il crut que le ſultan ignorait les intrigues de *Chourlouli Ali*, ſon grand viſir : il réſolut de les lui apprendre, et *Poniatowski* ſe chargea de cette commiſſion hardie. Le grand ſeigneur va tous les vendredis à la moſquée entouré de ſes ſolaks, eſpèces de gardes dont les turbans ſont ornés de plumes ſi hautes qu'elles dérobent le ſultan à la vue du peuple. Quand on a quelque placet à préſenter au grand ſeigneur, on tâche de ſe mêler parmi ces gardes, et on lève en haut le placet. Quelquefois le ſultan daigne le prendre lui-même; mais le plus ſouvent il ordonne à un aga de s'en charger, et ſe fait enſuite repréſenter les placets au ſortir de la moſquée. Il n'eſt pas à craindre qu'on oſe l'importuner de mémoires inutiles, et de placets ſur des bagatelles, puiſqu'on écrit moins à Conſtantinople en toute une année qu'à Paris en un ſeul jour. On ſe haſarde encore moins à préſenter des mémoires contre les miniſtres, à qui pour l'ordinaire le ſultan les renvoie ſans les lire. *Poniatowski* n'avait que cette voie pour faire paſſer juſqu'au grand ſeigneur les plaintes du roi de Suède. Il dreſſa un mémoire accablant contre le grand viſir. M. de

Fériol, alors ambaffadeur de France, et qui m'a conté le fait, fit traduire le mémoire en turc. On donna quelque argent à un grec pour le préfenter. Ce grec s'étant mêlé parmi les gardes du grand feigneur, leva le papier fi haut, fi long-temps, et fit tant de bruit que le fultan l'aperçut, et prit lui-même le mémoire.

On fe fervit plufieurs fois de ce moyen pour préfenter au fultan des mémoires contre fes vifirs : un fuédois, nommé *Leloing*, en donna encore un autre bientôt après. *Charles XII*, dans l'empire des Turcs, était réduit à employer les reffources d'un fujet opprimé.

Quelques jours après le fultan envoya au roi de Suède, pour toute réponfe à fes plaintes, vingt-cinq chevaux arabes, dont l'un, qui avait porté fa hauteffe, était couvert d'une felle et d'une houffe enrichie de pierreries, avec des étriers d'or maffif. Ce préfent fut accompagné d'une lettre obligeante, mais conçue en termes généraux, et qui fefait foupçonner que le miniftre n'avait rien fait que du confentement du fultan. *Chourlouli*, qui favait diffi-muler, envoya auffi cinq chevaux très-rares au roi. *Charles* dit fièrement à celui qui les amenait : *Retournez vers votre maître*, *et dites-lui que je ne reçois point de préfens de mes ennemis*.

M. *Poniatowski*, ayant déjà ofé faire préfenter un mémoire contre le grand vifir, conçut alors le hardi deffein de le faire dépofer. Il favait que ce vifir déplaifait à la fultane mère, que le kiflar aga, chef des eunuques noirs, et l'aga des janiffaires le haïſſaient : il les excita tous trois à parler contre lui. C'était une choſe bien ſurprenante de voir un chrétien, un polonais, un agent ſans caractère d'un roi ſuédois réfugié chez les Turcs, cabaler preſque ouvertement à la Porte contre un vice-roi de l'empire ottoman , qui de plus était utile et agréable à ſon maître. *Poniatowski* n'eût jamais réuſſi , et l'idée ſeule du projet lui eût coûté la vie , ſi une puiſſance plus forte que toutes celles qui étaient dans ſes intérêts , n'eût porté les derniers coups à la fortune du grand viſir *Chourlouli.*

Le ſultan avait un jeune favori, qui a depuis gouverné l'empire ottoman, et a été tué en Hongrie, en 1716 ; à la bataille de Petervaradin , gagnée ſur les Turcs par le prince *Eugène de Savoie.* Son nom était *Coumourgi Ali bacha.* Sa naiſſance n'était guère différente de celle de *Chourlouli :* il était fils d'un porteur de charbon, comme *Coumourgi* le ſignifie ; car *Coumour* veut dire *charbon* en turc. L'empereur *Achmet II* , oncle d'*Achmet III* , ayant rencontré dans un petit bois près d'Andrinople *Coumourgi* encore enfant, dont l'extrême beauté le frappa , le fit conduire dans ſon ſérail. Il plut à *Muſtapha* , fils aîné et ſucceſſeur de *Mahomet.* *Achmet III* en fit ſon favori. Il n'avait alors que la charge de ſelictar aga, porte-épée de la couronne, Son extrême jeuneſſe ne lui permettait pas de prétendre à l'emploi de grand viſir ; mais il avait l'ambition d'en faire. La faction de Suède ne put jamais gagner l'eſprit de ce favori. Il ne fut en aucun temps l'ami de *Charles* , ni d'aucun prince chrétien , ni d'aucun de leurs miniſtres ; mais en cette occaſion, il ſervait le roi *Charles XII* ſans le vouloir ; il s'unit avec la

fultane *Validé* et les grands officiers de la Porte, pour
faire tomber *Chourlouli* qu'ils haïffaient tous. Ce vieux
miniftre, qui avait long-temps et bien fervi fon maître,
fut la victime du caprice d'un enfant et des intrigues
d'un étranger. On le dépouilla de fa dignité et de fes
richeffes : on lui ôta fa femme, qui était fille du dernier
fultan *Muftapha ;* et il fut relégué à Caffa, autrefois
Théodofie, dans la Tartarie Crimée. On donna
le bul, c'eft-à-dire le fceau de l'empire, à *Numan
Couprougli*, petit-fils du grand *Couprougli* qui prit
Candie. Ce nouveau vifir était tel que les chrétiens
mal inftruits ont peine à fe figurer un turc; homme
d'une vertu inflexible, fcrupuleux obfervateur de la
loi, il oppofait fouvent la juftice aux volontés du
fultan. Il ne voulut point entendre parler de la guerre
contre le Mofcovite, qu'il traitait d'injufte et d'inutile;
mais le même attachement à fa loi qui l'empêchait
de faire la guerre au czar, malgré la foi des traités,
lui fit refpecter les devoirs de l'hofpitalité envers le
roi de Suède. Il difait à fon maître : ,, La loi te défend
,, d'attaquer le czar qui ne t'a point offenfé, mais
,, elle t'ordonne de fecourir le roi de Suède qui eft
,, malheureux chez toi. ,, Il fit tenir à ce prince huit
cents bourfes, (une bourfe vaut cinq cents écus)
et lui confeilla de s'en retourner paifiblement dans fes
Etats, par les terres de l'empereur d'Allemagne, ou
par des vaiffeaux français, qui étaient alors au port
de Conftantinople, et que M. de *Fériol*, ambaffadeur
de France à la Porte, offrait à *Charles* pour le tranfporter à Marfeille. Le comte *Poniatowski* négocia
plus que jamais avec ce miniftre, et acquit dans les
négociations une fupériorité que l'or des Mofcovites

ne pouvait plus lui difputer auprès d'un vifir incor-
ruptible. La faction ruffe crut que la meilleure reffource pour elle était d'empoifonner un négociateur
fi dangereux. On gagna un de fes domeftiques, qui
devait lui donner du poifon dans du café ; le crime
fut découvert avant l'exécution ; on trouva le poifon
entre les mains du domeftique dans une petit fiole
que l'on porta au grand feigneur. L'empoifonneur
fut jugé en plein divan, et condamné aux galères,
parce que la juftice des Turcs ne punit jamais de
mort les crimes qui n'ont pas été exécutés.

Charles XII, toujours perfuadé que tôt ou tard il
réuffirait à faire déclarer l'empire turc contre celui
de Ruffie, n'accepta aucune des propofitions qui
tendaient à un retour paifible dans fes Etats ; il ne
ceffait de repréfenter comme formidable aux Turcs
ce même czar qu'il avait fi long-temps méprifé : fes
émiffaires infinuaient fans ceffe que *Pierre Alexiowitz*
voulait fe rendre maître de la navigation de la mer
Noire ; qu'après avoir fubjugué les Cofaques, il en
voulait à la Tartarie Crimée. Tantôt fes repréfentations animaient la Porte, tantôt les miniftres ruffes
les rendaient fans effet.

Tandis que *Charles XII* fefait ainfi dépendre fa
deftinée des volontés des vifirs, qu'il recevait des
bienfaits et des affronts d'une puiffance étrangère,
qu'il fefait préfenter des placets au fultan, qu'il
fubfiftait de fes libéralités dans un défert, tous fes
ennemis réveillés attaquaient fes Etats.

La bataille de Pultava fut d'abord le fignal d'une
révolution dans la Pologne. Le roi *Augufte* y retourna,
proteftant contre fon abdication, contre la paix

d'Altranftad, et accufant publiquement de brigandage et de barbarie *Charles XII* qu'il ne craignait plus. Il mit en prifon *Fingsten* et *Imhof*, fes plénipotentiaires qui avaient figné fon abdication, comme s'ils avaient en cela paffé leurs ordres, et trahi leur maître. Ses troupes faxonnes, qui avaient été le prétexte de fon détrônement, le ramenèrent à Varfovie, accompagné de la plupart des palatins polonais qui, lui ayant autrefois juré fidélité, avaient fait depuis les mêmes fermens à *Staniflas*, et revenaient en faire de nouveaux à *Augufte*. *Siniawski* même rentra dans fon parti, et perdant l'idée de fe faire roi, fe contenta de refter grand général de la couronne. *Flemming*, fon premier miniftre, qui avait été obligé de quitter pour un temps la Saxe, de peur d'être livré avec *Patkul*, contribua alors par fon adreffe à ramener à fon maître une grande partie de la nobleffe polonaife.

Le pape releva fon peuple du ferment de fidélité qu'ils avaient fait à *Staniflas*. Cette démarche du faint père faite à propos, et appuyée des forces d'*Augufte*, fut d'un affez grand poids : elle affermit le crédit de la cour de Rome en Pologne, où l'on n'avait nulle envie de contefter alors aux premiers pontifes le droit chimérique de fe mêler du temporel des rois. Chacun retournait volontiers fous la domination d'*Augufte*, et recevait fans répugnance une abfolution inutile, que le nonce ne manqua pas de faire valoir comme néceffaire.

La puiffance de *Charles* et la grandeur de la Suède touchèrent alors à leur dernier période. Plus de dix têtes couronnées voyaient depuis long-temps avec crainte et avec envie la domination fuédoife

s'étendant

s'étendant loin de fes bornes naturelles, au-delà de la mer Baltique, depuis la Duna jufqu'à l'Elbe. La chute de *Charles* et fon abfence réveillèrent les intérêts et les jaloufies de tous ces princes, affoupies long-temps par des traités et par l'impuiffance de les rompre.

Le czar, plus puiffant qu'eux tous enfemble, profitant de la victoire, prit Vibourg et toute la Carélie, inonda la Finlande de troupes, mit le fiége devant Riga, et envoya un corps d'armée en Pologne pour aider *Augufle* à remonter fur le trône. Cet empereur était alors ce que *Charles* avait été autrefois, l'arbitre de la Pologne et du Nord ; mais il ne confultait que fes intérêts, au lieu que *Charles* n'avait jamais écouté que fes idées de vengeance et de gloire. Le monarque fuédois avait fecouru fes alliés, et accablé fes ennemis, fans exiger le moindre fruit de fes victoires : le czar fe conduifant plus en prince, et moins en héros, ne voulut fecourir le roi de Pologne qu'à condition qu'on lui céderait la Livonie ; et que cette province, pour laquelle *Augufle* avait allumé la guerre, refterait aux Mofcovites pour toujours.

Le roi de Danemarck oubliant le traité de Travendal, comme *Augufle* celui d'Altranftad, fongea dès-lors à fe rendre maître des duchés de Holftein et de Brême, fur lefquels il renouvela fes prétentions. Le roi de Pruffe avait d'anciens droits fur la Poméranie fuédoife, qu'il voulait faire revivre. Le duc de Meckelbourg voyait avec dépit que la Suède poffédât encore Vifmar, la plus belle ville du duché : ce prince devait époufer une nièce de l'empereur mofcovite ;

Hift. de Charles XII.   O

et le czar ne demandait qu'un prétexte pour s'établir
en Allemagne, à l'exemple des Suédois. *George*,
électeur d'Hanovre, cherchait de son côté à s'enrichir des dépouilles de *Charles*. L'évêque de Munster
aurait bien voulu faire valoir quelques droits, s'il en
avait eu le pouvoir.

Douze à treize mille suédois défendaient la Poméranie et les autres pays que *Charles* possédait en
Allemagne : c'était là que la guerre allait se porter.
Cet orage alarma l'empereur et ses alliés. C'est une
loi de l'Empire, que quiconque attaque une de ses
provinces est réputé l'ennemi de tout le corps germanique.

Mais il y avait encore un plus grand embarras.
Tous ces princes, à la réserve du czar, étaient réunis
alors contre *Louis XIV*, dont la puissance avait été
quelque temps aussi redoutable à l'Empire que celle
de *Charles*.

L'Allemagne s'était trouvée, au commencement
du siècle, pressée du Midi au Nord, entre les armées
de la France et de la Suède. Les Français avaient
passé le Danube, et les Suédois l'Oder ; si leurs
forces, alors victorieuses, s'étaient jointes, l'Empire
eût été perdu. Mais la même fatalité, qui accabla
la Suède, avait aussi humilié la France : toutefois la
Suède avait encore des ressources, et *Louis XIV* fesait
la guerre avec vigueur, quoique malheureusement.
Si la Poméranie et le duché de Brême devenaient le
théâtre de la guerre, il était à craindre que l'Empire
n'en souffrît, et qu'étant affaibli de ce côté, il n'en
fût moins fort contre *Louis XIV*. Pour prévenir ce
danger, l'empereur, les princes d'Allemagne, *Anne*,

reine d'Angleterre, les états généraux des Provinces-Unies conclurent à la Haie, fur la fin de l'année 1709, un des plus finguliers traités que jamais on ait fignés.

Il fut ftipulé par ces puiffances que la guerre contre les Suédois ne fe ferait point en Poméranie ; ni dans aucune des provinces de l'Allemagne ; et que les ennemis de *Charles XII* pourraient l'attaquer par-tout ailleurs. Le roi de Pologne et le czar accédèrent eux-mêmes à ce traité ; ils y firent inférer un article auffi extraordinaire que le traité même : ce fut que les douze mille fuédois, qui étaient en Poméranie, ne pourraient fortir pour aller défendre leurs autres provinces.

Pour affurer l'exécution de ce traité, on propofa d'affembler une armée confervatrice de cette neutralité imaginaire. Elle devait camper fur le bord de l'Oder : c'eût été une nouveauté fingulière qu'une armée levée pour empêcher une guerre : ceux mêmes qui devaient la foudoyer avaient, pour la plupart, beaucoup d'intérêt à faire cette guerre, qu'on prétendait écarter ; le traité portait qu'elle ferait compofée de troupes de l'empereur, du roi de Pruffe, de l'électeur de Hanovre, du landgrave de Heffe, de l'évêque de Munfter.

Il arriva ce qu'on devait naturellement attendre d'un pareil projet ; il ne fut point exécuté : les princes qui devaient fournir leur contingent pour lever cette armée, ne donnèrent rien : il n'y eut pas deux régimens formés : on parla beaucoup de neutralité, perfonne ne la garda ; et tous les princes du Nord, qui avaient des intérêts à démêler avec

O 2

le roi de Suède, reſtèrent en pleine liberté de ſe diſputer les dépouilles de ce prince.

Dans ces conjonctures, le czar, après avoir laiſſé ſes troupes en quartier dans la Lithuanie, et avoir ordonné le ſiége de Riga, s'en retourna à Moſcou étaler à ſes peuples un appareil auſſi nouveau que tout ce qu'il avait fait juſqu'alors dans ſes Etats : ce fut un triomphe tel à peu-près que celui des anciens Romains. Il fit ſon entrée dans Moſcou ſous ſept arcs triomphaux dreſſés dans les rues ornées de tout ce que le climat peut fournir, et de ce que le commerce floriſſant par ſes ſoins y avait pu apporter. Un régiment des gardes commençait la marche, ſuivi des pièces d'artilleries priſes ſur les Suédois, à Leſno et à Pultava : chacune était traînée par huit chevaux couverts de houſſes d'écarlate pendantes à terre : enſuite venaient les étendards, les timbales, les drapeaux gagnés à ces deux batailles, portés par les officiers et par les ſoldats qui les avaient pris : toutes ces dépouilles étaient ſuivies des plus belles troupes du czar. Après qu'elles eurent défilé, on vit ſur un char fait exprès (*q*) paraître le brancard de *Charles XII*, trouvé ſur le champ de bataille de Pultava, tout briſé de deux coups de canon : derrière ce brancard marchaient deux à deux tous les priſonniers : on y voyait le comte *Piper*, premier miniſtre de Suède, le célèbre maréchal *Renſchild*, le comte de *Levenhaupt*, les généraux *Slipenbak*, *Stackelberg*, *Hamilton*, tous les officiers et

1 janvier 1710.

(*q*) M. *Norberg*, confeſſeur de *Charles XII*, reprend ici l'auteur, et aſſure que ce brancard était porté à la main. On s'en rapporte ſur ces circonſtances eſſentielles à ceux qui les ont vues.

les foldats qu'on difperfa depuis dans la grande
Ruffie. Le czar paraiffait immédiatement après eux
fur le même cheval qu'il avait monté à la bataille de
Pultava. A quelques pas de lui, on voyait les
généraux qui avaient eu part au fuccès de cette
journée. Un autre régiment des gardes venait enfuite.
Les chariots de munitions des Suédois fermaient la
marche.

Cette pompe paffa au bruit de toutes les cloches
de Mofcou, au fon des tambours, des timbales,
des trompettes, et d'un nombre infini d'inftrumens
de mufique, qui fe fefaient entendre par reprifes,
avec les falves de deux cents pièces de canon, et les
acclamations de cinq cents mille hommes, qui
s'écriaient, *vive l'empereur notre père*, à chaque paufe
que fefait le czar dans cette entrée triomphale.

Cet appareil impofant augmenta la vénération
de fes peuples pour fa perfonne : tout ce qu'il avait
fait d'utile en leur faveur le rendait peut-être moins
grand à leurs yeux. Il fit cependant continuer le
blocus de Riga. Les généraux s'emparèrent du refte
de la Livonie, et d'une partie de la Finlande. En
même temps le roi de Danemarck vint avec toute
fa flotte faire une defcente en Suède : il y débarqua
dix-fept mille hommes, qu'il laiffa fous la conduite
du comte de *Reventlau*.

La Suède était alors gouvernée par une régence
compofée de quelques fénateurs, que le roi établit
quand il partit de Stockholm. Le corps du fénat,
qui croyait que le gouvernement lui appartenait de
droit, était jaloux de la régence. L'Etat fouffrit de
ces divifions; mais, quand après la bataille de Pultava,

la première nouvelle qu'on apprit dans Stockholm
fut que le roi était à Bender à la merci des Tartares
et des Turcs, et que les Danois étaient defcendus
en Scanie, où ils avaient pris la ville d'Helfinbourg,
alors les jaloufies cefsèrent; on ne fongea qu'à fauver
la Suède. Elle commençait à être épuifée de troupes
réglées ; car quoique *Charles* eût toujours fait fes
grandes expéditions à la tête de petites armées,
cependant les combats innombrables qu'il avait livrés
pendant neuf années ; la néceffité de recruter conti-
nuellement fes troupes, d'entretenir fes garnifons,
et les corps d'armée qu'il fallait toujours avoir fur
pied dans la Finlande, dans l'Ingrie, la Livonie, la
Poméranie, Brême, Verden ; tout cela avait coûté
à la Suède, pendant le cours de la guerre, plus de
deux cents cinquante mille foldats; il ne reftait pas
huit mille hommes d'anciennes troupes qui, avec
les milices nouvelles, étaient les feules reffources de
la Suède.

La nation eft née belliqueufe ; et tout peuple
prend infenfiblement le génie de fon roi. On ne
s'entretenait d'un bout du pays à l'autre que des
actions prodigieufes de *Charles*, de fes généraux, et
des vieux corps qui avaient combattu fous eux à
Nerva, à la Duna, à Cliffau, à Pultusk, à Hollofin.
Les moindres fuédois en prenaient un efprit d'émulation et de gloire. La tendreffe pour le roi, la pitié,
la haine irréconciliable contre les Danois, s'y joignirent encore. Dans bien d'autres pays les payfans
font efclaves, ou traités comme tels : ceux-ci fefant
un corps dans l'Etat fe regardaient comme des
citoyens, et fe formaient des fentimens plus grands ; de

forte que ces milices devenaient en peu de temps les meilleures troupes du Nord.

Le général *Steinbock* se mit, par ordre de la régence, à la tête de huit mille hommes d'anciennes troupes, et d'environ douze mille de ces nouvelles milices, pour aller chasser les Danois qui ravageaient toute la côte d'Helfinbourg, et qui étendaient déjà leurs contributions fort avant dans les terres.

On n'eut ni le temps ni les moyens de donner aux milices des habits d'ordonnance : la plupart de ces laboureurs vinrent vêtus de leurs sarraux de toile, ayant à leurs ceintures des pistolets attachés avec des cordes. *Steinbock*, à la tête de cette armée extraordinaire, se trouva en présence des Danois, à trois lieues d'Helfinbourg. Il voulut laisser à ses troupes quelques jours de repos, se retrancher, et donner à ses nouveaux soldats le temps de s'accoutumer à l'ennemi ; mais tous ces paysans demandèrent la bataille le même jour qu'ils arrivèrent.

10 mars 1710.

Des officiers qui y étaient m'ont dit les avoir vus alors presque tous écumer de colère ; tant la haine nationale des Suédois contre les Danois est extrême. *Steinbock* profita de cette disposition des esprits qui, dans un jour de bataille, vaut autant que la discipline militaire ; on attaqua les Danois ; et c'est là qu'on vit ce dont il n'y a peut-être pas deux exemples de plus, des milices toutes nouvelles égaler, dans le premier combat, l'intrépidité des vieux corps. Deux régimens de ces paysans, armés à la hâte, taillèrent en pièces le régiment des gardes du roi de Danemarck, dont il ne resta que dix hommes.

O 4

Les Danois, entièrement défaits, fe retirèrent fous le canon d'Helfinbourg. Le trajet de Suède, en Zéeland, eft fi court, que le roi de Danemarck apprit le même jour à Copenhague la défaite de fon armée en Suède ; il envoya fa flotte pour embarquer les débris de fes troupes. Les Danois quittèrent la Suède avec précipitation cinq jours après la bataille ; mais ne pouvant emmener leurs chevaux, et ne voulant pas les laiffer à l'ennemi, ils les tuèrent tous aux environs d'Helfinbourg, et mirent le feu à leurs provifions, brûlant leurs grains et leurs bagages, et laiffant dans Helfinbourg quatre mille bleffés, dont la plus grande partie mourut par l'infection de tant de chevaux tués, et par le défaut de provifions, dont leurs compatriotes mêmes les privaient, pour empêcher que les Suédois n'en jouiffent.

Dans le même temps, les payfans de la Dalécarlie ayant ouï-dire, dans le fond de leurs forêts, que leur roi était prifonnier chez les Turcs, députèrent à la régence de Stockholm, et offrirent d'aller à leurs dépens, au nombre de vingt mille, délivrer leur maître des mains des fes ennemis. Cette propofition, qui marquait plus de courage et d'affection qu'elle n'était utile, fut écoutée avec plaifir, quoique rejetée, et on ne manqua pas d'en inftruire le roi, en lui envoyant le détail de la bataille d'Helfinbourg.

Charles reçut dans fon camp, près de Bender, ces nouvelles confolantes, au mois de juillet 1710. Peu de temps après, un autre événement le confirma dans fes efpérances.

Le grand vifir *Couprougli*, qui s'oppofait à fes desseins, fut dépofé après deux mois de miniftère. La petite cour de *Charles XII*, et ceux qui tenaient encore pour lui en Pologne, publiaient que *Charles* fefait et défefait les vifirs, et qu'il gouvernait l'empire turc du fond de fa retraite de Bender; mais il n'avait aucune part à la difgrâce de ce favori. La rigide probité du vifir fut, dit-on, la feule caufe de fa chute : fon prédéceffeur ne payait point les janiffaires du tréfor impérial, mais de l'argent qu'il fefait venir par fes extorfions : *Couprougli* les paya de l'argent du tréfor. *Achmet* lui reprocha qu'il préférait l'intérêt des fujets à celui de l'empereur : *Ton prédéceffeur Chourlouli, lui dit-il, favait bien trouver d'autres moyens de payer mes troupes.* Le grand vifir répondit : *S'il avait l'art d'enrichir ta hauteffe par des rapines, c'eft un art que je fais gloire d'ignorer.*

Le fecret profond du férail permet rarement que de pareils difcours tranfpirent dans le public; mais celui-ci fut fu avec la difgrâce de *Couprougli*. Ce vifir ne paya point fa hardieffe de fa tête, parce que la vraie vertu fe fait quelquefois refpecter, lors même qu'elle déplaît. On lui permit de fe retirer dans l'île de Négrepont. J'ai fu ces particularités par des lettres de M. *Bru*, mon parent, premier drogman à la Porte ottomane; et je les rapporte pour faire connaître l'efprit de ce gouvernement.

Le grand feigneur fit alors revenir d'Alep *Baltagi Mehemet*, bacha de Syrie, qui avait déjà été grand vifir avant *Chourlouli*. Les *Baltagis* du férail, ainfi nommés de *balta*, qui fignifie *coignée*, font des efclaves qui coupent le bois pour l'ufage des princes du fang

ottoman et des fultanes. Ce vifir avait été baltagi
dans fa jeuneffe, et en avait toujours retenu le nom,
felon la coutume des Turcs, qui prennent fans rougir
le nom de leur première profeffion, ou celle de leur
père, ou du lieu de leur naiffance.

Dans le temps que *Baltagi Mehemet* était valet dans
le férail, il fut affez heureux pour rendre quelques
petits fervices au prince *Achmet*, alors prifonnier
d'Etat fous l'empire de fon frère *Muftapha* : on laiffe
aux princes du fang ottoman, pour leurs plaifirs,
quelques femmes d'un âge à ne plus avoir d'enfans,
(et cet âge arrive de bonne heure en Turquie)
mais affez belles encore pour plaire. *Achmet*, devenu
fultan, donna une de fes efclaves, qu'il avait beaucoup
aimée, en mariage à *Baltagi Mehemet*. Cette femme,
par fes intrigues, fit fon mari grand vifir : une autre
intrigue le déplaça ; et une troifième le fit encore
grand vifir.

Quand *Baltagi Mehemet* vint recevoir le bul de
l'empire, il trouva le parti du roi de Suède domi-
nant dans le férail. La fultane *Validé*, *Ali Coumourgi*,
favori du grand feigneur, le kislar aga, chef des
eunuques noirs, et l'aga des janiffaires, voulaient la
guerre contre le czar : le fultan y était déterminé : le
premier ordre qu'il donna au grand vifir fut d'aller
combattre les Mofcovites avec deux cents mille
hommes. *Baltagi Mehemet* n'avait jamais fait la guerre ;
mais n'était point un imbécille, comme les Suédois
mécontens de lui l'ont repréfenté. Il dit au grand
feigneur, en recevant de fa main un fabre garni de
pierreries : *Ta hauteffe fait que j'ai été élevé à me fervir
d'une hache pour fendre du bois, et non d'une épée pour*

commander tes armées ; je tâcherai de te bien servir ; mais si je ne réussis pas, souviens-toi que je t'ai supplié de ne me le point imputer. Le sultan l'assura de son amitié, et le visir se prépara à obéir.

La première démarche de la Porte ottomane fut de mettre au château des sept tours l'ambassadeur moscovite. La coutume des Turcs est de commencer d'abord par faire arrêter les ministres des princes auxquels ils déclarent la guerre. Observateurs de l'hospitalité en tout le reste, ils violent en cela le droit le plus sacré des nations. Ils commettent cette injustice sous prétexte d'équité, s'imaginant, ou voulant faire croire, qu'ils n'entreprennent jamais que de justes guerres, parce qu'elles sont consacrées par l'approbation de leur muphti. Sur ce principe, ils se croient armés pour châtier les violateurs de traités que souvent ils rompent eux-mêmes, et croient punir les ambassadeurs des rois leurs ennemis, comme complices des infidélités de leurs maîtres.

A cette raison se joint le mépris ridicule qu'ils affectent pour les princes chrétiens, et pour les ambassadeurs, qu'ils ne regardent d'ordinaire que comme des consuls de marchands.

Le han des Tartares de Crimée, que nous nommons le kan, reçut ordre de se tenir prêt avec quarante mille tartares. Ce prince gouverne le Nagaï, le Budziack, avec une partie de la Circassie, et toute la Crimée, province connue dans l'antiquité sous le nom de Cherfonèse taurique, où les Grecs portèrent leur commerce et leurs armes, et fondèrent de puissantes villes, et où les Génois pénétrèrent depuis,

lorfqu'ils étaient les maîtres du commerce de l'Europe.
On voit en ce pays des ruines des villes grecques,
et quelques monumens des Génois, qui fubfiftent
encore au milieu de la défolation et de la barbarie.

Le kan eft appelé par fes fujets empereur ; mais
avec ce grand titre, il n'en eft pas moins l'efclave de
la Porte. Le fang ottoman, dont les kans font defcendus,
et le droit qu'ils prétendent à l'empire des Turcs, au
défaut de la race du grand feigneur, rendent leur
famille refpectable au fultan même, et leurs perfonnes redoutables. C'eft pourquoi le grand feigneur
n'ofe détruire la race des kans tartares ; mais il ne
laiffe prefque jamais vieillir ces princes fur le trône.
Leur conduite eft toujours éclairée par les bachas
voifins, leurs Etats entourés de janiffaires, leurs
volontés traverfées par les grands vifirs, leurs deffeins
toujours fufpects. Si les Tartares fe plaignent du kan,
la Porte le dépofe fur ce prétexte ; s'il en eft trop
aimé, c'eft un plus grand crime dont il eft plus tôt
puni ; ainfi prefque tous paffent de la fouveraineté à
l'exil, et finiffent leurs jours à Rhodes, qui eft d'ordinaire leur prifon et leur tombeau.

Les Tartares, leurs fujets, font les peuples les plus
brigands de la terre, et en même temps, ce qui
femble inconcevable, les plus hofpitaliers. Ils vont
à cinquante lieues de leur pays attaquer une cara-
vane, détruire des villages ; mais qu'un étranger,
quel qu'il foit, paffe dans leur pays, non-feulement
il eft reçu par-tout, logé et défrayé ; mais, dans
quelque lieu qu'il paffe, les habitans fe difputent
l'honneur de l'avoir pour hôte ; le maître de la maifon,
fa femme, fes filles le fervent à l'envi. Les Scythes

leurs ancêtres leur ont tranfmis ce refpect inviolable pour l'hofpitalité, qu'ils ont confervé, parce que le peu d'étrangers qui voyagent chez eux, et le bas prix de toutes les denrées, ne leur rendent point cette vertu trop onéreufe.

Quand les Tartares vont à la guerre avec l'armée ottomane, ils font nourris par le grand feigneur : le butin qu'ils font eft leur feule paye ; auffi font-ils plus propres à piller qu'à combattre régulièrement.

Le kan, gagné par les préfens et par les intrigues du roi de Suède, obtint d'abord que le rendez-vous général des troupes ferait à Bender même, fous les yeux de *Charles XII*, afin de lui marquer mieux que c'était pour lui qu'on fefait la guerre.

Le nouveau vifir, *Baltagi Mehemet*, n'ayant pas les mêmes engagemens, ne voulait pas flatter à ce point un prince étranger. Il changea l'ordre, et ce fut à Andrinople que s'affembla cette grande armée. C'eft toujours dans les vaftes et fertiles plaines d'Andrinople qu'eft le rendez-vous pour des armées turques, quand ce peuple fait la guerre aux chrétiens : les troupes venues d'Afie et d'Afrique s'y repofent et s'y rafraîchiffent quelques femaines ; mais le grand vifir, pour prévenir le czar, ne laiffa repofer l'armée que trois jours, et marcha vers le Danube, et de-là vers la Beffarabie.

Les troupes des Turcs ne font plus aujourd'hui fi formidables qu'autrefois, lorfqu'elles conquirent tant d'Etats dans l'Afie, dans l'Afrique et dans l'Europe : alors la force du corps, la valeur et le nombre des Turcs triomphaient d'ennemis moins robuftes qu'eux et plus mal difciplinés ; mais aujourd'hui que les chrétiens entendent mieux l'art de la guerre, ils battent prefque toujours les Turcs en bataille rangée, même à forces inégales. Si l'empire ottoman a depuis peu fait quelques conquêtes, ce n'eft que fur la république de Venife, eftimée plus fage que guerrière, défendue par des étrangers, et mal fecouruè par les princes chrétiens toujours divifés entre eux.

Les janiffaires et les faphis attaquent en défordre, incapables d'écouter le commandement et de fe rallier : leur cavalerie, qui devrait être excellente, attendu la bonté et la légèreté de leurs chevaux, ne faurait foutenir le choc de la cavalerie allemande : l'infanterie ne favait point encore faire un ufage avantageux de la baïonnette au bout du fufil : de plus, les Turcs n'ont pas eu un grand général de terre parmi eux depuis *Couprougli*, qui conquit l'île de Candie. Un efclave nourri dans l'oifiveté et dans le filence du férail, fait vifir par faveur, et général malgré lui, conduifait une armée levée à la hâte, fans expérience, fans difcipline, contre des troupes mofcovites aguerries par douze ans de guerre, et fières d'avoir vaincu les Suédois.

Le czar, felon toutes les apparences, devait vaincre *Baltagi Mehemet* ; mais il fit la même faute, avec les Turcs que le roi de Suède avait commife avec lui ; il méprifa trop fon ennemi. Sur la nouvelle de l'armement des Turcs, il quitta Mofcou ; et ayant ordonné qu'on changeât le fiége de Riga en blocus, il affembla fur les frontières de Pologne quatre-vingts mille hommes de fes troupes. (r) Avec cette armée, il prit fon chemin par la Moldavie et la Valachie, autrefois le pays des Daces, aujourd'hui habité par des chrétiens grecs tributaires du grand feigneur.

La Moldavie était gouvernée alors par le prince *Cantemir*, grec d'origine, qui réuniffait les talens des anciens Grecs, la fcience des lettres et celle des armes. On le fefait defcendre du fameux *Timur*, connu fous le nom de *Tamerlan*. Cette origine paraiffait plus belle qu'une grecque; on prouvait cette defcendance par le nom de ce conquérant. *Timur*, dit-on, reffemble à *Temir*; le titre de kan, que poffédait *Timur* avant de conquérir l'Afie, fe retrouve dans le nom de *Cantemir*; ainfi le prince *Cantemir* eft defcendant de *Tamerlan*. Voilà les fondemens de la plupart des généalogies.

De quelque maifon que fût *Cantemir*, il devait toute fa fortune à la Porte ottomane. A peine avait-il reçu l'inveftiture de fa principauté, qu'il trahit l'empereur turc fon bienfaiteur, pour le czar dont il efpérait davantage. Il fe flattait que le vainqueur de *Charles XII* triompherait aifément d'un vifir peu eftimé, qui n'avait jamais fait la guerre, et qui avait choifi pour fon kiaia, c'eft-à-dire pour fon lieutenant, l'intendant des douanes de Turquie. Il comptait que tous fes gens fe rangeraient de fon parti; les patriarches grecs l'encouragèrent à cette défection. Le czar ayant donc fait un traité fecret avec ce prince, et

---

(r) Le chapelain *Norberg* prétend que le czar força le quatrième homme de fes fujets capables de porter les armes, de le fuivre à cette guerre. Si cela eût été vrai, l'armée eût été au moins de deux millions de foldats.

l'ayant reçu dans fon armée, s'avança dans le pays, et arriva, au mois de juin 1711, fur le bord feptentrional du fleuve Hierafe, aujourd'hui le Pruth, près d'Yaffi, capitale de la Moldavie.

Dès que le grand vifir eut appris que *Pierre Alexiowitz* marchait de ce côté, il quitta auffitôt fon camp; et, fuivant le cours du Danube, il alla paffer ce fleuve fur un pont de bateaux, près d'un bourg nommé Saccia, au même endroit où *Darius* fit conftruire autrefois le pont qui porta fon nom. L'armée turque fit tant de diligence qu'elle parut bientôt en préfence des Mofcovites, la rivière de Pruth entre deux.

Le czar, sûr du prince de Moldavie, ne s'attendait pas que les Moldaves duffent lui manquer : mais fouvent le prince et les fujets ont des intérêts très-différens. Ceux-ci aimaient la domination turque, qui n'eft jamais fatale qu'aux grands, et qui affecte de la douceur pour les peuples tributaires : ils redoutaient les chrétiens, et fur-tout les Mofcovites, qui les avaient toujours traités avec inhumanité. Ils portèrent toutes leurs provifions à l'armée ottomane : les entrepreneurs, qui s'étaient engagés à fournir des vivres aux Mofcovites, exécutèrent avec le grand vifir le marché même qu'ils avaient fait avec le czar. Les Valaques, voifins des Moldaves, montrèrent aux Turcs la même affection; tant l'ancienne idée de la barbarie mofcovite avait aliéné tous les efprits.

Le czar, ainfi trompé dans fes efpérances, peut-être trop légèrement prifes, vit tout d'un coup fon

armée

armée fans vivres et fans fourrages. Les foldats défertaient par troupes, et bientôt cette armée fe trouva réduite à moins de trente mille hommes près de périr de mifère. Le czar éprouvait fur le Pruth, pour s'être livré à *Cantemir*, ce que *Charles XII* avait éprouvé à Pultava pour avoir trop compté fur *Mazeppa*. Cependant les Turcs paffent la rivière, enferment les Ruffes, et forment devant eux un camp retranché. Il eft furprenant que le czar ne difputât point le paffage de la rivière, ou du moins qu'il ne réparât pas cette faute en livrant bataille aux Turcs immédiatement après le paffage, au lieu de leur donner le temps de faire périr fon armée de faim et de fatigue. Il femble que ce prince fit dans cette campagne tout ce qu'il fallait pour être perdu. Il fe trouva fans provifions, ayant la rivière de Pruth derrière lui; cent cinquante mille turcs devant lui et quarante mille tartares, qui le harcelaient conti-nuellement à droite et à gauche. Dans cette extrémité, il dit publiquement : ,, Me voilà du moins auffi mal ,, que mon frère *Charles* l'était à Pultava. ,,

Le comte *Poniatowski*, infatigable agent du roi de Suède, était dans l'armée du grand vifir avec quelques polonais et quelques fuédois, qui tous croyaient la perte du czar inévitable.

Dès que *Poniatowski* vit que les armées feraient infailliblement en préfence, il le manda au roi de Suède, qui partit auffitôt de Bender, fuivi de qua-rante officiers, jouiffant par avance du plaifir de combattre l'empereur mofcovite. Après beaucoup de pertes et de marches ruineufes, le czar, pouffé vers

Hift. de Charles XII. P

le Pruth, n'avait pour tout retranchement que des chevaux de frife et des chariots : quelques troupes de janiffaires et de fpahis vinrent fondre fur fon armée fi mal retranchée ; mais ils attaquèrent en défordre , et les Mofcovites fe défendirent avec une vigueur que la préfence de leur prince et le défefpoir leur donnaient.

Les Turcs furent deux fois repouffés. Le lendemain M. *Poniatowski* confeilla au grand vifir d'affamer l'armée mofcovite qui , manquant de tout , ferait obligée dans un jour de fe rendre à difcrétion avec fon empereur.

Le czar a depuis avoué plus d'une fois qu'il n'avait jamais rien fenti de fi cruel dans fa vie que les inquiétudes qui l'agitèrent cette nuit : il roulait dans fon efprit tout ce qu'il avait fait depuis tant d'années pour la gloire et le bonheur de fa nation : tant de grands ouvrages, toujours interrompus par des guerres , allaient peut-être périr avec lui avant d'avoir été achevés ; il fallait ou être détruit par la faim, ou attaquer près de cent quatre-vingts mille hommes avec des troupes languiffantes , diminuées de la moitié, une cavalerie prefque toute démontée et des fantaffins exténués de faim et de fatigue.

Il appela le général *Czeremetof*, vers le commencement de la nuit, et lui ordonna , fans balancer et fans prendre confeil , que tout fût prêt à la pointe du jour pour aller attaquer les Turcs la baïonnette au bout du fufil.

Il donna de plus ordre exprès qu'on brûlât tous les bagages , et que chaque officier ne réfervât qu'un feul chariot; afin que, s'ils étaient vaincus, les

ennemis ne puffent du moins profiter du butin
qu'ils efpéraient.

Après avoir tout réglé avec le général pour là
bataille, il fe retira dans fa tente, accablé de douleur
et agité de convulfions, mal dont il était fouvent
attaqué, et qui redoublait toujours avec violence,
quand il avait quelque grande inquiétude. Il défendit
que perfonne osât de la nuit entrer dans fa tente,
fous quelque prétexte que ce pût être, ne voulant
pas qu'on vînt lui faire des remontrances fur une
réfolution défefpérée, mais néceffaire, encore moins
qu'on fût témoin du trifte état où il fe fentait.

Cependant on brûla felon fon ordre la plus grande
partie de fes bagages. Toute l'armée fuivit cet
exemple, quoiqu'à regret; plufieurs enterrèrent ce
qu'ils avaient de plus précieux. Les officiers généraux
ordonnaient déjà la marche, et tâchaient d'infpirer
à l'armée une confiance qu'ils n'avaient pas eux-
mêmes; chaque foldat, épuifé de fatigue et de faim,
marchait fans ardeur et fans efpérance. Les femmes,
dont l'armée était trop remplie, pouffaient des cris,
qui énervaient encore les courages; tout le monde
attendait, le lendemain matin, la mort ou la fervitude. Ce n'eft point une exagération, c'eft à la lettre
ce qu'on a entendu dire à des officiers qui fervaient
dans cette armée.

Il y avait alors dans le camp mofcovite une femme *Catherine*,
auffi fingulière peut-être que le czar même. Elle depuis impératrice.
n'était encore connue que fous le nom de *Catherine*.
Sa mère était une malheureufe payfanne, nommée
Erb-Magden, du village de Ringen en Eftonie, province où les peuples font ferfs, et qui était en ce

temps-là fous la domination de la Suède; jamais elle ne connut fon père; elle fut baptifée fous le nom de *Marthe*. Le vicaire de la paroiffe l'éleva par charité jufqu'à quatorze ans; à cet âge elle fut fervante à Marienbourg chez un miniftre luthérien de ce pays, nommé *Gluk*.

En 1702, à l'âge de dix-huit ans, elle époufa un dragon fuédois. Le lendemain de fes noces, un parti des troupes de Suède ayant été battu par les Mof-covites, ce dragon, qui avait été à l'action, ne reparut plus; fans que fa femme pût favoir s'il avait été fait prifonnier, et fans même que depuis ce temps elle en pût jamais rien apprendre.

Quelques jours après, faite prifonnière elle-même par le général *Bauer*, elle fervit chez lui, enfuite chez le maréchal *Czeremetof* : celui-ci la donna à *Menzikoff*, homme qui a connu les plus extrêmes viciffitudes de la fortune, ayant été, de garçon pâtif-fier, général et prince, enfuite dépouillé de tout, et relégué en Sibérie, où il eft mort dans la misère et dans le défefpoir.

Ce fut à un fouper, chez le prince *Menzikoff*, que l'empereur la vit et en devint amoureux. Il l'époufa fecrètement, en 1707, non pas féduit par des arti-fices de femme, mais par ce qu'il lui trouva une fermeté d'ame capable de feconder fes entreprifes, et même de les conduire après lui. Il avait déjà répudié depuis long-temps fa première femme *Ottokefa*, fille d'un boyard, accufée de s'oppofer aux change-mens qu'il fefait dans fes Etats. Ce crime était le plus grand aux yeux du czar. Il ne voulait dans fa famille que des perfonnes qui penfaffent comme lui.

Il crut rencontrer dans cette esclave étrangère les qualités d'un souverain, quoiqu'elle n'eût aucune des vertus de son sexe : il dédaigna pour elle les préjugés qui eussent arrêté un homme ordinaire ; il la fit couronner impératrice : le même génie qui la fit femme de *Pierre Alexiowitz* lui donna l'empire après la mort de son mari. L'Europe a vu avec surprise cette femme, qui ne sut jamais ni lire (s) ni écrire, réparer son éducation et ses faiblesses par son courage, et remplir avec gloire le trône d'un législateur.

Lorsqu'elle épousa le czar, elle quitta la religion luthérienne, où elle était née, pour la moscovite : on la rebaptisa selon l'usage du rite russien ; et au lieu du nom de *Marthe*, elle prit le nom de *Catherine*, sous lequel elle a été connue depuis. Cette femme étant donc au camp de Pruth, tint un conseil avec les officiers généraux et le vice-chancelier *Schaffirof*, pendant que le czar était dans sa tente.

On conclut qu'il fallait demander la paix aux Turcs, et engager le czar à faire cette démarche. Le vice-chancelier écrivit une lettre au grand visir, au nom de son maître ; la czarine entra avec cette lettre dans la tente du czar, malgré la défense ; et ayant, après bien des prières, des contestations et des

---

(s) Le sieur *la Mottraye* prétend qu'on lui avait donné une belle éducation, qu'elle lisait et écrivait très-bien. Le contraire est connu de tout le monde ; on ne souffre point en Livonie, que les paysans apprennent à lire et à écrire, à cause de l'ancien privilège nommé le *bénéfice des clercs*, établi autrefois chez les nouveaux chrétiens barbares, et subsistant dans ces pays. Les mémoires sur lesquels on rapporte ce fait, disent d'ailleurs, que la princesse *Elisabeth*, depuis impératrice, signait toujours pour sa mère, dès son enfance.

P 3

larmes, obtenu qu'il la fignât, elle raffembla fur le champ toutes fes pierreries, tout ce qu'elle avait de plus précieux, tout fon argent ; elle en emprunta même des officiers généraux ; et ayant compofé de cet amas un préfent confidérable, elle l'envoya à *Ofman* aga, lieutenant du grand vifir, avec la lettre fignée par l'empereur mofcovite. *Mehemet Baltagi*, confervant d'abord la fierté d'un vifir et d'un vainqueur, répondit : ,, Que le czar m'envoie fon ,, premier miniftre, et je verrai ce que j'ai à faire. ,, Le vice-chancelier *Schaffirof* vint auffitôt chargé de quelques préfens, qu'il offrit publiquement luimême au grand vifir, affez confidérables pour lui marquer qu'on avait befoin de lui, mais trop peu pour le corrompre.

La première demande du vifir fut que le czar fe rendît avec toute fon armée à difcrétion. Le vicechancelier répondit que fon maître allait l'attaquer dans un quart-d'heure, et que les Mofcovites périraient jufqu'au dernier, plutôt que de fubir des conditions fi infames. *Ofman* ajouta fes remontrances aux paroles de *Schaffirof*.

Mehemet Baltagi n'était pas guerrier : il voyait que les janiffaires avaient été repouffés la veille. *Ofman* lui perfuada aifément de ne pas mettre au hafard d'une bataille des avantages certains. Il accorda donc d'abord une fufpenfion d'armes pour fix heures, pendant laquelle on conviendrait des conditions du traité.

Pendant qu'on parlementait, il arriva un petit accident qui peut faire connaître que les Turcs font fouvent plus jaloux de leurs paroles que nous ne croyons. Deux gentilshommes italiens , parens de M. *Brillo* , lieutenant-colonel d'un régiment de grenadiers au fervice du czar , s'étant écartés pour chercher quelque fourrage , furent pris par des tartares qui les emmenèrent à leur camp , et offrirent de les vendre à un officier des janiffaires. Le turc , indigné qu'on ofât ainfi violer la trève , fit arrêter les tartares , et les conduifit lui-même devant le grand vifir avec ces deux prifonniers.

Le vifir envoya ces deux gentilshommes au camp du czar , et fit trancher la tête aux tartares qui avaient eu le plus de part à leur enlèvement.

Cependant le kan des Tartares s'oppofait à la conclufion d'un traité qui lui ôtait l'efpérance du pillage. *Poniatowski* fecondait le kan par les raifons les plus preffantes ; mais *Ofman* l'emporta fur l'impatience tartare et fur les infinuations de *Poniatowski*.

Le vifir crut faire affez pour le grand feigneur fon maître , de conclure une paix avantageufe. Il exigea que les Mofcovites rendiffent Azoph , qu'ils brûlaffent les galères qui étaient dans ce port , qu'ils démoliffent des citadelles importantes , bâties fur les Palus-Méotides , et que tout le canon et les munitions de ces forterffes demeuraffent au grand feigneur ; que le czar retirât fes troupes de la Pologne ; qu'il n'inquiétât plus le petit nombre de cofaques qui étaient fous la protection des Polonais , ni ceux qui dépendaient de la Turquie , et qu'il payât dorénavant aux Tartares un fubfide de quarante mille fequins par an , tribut odieux , impofé depuis long-temps , mais dont le czar avait affranchi fon pays.

P 4

Enfin le traité allait être figné , fans qu'on eût feulement fait mention du roi de Suède. Tout ce que *Poniatowski* put obtenir du vifir, fut qu'on inférât un article par lequel le mofcovite s'engageait à ne point troubler le retour de *Charles XII ;* et ce qui eft affez fingulier , il fut ftipulé dans cet article que le czar et le roi de Suède feraient la paix s'ils en avaient envie , et s'ils pouvaient s'accorder.

A ces conditions le czar eut la liberté de fe retirer avec fon armée , fon canon , fon artillerie , fes drapeaux , fon bagage. Les Turcs lui fournirent des vivres , et tout abonda dans fon camp deux heures après la fignature du traité , qui fut commencé le 21 juillet 1711 , et figné le 1 augufte.

Dans le temps que le czar , échappé de ce mauvais pas , fe retirait tambour battant et enfeignes déployées, arrive le roi de Suède , impatient de combattre et de voir fon ennemi entre fes mains. Il avait couru plus de cinquante lieues à cheval depuis Bender jufqu'auprès d'Yaffi. Il arriva dans le temps que les Ruffes commençaient à faire paifiblement leur retraite; il fallait , pour pénétrer au camp des Turcs , aller paffer le Pruth fur un pont , à trois lieues de là. *Charles XII ,* qui ne fefait rien comme les autres hommes ; paffa la rivière à la nage, au hafard de fe noyer, et traverfa le camp mofcovite , au hafard d'être pris : il parvint à l'armée turque , et defcendit à la tente du comte *Poniatowski ,* qui m'a conté et écrit ce fait. Le comte s'avança triftement vers lui , et lui apprit comment il venait de perdre une occafion qu'il ne recouvrerait peut-être jamais.

Le roi outré de colère va droit à la tente du grand

vifir ; il lui reproche, avec un vifage enflammé, le traité qu'il vient de conclure. ,, J'ai droit, dit le ,, grand vifir d'un air calme, de faire la guerre ,, et la paix. ,, Mais, reprend le roi, n'avais-tu pas ,, toute l'armée mofcovite en ton pouvoir ? Notre ,, loi nous ordonne, repartit gravement le vifir, de ,, donner la paix à nos ennemis, quand ils implorent ,, notre miféricorde. Hé t'ordonne-t-elle, infifte le ,, roi en colère, de faire un mauvais traité, quand tu ,, peux impofer telles lois que tu veux ? Ne dépendait- ,, il pas de toi d'amener le czar prifonnier à Conf- ,, tantinople ? ,,

Le turc pouffé à bout répondit sèchement : ,, Hé ,, qui gouvernerait fon empire en fon abfence ? il ne ,, faut pas que tous les rois foient hors de chez eux. ,, *Charles* répliqua par un fourire d'indignation : il fe jeta fur un fopha, et regardant le vifir d'un air plein de colère et de mépris, il étendit fa jambe vers lui, et embarraffant exprès fon éperon dans la robe du turc, il la lui déchira, fe releva fur le champ, rémonta à cheval, et retourna à Bender, le défefpoir dans le cœur.

Poniatowski refta encore quelque temps avec le grand vifir, pour effayer, par des voies plus douces, de l'engager à tirer un meilleur parti du czar ; mais l'heure de la prière étant venue, le turc, fans répondre un feul mot, alla fe laver et prier DIEU.

Fin du cinquième Livre.

LIVRE SIXIEME.

ARGUMENT.

*Intrigues à la Porte ottomane. Le kan des Tartares
et le bacha de Bender veulent forcer Charles de
partir. Il ſe défend avec quarante domeſtiques
contre une armée. Il eſt pris et traité en
priſonnier.*

LA fortune du roi de Suède, ſi changée de ce
qu'elle avait été, le perſécutait dans les moindres
choſes : il trouva, à ſon retour, ſon petit camp de
Bender et tout le logement inondés des eaux du
Nieſter : il ſe retira à quelques milles, près d'un village
nommé Varnitza ; et comme s'il eût eu un ſecret
preſſentiment de ce qui devait lui arriver, il fit bâtir
en cet endroit une large maiſon de pierre, capable
en un beſoin de ſoutenir quelques heures un aſſaut.
Il la meubla même magnifiquement contre ſa coutume, pour impoſer plus de reſpect aux Turcs.

Il en conſtruiſit auſſi deux autres, l'une pour ſa
chancellerie, l'autre pour ſon favori *Grothuſen*, qui
tenait une de ſes tables. Tandis que le roi bâtiſſait
ainſi près de Bender, comme s'il eût voulu reſter
toujours en Turquie, *Baltagi Mehemet*, craignant
plus que jamais les intrigués et les plaintes de ce
prince à la Porte, avait envoyé le réſident de l'empereur d'Allemagne demander lui-même à Vienne un

paffage pour le roi de Suède par les terres héréditaires de la maifon d'Autriche. Cet envoyé avait rapporté, en trois femaines de temps, une promeffe de la régence impériale de rendre à *Charles XII* les honneurs qui lui étaient dûs, et de le conduire en toute fureté en Poméranie.

On s'était adreffé à cette régence de Vienne, parce qu'alors l'empereur d'Allemagne, *Charles*, fucceffeur de *Jofeph I*, était en Efpagne, où il difputait la couronne à *Philippe V*. Pendant que l'envoyé allemand exécutait à Vienne cette commiffion, le grand vifir envoya trois bachas au roi de Suède, pour lui fignifier qu'il fallait quitter les terres de l'empire turc.

Le roi, qui favait l'ordre dont ils étaient chargés, leur fit d'abord dire que s'ils ofaient lui rien propofer contre fon honneur, et lui manquer de refpect, il les ferait pendre tous trois fur l'heure. Le bacha de Salonique, qui portait la parole, déguifa la dureté de fa commiffion fous les termes les plus refpectueux. *Charles* finit l'audience fans daigner feulement répondre; fon chancelier *Mullern*, qui refta avec ces trois bachas, leur expliqua en peu de mots le refus de fon maître, qu'ils avaient affez compris par fon filence.

Le grand vifir ne fe rebuta pas : il ordonna à *Ifmaël* bacha, nouveau férafquier de Bender, de menacer le roi de l'indignation du fultan, s'il ne fe déterminait pas fans délai. Ce férafquier était d'un tempérament doux et d'un efprit conciliant, qui lui avait attiré la bienveillance de *Charles* et l'amitié de tous les Suédois. Le roi entra en conférence avec lui; mais ce fut pour lui dire qu'il ne partirait que quand *Achmet* lui aurait accordé deux chofes , la punition de fon grand vifir , et cent mille hommes pour retourner en Pologne.

Baltagi Mehemet fentait bien que *Charles* reftait en Turquie pour le perdre ; il eut foin de faire mettre des gardes fur toutes les routes de Bender à Conftantinople, pour intercepter les lettres du roi. Il fit plus; il lui retrancha fon thaïm , c'eft-à-dire, la provifion que la Porte fournit aux princes à qui elle accorde un afile. Celle du roi de Suède était immenfe, confiftant en cinq cents écus par jour en argent, et dans une provifion de tout ce qui peut contribuer à l'entretien d'une cour dans la fplendeur et dans l'abondance.

Dès que le roi fut que le vifir avait ofé retrancher fa fubfiftance, il fe tourna vers fon grand maître-d'hôtel, et lui dit : ,, Vous n'avez eu que deux tables ,, jufqu'à préfent, je vous ordonne d'en tenir quatre, ,, dès demain. ,,

Les officiers de *Charles XII* étaient accoutumés à ne trouver rien d'impoffible de ce qu'il ordonnait : cependant on n'avait ni provifions ni argent ; on fut obligé d'emprunter à vingt , à trente , à quarante pour cent , des officiers , des domeftiques et des janiffaires devenus riches par les profufions du roi. M. *Fabrice* , l'envoyé de Holftein , *Jeffreys* , miniftre d'Angleterre , leurs fecrétaires , leurs amis , donnèrent ce qu'ils avaient. Le roi , avec fa fierté ordinaire et fans inquiétude du lendemain , fubfiftait de ces dons qui n'auraient pas fuffi long-temps. Il fallut tromper la vigilance des gardes , et envoyer fecrètement à

Conſtantinople pour emprunter de l'argent des négo-
cians européans. Tous refuſèrent d'en prêter à un
roi qui ſemblait s'être mis hors d'état de jamais
rendre. Un ſeul marchand anglais, nommé *Couk*,
oſa enfin prêter environ quarante mille écus, ſatisfait
de les perdre ſi le roi de Suède venait à mourir. On
apporta cet argent au petit camp du roi, dans le temps
qu'on commençait à manquer de tout, et à ne plus
eſpérer de reſſource.

Dans cet intervalle, M. *Poniatowski* écrivit du camp
même du grand viſir, une relation de la campagne
du Pruth, dans laquelle il accuſait *Baltagi Mehemet*
de lâcheté et de perfidie. Un vieux janiſſaire, indigné
de la faibleſſe du viſir, et de plus gagné par les
préſens de *Poniatowski*, ſe chargea de cette relation;
et ayant obtenu un congé, il préſenta lui-même la
lettre au ſultan.

Poniatowski partit du camp quelques jours après,
et alla à la Porte ottomane former des intrigues contre
le grand viſir ſelon ſa coutume.

Les circonſtances étaient favorables: le czar en
liberté ne ſe preſſait pas d'accomplir ſes promeſſes:
les clefs d'Azoph ne venaient point; le grand viſir
qui en était reſponſable, craignant avec raiſon
l'indignation de ſon maître, n'oſait s'aller préſenter
devant lui.

Le férail était alors plus rempli que jamais d'intrigues et de factions. Ces cabales que l'on voit dans
toutes les cours, et qui ſe terminent d'ordinaire dans
les nôtres par quelque déplacement de miniſtre, ou
tout au plus par quelque exil, font toujours tomber
à Conſtantinople plus d'une tête; il en coûta la vie

à l'ancien vifir *Chourlouli* et à *Ofman*, ce lieutenant de *Baltagi Mehemet*, qui était le principal auteur de la paix du Pruth, et qui depuis cette paix avait obtenu une charge confidérable à la Porte. On trouva parmi les tréfors d'*Ofman* la bague de la czarine, et vingt mille pièces d'or au coin de Saxe et de Mofcovie; ce fut une preuve que l'argent feul avait tiré le czar du précipice, et avait ruiné la fortune de *Charles XII.* Le vifir *Baltagi Mehemet* fut relégué dans l'île de Lemnos, où il mourut trois ans après. Le fultan ne faifit fon bien ni à fon exil ni à fa mort : il n'était pas riche, et fa pauvreté juftifia fa mémoire.

A ce grand vifir fuccéda *Juffuf*, c'eft-à-dire *Joseph*, dont la fortune était auffi fingulière que celle de fes prédéceffeurs. Né fur les frontières de la Mofcovie, et fait prifonnier par les Turcs à l'âge de fix ans avec fa famille, il avait été vendu à un janiffaire. Il fut long-temps valet dans le férail, et devint enfin la feconde perfonne de l'empire où il avait été efclave; mais ce n'était qu'un fantôme de miniftre. Le jeune *Selictar Ali Coumourgi* l'éleva à ce pofte gliffant, en attendant qu'il pût s'y placer lui-même; et *Juffuf* fa créature n'eut d'autre emploi que d'appofer les fceaux de l'empire aux volontés du favori. La politique de la cour ottomane parut toute changée dès les premiers jours de ce vifirat : les plénipotentiaires du czar qui reftaient à Conftantinople, et comme miniftres, et comme otages, y furent mieux traités que jamais : le grand vifir confirma avec eux la paix du Pruth : mais ce qui mortifia le plus le roi de Suède, ce fut d'apprendre que les liaifons fecrètes qu'on prenait à Conftantinople avec le czar, étaient le fruit dé la médiation des ambaffadeurs d'Angleterre et de Hollande.

Conftantinople , depuis la retraite de *Charles* à Bender , était devenue ce que Rome a été fi fouvent , le centre des négociations de la chrétienté. Le comte *Defaleurs* , ambaffadeur de France , y appuyait les intérêts de *Charles* et de *Staniflas* : le miniftre de l'empereur allemand les traverfait : les factions de Suède et de Mofcovie s'entre-choquaient , comme on a vu long-temps celles de France et d'Efpagne agiter la cour de Rome.

L'Angleterre et la Hollande , qui paraiffaient neutres , ne l'étaient pas : le nouveau commerce que le czar avait ouvert dans Pétersbourg attirait l'atten+ tion de ces deux nations commerçantes.

Les Anglais et les Hollandais feront toujours pour le prince qui favorifera le plus leur trafic. Il y avait beaucoup à gagner avec le czar : il n'eft donc pas étonnant que les miniftres d'Angleterre et de Hollande le ferviffent fecrètement à la Porte ottomane. Une des conditions de cette nouvelle amitié fut que l'on ferait fortir inceffamment *Charles* des terres de l'empire turc ; foit que le czar efpérât fe faifir de fa perfonne fur les chemins , foit qu'il crût *Charles* moins redou- table dans fes Etats qu'en Turquie , où il était toujours fur le point d'armer les forces ottomanes contre l'empire des Ruffes.

Le roi de Suède follicitait toujours la Porte de le renvoyer par la Pologne avec une nombreufe armée. Le divan réfolut en effet de le renvoyer , mais avec une fimple efcorte de fept à huit mille hommes ; noŭ plus comme un roi qu'on voulait fecourir, mais comme un hôte dont on voulait fe défaire. Pour cet effet le fultan *Achmet* lui écrivit en ces termes :

Très-puiffant entre les rois adorateurs de JESUS, redreffeur des torts et des injures, et protecteur de la juftice dans les ports et les républiques du Midi et du Septentrion; éclatant en majefté, ami de l'honneur & de la gloire, et de notre fublime Porte, Charles, roi de Suède, dont DIEU couronne les entreprifes de bonheur.

„ AUSSITOT que le très-illuftre *Achmet*, ci-devant
„ chiaoux pachi, aura eu l'honneur de vous préfenter
„ cette lettre, ornée de notre fceau impérial, foyez
„ perfuadé et convaincu de la vérité de nos inten-
„ tions qui y font contenues, à favoir que, quoique
„ nous nous fuffions propofé de faire marcher de
„ nouveau contre le czar nos troupes toujours
„ victorieufes, cependant ce prince, pour éviter le
„ jufte reffentiment que nous avait donné fon retar-
„ dement à exécuter le traité conclu fur les bords
„ du Pruth, et renouvelé depuis à notre fublime
„ Porte, ayant rendu à notre empire le château et
„ la ville d'Azoph, et cherché par la médiation
„ des Ambaffadeurs d'Angleterre et de Hollande, nos
„ anciens amis, à cultiver avec nous les liens d'une
„ conftante paix, nous la lui avons accordée, et
„ donné à fes plénipotentiaires, qui nous reftent
„ pour otages, notre ratification impériale, après
„ avoir reçu la fienne de leurs mains.

„ Nous avons donné au très-honorable et vaillant
„ *Delvet Gherai*, han de Budziack, de Crimée, de
„ Nagaï

,, Nagaï et de Circaffie, et à notre très-fage confeiller
,, et généreux férafquier de Bender , *Ifmaël*, (que
,, DIEU perpétue et augmente leur magnificence et
,, prudence) nos ordres inviolables et falutaires pour
,, votre retour par la Pologne, felon votre premier
,, deffein qui nous a été renouvelé de votre part.
,, Vous devez donc vous préparer à partir fous les
,, aufpices de la providence, et avec une honorable
,, efcorte, l'hiver prochain, pour vous rendre dans
,, vos provinces, ayant foin de paffer en ami par
,, celles de la Pologne.

,, Tout ce qui fera néceffaire pour votre voyage
,, vous fera fourni par ma fublime Porte , tant en
,, argent qu'en hommes, chevaux et chariots. Nous
,, vous exhortons fur-tout, et vous recommandons
,, de donner vos ordres les plus pofitifs et les plus
,, clairs à tous les Suédois et autres gens qui fe
,, trouvent auprès de vous , de ne commettre aucun
,, défordre, et de ne faire aucune action qui tende
,, directement ou indirectement à violer cette paix et
,, amitié.

,, Vous conferverez par-là notre bienveillance ,
,, dont nous chercherons à vous donner d'auffi
,, grandes et d'auffi fréquentes marques qu'il s'en
,, préfentera d'occafions. Nos troupes deftinées pour
,, vous accompagner recevront des ordres conformes
,, à nos intentions impériales.

,, Donné à notre fublime Porte de Conftantinople,
,, le 14 de la lune rebyul eurech 1214. ,, Ce qui
revient au 19 avril 1712.

Cette lettre ne fit point encore perdre l'efpérance

Hift. de Charles XII.   Q

au roi de Suède : il écrivit au fultan qu'il ferait toute fa vie reconnaiffant des faveurs dont fa hau-teffe l'avait comblé ; mais qu'il croyait le fultan trop jufte pour le renvoyer avec la fimple efcorte d'un camp volant, dans un pays encore inondé des troupes du czar. En effet, l'empereur ruffe, malgré le premier article de la paix du Pruth, par lequel il s'était engagé à retirer toutes fes troupes de la Pologne, y en avait fait encore paffer de nouvelles ; et ce qui femble étonnant, c'eft que le grand feigneur n'en favait rien.

La mauvaife politique de la Porte, d'avoir toujours par vanité des ambaffadeurs des princes chrétiens à Conftantinople, et de ne pas entretenir un feul agent dans les cours chrétiennes, fait que ceux-ci pénètrent et conduifent quelquefois les réfolutions les plus fecrètes du fultan, et que le divan eft toujours dans une pro-fonde ignorance de ce qui fe paffe publiquement chez les chrétiens.

Le fultan, enfermé dans fon férail parmi fes femmes et fes eunuques, ne voit que par les yeux de fon grand vifir : ce miniftre, auffi inacceffible que fon maître, occupé des intrigues du férail, et fans correfpondance au dehors, eft d'ordinaire trompé, ou trompe le fultan, qui le dépofe ou le fait étrangler à la première faute, pour en choifir un autre auffi ignorant ou auffi perfide, qui fe conduit comme fes prédéceffeurs, et qui tombe bientôt comme eux.

Telle eft pour l'ordinaire l'inaction et la fécurité profonde de cette cour, que, fi les princes chrétiens fe liguaient contre elle, leurs flottes feraient aux

Dardanelles, et leur armée de terre aux portes d'Andrinople, avant que les Turcs euffent fongé à fe défendre ; mais les divers intérêts qui diviferont toujours la chrétienté, fauveront les Turcs d'une deftinée que leur peu de politique et leur ignorance dans la guerre et dans la marine femblent leur préparer aujourd'hui.

Achmet était fi peu informé de ce qui fe paffait en Pologne, qu'il envoya un aga pour voir s'il était vrai que les armées du czar y fuffent encore : deux fecrétaires du roi de Suède, qui favaient la langue turque, accompagnèrent l'aga, afin de fervir de témoins contre lui en cas qu'il fît un faux rapport.

Cet aga vit par fes yeux la vérité, et en vint rendre compte au fultan même. *Achmet* indigné, allait faire étrangler le grand vifir : mais le favori, qui le protégeait, et qui croyait avoir befoin de lui, obtint fa grâce, et le foutint encore quelque temps dans le miniftère.

Les Ruffes étaient protégés ouvertement par le vifir, et fecrètement par *Ali Coumourgi*, qui avait changé de parti ; mais le fultan était fi irrité, l'infraction du traité était fi manifefte, et les janiffaires, qui font trembler fouvent les miniftres, les favoris et les fultans, demandaient fi hautement la guerre, que perfonne dans le férail n'ofa ouvrir un avis modéré.

Auffitôt le grand feigneur fit mettre aux fept tours les ambaffadeurs mofcovites, déjà auffi accoutumés à aller en prifon qu'à l'audience. La guerre eft de nouveau déclarée contre le czar, les queues de cheval arborées, les ordres donnés à tous les bachas d'affembler une armée de deux cents mille combattans. Le

sultan lui-même quitta Constantinople, et vint établir
sa cour à Andrinople, pour être moins éloigné du
théâtre de la guerre.

Pendant ce temps, une ambassade solennelle,
envoyée au grand seigneur de la part d'*Auguste*, et
de la république de Pologne, s'avançait sur le chemin
d'Andrinople ; le palatin de Mazovie était à la tête
de l'ambassade, avec une suite de plus de trois cents
personnes.

Tout ce qui composait l'ambassade fut arrêté et
retenu prisonnier dans l'un des faubourgs de la ville :
jamais le parti du roi de Suède ne s'était plus flatté
que dans cette occasion ; cependant ce grand appareil
devint encore inutile, et toutes ses espérances furent
trompées.

Si l'on en croit un ministre public, homme sage
et clair-voyant, qui résidait alors à Constantinople,
le jeune *Coumourgi* roulait déjà dans sa tête d'autres
desseins que de disputer des déserts au czar de Moscovie dans une guerre douteuse. Il projetait d'enlever
aux Vénitiens le Péloponnèse, nommé aujourd'hui
la Morée, et de se rendre maître de la Hongrie.

Il n'attendait, pour exécuter ses grands desseins,
que l'emploi de premier visir, dont sa jeunesse
l'écartait encore. Dans cette idée, il avait plus besoin
d'être l'allié que l'ennemi du czar ; son intérêt ni sa
volonté n'étaient pas de garder plus long-temps le roi
de Suède, encore moins d'armer la Turquie en sa
faveur. Non-seulement il voulait renvoyer ce prince,
mais il disait ouvertement qu'il ne fallait plus souffrir
désormais aucun ministre chrétien à Constantinople ;
que tous ces ambassadeurs ordinaires n'étaient que

des efpions honorables, qui corrompaient ou qui trahiſſaient les viſirs, et donnaient depuis trop long-temps le mouvement aux intrigues du ſérail; que les Francs établis à Péra, et dans les échelles du Levant, ſont des marchands qui n'ont beſoin que d'un conſul et non d'un ambaſſadeur. Le grand viſir, qui devait ſon établiſſement et ſa vie même au favori, et qui de plus le craignait, ſe conformait à ſes intentions, d'autant plus aiſément qu'il s'était vendu aux Moſ-covites, et qu'il eſpérait ſe venger du roi de Suède qui avait voulu le perdre. Le muphti, créature d'*Ali Coumourgi*, était auſſi l'eſclave de ſes volontés : il avait conſeillé la guerre contre le czar, quand le favori la voulait; et il la trouva injuſte dès que ce jeune homme eut changé d'avis; ainſi à peine l'armée fut aſſemblée qu'on écouta des propoſitions d'accom-modement. Le vice-chancelier *Schaffirof*, et le jeune *Czeremetof*, plénipotentiaires et otages du czar à la Porte, promirent, après bien des négociations, que le czar retirerait ſes troupes de la Pologne. Le grand viſir, qui ſavait bien que le czar n'exécuterait pas ce traité, ne laiſſa pas de le ſigner ; et le ſultan, content d'avoir en apparence impoſé des lois aux Ruſſes, reſta encore à Andrinople. Ainſi on vit en moins de ſix mois la paix jurée avec le czar, enſuite la guerre déclarée, et la paix renouvelée encore.

Le principal article de tous ces traités fut toujours qu'on ferait partir le roi de Suède. Le ſultan ne vou-lait point commettre ſon honneur et celui de l'empire ottoman, en expoſant le roi à être pris ſur la route par ſes ennemis. Il fut ſtipulé qu'il partirait; mais que les ambaſſadeurs de Pologne et de Moſcovie

Q 3

répondraient de la sureté de sa personne; ces ambaffadeurs jurèrent au nom de leurs maîtres que ni le
czar, ni le roi *Augufte*, ne troubleraient fon paffage;
et que *Charles*, de fon côté, ne tenterait d'exciter
aucun mouvement en Pologne. Le divan, ayant ainfi
réglé la deftinée de *Charles*, *Ifmaël*, férafquier de
Bender, fe tranfporta à Varnitza où le roi était
campé, et vint lui rendre compte des réfolutions de
la Porte, en lui infinuant adroitement qu'il n'y avait
plus à différer, et qu'il fallait partir.

Charles ne répondit autre chofe, finon que le grand
feigneur lui avait promis une armée et non une efcorte,
et que des rois devaient tenir leur parole.

Cependant le général *Flemming*, miniftre et favori
du roi *Augufte*, entretenait une correfpondance fecrète
avec le kan de Tartarie et le férafquier de Bender. *Là
Mare*, gentilhomme français, colonel au fervice de
Saxe, avait fait plus d'un voyage de Bender à Drefde,
et tous ces voyages étaient fufpects.

Précifément dans ce temps, le roi de Suède fît
arrêter, fur les frontières de la Valachie, un courrier
que *Flemming* envoyait au prince de Tartarie. Les
lettres lui furent apportées : on les déchiffra : on y
vit une intelligence marquée entre les Tartares et la
cour de Drefde; mais elles étaient conçues en termes
fi ambigus et fi généraux, qu'il était difficile de
démêler fi le but du roi *Augufte* était feulement de
détacher les Turcs du parti de la Suède, ou s'il
voulait que le kan livrât *Charles* à fes Saxons en le
reconduifant en Pologne.

Il femblait difficile d'imaginer qu'un prince auffi
généreux qu'*Augufte*, voulût, en faififfant la perfonne

du roi de Suède, hafarder la vie de fes ambaffadeurs, et de trois cents gentilshommes polonais qui étaient retenus dans Andrinople, comme des gages de la fureté de *Charles*.

Mais, d'un autre côté, on favait que *Flemming*, miniftre abfolu d'*Augufte*, était très-délié et peu fcrupuleux. Les outrages faits au roi électeur, par le roi de Suède, femblaient rendre toute vengeance excufable; et on pouvait penfer que fi la cour de Drefde achetait *Charles* du kan des Tartares, elle pourrait acheter aifément de la cour ottomane la liberté des otages polonais.

Ces raifons furent agitées entre le roi, *Mullern*, fon chancelier privé, et *Grothufen*, fon favori. Ils lurent et relurent les lettres; et la malheureufe fituation où ils étaient les rendant plus foupçonneux, ils fe déterminèrent à croire ce qu'il y avait de plus trifte.

Quelques jours après, le roi fut confirmé dans fes foupçons par le départ précipité d'un comte *Sapieha*, réfugié auprès de lui, qui le quitta brufquement pour aller en Pologne fe jeter entre les bras d'*Augufte*. Dans toute autre occafion, *Sapieha* ne lui aurait paru qu'un mécontent; mais, dans ces conjonctures délicates, il ne balança pas à le croire un traître. Les inftances réitérées qu'on lui fit alors de partir changèrent fes foupçons en certitude. L'opiniâtreté de fon caractère fe joignant à toutes ces vraifemblances, il demeura ferme dans l'opinion qu'on voulait le trahir et le livrer à fes ennemis, quoique ce complot n'ait jamais été prouvé.

Il pouvait fe tromper dans l'idée qu'il avait que

Q 4

le roi *Augufte* avait marchandé fa perfonne avec les
Tartares ; mais il fe trompait encore davantage en
comptant fur le fecours de la cour ottomane. Quoi
qu'il en foit, il réfolut de gagner du temps.

Il dit au bacha de Bender qu'il ne pouvait partir
fans avoir auparavant de quoi payer fes dettes ; car
quoiqu'on lui eût rendu depuis long-temps fon
thaïm , fes libéralités l'avaient toujours forcé d'emprunter. Le bacha lui demanda ce qu'il voulait ;
le roi répondit au hafard , *mille bourfes*, qui font
quinze cents mille francs de notre argent en monnaie
forte. Le bacha en écrivit à la Porte : le fultan,
au lieu de mille bourfes qu'on lui demandait, en
accorda douze cents , et écrivit au bacha la lettre
fuivante.

Lettre du grand feigneur au bacha de Bender.

» LE but de cette lettre impériale eft pour vous
» faire favoir que, fur votre recommandation et
» repréfentation , et fur celle du très-noble *Delvet*
» *Gherai*, han à notre fublime Porte, notre impériale
» magnificence a accordé mille bourfes au roi de
» Suède, qui feront envoyées à Bender , fous la
» conduite et la charge du très-illuftre *Mehemet Bacha*,
» ci-devant *chiaoux pachi*, pour refter fous votre
» garde jufqu'au temps du départ du roi de Suède,
» dont DIEU dirige les pas ; et lui être données alors
» avec deux cents bourfes de plus , comme un fur-
» croît de notre libéralité impériale qui excède fa
» demande.

» Quant à la route de Pologne, qu'il eſt réſolu de
» prendre, vous aurez ſoin, vous et le han qui devez
» l'accompagner, de prendre des meſures ſi pru-
» dentes et ſi ſages, que pendant tout le paſſage, les
» troupes qui ſont ſous votre commandement, et les
» gens du roi de Suède, ne cauſent aucun dommage,
» et ne faſſent aucune action qui puiſſe être réputée
» contraire à la paix qui ſubſiſte encore entre notre
» ſublime Porte et le royaume et la république de
» Pologne : en ſorte que le roi paſſe comme ami
» ſous notre protection.

» Ce que feſant comme vous lui recommanderez
» bien expreſſément de faire, il recevra tous les
» honneurs et les égards dûs à ſa majeſté de la part
» des Polonais, ce dont nous ont fait aſſurer les
» ambaſſadeurs du roi *Auguſte*, et de la république,
» en s'offrant même à cette condition, auſſi-bien
» que quelques autres nobles polonais, ſi nous le
» requérons, pour otages et ſureté de ſon paſſage.

» Lorſque le temps dont vous ſerez convenu
» avec le très-noble *Delvet Gherai* pour la marche
» ſera venu, vous vous mettrez à la tête de vos
» braves ſoldats, entre leſquels feront les Tartares,
» ayant à leur tête le han, et vous conduirez le roi
» de Suède et ſes gens.

» Qu'ainſi il plaiſe au ſeul DIEU tout-puiſſant
» de diriger vos pas et les leurs ; le bacha d'Aulos
» reſtera à Bender pour le garder en votre abſence,
» avec un corps de ſpahis et un autre de janiſſaires ;
» et en ſuivant nos ordres et nos intentions impé-
» riales en tous ces points et articles, vous vous
» rendrez digne de la continuation de notre faveur

„ impériale, auffi-bien que des louanges et des
„ récompenfes dues à tous ceux qui les obfervent.

„ Fait à notre réfidence impériale de Conftan-
„ tinople, le 2 de la lune de cheval, 1214 de
„ l'hégire. „

Pendant qu'on attendait cette réponfe du grand
feigneur, le roi écrivit à la Porte pour fe plaindre
de la trahifon dont il foupçonnait le kan des Tartares; mais les paffages étaient bien gardés : de plus,
le miniftère lui était contraire; les lettres ne par-
vinrent point au fultan; le vifir empêcha même
M. *Defaleurs* de venir à Andrinople où était la
Porte, de peur que ce miniftre, qui agiffait pour le
roi de Suède, ne voulût déranger le deffein qu'on
avait de le faire partir.

Charles, indigné de fe voir en quelque forte chaffé
des terres du grand feigneur, fe détermina à ne point
partir du tout.

Il pouvait demander à s'en retourner par les terres
d'Allemagne, ou s'embarquer fur la mer Noire, pour
fe rendre à Marfeille par la Méditerranée ; mais il
aima mieux ne demander rien, et attendre les
événemens.

Quand les douze cents bourfes furent arrivées,
fon tréforier *Grothufen*, qui avait appris la langue
turque dans ce long féjour, alla voir le bacha fans
interprète, dans le deffein de tirer de lui les douze
cents bourfes, et de former enfuite à la Porte quelque
intrigue nouvelle, toujours fur cette fauffe fuppofi-
tion, que le parti fuédois armerait enfin l'empire
ottoman contre le czar.

Grothufen dit au bacha que le roi ne pouvait avoir ses équipages prêts sans argent ; ,, Mais, dit le bacha, ,, c'eft nous qui ferons tous les frais de votre départ ; ,, votre maître n'a rien à dépenfer tant qu'il fera ,, fous la protection du mien. ,,

Grothufen répliqua qu'il y avait tant de différence entre les équipages turcs et ceux des Francs, qu'il fallait avoir recours aux artifans fuédois ét polonais qui étaient à Varnitza.

Il l'affura que fon maître était difpofé à partir, et que cet argent faciliterait et avancerait fon départ. Le bacha, trop confiant, dònna les douze cents bourfes ; il vint quelques jours après demander au roi, d'une manière très-refpectueufé, les ordres pour le départ.

Sa furprife fut extrême, quand le roi lui dit qu'il n'était pas prêt à partir, et qu'il lui fallait encore mille bourfes. Le bacha, confondu à cette réponfe, fut quelque temps fans pouvoir parler. Il fe retira vers une fenêtre, où on le vit verfer quelques larmes. Enfuite s'adreffant au roi : ,, Il m'en coûtera la tête, ,, dit-il, pour avoir obligé ta majefté ; j'ai donné les ,, douze cents bourfes malgré l'ordre exprès de mon ,, fouverain. ,, Ayant dit ces paroles, il s'en retournait plein de triftesse.

Le roi l'arrêta, et lui dit qu'il l'excuferait auprès du fultan. ,, Ah ! repartit le turc en s'en allant, mon ,, maître ne fait point excufer les fautes ; il ne fait ,, que les punir. ,,

Ifmaël bacha alla apprendre cette nouvelle au kan des Tartares, lequel ayant reçu le même ordre que le bacha, de ne point fouffrir que les douze cents bourſes fuſſent données avant le départ du roi, et ayant conſenti qu'on délivrât cet argent, appréhendait auſſi-bien que le bacha l'indignation du grand ſeigneur. Ils écrivirent tous deux à la Porte pour ſe juſtifier ; ils proteſtèrent qu'ils n'avaient donné les douze cents bourſes que ſur les promeſſes poſitives d'un miniſtre du roi de partir ſans délai ; et ils ſupplièrent ſa hauteſſe que le refus du roi ne fût point attribué à leur déſobéiſſance.

Charles, perſiſtant toujours dans l'idée que le kan et le bacha voulaient le livrer à ſes ennemis, ordonna à M. *Funk*, alors ſon envoyé auprès du grand ſeigneur, de porter contre eux des plaintes, et de demander encore mille bourſes. Son extrême généroſité, et le peu de cas qu'il feſait de l'argent, l'empêchaient de ſentir qu'il y avait de l'aviliſſement dans cette propoſition. Il ne la feſait que pour s'attirer un refus, et pour avoir un nouveau prétexte de ne point partir : mais c'était être réduit à d'étranges extrémités que d'avoir beſoin de pareils artifices. *Savari*, ſon interprète, homme adroit et entreprenant, porte ſa lettre à Andrinople, malgré la ſévérité avec laquelle le grand viſir feſait garder les paſſages.

Funk fut obligé d'aller faire cette demande dangereuſe. Pour toute réponſe, on le fit mettre en priſon. Le ſultan indigné, fit aſſembler un divan extraordinaire, et y parla lui-même, ce qu'il ne fait que très-rarement. Tel fut ſon diſcours ſelon la traduction qu'on en fit alors.

 ,, Je n'ai preſque connu le roi de Suède que par
,, la défaite de Pultava, et par la prière qu'il m'a

,, faite de lui accorder un afile dans mon empire :
,, je n'ai, je crois, nul befoin de lui, et n'ai fujet
,, ni de l'aimer ni de le craindre ; cependant, fans
,, confulter d'autres motifs que l'hofpitalité d'un
,, mufulman, et ma générofité qui répand la rofée
,, de fes faveurs fur les grands comme fur les petits,
,, fur les étrangers comme fur mes fujets, je l'ai reçu
,, et fecouru de tout, lui, fes miniftres, fes officiers,
,, fes foldats, et n'ai ceffé pendant trois ans et demi
,, de l'accabler de préfens.

,, Je lui ai accordé une efcorte confidérable pour
,, le conduire dans fes Etats. Il a demandé mille
,, bourfes pour payer quelques frais, quoique je
,, les faffe tous : au lieu de mille, j'en ai accordé
,, douze cents ; après les avoir tirées de la main
,, du férafquier de Bender, il en demande encore
,, mille autres, et ne veut point partir, fous pré-
,, texte que l'efcorte eft trop petite, au lieu qu'elle
,, n'eft que trop grande pour paffer par un pays
,, ami.

,, Je demande donc fi c'eft violer les lois de
,, l'hofpitalité que de renvoyer ce prince, et fi les
,, puiffances étrangères doivent m'accufer de violence
,, et d'injuftice, en cas qu'on foit réduit à le faire
,, partir par force. ,, Tout le divan répondit que le
grand feigneur agiffait avec juftice.

Le muphti déclara que l'hofpitalité n'eft point
de commande aux mufulmans envers les infidèles,
encore moins envers les ingrats ; et il donna fon
fetfa, efpèce de mandement qui accompagne prefque
toujours les ordres importans du grand feigneur ;
ces fetfa font révérés comme des oracles, quoique

ceux dont ils émanent foient des efclaves du fultan comme les autres.

L'ordre et le fetfa furent portés à Bender par le *Bouyouk Imraour*, grand maître des écuries et un chiaoux bacha, premier huiffier. Le bacha de Bender reçut l'ordre chez le kan des Tartares ; auffitôt il alla à Varnitza demander fi le roi voulait partir comme ami, ou le réduire à exécuter les ordres du fultan.

Charles XII menacé n'était pas maître de fa colère: „ Obéis à ton maître, fi tu l'ofes, lui dit-il, et fors „ de ma préfence. „ Le bacha indigné s'en retourna au grand galop, contre l'ufage ordinaire des Turcs : en s'en retournant, il rencontra *Fabrice*, et lui cria toujours en courant : „ Le roi ne veut point écouter „ la raifon; tu vas voir des chofes bien étranges. „ Le jour même, il retrancha les vivres au roi, et lui ôta fa garde de janiffaires. Il fit dire aux polonais et aux cofaques qui étaient à Varnitza, que s'ils voulaient avoir des vivres, il fallait quitter le camp du roi de Suède, et venir fe mettre dans la ville de Bender fous la protection de la Porte. Tous obéirent et laiffèrent le roi réduit aux officiers de fa maifon et à trois cents foldats fuédois contre vingt mille tartares et fix mille turcs.

Il n'y avait plus de provifions dans le camp pour les hommes, ni pour les chevaux. Le roi ordonna qu'on tuât hors du camp, à coups de fufil, vingt de ces beaux chevaux arabes que le grand-feigneur lui avait envoyés, en difant : „ Je ne veux ni de leurs „ provifions ni de leurs chevaux. „ Ce fut un régal pour les troupes tartares qui, comme on fait, trouvent

la chair de cheval délicieufe. Cependant les Turcs
et les Tartares inveftirent de tous côtés le petit camp
du roi.

Ce prince, fans s'étonner, fit faire des retranchemens réguliers par fes trois cents fuédois : il y travailla
lui-même ; fon chancelier, fon tréforier, fes fecrétaires,
les valets de chambre, tous fes domeftiques, aidaient
à l'ouvrage. Les uns barricadaient les fenêtres, les
autres enfonçaient des folives derrière les portes, en
forme d'arc-boutans.

Quand on eut bien barricadé la maifon, et que
le roi eut fait le tour de fes prétendus retranchemens,
il fe mit à jouer aux échecs tranquillement avec fon
favori *Grothufen*, comme fi tout eût été dans une
fécurité profonde. Heureufement *Fabrice*, l'envoyé
de Holftein, ne s'était point logé à Varnitza, mais
dans un petit village entre Varnitza et Bender, où
demeurait aulli M. *Jeffreys*, envoyé d'Angleterre
auprès du roi de Suède. Ces deux miniftres, voyant
l'orage prêt à éclater, prirent fur eux de fe rendre
médiateurs entre les Turcs et le roi. Le kan, et
fur-tout le bacha de Bender qui n'avait nulle envie
de faire violence à ce monarque, reçurent avec
empreffement les offres de ces deux miniftres : ils
eurent enfemble à Bender deux conférences, où
affiftèrent cet huiffier du férail et le grand maître
des écuries, qui avaient apporté l'ordre du fultan
et le fetfa du muphti.

M. *Fabrice* (*t*) leur avoua que fa majefté fuédoife
avait de juftes raifons de croire qu'on voulait le

_____
(*t*) Tout ceci eft rapporté par M. *Fabrice* dans fes lettres,

livrer à fes ennemis en Pologne. Le kan, le bacha
et les autres jurèrent fur leurs têtes, prirent DIEU à
témoin qu'ils déteftaient une fi horrible perfidie,
qu'ils verferaient tout leur fang plutôt que de fouffrir qu'on manquât feulement de refpect au roi en
Pologne ; ils dirent qu'ils avaient entre leurs mains
les ambaffadeurs ruffes et polonais, dont la vie leur
répondait du moindre affront qu'on oferait faire au
roi de Suède. Enfin ils fe plaignirent amèrement des
foupçons outrageans que le roi concevait fur des
perfonnes qui l'avaient fi bien reçu et fi bien traité.
Quoique les fermens ne foient fouvent que le langage de la perfidie, *Fabrice* fe laiffa perfuader : il
crut voir dans leurs proteftations cet air de vérité
que le menfonge n'imite jamais qu'imparfaitement.
Il favait bien qu'il y avait eu une fecrète correfpondance entre le kan tartare et le roi *Augufte* ; mais il
demeura convaincu qu'il ne s'était agi dans leur
négociation que de faire fortir *Charles XII* des terres
du grand feigneur. Soit que *Fabrice* fe trompât ou
non, il les affura qu'il repréfenterait au roi l'injuftice
de fes défiances. ,, Mais prétendez-vous le forcer à
,, partir ? ajouta-t-il. Oui, dit le bacha ; tel eft l'ordre
,, de notre maître. ,, Alors il les pria encore une fois
de bien confidérer fi cet ordre était de verfer le fang
d'une tête couronnée ? ,, Oui, répliqua le kan en
,, colère, fi cette tête couronnée défobéit au grand
,, feigneur dans fon empire. ,,

   Cependant tout étant prêt pour l'affaut, la mort
de *Charles XII* paraiffait inévitable, et l'ordre du
fultan n'étant pas pofitivement de le tuer en cas de
réfiftance, le bacha engagea le kan à fouffrir qu'on
envoyât

envoyât dans le moment un exprès à Andrinople, où était alors le grand feigneur, pour avoir les derniers ordres de fa hauteffe.

M. *Jeffreis* et M. *Fabrice*, ayant obtenu ce peu de relâche, courent en avertir le roi; ils arrivent avec l'empreffement de gens qui apportaient une nouvelle heureufe; mais ils furent très-froidement reçus : il les appela médiateurs volontaires; perfifta à foutenir que l'ordre du fultan, et le fetfa du muphti étaient forgés, puifqu'on venait d'envoyer demander de nouveaux ordres à la Porte.

Le miniftre anglais fe retira, bien réfolu de ne fe plus mêler des affaires d'un prince fi inflexible. M. *Fabrice*, aimé du roi, et plus accoutumé à fon humeur que le miniftre anglais, refta avec lui pour le conjurer de ne pas hafarder une vie fi précieufe dans une occafion fi inutile.

Le roi, pour toute réponfe, lui fit voir fes retranchemens, et le pria d'employer fa médiation feulement pour lui faire avoir des vivres; on obtint aifément des Turcs de laiffer paffer des provifions dans le camp du roi, en attendant que le courrier fût revenu d'Andrinople. Le kân même avait défendu à fes tartares, impatiens du pillage, de rien attenter contre les Suédois jufqu'à nouvel ordre; de forte que *Charles XII* fortait quelquefois de fon camp avec quarante chevaux, et courait au milieu des troupes tartares, qui lui laiffaient refpectueufement le paffage libre : il marchait même droit à leurs rangs, et ils s'ouvraient plutôt que de réfifter.

Enfin l'ordre du grand feigneur étant venu, de paffer au fil de l'épée tous les fuédois qui feraient

Hift. de Charles XII.   R

la moindre réſiſtance, et de ne pas épargner la vie du roi, le bacha eut la complaiſance de montrer cet ordre à M. *Fabrice*, afin qu'il fît un dernier effort ſur l'eſprit de *Charles*. *Fabrice* vint faire auſſitôt ce triſte rapport. ,, Avez-vous vu l'ordre dont vous ,, parlez? dît le roi. Oüi, répondit *Fabrice*. Hé bien, ,, dites-leur de ma part que c'eſt un ſecond ordre ,, qu'ils ont ſuppoſé, et que je ne veux point ,, partir. ,, *Fabrice* ſe jeta à ſes pieds, ſe mit en colère, lui reprocha ſon opiniâtreté : tout fut inutile. ,, Retournez à vos Turcs, lui dit le roi en ſouriant; ,, s'ils m'attaquent, je ſaurai bien me défendre. ,,

Les chapelains du roi ſe mirent auſſi à genoux devant lui, le conjurant de ne pas expoſer à un maſſacre certain les malheureux reſtes de Pultava, et ſur-tout ſa perſonne ſacrée; l'aſſurant de plus que cette réſiſtance était injuſte, qu'il violait les droits de l'hoſpitalité, en s'opiniâtrant à reſter par force chez des étrangers qui l'avaient ſi long-temps et ſi généreuſement ſecouru. Le roi, qui ne s'était point fâché contre *Fabrice*, ſe mit en colère contre ſes prêtres, et leur dit qu'il les avait pris pour faire les prières, et non pour lui dire leurs avis.

Le général *Hord* et le général *Dardoff*, dont le ſentiment avait toujours été de ne pas tenter un combat dont la ſuite ne pouvait être que funeſte, montrèrent au roi leurs eſtomacs couverts de bleſ-ſures reçues à ſon ſervice; et l'aſſurant qu'ils étaient prêts à mourir pour lui, ils le ſupplièrent que ce fût au moins dans une occaſion plus néceſſaire. ,, Je ſais par vos bleſſures et par les miennes, leur ,, dit *Charles XII*, que nous avons vaillamment ,, combattu enſemble; vous avez fait votre devoir

,, jufqu'à préfent , faites - le encore aujourd'hui. ,,
Il n'y eut plus alors qu'à obéir; chacun eut honte
de ne pas chercher à mourir avec le roi. Ce prince,
préparé à l'affaut , fe flattait en fecret du plaifir et de
l'honneur de foutenir , avec trois cents fuédois,
les efforts de toute une armée. Il plaça chacun à
fon pofte : fon chancelier *Mullern* , le fecrétaire
Empreus et les clercs devaient défendre la maifon
de la chancellerie ; le baron *Fief* , à la tête des
officiers de la bouche , était à un autre pofte : les
palefreniers , les cuifiniers avaient un autre endroit
à garder , car avec lui tout était foldat ; il courait
à cheval de fes retranchemens à fa maifon, promettant des récompenfes à tout le monde , créant
des officiers , et affurant de faire capitaines les
moindres valets qui combattraient avec courage.

On ne fut pas long-temps fans voir l'armée
des Turcs et des Tartares qui venaient attaquer le
petit retranchement avec dix pièces de canon et
deux mortiers. Les queues de cheval flottaient en
l'air, les clairons fonnaient , les cris de *alla, alla*,
fe fefaient entendre de tous côtés. Le baron de
Grothufen remarqua que les Turcs ne mêlaient dans
leurs cris aucune injure contre le roi, et qu'ils
l'appelaient feulement *Demirbash*, tête de fer. Auffitôt
il prend le parti de fortir feul fans armes des
retranchemens ; il s'avança dans les rangs des
janiffaires , qui prefque tous avaient reçu de l'argent de lui. ,, Eh quoi ! mes amis, leur dit-il en
,, propres mots , venez-vous maffacrer trois cents
,, fuédois fans défenfe ? Vous , braves janiffaires ,
,, qui avez pardonné à cent mille ruffes , quand

„ ils vous ont crié *amman* , (pardon) avez - vous
„ oublié les bienfaits que vous avez reçus de nous?
„ et voulez-vous affaffiner ce grand roi de Suède
„ que vous aimez tant, et qui vous a fait tant de
„ libéralités ? Mes amis, il ne demande que trois
„ jours, et les ordres du fultan ne font pas fi févères
„ qu'on vous le fait croire. „

Ces paroles firent un effet que *Grothufen* n'attendait pas lui-même. Les janiffaires jurèrent fur leurs
barbes qu'ils n'attaqueraient point le roi, et qu'ils
lui donneraient les trois jours qu'il demandait. En
vain on donna le fignal de l'affaut : les janiffaires,
loin d'obéir, menacèrent de fe jeter fur leurs chefs,
fi l'on n'accordait pas trois jours au roi de Suède;
ils vinrent en tumulte à la tente du bacha de Bender,
criant que les ordres du fultan étaient fuppofés : à
cette fédition inopinée, le bacha n'eut à oppofer
que la patience.

Il feignit d'être content de la généreufe réfolution
des janiffaires, et leur ordonna de fe retirer à Bender.
Le kan des Tartares , homme violent , voulait
donner immédiatement l'affaut avec fes troupes ;
mais le bacha, qui ne prétendait pas que les Tartares euffent feuls l'honneur de prendre le roi, tandis
qu'il ferait puni peut-être de la défobéiffance de fes
janiffaires, perfuada au kan d'attendre jufqu'au lendemain.

Le bacha , de retour à Bender , affembla tous les
officiers des janiffaires et les plus vieux foldats;
il leur lut et leur fit voir l'ordre pofitif du fultan
et le fetfa du muphti. Soixante des plus vieux,
qui avaient des barbes blanches vénérables, et
qui avaient reçu mille préfens des mains du roi,

proposèrent d'aller eux-mêmes le supplier de se remettre entre leurs mains, et de souffrir qu'ils lui serviffent de gardes.

Le bacha le permit; il n'y avait point d'expédient qu'il n'eût pris, plutôt que d'être réduit à faire tuer ce prince. Ces foixante vieillards allèrent donc le lendemain matin à Varnitza, n'ayant dans leurs mains que de longs bâtons blancs, feules armes des janiffaires quand ils ne vont point au combat; car les Turcs regardent comme barbare la coutume des chrétiens, de porter des épées en temps de paix, et d'entrer armés chez leurs amis et dans leurs églifes.

Ils s'adrefsèrent au baron de *Grothufen* et au chancelier *Mullern*; ils leur dirent qu'ils venaient dans le deffein de fervir de fidèles gardes au roi; et que, s'il voulait, ils le conduiraient à Andrinople, où il pourrait parler lui-même au grand feigneur. Dans le temps qu'ils fefaient cette propofition, le roi lifait des lettres qui arrivaient de Conftantinople, et que *Fabrice*, qui ne pouvait plus le voir, lui avait fait tenir fecrètement par un janiffaire. Elles étaient du comte *Poniatowski*, qui ne pouvait le fervir à Bender ni à Andrinople, étant retenu à Conftantinople par ordre de la Porte, depuis l'indifcrète demande des mille bourfes. Il mandait au roi que les ordres du fultan, pour faifir ou maffacrer fa perfonne royale en cas de réfiftance, n'étaient que trop réels; qu'à la vérité le fultan était trompé par fes miniftres, mais que plus l'empereur était trompé dans cette affaire, plus il voulait être obéi; qu'il fallait céder au temps, et plier fous la néceffité; qu'il prenait la liberté de lui conseiller de tout tenter auprès des miniſtres par la voie des négociations ; de ne point mettre de l'inflexibilité où il ne fallait que de la douceur , et d'attendre de la politique et du temps le remède à un mal que la violence aigrirait ſans reſſource.

Mais ni les propoſitions de ces vieux janiſſaires, ni les lettres de *Poniatowski* , ne purent donner ſeulement au roi l'idée qu'il pouvait fléchir ſans déshonneur. Il aimait mieux mourir de la main des Turcs, que d'être en quelque ſorte leur priſonnier : il renvoya ces janiſſaires ſans les vouloir voir, et leur fit dire que s'ils ne ſe retiraient, il leur ferait couper la barbe ; ce qui eſt dans l'Orient le plus outrageant de tous les affronts.

Les vieillards , remplis de l'indignation la plus vive, s'en retournèrent en criant : ,, Ah la tête de ,, fer ! puiſqu'il veut périr , qu'il périſſe. ,, Ils vinrent rendre compte au bacha de leur commiſſion, et apprendre à leurs camarades à Bender l'étrange réception qu'on leur avait faite. Tous jurèrent alors d'obéir aux ordres du bacha ſans délai , et eurent autant d'impatience d'aller à l'aſſaut, qu'ils en avaient eu peu le jour précédent.

L'ordre eſt donné dans le moment : les turcs marchent aux retranchemens : les tartares les attendaient déjà, et les canons commençaient à tirer. Les janiſſaires d'un côté , et les tartares de l'autre, forcent en un inſtant ce petit camp ; à peine vingt ſuédois tirèrent l'épée ; les trois cents ſoldats furent enveloppés , et faits priſonniers ſans réſiſtance. Le roi était alors à cheval entre ſa maiſon et ſon camp, avec les généraux *Hord, Dardoff* et *Sparre* : voyant que tous les foldats s'étaient laiffés prendre en fa préfence, il dit de fang froid à ces trois officiers : ,, Allons défendre la maifon ; nous combattrons , ,, ajouta-t-il en fouriant, *pro aris et focis*.

Auffitôt il galope avec eux vers cette maifon , où il avait mis environ quarante domeftiques en fentinelle, et qu'on avait fortifiée du mieux qu'on avait pu.

Ces généraux, tout accoutumés qu'ils étaient à l'opiniâtre intrépidité de leur maître , ne pouvaient fe laffer d'admirer qu'il voulût de fang froid , et en plaifantant , fe défendre contre dix canons et toute une armée ; ils le fuivirent avec quelques gardes et quelques domeftiques, qui fefaient en tout vingt perfonnes.

Mais quand ils furent à la porte, ils la trouvèrent affiégée de janiffaires ; déjà même près de deux cents turcs ou tartares étaient entrés par une fenêtre, et s'étaient rendus maîtres de tous les appartemens, à la réferve d'une grande falle où les domeftiques du roi s'étaient retirés. Cette falle était heureufement près de la porte par où le roi voulait entrer avec fa petite troupe de vingt perfonnes ; il s'était jeté en bas de fon cheval, le piftolet et l'épée à la main , et fa fuite en avait fait autant.

Les janiffaires tombent fur lui de tous côtés ; ils étaient animés par la promeffe qu'avait faite le bacha de huit ducats d'or à chacun de ceux qui auraient feulement touché fon habit, en cas qu'on pût le prendre. Il bleffait, et il tuait tous ceux qui s'appro-chaient de fa perfonne. Un janiffaire qu'il avait bleffé lui appuya fon moufqueton fur le vifage : fi le

R 4

bras du turc n'avait fait un mouvement causé par la foule, qui allait et qui venait comme des vagues, le roi était mort : la balle glissa sur son nez, lui emporta un bout de l'oreille, et alla casser le bras au général *Hord*, dont la destinée était d'être toujours blessé à côté de son maître.

Le roi enfonça son épée dans l'estomac du janissaire ; en même temps ses domestiques, qui étaient enfermés dans la grande salle, en ouvrent la porte : le roi entre comme un trait suivi de sa petite troupe ; on referme la porte dans l'instant, et on la barricade avec tout ce qu'on peut trouver. Voilà *Charles XII* dans cette salle enfermé avec toute sa suite, qui consistait en près de soixante hommes, officiers, gardes, secrétaires, valets de chambre, domestiques de toute espèce.

Les janissaires et les Tartares pillaient le reste de la maison, et remplissaient les appartemens. ,,Allons ,, un peu chasser de chez moi ces barbares, dit-il ; ,, et se mettant à la tête de son monde, il ouvrit lui-même la porte de la salle, qui donnait dans son appartement à coucher ; il entre, et fait feu sur ceux qui pillaient.

Les Turcs chargés de butin, épouvantés de la subite apparition de ce roi qu'ils étaient accoutumés à respecter, jettent leurs armes, sautent par la fenêtre, ou se retirent jusque dans les caves : le roi profitant de leur désordre, et les siens animés par le succès, poursuivent les Turcs de chambre en chambre, tuent ou blessent ceux qui ne fuient point, et en un quart-d'heure nettoient la maison d'ennemis.

Le roi aperçut, dans la chaleur du combat, deux janissaires qui se cachaient sous son lit ; il en tua un

d'un coup d'épée; l'autre lui demanda pardon en
criant *amman*. » Je te donne la vie, dit le roi au
» turc, à condition que tu iras faire au bacha un
» fidèle récit de ce que tu as vu. » Le turc promit
aisément ce qu'on voulut; et on lui permit de sauter
par la fenêtre comme les autres.

Les Suédois étant enfin maîtres de la maison,
refermèrent et barricadèrent encore les fenêtres. Ils
ne manquaient point d'armes : une chambre basse,
pleine de mousquets et de poudre, avait échappé à la
recherche tumultueuse des janissaires : on s'en servit
à propos; les Suédois tiraient à travers les fenêtres
presque à bout portant sur cette multitude de turcs,
dont ils tuèrent deux cents en moins d'un demi-
quart d'heure.

Le canon tirait contre la maison; mais les pierres
étant fort molles, il ne fesait que des trous, et ne
renversait rien.

Le kan des Tartares et le bacha, qui voulaient
prendre le roi en vie, honteux de perdre du monde,
et d'occuper une armée entière contre soixante personnes, jugèrent à propos de mettre le feu à la
maison, pour obliger le roi de se rendre. Ils firent
lancer sur le toit, contre les portes et contre les
fenêtres, des flèches entortillées de mèches allumées;
la maison fut en flammes en un moment. Le toit
tout embrasé était prêt à fondre sur les Suédois, Le
roi donna tranquillement ses ordres pour éteindre le
feu. Trouvant un petit baril plein de liqueur, il
prend le baril lui-même, et aidé de deux suédois; il
le jette à l'endroit où le feu était le plus violent.
Il se trouva que ce baril était rempli d'eau-de-vie;
mais la précipitation, inséparable d'un tel embarras,

empêcha d'y penfer. L'embrafement redoubla avec plus de rage : l'appartement du roi était confumé; la grande falle, où les Suédois fe tenaient, était remplie d'une fumée affreufe, mêlée de tourbillons de feu qui entraient par les portes des appartemens voifins ; la moitié du toit était abymée dans la maifon même, l'autre tombait en dehors en éclatant dans les flammes.

Un garde, nommé *Walberg*, ofa, dans cette extré-mité, crier qu'il fallait fe rendre. ,, Voilà un étrange ,, homme, dit le roi, qui s'imagine qu'il n'eſt pas ,, plus beau d'être brûlé que d'être prifonnier. ,, Un autre garde, nommé *Rofen*, s'avifa de dire que la maifon de la chancellerie, qui n'était qu'à cinquante pas, avait un toit de pierre, et était à l'épreuve du feu ; qu'il fallait faire une fortie, gagner cette maifon, et s'y défendre. ,, Voilà un vrai fuédois, ,, s'écria le roi : il embraffa ce garde, et le créa colonel fur le champ. ,, Allons, mes amis, dit-il, prenez ,, avec vous le plus de poudre et de plomb que ,, vous pourrez, et gagnons la chancellerie, l'épée à ,, la main. ,,

Les turcs, qui cependant entouraient cette maifon toute embrafée, voyaient avec une admira-tion mêlée d'épouvante, que les Suédois n'en fortaient point ; mais leur étonnement fut encore plus grand, lorfqu'ils virent ouvrir les portes, et le roi et les fiens fondre fur eux en défefpérés. *Charles* et fes principaux officiers étaient armés d'épées et de piftolets : chacun tira deux coups à la fois à l'inftant que la porte s'ouvrit : et dans le même clin d'œil, jetant leurs piftolets et s'armant de leurs épées, ils firent reculer les Turcs plus de cinquante pas. Mais le moment d'après, cette petite troupe fut entourée : le roi , qui était en bottes , felon fa coutume, s'embarraffa dans fes éperons et tomba : vingt et un janiffaires fe jettent auffitôt fur lui ; il jette en l'air fon épée pour s'épargner la douleur de la rendre ; les turcs l'emmènent au quartier du bacha; les uns le tenant fous les jambes, les autres fous les bras, comme on porte un malade que l'on craint d'incommoder.

Au moment que le roi fe vit faifi , la violence de fon tempérament, et la fureur où un combat fi long et fi terrible avait dû le mettre , firent place tout à coup à la douceur et à la tranquillité. Il ne lui échappa pas un mot d'impatience, pas un coup d'œil de colère. Il regardait les janiffaires en fouriant, et ceux-ci le portaient en criant, *alla*, avec une indignation mêlée de refpect. Ses officiers furent pris au même temps, et dépouillés par les turcs et par les tartares. Ce fut le 12 février de l'an 1713 qu'arriva cet étrange événement, qui eut encore des fuites fingulières. (*u*)

(*u*) M. *Norberg* , qui n'était pas préfent à cet événement , n'a fait que fuivre ici dans fon hiftoire celle de M. de *Voltaire* ; mais il l'a tronquée ; il en a fupprimé les circonftances intéreffantes, et n'a pu juftifier la témérité de *Charles XII.* Tout ce qu'il a pu dire contre M. de *Voltaire*, au fujet de cette affaire de Bender , fe réduit à l'aventure du fieur *Frédéric*, valet de chambre du roi de Suède , que quelques-uns prétendaient avoir été brûlé dans la maifon du roi , et que d'autres difaient avoir été coupé en deux par les Tartares. *La Mottraye* prétend auffi que le roi de Suède ne dit point ces paroles: nous combattrons *pro aris et focis* ; mais M. *Fabrice*, qui était préfent, affure que le roi prononça ces mots , que *la Mottraye* n'était pas plus à portée d'écouter qu'il n'était capable de les comprendre , ne fachant pas un mot de latin.

Fin du fixième Livre.

LIVRE SEPTIEME.

ARGUMENT.

Les turcs transfèrent Charles à Démirtash. Le roi Stanislas est pris dans le même temps. Action hardie de M. de Villelongue. Révolution dans le sérail. Bataille donnée en Poméranie. Altena brûlé par les Suédois. Charles part enfin pour retourner dans ses Etats. Sa manière étrange de voyager. Son arrivée à Stralsund. Disgrâces de Charles. Succès de Pierre le grand. Son triomphe dans Pétersbourg.

Le bacha de Bender attendait *Charles* gravement dans sa tente, ayant près de lui *Marco* pour interprète. Il reçut ce prince avec un profond respect, et le supplia de se reposer sur un sopha; mais le roi, ne prenant pas seulement garde aux civilités du turc, se tint debout dans la tente.

„ Le tout-puissant soit béni, dit le bacha, de ce „ que ta majesté est en vie; mon désespoir est amer „ d'avoir été réduit par ta majesté à exécuter les „ ordres de sa hautesse. „ Le roi fâché seulement de ce que ses trois cents soldats s'étaient laissés prendre dans leurs retranchemens, dit au bacha: „ Ah! s'ils s'étaient défendus comme ils devaient, „ on ne nous aurait pas forcés en dix jours. Hélas! „ dit le turc, voilà du courage bien mal employé. „

Il fit reconduire le roi à Bender, fur un cheval richement caparaçonné. Ses fuédois étaient ou tués ou pris; tout fon équipage, fes meubles, fes papiers, fes hardes les plus néceffaires pillées ou brûlées ; on voyait fur les chemins les officiers fuédois prefque nus, enchaînés deux à deux, et fuivant à pied des tartares ou des janiffaires. Le chancelier, les généraux n'avaient point un autre fort; ils étaient efclaves des foldats à qui ils étaient échus en partage.

Ifmaël bacha ayant conduit *Charles XII* dans fon férail de Bender, lui céda fon appartement, et le fit fervir en roi, non fans prendre la précaution de mettre des janiffaires en fentinelle à la porte de la chambre. On lui prépara un lit ; mais il fe jeta tout botté fur un fopha, et dormit profondément. Un officier, qui fe tenait debout auprès de lui, lui couvrit la tête d'un bonnet, que le roi jeta en fe réveillant de fon premier fommeil, et le turc voyait avec étonnement un fouverain qui couchait en bottes et nue tête. Le lendemain matin *Ifmaël* introduifit *Fabrice* dans la chambre du roi. *Fabrice* trouva ce prince avec fes habits déchirés, fes bottes, fes mains et toute fa perfonne couvertes de fang et de poudre, les fourcils brûlés ; mais l'air ferein dans cet état affreux. Il fe jeta à genoux devant lui, fans pouvoir proférer une parole : raffuré bientôt par la manière libre et douce dont le roi lui parlait, il reprit avec lui fa familiarité ordinaire, et tous deux s'entretinrent, en riant, du combat de Bender. ,, On prétend, dit ,, *Fabrice*, que votre majefté a tué vingt janiffaires ,, de fa main. Bon, bon, dit le roi, on augmente

,, toujours les choses de la moitié. ,, Au milieu de cette conversation, le bacha présenta au roi son favori *Grothusen* et le colonel *Ribbins*, qu'il avait eu la générosité de racheter à ses dépens. *Fabrice* se chargea de la rançon des autres prisonniers.

Jeffreys, l'envoyé d'Angleterre, se joignit à lui pour fournir à cette dépense. Un français que la curiosité avait amené à Bender, et qui a écrit une partie des événemens que l'on rapporte, donna aussi ce qu'il avait. Ces étrangers assistés des soins, et même de l'argent du bacha, rachetèrent non-seulement les officiers, mais encore leurs habits, des mains des turcs et des tartares.

Dès le lendemain on conduisit le roi prisonnier dans un chariot couvert d'écarlate sur le chemin d'Andrinople : son trésorier *Grothusen* était avec lui : le chancelier *Mullern* et quelques officiers suivaient dans un autre char : plusieurs étaient à cheval ; et lorsqu'ils jetaient les yeux sur le chariot où était le roi, ils ne pouvaient retenir leurs larmes. Le bacha était à la tête de l'escorte. *Fabrice* lui représenta qu'il était honteux de laisser le roi sans épée, et le pria de lui en donner une. ,, D I E U m'en préserve, ,, dit le bacha, il voudrait nous en couper la ,, barbe. ,, Cependant il la lui rendit quelques heures après.

Comme on conduisait ainsi prisonnier et désarmé ce roi, qui peu d'années auparavant avait donné la loi à tant d'Etats, et qui s'était vu l'arbitre du Nord et la terreur de l'Europe, on vit au même endroit un autre exemple de la fragilité des grandeurs humaines.

Le roi *Stanislas* avait été arrêté fur les terres des Turcs, et on l'emmenait prifonnier à Bender, dans le temps même qu'on transférait *Charles XII.*

Stanislas n'étant plus foutenu par la main qui l'avait fait roi, fe trouvant fans argent, et par conféquent fans parti en Pologne, s'était retiré d'abord en Poméranie; et ne pouvant plus fe conferver fon royaume, il avait défendu, autant qu'il l'avait pu, les Etats de fon bienfaiteur. Il avait même paffé en Suède, pour précipiter les fecours dont on avait befoin dans la Poméranie et dans la Livonie; il avait fait tout ce qu'on devait attendre de l'ami de *Charles XII.* En ce temps, le premier roi de Pruffe, prince très-fage, s'inquiétant avec raifon du voifinage des Mofcovites, imagina de fe liguer avec *Augufte* et la république de Pologne, pour renvoyer les Ruffes dans leur pays, et de faire entrer *Charles XII* lui-même dans ce projet. Trois grands événemens devaient en être le fruit, la paix du Nord, le retour de *Charles* dans fes Etats et une barrière oppofée aux Ruffes devenus formidables à l'Europe. Le préliminaire de ce traité, dont dépendait la tranquillité publique, était l'abdication de *Stanislas.* Non-feulement *Stanislas* l'accepta, mais il fe chargea d'être le négociateur d'une paix qui lui enlevait la couronne; la néceffité, le bien public, la gloire du facrifice et l'intérêt de *Charles* à qui il devait tout, et qu'il aimait, le déterminèrent. Il écrivit à Bender: il expofa au roi de Suède l'état des affaires, les malheurs et le remède: il le conjura de ne point s'oppofer à une abdication devenue néceffaire par les conjonctures, et honorable par

les motifs : il le preffa de ne point immoler les intérêts de la Suède à ceux d'un ami malheureux qui s'im-
molait au bien public fans répugnance. *Charles XII*
reçut ces lettres à Varnitza : il dit en colère au courrier, en préfence de plufieurs témoins : ,, Si mon
,, ami ne veut pas être roi, je faurai bien en faire un
,, autre. ,,

Staniflas s'obftina au facrifice que *Charles* refufait.
Ces temps étaient deftinés à des fentimens et à des
actions extraordinaires. *Staniflas* voulut aller lui-
même fléchir *Charles*; et il hafarda, pour abdiquer
un trône, plus qu'il n'avait fait pour s'en emparer.
Il fe déroba un jour, à dix heures du foir, de l'armée
fuédoife qu'il commandait en Poméranie, et partit
avec le baron *Sparre*, qui a été depuis ambaffadeur
en Angleterre et en France, et avec un autre colonel.
Il prend le nom d'un français nommé *Haran*, alors
major au fervice de Suède, et qui eft mort depuis
commandant de Dantzick. Il côtoie toute l'armée
des ennemis ; arrêté plufieurs fois et relâché fur un
paffe-port obtenu au nom de *Haran* ; il arrive enfin
après bien des périls aux frontières de Turquie.

Quand il eft arrivé en Moldavie, il renvoie à fon
armée le baron *Sparre*, entre dans Yaffi, capitale de la
Moldavie, fe croyant en fûreté dans un pays où le
roi de Suède avait été fi refpecté; il était bien loin de
foupçonner ce qui fe paffait alors.

On lui demande qui il eft : il fe dit major d'un
régiment au fervice de *Charles XII*. On l'arrête à ce
feul nom ; il eft mené devant le hofpodar de Moldavie qui, fachant déjà par les gazettes que *Staniflas*
s'était éclipfé de fon armée, concevait quelques

foupçons

foupçons de la vérité. On lui avait dépeint la figure du roi, très-aifé à reconnaître à un vifage plein et aimable et à un air de douceur affez rare.

Le hofpodar l'interrogea, lui fit beaucoup de queftions captieufes, et enfin lui demanda quel emploi il avait dans l'armée fuédoife. *Staniflas* et le hofpodar parlaient latin. *Major fum*, lui dit *Staniflas; imò, maximus es*, lui répondit le moldave : et auffitôt lui préfentant un fauteuil, il le traita en roi; mais auffi il le traita en roi prifonnier, et on fit une garde exacte autour d'un couvent grec, dans lequel il fut obligé de refter jufqu'à ce qu'on eût des ordres du fultan. Les ordres vinrent de le conduire à Bender, dont on fefait partir *Charles*.

La nouvelle en vint au bacha, dans le temps qu'il accompagnait le chariot du roi de Suède. Le bacha le dit à *Fabrice :* celui-ci s'approchant du chariot de *Charles XII*, lui apprit qu'il n'était pas le feul roi pri-fonnier entre les mains des Turcs et que *Staniflas* était à quelques milles de lui, conduit par des fol-dats.,, Courez à lui, mon cher *Fabrice*, lui dit *Charles*, ,, fans fe déconcerter d'un tel accident : dites-lui ,, bien qu'il ne faffe jamais de paix avec le roi *Augufte; ,,* affurez-le que dans peu nos affaires changeront. ,, Telle était l'inflexibilité de *Charles* dans fes opinions, que, tout abandonné qu'il était en Pologne, tout pourfuivi dans fes propres Etats, tout captif dans une litière turque, conduit prifonnier, fans favoir où on le menait, il comptait encore fur fa fortune, et efpérait toujours un fecours de cent mille hommes de la porte ottomane. *Fabrice* courut s'acquitter de fa commiffion, accompagné d'un janiffaire, avec la

Hift. de Charles XII. S

permiffion du bacha. Il trouva à quelques milles le gros de foldats qui conduifait *Staniflas* : il s'adreffa au milieu d'eux à un cavalier vêtu à la françaife et affez mal monté, et lui demanda en allemand où était le roi de Pologne ? Celui à qui il parla était *Staniflas* lui-même qu'il n'avait pas reconnu fous ce déguifement. ,, Hé quoi ! dit le roi, ne vous fou- ,, venez-vous donc plus de moi ? ,, Alors *Fabrice* lui apprit le trifte état où était le roi de Suède et la fermeté inébranlable, mais inutile, de fes deffeins.

Quand *Staniflas* fut près de Bender, le bacha qui revenait, après avoir accompagné *Charles XII* quelques milles, envoya au roi polonais un cheval arabe avec un harnais magnifique.

Il fut reçu dans Bender au bruit de l'artillerie, et, à la liberté près qu'il n'eut pas d'abord, il n'eut point à fe plaindre du traitement qu'on lui fit. (*x*) Cependant on conduifait *Charles* fur le chemin d'An- drinople. Cette ville était déjà remplie du bruit de fon combat. Les Turcs le condamnaient et l'admi- raient ; mais le divan irrité menaçait déjà de le reléguer dans une île de l'Archipel.

Le roi de Pologne, *Staniflas*, qui m'a fait l'honneur de m'apprendre la plupart de ces particularités, m'a confirmé auffi qu'il fut propofé dans le divan de le confiner lui-même dans une île de la Gréce ; mais quelques mois après, le grand feigneur adouci le laiffa partir.

(*x*) Le bon chapelain *Norberg* prétend qu'on fe contredit ici, en difant que le roi *Staniflas* fut retenu en prifonnier et fervi en roi dans Bender. Comment ce pauvre homme ne voyait-il pas qu'on peut être à la fois honoré et prifonnier ?

M. *Defaleurs*, qui aurait pu prendre fon parti, et empêcher qu'on ne fît cet affront aux rois chrétiens, était à Conftantinople, auffi-bien que M. *Poniatowski*, dont on craignait toujours le génie fécond en reffources. La plupart des fuédois reftés dans Andrinople étaient en prifon ; le trône du fultan paraiffait inacceffible de tous côtés aux plaintes du roi de Suède.

Le marquis de *Fierville*, envoyé fecrètement de la part de la France auprès de *Charles* à Bender, était pour lors à Andrinople. Il ofa imaginer de rendre fervice à un prince dans le temps que tout l'abandonnait ou l'opprimait. Il fut heureufement fecondé dans ce deffein par un gentilhomme français, d'une ancienne maifon de Champagne, nommé de *Villelongue*, homme intrépide, qui n'ayant pas alors une fortune felon fon courage, et charmé d'ailleurs de la réputation du roi de Suède, était venu chez les Turcs dans le deffein de fe mettre au fervice de ce prince.

M. de *Fierville*, avec l'aide de ce jeune homme, écrivit un mémoire au nom du roi de Suède, dans lequel ce monarque demandait vengeance au fultan de l'infulte faite en fa perfonne à toutes les têtes couronnées, et de la trahifon vraie ou fauffe du kan et du bacha de Bender.

On y accufait le vifir et les autres miniftres d'avoir été corrompus par les Mofcovites, d'avoir trompé le grand feigneur, d'avoir empêché les lettres du roi de parvenir jufqu'à fa hauteffe, et d'avoir, par fes artifices, arraché du fultan cet ordre fi contraire à l'hofpitalité mufulmane, par lequel on avait violé

S 2

le droit des nations d'une manière si indigne d'un grand empereur, en attaquant avec vingt mille hommes un roi qui n'avait pour se défendre que ses domestiques, et qui comptait sur la parole sacrée du sultan.

Quand ce mémoire fut écrit, il fallut le faire traduire en turc, et l'écrire d'une écriture particulière sur un papier fait exprès, dont on doit se servir pour tout ce qu'on présente au sultan.

On s'adressa à quelques interprètes français qui étaient dans la ville ; mais les affaires du roi de Suède étaient si désespérées, et le visir déclaré si ouvertement contre lui qu'aucun interprète n'osa seulement traduire l'écrit de M. de *Fierville*. On trouva enfin un autre étranger, dont la main n'était point connue à la Porte, qui, moyennant quelque récompense et l'assurance d'un secret profond, traduisit le mémoire en turc, et l'écrivit sur le papier convenable : le baron d'*Arvidson*, officier des troupes de Suède, contrefit la signature du roi. *Fierville*, qui avait le sceau royal, l'apposa à l'écrit, et on cacheta le tout avec les armes de Suède. *Villelongue* se chargea de remettre lui-même ce paquet entre les mains du grand seigneur, lorsqu'il irait à la mosquée selon la coutume. On s'était déjà servi d'une pareille voie pour présenter au sultan des mémoires contre ses ministres ; mais cela même rendait le succès de cette entreprise plus difficile, et le danger beaucoup plus grand.

Le visir qui prévoyait que les Suédois demanderaient justice à son maître, et qui n'était que trop inftruit par le malheur de fes prédéceffeurs, avait expreffément défendu qu'on laifsât approcher perfonne du grand feigneur, et avait ordonné fur-tout qu'on arrêtât tous ceux qui fe préfenteraient auprès de la mofquée avec des placets.

Villelongue favait cet ordre, et n'ignorait pas qu'il y allait de fa tête. Il quitta fon habit franc, prit un vêtement à la grecque; et ayant caché dans fon fein la lettre qu'il voulait préfenter, il fe promena de bonne heure près de la mofquée où le grand feigneur devait aller. Il contrefit l'infenfé, s'avança en danfant au milieu de deux haies de janiffaires, entre lefquelles le grand feigneur allait paffer; il laiffait tomber exprès quelques pièces d'argent de fes poches pour amufer les gardes.

Dès que le fultan approcha, on voulut faire retirer *Villelongue*, il fe jeta à genoux, et fe débattit entre les mains des janiffaires : fon bonnet tomba; de grands cheveux qu'il portait le firent reconnaître pour un franc : il reçut plufieurs coups, et fut très-maltraité. Le grand feigneur, qui était déjà proche, entendit ce tumulte, et en demanda la caufe. *Villelongue* lui cria de toutes fes forces, *amman! amman! miféricorde!* en tirant la lettre de fon fein. Le fultan commanda qu'on le laifsât approcher. *Villelongue* court à lui dans le moment, embraffe fon étrier, et lui préfente l'écrit en lui difant : *Sued crall dan*, c'eft le roi de Suède qui te le donne. Le fultan mit la lettre dans fon fein, et continua fon chemin vers la mofquée. Cependant on s'affure de *Villelongue* et on le conduit en prifon dans les bâtimens extérieurs du férail.

S 3

Le fultan, au fortir de la mofquée, après avoir lu la lettre, voulut lui-même interroger le prifonnier. Ce que je raconte ici paraîtra peut-être peu croyable; mais enfin je n'avance rien que fur la foi des lettres de M. de *Villelongue* lui-même; quand un fi brave officier affure un fait fur fon honneur, il mérite quelque croyance. Il m'a donc affuré que le fultan quitta l'habit impérial, comme auffi le turban particulier qu'il porte, et fe déguifa en officier des janiffaires, ce qui lui arrivait affez fouvent. Il amena avec lui un vieillard de l'île de Malthe, qui lui fervit d'interprète. A la faveur de ce déguifement, *Villelongue* jouit d'un honneur qu'aucun ambaffadeur chrétien n'a jamais eu : il eut tête à tête une conférence d'un quart-d'heure avec l'empereur turc. Il ne manqua pas d'expliquer les griefs du roi de Suède, d'accufer les miniftres, et de demander vengeance avec d'autant plus de liberté qu'en parlant au fultan même, il était fenfé ne parler qu'à fon égal. Il avait reconnu aifément le grand feigneur malgré l'obfcurité de la prifon, et il n'en fut que plus hardi dans la converfation. Le prétendu officier des janiffaires dit à *Villelongue* ces propres paroles : ,, Chrétien, ,, affure-toi que le fultan mon maître a l'ame d'un ,, empereur, et que fi ton roi de Suède a raifon, ,, il lui fera juftice. ,, *Villelongue* fut bientôt élargi: on vit quelques femaines après un changement fubit dans le férail, dont les Suédois attribuèrent la caufe à cette unique conférence. Le muphti fut dépofé ; le kan des Tartares exilé à Rhodes, le férafquier bacha de Bender relégué dans une île de l'Archipel.

La Porte ottomane eſt ſi ſujette à de pareils orages, qu'il eſt bien difficile de décider ſi en effet le ſultan voulait apaiſer le roi de Suède par ces ſacrifices. La manière dont ce prince fut traité ne prouve pas que la porte s'empreſſât beaucoup à lui plaire.

Le favori *Ali Coumourgi* fut ſoupçonné d'avoir fait ſeul tous ces changemens pour ſes intérêts particuliers. On dit qu'il fit exiler le kan de Tartarie et le ſéraſquier de Bender, ſous prétexte qu'ils avaient délivré au roi les douze cents bourſes, malgré l'ordre du grand ſeigneur. Il mit ſur le trône des Tartares le frère du kan dépoſé, jeune homme de ſon âge, qui aimait peu ſon frère, et ſur lequel *Ali Coumourgi* comptait beaucoup dans les guerres qu'il méditait. A l'égard du grand viſir *Juſſuf*, il ne fut dépoſé que quelques ſemaines après ; et *Soliman* bacha eut le titre de premier viſir.

Je ſuis obligé de dire que M. de *Villelongue* et pluſieurs ſuédois m'ont aſſuré que la ſimple lettre préſentée au ſultan au nom du roi, avait cauſé tous ces grands changemens à la Porte ; mais M. de *Fierville* m'a de ſon côté aſſuré tout le contraire. J'ai trouvé quelquefois de pareilles contrariétés dans les mémoires que l'on m'a confiés. En ce cas, tout ce que doit faire un hiſtorien, c'eſt de conter ingénument le fait, ſans vouloir pénétrer les motifs, et de ſe borner à dire préciſément ce qu'il fait, au lieu de deviner ce qu'il ne ſait pas.

Cependant on avait conduit *Charles XII* dans le petit château de Démirtash., auprès d'Andrinople. Une foule innombrable de turcs s'était rendue en cet endroit pour voir arriver ce prince : on le tranſporta

S 4

de fon chariot au château fur un fopha ; mais *Charles*, pour n'être point vu de cette multitude, fe mit un carreau fur la tête.

La Porte fe fit prier quelques jours de fouffrir qu'il habitât à Démotica, petite ville à fix lieues d'Andrinople, près du fameux fleuve Hébrus, aujourd'hui appelé Merizza. *Coumourgi* dit au grand vifir *Soliman :* ,, Va, fais avertir le roi de Suède qu'il ,, peut refter à Démotica toute fa vie : je te réponds ,, qu'avant un an il demandera à s'en aller de lui-mê- ,, me ; mais fur-tout ne lui fais point tenir d'argent. ,,

Ainfi on transféra le roi à la petite ville de Démo- tica, où la Porte lui affigna un thaïm confidérable de provifions pour lui et pour fa fuite : on lui accorda feulement vingt-cinq écus par jour en argent, pour acheter du cochon et du vin, deux fortes de provi- fions que les Turcs ne fourniffent pas ; mais la bourfe de cinq cents écus par jour, qu'il avait à Bender, lui fut retranchée.

A peine fut-il à Démotica avec fa petite cour, qu'on dépofa le grand vifir *Soliman ;* fa place fut donnée à *Ibrahim Molla*, fier, brave et groffier à l'excès. Il n'eft pas inutile de favoir fon hiftoire, afin que l'on connaiffe plus particulièrement tous ces vice-rois de l'empire ottoman, dont la fortune de *Charles* a fi long-temps dépendu.

Il avait été fimple matelot à l'avénement du fultan *Achmet III.* Cet empereur fe déguifait fouvent en homme privé, en iman, ou en dervis ; il fe gliffait le foir dans les cafés de Conftantinople, et dans les lieux publics, pour entendre ce qu'on difait de lui, et pour recueillir par lui-même les

fentimens du peuple. Il entendit un jour ce *Molla*
qui fe plaignait que les vaiffeaux turcs ne revenaient
jamais avec des prifes, et qui jurait que s'il était
capitaine de vaiffeau, il ne rentrerait jamais dans
le port de Conftantinople fans ramener avec lui
quelque bâtiment des infidèles. Le grand feigneur
ordonna dès le lendemain qu'on lui donnât un
vaiffeau à commander, et qu'on l'envoyât en courfe.
Le nouveau capitaine revint quelques jours après
avec une barque malthoife et une galiote de Gènes.
Au bout de deux ans on le fit capitaine général de
la mer, et enfin grand vifir. Dès qu'il fut dans ce
pofte, il crut pouvoir fe paffer du favori; et pour
fe rendre néceffaire, il projeta de faire la guerre aux
Mofcovites; dans cette intention il fit dreffer une tente
près de l'endroit où demeurait le roi de Suède.

Il invita ce prince à l'y venir trouver, avec le
nouveau kan des Tartares et l'ambaffadeur de
France. Le roi, d'autant plus altier qu'il était
malheureux, regardait comme le plus fenfible des
affronts qu'un fujet ofât l'envoyer chercher : Il
ordonna à fon chancelier *Mullern* d'y aller à fa
place; et de peur que les Turcs ne lui manquaffent
de refpect, et ne le forçaffent à commettre fa dignité,
ce prince, extrême en tout, fe mit au lit, et réfolut
de n'en pas fortir tant qu'il ferait à Démotica. Il
refta dix mois couché, feignant d'être malade : le
chancelier *Mullern*, *Grothufen* et le colonel *Dubens*
étaient les feuls qui mangeaffent avec lui. Ils n'avaient
aucune des commodités dont les Francs fe fervent;
tout avait été pillé à l'affaire de Bender; de forte
qu'il s'en fallait bien qu'il y eût dans leurs repas de

la pompe et de la délicateffe. Ils fe fervaient eux-mêmes : et ce fut le chancelier *Mullern* qui fit pendant tout ce temps la fonction de cuifinier.

Tandis que *Charles XII* paffait fa vie dans fon lit, il apprit la défolation de toutes fes provinces fituées hors de la Suède.

Le général *Steinbock*, illuftre pour avoir chaffé les Danois de la Scanie, et pour avoir vaincu leurs meilleures troupes avec des payfans, foutint encore quelque temps la réputation des armes fuédoifes. Il défendit autant qu'il put la Poméranie et Brême, et ce que le roi poffédait encore en Allemagne ; mais il ne put empêcher les Saxons et les Danois réunis d'affiéger Stade, ville forte et confidérable, fituée près de l'Elbe dans le duché de Brême. La ville fut bombardée et réduite en cendres, et la garnifon obligée de fe rendre à difcrétion, avant que *Steinbock* pût s'avancer pour la fecourir.

Ce général, qui avait environ douze mille hommes, dont la moitié était cavalerie, pourfuivit les ennemis qui étaient une fois plus forts, et les atteignit enfin dans le duché de Meckelbourg, près d'un lieu nommé Gadebefck, et d'une petite rivière qui porte ce nom : il arriva vis-à-vis des Saxons et des Danois, le 20 décembre 1712. Il était féparé d'eux par un marais. Les ennemis campés derrière ce marais étaient appuyés à un bois : ils avaient l'avantage du nombre et du terrain, et on ne pouvait aller à eux qu'en traverfant le marécage fous le feu de leur artillerie.

Steinbock paffe à la tête de fes troupes, arrive en ordre de bataille, et engage un des combats des plus fanglans et des plus acharnés qui fe fût encore donné entre ces deux nations rivales. Après trois heures de cette mêlée fi vive, les Danois et les Saxons furent enfoncés, et quittèrent le champ de bataille.

Un fils du roi *Augufte* et de la comteffe de *Konigsmarck*; connu fous le nom de comte de *Saxe*, fit dans cette bataille fon apprentiffage de l'art de la guerre. C'eft ce même comte de *Saxe* qui eut depuis l'honneur d'être élu duc de Courlande, et à qui il n'a manqué que la force pour jouir du droit le plus inconteftable qu'un homme puiffe jamais avoir fur une fouveraineté, je veux dire les fuffrages unanimes du peuple. C'eft lui qui s'eft acquis depuis une gloire plus réelle en fauvant la France à la bataille de Fontenoi, en conquérant la Flandre, et en méritant la réputation du plus grand général de nos jours. Il commandait un régiment à Gade-befck, et y eut un cheval tué fous lui : je lui ai entendu dire que les Suédois gardèrent toujours leurs rangs, et que même après que la victoire fut décidée, les premières lignes de ces braves troupes ayant à leurs pieds leurs ennemis morts, il n'y eut pas un foldat fuédois qui ofât feulement fe baiffer pour les dépouiller, avant que la prière eût été faite fur le champ de bataille; tant ils étaient iné-branlables dans la difcipline févère à laquelle leur roi les avait accoutumés.

Steinbock après cette victoire, fe fouvenant que les Danois avaient mis Stade en cendres, alla s'en venger fur Altena, qui appartient au roi de Dane-marck. Altena eft au-deffous de Hambourg, fur le fleuve de l'Elbe, qui peut apporter dans fon port

d'affez gros vaiffeaux. Le roi de Danemarck favorifait cette ville de beaucoup de priviléges ; fon
deffein était d'y établir un commerce floriffant : déjà
même l'induftrie des Altenais , encouragée par les
fages vues du roi, commençait à mettre leur ville au
nombre des villes commerçantes et riches. Hambourg
en concevait de la jaloufie, et ne fouhaitait rien
tant que fa deftruction. Dès que *Steinbock* fut à la
vue d'Altena , il envoya dire par un trompette aux
habitans qu'ils euffent à fe retirer avec ce qu'ils
pourraient emporter d'effets, et qu'on allait détruire
leur ville de fond en comble.

Les magiftrats vinrent fe jeter à fes pieds , et
offrirent cent mille écus de rançon. *Steinbock* en
demanda deux cents mille. Les Altenais fupplièrent
qu'il leur fût permis au moins d'envoyer à Hambourg
où étaient leurs correfpondances, et affurèrent que
le lendemain ils apporteraient cette fomme : le général fuédois répondit qu'il fallait la donner fur l'heure,
ou qu'on allait embrafer Altena fans délai.

Ses troupes étaient dans le faubourg, le flambeau
à la main : une faible porte de bois et un foffé déjà
comblé étaient les feules défenfes des Altenais. Ces
malheureux furent obligés de quitter leurs maifons
avec précipitation , au milieu de la nuit : c'était le 9
janvier 1713 : il fefait un froid rigoureux, augmenté
par un vent de Nord violent, qui fervit à étendre
l'embrafement avec plus de promptitude dans la ville,
et à rendre plus infupportables les extrémités où le
peuple fut réduit dans la campagne. Les hommes,
les femmes , courbés fous le fardeau des meubles
qu'ils emportaient, fe réfugièrent, en pleurant et en

pouſſant des hurlemens, ſur les côteaux voiſins qui
étaient couverts de glace. On voyait pluſieurs jeunes
gens qui portaient ſur leurs épaules des vieillards
paralytiques. Quelques femmes nouvellement accou-
chées emportèrent leurs enfans, et moururent de
froid avec eux ſur la colline, en regardant de loin
les flammes qui conſumaient leur patrie. Tous les
habitans n'étaient pas encore ſortis de la ville,
lorſque les Suédois y mirent le feu. Altena brûla
depuis minuit juſqu'à dix heures du matin. Preſque
toutes les maiſons étaient de bois : tout fut conſumé ;
et il ne parut pas le lendemain qu'il y eût eu une
ville en cet endroit.

Les vieillards, les malades, et les femmes les plus
délicates, réfugiés dans les glaces pendant que leurs
maiſons étaient en feu, ſe traînèrent aux portes de
Hambourg, et ſupplièrent qu'on leur ouvrît et qu'on
leur ſauvât la vie : mais on refuſa de les recevoir,
parce qu'il régnait dans Altena quelques maladies
contagieuſes ; et les Hambourgeois n'aimaient pas
aſſez les Altenais pour s'expoſer, en les recueillant,
à infecter leur propre ville. Ainſi la plupart de ces
miſérables expirèrent ſous les murs de Hambourg,
en prenant le ciel à témoin de la barbarie des
Suédois, et de celle des Hambourgeois qui ne paraiſſait pas moins inhumaine.

Toute l'Allemagne cria contre cette violence :
les miniſtres et les généraux de Pologne et de
Danemarck écrivirent au comte de *Steinbock* pour
lui reprocher une cruauté ſi grande qui, faite ſans
néceſſité et demeurant ſans excuſe, ſoulevait contre
lui le ciel et la terre.

Steinbock répondit ,, qu'il ne s'était porté à ces
,, extrémités que pour apprendre aux ennemis du roi
,, fon maître à ne plus faire une guerre de barbares,
,, et à refpecter le droit des gens ; qu'ils avaient
,, rempli la Poméranie de leurs cruautés, dévasté
,, cette belle province, et vendu près de cent
,, mille habitans aux Turcs; que les flambeaux qui
,, avaient mis Altena en cendres étaient les repré-
,, failles des boulets rouges par qui Stade avait été
,, confumée. ,,

C'était avec cette fureur que les Suédois et leurs
ennemis fe fefaient la guerre. Si *Charles XII* avait
paru alors dans la Poméranie, il eft à croire qu'il
eût pu retrouver fa première fortune. Ses armées,
quoiqu'éloignées de fa préfence, étaient encore
animées de fon efprit ; mais l'abfence du chef eft
toujours dangereufe aux affaires, et empêche qu'on
ne profite des victoires. *Steinbock* perdit par les
détails ce qu'il avait gagné par des actions fignalées,
qui en un autre temps auraient été décifives.

Tout vainqueur qu'il était, il ne put empêcher les
Mofcovites, les Saxons et les Danois de fe réunir.
On lui enleva des quartiers : il perdit du monde dans
plufieurs efcarmouches : deux mille hommes de fes
troupes fe noyèrent en paffant l'Eider pour aller
hiverner dans le Holftein. Toutes ces pertes étaient
fans reffource dans un pays où il était entouré de
tous côtés d'ennemis puiffans.

Il voulut défendre le pays du Holftein contre
le Danemarck; mais malgré fes rufes et fes efforts,
le pays fut perdu, toute l'armée fut détruite, et
Steinbock fut prifonnier.

La Poméranie fans défenfe, à la réferve de Stralfund, de l'île de Rugen et de quelques lieux circonvoifins, devint la proie des alliés : elle fut féqueftrée entre les mains du roi de Pruffe. Les Etats de Brême furent remplis de garnifons danoifes. Au même temps les Ruffes inondaient la Finlande, et y battaient les Suédois, que la confiance abandonnait, et qui, étant inférieurs en nombre, commençaient à n'avoir plus fur leurs ennemis aguerris la fupériorité de la valeur.

Pour achever les malheurs de la Suède, fon roi s'obftinait à refter à Démotica, et fe repaiffait encore de l'efpérance de ce fecours turc, fur lequel il ne devait plus compter.

Ibrahim Molla, ce vifir fi fier, qui s'obftinait à la guerre contre les Mofcovites, malgré les vues du favori, fut étranglé entre deux portes.

La place du vifir était devenue fi dangereufe que perfonne n'ofait l'occuper : elle demeura vacante pendant fix mois. Enfin le favori *Ali Coumourgi* prit le titre de grand vifir. Alors toutes les efpérances du roi de Suède tombèrent. Il connaiffait *Coumourgi*, d'autant mieux qu'il en avait été fervi, quand les intérêts de ce favori s'accordaient avec les fiens.

Il avait été onze mois à Démotica enfeveli dans l'inaction et dans l'oubli ; cette oifiveté extrême, fuccédant tout à coup aux plus violens exercices, lui avait donné enfin la maladie qu'il feignait. On le croyait mort dans toute l'Europe. Le confeil de régence qu'il avait établi à Stockholm, quand il partit de fa capitale, n'entendait plus parler de lui. Le fénat vint en corps fupplier la princeffe *Ulrique*

Eléonore, fœur du roi, de fe charger de la régence, pendant cette longue abfence de fon frère : elle l'accepta; mais quand elle vit que le fénat voulait l'obliger à faire la paix avec le czar et le roi de Danemarck, qui attaquaient la Suède de tous côtés, cette princeffe jugeant bien que fon frère ne ratifierait jamais la paix, fe démit de la régence, et envoya en Turquie un long détail de cette affaire.

Le roi reçut le paquet de fa fœur à Démotica. Le defpotifme qu'il avait fucé en naiffant lui fefait oublier qu'autrefois la Suède avait été libre, et que le fénat gouvernait anciennement le royaume conjointement avec les rois. Il ne regardait ce corps que comme une troupe de domeftiques qui voulaient commander dans la maifon en l'abfence du maître : il leur écrivit que, s'ils prétendaient gouverner, il leur enverrait une de fes bottes, et que ce ferait elle dont il faudrait qu'ils priffent les ordres.

Pour prévenir donc ces prétendus attentats en Suède contre fon autorité, et pour défendre enfin fon pays, n'efpérant plus rien de la Porte ottomane, et ne comptant plus que fur lui feul, il fit fignifier au grand vifir qu'il fouhaitait partir et s'en retourner par l'Allemagne.

M. *Defaleurs*, ambaffadeur de France, qui s'était chargé des affaires de la Suède, fit la demande de fa part. » Hé bien, dit le vifir au comte *Defaleurs*, » n'avais-je pas bien dit que l'année ne fe pafferait » pas fans que le roi de Suède demandât à partir? » Dites-lui qu'il eft à fon choix de s'en aller ou de » demeurer; mais qu'il fe détermine bien, et qu'il » fixe

» fixe le jour de son départ, afin qu'il ne nous jette
» pas une seconde fois dans l'embarras de Bender. »

Le comte *Desaleurs* adoucit au roi la dureté de ces
paroles. Le jour fut choisi ; mais *Charles*, avant que
de quitter la Turquie, voulut étaler la pompe d'un
grand roi, quoique dans la misère d'un fugitif. Il
donna à *Grothusen* le titre d'ambassadeur extraordinaire, et l'envoya prendre congé dans les formes à
Constantinople, suivi de quatre-vingts personnes
toutes superbement vêtues.

Les ressorts secrets qu'il fallut faire jouer, pour
amasser de quoi fournir à cette dépense, étaient
plus humilians que l'ambassade n'était pompeuse.

M. *Desaleurs* prêta au roi quarante mille écus ;
Grothusen avait des agens à Constantinople qui
empruntaient en son nom, à cinquante pour cent
d'intérêt, mille écus d'un juif, deux cents pistoles
d'un marchand anglais, mille francs d'un turc.

On amassa ainsi de quoi jouer en présence du
divan la brillante comédie de l'ambassade suédoise.
Grothusen reçut à Constantinople tous les honneurs
que la Porte fait aux ambassadeurs extraordinaires
de rois le jour de leur audience. Le but de tout
ce fracas était d'obtenir de l'argent du grand visir ;
mais ce ministre fut inexorable.

Grothusen proposa d'emprunter un million de la
Porte. Le visir répliqua sèchement que son maître
savait donner quand il voulait, et qu'il était au-
dessous de sa dignité de prêter : qu'on fournirait
au roi abondamment ce qui était nécessaire pour
son voyage, d'une manière digne de celui qui le
renvoyait : que peut-être même la Porte lui ferait

Hist. de Charles XII.   T

quelque préfent en or non monnayé, mais qu'on
n'y devait pas compter.

Enfin, le premier octobre 1714, le roi de Suède
fe mit en route pour quitter la Turquie. Un capigi
bacha avec fix chiaoux le vinrent prendre au château
de Démirtash, où ce prince demeurait depuis quelques jours : on lui préfenta de la part du grand
feigneur une large tente d'écarlate brodée d'or, un
fabre avec une poignée garnie de pierreries, et huit
chevaux arabes d'une beauté parfaite, avec des
felles fuperbes dont les étriers étaient d'argent maffif.
Il n'eft pas indigne de l'hiftoire de dire qu'un écuyer
arabe, qui avait foin de ces chevaux, donna au
roi leur généalogie ; c'eft un ufage établi depuis
long-temps chez ces peuples, qui femblent faire
beaucoup plus d'attention à la nobleffe des chevaux
qu'à celle des hommes ; ce qui peut-être n'eft pas
fi déraifonnable, puifque chez les animaux les races
dont on a foin, et qui font fans mélange, ne dégé-
nèrent jamais.

Soixante chariots, chargés de toutes fortes de
provifions, et trois cents chevaux, formaient le
convoi. Le capigi bacha, fachant que plufieurs turcs
avaient prêté de l'argent aux gens de la fuite du roi
à un gros intérêt, lui dit que l'ufure étant contraire
à la loi mahométane, il fuppliait fa majefté de
liquider toutes fes dettes, et d'ordonner au réfident
qu'il laiffait à Conftantinople de ne payer que le
capital. ,, Non, dit le roi, fi mes domeftiques ont
,, donné des billets de cent écus, je veux les payer,
,, quand ils n'en auraient reçu que dix. ,,

Il fit propofer aux créanciers de le fuivre, avec

l'affurance d'être payés de leurs frais et de leurs dettes. Plufieurs entreprirent le voyage de Suède, et *Grothufen* eut foin qu'ils fuffent payés.

Les Turcs, afin de montrer plus de déférence pour leur hôte, le fefaient voyager à très-petites journées ; mais cette lenteur refpectueufe gênait l'impatience du roi. Il fe levait, dans la route, à trois heures du matin, felon fa coutume. Dès qu'il était habillé, il éveillait lui-même le capigi et les chiaoux, et ordonnait la marche au milieu de la nuit noire. La gravité turque était dérangée par cette manière nouvelle de voyager ; mais le roi prenait plaifir à leur embarras, et difait qu'il fe vengeait un peu de l'affaire de Bender.

Tandis qu'il gagnait les frontières des Turcs, *Staniflas* en fortait par un autre chemin, et allait fe retirer en Allemagne dans le duché de Deux-Ponts, province qui confine au palatinat du Rhin et à l'Alface, et qui appartenait au roi de Suède depuis que *Charles X*, fucceffeur de *Chriftine*, avait joint cet héritage à la couronne. *Charles* affigna à *Staniflas* le revenu de ce duché, eftimé alors environ foixante et dix mille écus. Ce fut là qu'aboutirent pour lors tant de projets, tant de guerres et tant d'efpérances. *Staniflas* voulait et aurait pu faire un traité avantageux avec le roi *Augufte* ; mais l'indomptable opiniâtreté de *Charles XII* lui fit perdre fes terres et fes biens réels en Pologne, pour lui conferver le titre de roi.

Ce prince refta dans le duché de Deux-Ponts jufqu'à la mort de *Charles* ; alors cette province retournant à un prince de la maifon palatine, il choifit fa retraite à Veiffembourg, dans l'Alface françaife. M. *Sum*, envoyé du roi *Augufte*, en porta fes plaintes au duc d'Orléans, régent de France. Le duc d'Orléans répondit à M. *Sum* ces paroles remarquables : ,, Monfieur, mandez au roi votre maître ,, que la France a toujours été l'afile des rois ,, malheureux. ,,

Le roi de Suède, étant arrivé fur les confins de l'Allemagne, apprit que l'empereur avait ordonné qu'on le reçût dans toutes les terres de fon obéiffance avec une magnificence convenable. Les villes et les villages, où les maréchaux des logis avaient par avance marqué fa route, fefaient des préparatifs pour le recevoir ; tous ces peuples attendaient avec impatience de voir paffer cet homme extraordinaire, dont les victoires et les malheurs, les moindres actions et le repos même avaient fait tant de bruit en Europe et en Afie. Mais *Charles* n'avait nulle envie d'effuyer toute cette pompe, ni de montrer en fpectacle le prifonnier de Bender ; il avait réfolu même de ne jamais rentrer dans Stockholm, qu'il n'eût auparavant réparé fes malheurs par une meilleure fortune.

Quand il fut à Tergowitz, fur les frontières de la Tranfilvanie, après avoir congédié fon efcorte turque, il affembla fa fuite dans une grange; et il leur dit à tous de ne fe mettre point en peine de fa perfonne, et de fe trouver le plus tôt qu'ils pourraient à Stralfund en Poméranie, fur le bord de la mer Baltique, environ à trois cents lieues de l'endroit où ils étaient.

Il ne prit avec lui que *During*, et quitta toute

sa suite gaiement, la laiffant dans l'étonnement, dans
la crainte et dans la triftesse. Il prit une perruque
noire pour se déguiser, car il portait toujours ses
cheveux; mit un chapeau bordé d'or, avec un habit
gris d'épine et un manteau bleu; prit le nom d'un
officier allemand, et courut la pofte à cheval avec
son compagnon de voyage.

Il évita dans sa route, autant qu'il le put, les
terres de ses ennemis déclarés et secrets, prit son
chemin par la Hongrie, la Moravie, l'Autriche, la
Bavière, le Virtemberg, le Palatinat, la Veftphalie
et le Mecklenbourg; ainsi il fit prefque le tour de
l'Allemagne, et alongea son chemin de la moitié.
A la fin de la première journée, après avoir couru
sans relâche, le jeune *During*, qui n'était pas endurci
à ces fatigues exceffives comme le roi de Suède,
s'évanouit en defcendant de cheval. Le roi, qui ne
voulait pas s'arrêter un moment sur la route,
demanda à *During*, quand celui-ci fut revenu à lui,
combien il avait d'argent? *During* ayant répondu
qu'il avait environ mille écus en or : ,, Donne-m'en
,, la moitié, dit le roi; je vois bien que tu n'es pas
,, en état de me fuivre, j'achèverai la route tout
,, feul. ,, *During* le fupplia de daigner fe repofer du
moins trois heures, l'affurant qu'au bout de ce temps
il ferait en état de monter à cheval et de fuivre sa
majefté; il le conjura de penfer à tous les rifques
qu'il allait courir. Le roi inexorable fe fit donner les
cinq cents écus, et demanda des chevaux. Alors
During, effrayé de la réfolution du roi, s'avifa d'un
ftratagême innocent : il tira à part le maître de la
pofte, et lui montrant le roi de Suède : ,, Cet

T 3

» homme, lui-dit-il, eſt mon couſin; nous voyageons
» enſemble pour la même affaire ; il voit que je ſuis
» malade , et ne veut pas ſeulement m'attendre trois
» heures ; donnez-lui, je vous prie, le plus méchant
» cheval de votre écurie , et cherchez-moi quelque
» chaiſe ou quelque chariot de poſte. »

Il mit deux ducats dans la main du maître de la
poſte, qui ſatisfit exactement à toutes ſes demandes.
On donna au roi un cheval rétif et boîteux : ce
monarque partit ſeul à dix heures du ſoir dans cet
équipage, au milieu d'une nuit noire, avec le vent,
la neige et la pluie. Son compagnon de voyage,
après avoir dormi quelques heures , ſe mit en route
dans un chariot traîné par de forts chevaux, A
quelques milles il rencontra, au point du jour, le
roi de Suède qui, ne pouvant plus faire marcher
ſa monture, s'en allait de ſon pied gagner la poſte
prochaine.

Il fut forcé de ſe mettre ſur le chariot de *During;*
il dormit ſur de la paille. Enſuite ils continuèrent
leur route, courant à cheval le jour, et dormant
ſur une charrette la nuit, ſans s'arrêter en aucun lieu.
Après ſeize jours de courſe , non ſans danger
d'être arrêtés plus d'une fois , ils arrivèrent enfin
aux portes de la ville de Stralſund, à une heure après
minuit.

21 novembre
1714.

Le roi cria à la ſentinelle qu'il était un courrier
dépêché de Turquie par le roi de Suède; qu'il fallait
qu'on le fît parler dans le moment au général *Ducker,*
gouverneur de la place. La ſentinelle répondit qu'il
était tard , que le gouverneur était couché, et qu'il
fallait attendre le point du jour.

Le roi répliqua qu'il venait pour des affaires importantes, et leur déclara que s'ils n'allaient pas réveiller le gouverneur fans délai, ils feraient tous punis le lendemain matin. Un fergent alla enfin réveiller le gouverneur. *Ducker* s'imagina que c'était peut-être un des généraux du roi de Suède : on fit ouvrir les portes ; on introduifit ce courrier dans fa chambre.

Ducker, à moitié endormi, lui demanda des nouvelles du roi de Suède : le roi le prenant par le bras, ,, Hé quoi! dit-il, *Ducker*, mes plus fidèles fujets ,, m'ont-ils oublié? ,, Le général reconnut le roi : il ne pouvait croire fes yeux ; il fe jette en bas du lit, embraffe les genoux de fon maître en verfant des larmes de joie. La nouvelle en fut répandue à l'inftant dans la ville, tout le monde fe leva : les foldats vinrent entourer la maifon du gouverneur. Les rues fe remplirent des habitans qui fe demandaient les uns aux autres : Eft-il vrai que le roi eft ici ? On fit des illuminations à toutes les fenêtres ; le vin coula dans les rues, à la lumière de mille flambeaux et au bruit de l'artillerie.

Cependant on mena le roi au lit : il y avait feize jours qu'il ne s'était couché : il fallut couper fes bottes fur les jambes qui s'étaient enflées par l'extrême fatigue. Il n'avait ni linge ni habits : on lui fit une garde-robe en hâte de ce qu'on put trouver de plus convenable dans la ville. Quand il eut dormi quelques heures, il ne fe leva que pour aller faire la revue de fes troupes et vifiter les fortifications. Le jour même il envoya par-tout fes ordres pour recommencer une guerre plus vive que jamais contre tous ses ennemis. Au reste toutes ces particularités, si conformes au caractère extraordinaire de *Charles XII*, m'ont été confirmées par le comte de *Croissy*, ambassadeur auprès de ce prince, après m'avoir été apprises par M. *Fabrice*.

L'Europe était alors dans un état bien différent de celui où elle était quand *Charles* la quitta, en 1709.

La guerre qui avait si long-temps déchiré toute la partie méridionale, c'est-à-dire, l'Allemagne, l'Angleterre, la Hollande, la France, l'Espagne, le Portugal et l'Italie, était éteinte. Cette paix générale avait été produite par des brouilleries particulières arrivées à la cour d'Angleterre. Le comte d'*Oxford*, ministre habile, et le lord *Bolingbroke*, un des plus brillans génies et l'homme le plus éloquent de son siècle, prévalurent contre le fameux duc de *Marlborough*, et engagèrent la reine *Anne* à faire la paix avec *Louis XIV*. La France, n'ayant plus l'Angleterre pour ennemie, força bientôt les autres puissances à s'accommoder.

Philippe V, petit fils de *Louis XIV*, commençait à régner paisiblement sur les débris de la monarchie espagnole. L'empereur d'Allemagne, devenu maître de Naples et de la Flandre, s'affermissait dans ses vastes Etats. *Louis XIV* n'aspirait plus qu'à achever en paix sa longue carrière.

Anne, reine d'Angleterre, était morte le 10 auguste 1714, haïe de la moitié de sa nation pour avoir donné la paix à tant d'Etats. Son frère, *Jacques Stuart*, prince malheureux, exclu du trône presque en

naiffant, n'ayant point paru alors en Angleterre pour
tenter de recueillir une fucceffion que de nouvelles
lois lui auraient donnée, fi fon parti eût prévalu,
George I, électeur de Hanover, fut reconnu unanimement roi de la Grande-Bretagne. Le trône appartenait à cet électeur, non en vertu du fang, quoiqu'il
defcendît d'une fille de *Jacques*, mais en vertu d'un
acte du parlement de la nation.

George, appelé dans un âge avancé à gouverner
un peuple dont il n'entendait point la langue, et
chez qui tout lui était étranger, fe regardait comme
l'électeur de Hanover plutôt que comme le roi
d'Angleterre. Toute fon ambition était d'agrandir fes
Etats d'Allemagne. Il repaffait prefque tous les ans
la mer pour revoir des fujets dont il était adoré.
Au refte il fe plaifait plus à vivre en homme qu'en
maître. La pompe de la royauté était pour lui un fardeau pefant. Il vivait avec un petit nombre d'anciens
courtifans qu'il admettait à fa familiarité. Ce n'était
pas le roi de l'Europe qui eût le plus d'éclat; mais il
était un des plus fages, et le feul qui connût fur le
trône les douceurs de la vie privée et de l'amitié. Tels
étaient les principaux monarques, et telle était la
fituation du midi de l'Europe.

Les changemens arrivés dans le Nord étaient
d'une autre nature. Ses rois étaient en guerre, et fe
réuniffaient contre le roi de Suède.

Augufte était depuis long-temps remonté fur le
trône de Pologne avec l'aide du czar et du confentement de l'empereur d'Allemagne, d'*Anne* d'Angleterre
et des États-Généraux qui, tous garans du traité
d'Altranftad, quand *Charles XII* impofait les lois, fe

défistèrent de leur garantie quand il ne fut plus à craindre.

Mais *Auguste* ne jouissait pas d'un pouvoir tranquille. La république de Pologne, en reprenant son roi, reprit bientôt ses craintes du pouvoir arbitraire : elle était en armes pour l'obliger à se conformer aux *pacta conventa*, contrat sacré entre les peuples et les rois, et semblait n'avoir rappelé son maître que pour lui déclarer la guerre. Dans les commencemens de ces troubles, on n'entendait pas prononcer le nom de *Stanislas*; son parti semblait anéanti, et on ne se ressouvenait en Pologne du roi de Suède que comme d'un torrent qui avait pour un temps changé le cours de toutes choses dans son passage.

Pultava et l'absence de *Charles XII*, en fesant tomber *Stanislas*, avaient aussi entraîné la chute du duc de Holstein, neveu de *Charles*, qui venait d'être dépouillé de ses Etats par le roi de Danemarck. Le roi de Suède avait aimé tendrement le père : il était pénétré et humilié des malheurs du fils ; de plus, n'ayant rien fait en sa vie que pour la gloire, la chute des souverains qu'il avait faits ou rétablis fut pour lui aussi sensible que la perte de tant de provinces.

C'était à qui s'enrichirait de ses pertes. *Frédéric-Guillaume*, depuis peu roi de Prusse, qui paraissait avoir autant d'inclination à la guerre, que son père avait été pacifique, commença par se faire livrer Stetin et une partie de la Poméranie sur laquelle il avait des droits pour quatre cents mille écus payés au roi de Danemarck et au czar.

George, électeur de Hanover, devenu roi d'Angleterre, avait auffi féqueftré entre fes mains le duché
de Brême et de Verden, que le roi de Danemarck lui
avait mis en dépôt pour foixante mille piftoles. Ainfi
on difpofait des dépouilles de *Charles XII*, et ceux
qui les avaient en garde devenaient par leurs intérêts
des ennemis auffi dangereux que ceux qui les avaient
prifes.

Quant au czar, il était fans doute le plus à craindre :
fes anciennes défaites, fes victoires, fes fautes même,
fa perféverance à s'inftruire et à montrer à fes fujets
ce qu'il avait appris, fes travaux continuels, en
avaient fait un grand homme en tout genre. Déjà
Riga était pris ; la Livonie, l'Ingrie, la Carélie, la
moitié de la Finlande, tant de provinces qu'avaient
conquifes les rois ancêtres de *Charles*, étaient fous le
joug mofcovite.

Pierre Alexiowitz, qui, vingt ans auparavant, n'avait
pas une barque dans la mer Baltique, fe voyait alors
maître de cette mer, à la tête d'une flotte de trente
grands vaiffeaux de ligne.

Un de ces vaiffeaux avait été conftruit de fes
propres mains ; il était le meilleur charpentier, le
meilleur amiral, le meilleur pilote du Nord. Il n'y
avait point de paffage difficile qu'il n'eût fondé lui-
même, depuis le fond du golfe de Bothnie jufqu'à
l'Océan, ayant joint le travail d'un matelot aux
expériences d'un philofophe et aux deffeins d'un
empereur, et étant devenu amiral par degrés et à
force de victoires, comme il avait voulu parvenir au
généralat fur terre.

Tandis que le prince *Gallitzin*, général formé par

lui, et l'un de ceux qui fecondèrent le mieux fes entreprifes, achevait la conquête de la Finlande, prenait la ville de Vafa et battait les Suédois, cet empereur fe mit en mer pour aller conquérir l'île d'Aland, située dans la mer Baltique, à douze lieues de Stockholm.

Il partit pour cette expédition au commencement de juillet 1714, pendant que fon rival *Charles XII* fe tenait dans fon lit à Démotica. Il s'embarqua au port de Cronflot, qu'il avait bâti depuis quelques années à quatre milles de Pétersbourg. Ce nouveau port, la flotte qu'il contenait, les officiers et les matelots qui la montaient, tout cela était fon ouvrage; et de quelque côté qu'il jetât les yeux, il ne voyait rien qu'il n'eût créé en quelque forte.

La flotte ruffe fe trouva, le 15 juillet, à la hauteur d'Aland. Elle était compofée de trente vaiffeaux de ligne, de quatre-vingts galères et de cent demi-galères. Elle portait vingt mille foldats : l'amiral *Apraxin* la commandait : l'empereur ruffe y fervait en qualité de contre-amiral. La flotte fuédoife vint, le 16, à fa rencontre, commandée par le vice-amiral *Erinfchild* ; elle était moins forte des deux tiers ; toutefois elle fe battit pendant trois heures. Le czar s'attacha au vaiffeau d'*Erinfchild*, et le prit après un combat opiniâtre.

Le jour de la victoire il débarqua feize mille hommes dans Aland ; et ayant pris plufieurs foldats fuédois qui n'avaient pu encore s'embarquer fur la flotte d'*Erinfchild* ; il les amena prifonniers fur fes vaiffeaux. Il rentra dans fon port de Cronflot avec le grand vaiffeau d'*Erinfchild*, trois autres de moindre

grandeur , une frégate et fix galères , dont il s'était
rendu maître dans ce combat.

De Cronflot il arriva dans le port de Pétersbourg,
fuivi de toute fa flotte victorieufe et des vaiffeaux pris
fur les ennemis. Il fut falué d'une triple décharge
de cent cinquante canons : après quoi il fit une
entrée triomphale qui le flatta encore davantage que
celle de Mofcou , parce qu'il recevait ces honneurs
dans fa ville favorite, en un lieu où dix ans auparavant il n'y avait pas une cabane , et où il voyait
alors trente-quatre mille cinq cents maifons ; enfin ,
parce qu'il fe trouvait non-feulement à la tête
d'une marine victorieufe , mais de la première
flotte ruffe qu'on eût jamais vue dans la mer Baltique , et au milieu d'une nation à qui le nom de
flotte n'était pas même connu avant lui.

On obferva à Pétersbourg à peu-près les mêmes
cérémonies qui avaient décoré le triomphe à Mofcou.
Le vice-amiral fuédois fut le principal ornement de
ce triomphe nouveau : *Pierre Alexiowitz* y parut en
qualité de contre-amiral. Un boyard ruffien , nommé
Romanodowsky , lequel repréfentait le czar dans des
occafions folennelles , était affis fur un trône , ayant
à fes côtés douze fénateurs. Le contre-amiral lui
préfenta la relation de fa victoire, et on le déclara
vice-amiral , en confidération de fes fervices ; cérémonie bizarre , mais utile dans un pays où la
fubordination militaire était une des nouveautés
que le czar avait introduites.

L'empereur mofcovite , enfin victorieux des
Suédois fur mer et fur terre , et ayant aidé à les
chaffer de la Pologne , y dominait à fon tour. Il

s'était rendu médiateur entre la république et *Auguste;*
gloire aussi flatteuse peut être que d'y avoir fait un
roi. Cet éclat et toute la fortune de *Charles* avaient
passé au czar; il en jouissait même plus utilement
que n'avait fait son rival, car il fesait servir tous
ses succès à l'avantage de son pays. S'il prenait
une ville, les principaux artisans allaient porter à
Pétersbourg leur industrie : il transportait en Moscovie les manufactures, les arts, les sciences des
provinces conquises sur la Suède : ses Etats s'enri-
chissaient par ses victoires ; ce qui, de tous les
conquérans, le rendait le plus excusable.

La Suède, au contraire, privée de presque toutes
ses provinces au-delà de la mer, n'avait plus ni
commerce, ni argent, ni crédit. Ses vieilles troupes
si redoutables avaient péri dans les batailles ou de
misère. Plus de cent mille Suédois étaient esclaves
dans les vastes Etats du czar, et presque autant
avaient été vendus aux Turcs et aux Tartares.
L'espèce d'hommes manquait sensiblement ; mais
l'espérance renaquit dès qu'on sut le roi à Stralsund.

Les impressions de respect et d'admiration pour
lui étaient encore si fortes dans l'esprit de ses sujets
que la jeunesse des campagnes se présenta en foule
pour s'enrôler, quoique les terres n'eussent pas assez
de mains pour les cultiver.

Fin du septième Livre.

LIVRE HUITIEME.

ARGUMENT.

Charles marie la princesse sa sœur au prince de Hesse. Il est assiégé dans Stralsund, et se sauve en Suède. Entreprise du baron de Gortz, son premier ministre. Projets d'une réconciliation avec le czar, et d'une descente en Angleterre. Charles assiége Frederichshall en Norvége. Il est tué. Son caractère. Gortz est décapité.

LE roi, au milieu de ces préparatifs, donna la sœur qui lui restait, *Ulrique Eléonore*, en mariage au prince *Frédéric de Hesse-Cassel*. La reine douairière, grand'mère de *Charles XII* et de la princesse, âgée de quatre-vingts ans, fit les honneurs de cette fête, le 4 avril 1715, dans le palais de Stockholm, et mourut peu de temps après.

Ce mariage ne fut point honoré de la présence du roi ; il resta dans Stralsund, occupé à achever les fortifications de cette place importante, menacée par les rois de Danemarck et de Prusse. Il déclara cependant son beau-frère généralissime de ses armées en Suède. Ce prince avait servi les Etats-Généraux dans les guerres contre la France : il était regardé comme un bon général ; qualité qui n'avait pas peu contribué à lui faire épouser une sœur de *Charles XII.*

Les mauvais fuccès fe fuivaient alors auffi rapidement qu'autrefois les victoires. Au mois de juin de
cette année 1715, les troupes allemandes du roi
d'Angleterre et celles de Danemarck inveftirent la
forte ville de Vifmar : les Danois et les Saxons,
réunis au nombre de trente-fix mille, marchèrent en
même temps vers Stralfund, pour en former le fiége.
Les rois de Danemarck et de Pruffe coulèrent à fond,
près de Stralfund, cinq vaiffeaux fuédois. Le czar
était alors fur la mer Baltique avec vingt grands vaiffeaux de guerre, et cent cinquante de tranfport, fur
lefquels il y avait trente mille hommes. Il menaçait
la Suède d'une defcente : tantôt il avançait jufqu'à
la côte de Helfinbourg, tantôt il fe préfentait à la
hauteur de Stockholm. Toute la Suède était en armes
fur les côtes, et n'attendait que le moment de cette
invafion. Dans ce même temps fes troupes de terre
chaffaient de pofte en pofte les Suédois des places
qu'ils poffédaient encore dans la Finlande, vers le
golfe de Bothnie ; mais le czar ne pouffa pas plus
loin fes entreprifes.

A l'embouchure de l'Oder, fleuve qui partage en
deux la Poméranie, et qui, après avoir coulé fous
Stetin, tombe dans la mer Baltique, eft la petite île
d'Ufedom : cette place eft très-importante par fa
fituation, qui commande l'Oder à droite et à gauche;
celui qui en eft le maître l'eft auffi de la navigation
du fleuve. Le roi de Pruffe avait délogé les Suédois
de cette île, et s'en était faifi, auffi-bien que de
Stetin qu'il gardait en féqueftre; *le tout*, difait-il,
pour l'amour de la paix. Les Suédois avaient repris l'île
d'Ufedom, au mois de mai 1715. Ils y avaient deux
forts

forts ; l'un était le fort de la Suine fur la branche
de l'Oder qui porte ce nom ; l'autre, de plus de
conféquence, était Pennamonder fur l'autre cours
de la rivière. Le roi de Suède n'avait, pour garder
ces deux forts et toute l'île, que deux cents cinquante
foldats poméraniens commandés par un vieil officier
fuédois, nommé *Kufe-Slerp*, dont le nom mérite
d'être confervé.

Le roi de Pruffe envoie, le 4 augufte, quinze cents
hommes de pied et huit cents dragons pour débarquer dans l'île : ils arrivent et mettent pied à terre,
fans oppofition, du côté du fort de la Suine. Le
commandant fuédois leur abandonna ce fort comme
le moins important : et, ne pouvant partager le peu
qu'il avait de monde, il fe retira dans le château de
Pennamonder avec fa petite troupe, réfolu de fe
défendre jufqu'à la dernière extrémité.

Il fallut donc l'affiéger dans les formes. On embar-
que pour cet effet de l'artillerie à Stetin ; on renforce
les troupes pruffiennes de mille fantaffins et de
quatre cents cavaliers. Le 18 augufte on ouvre la tranchée en deux endroits, et la place eft vivement battue
par le canon et par les mortiers. Pendant le fiége,
un foldat fuédois, chargé en fecret d'une lettre de
Charles XII, trouva le moyen d'aborder dans l'île, et
de s'introduire dans Pennamonder : il rendit la lettre
au commandant ; elle était conçue en ces termes :
,, Ne faites aucun feu que quand les ennemis feront
,, au bord du foffé ; défendez-vous jufqu'à la dernière
,, goutte de votre fang ; je vous recommande à votre
,, bonne fortune. C H A R L E S. ,,

Hift. de Charles XII.   V

Slerp, ayant vu ce billet, réfolut d'obéir et de mourir, comme il lui était ordonné, pour le fervice de fon maître. Le 22, au point du jour, les ennemis donnèrent l'affaut : les affiégés, n'ayant tiré que quand ils virent les affiégeans au bord du foffé, en tuèrent un grand nombre : mais le foffé était comblé, la bréche large, le nombre des affiégeans trop fupérieur. On entra dans le château par deux endroits à la fois. Le commandant ne fongea alors qu'à vendre chèrement fa vie et à obéir à la lettre. Il abandonne les brèches par où les ennemis entraient, il retranche près d'un baftion fa petite troupe, qui a l'audace et la fidélité de le fuivre ; il la place de façon qu'elle ne peut être entourée. Les ennemis courent à lui, étonnés de ce qu'il ne demande point quartier. Il fe bat pendant une heure entière ; et, après avoir perdu la moitié de fes foldats, il eft tué enfin avec fon lieutenant et fon major. Alors cent foldats, qui reftaient avec un feul officier, demandèrent la vie, et furent faits prifonniers : on trouva dans la poche du commandant la lettre de fon maître, qui fut portée au roi de Pruffe.

Pendant que *Charles* perdait l'île d'Ufedom et les îles voifines, qui furent bientôt prifes ; que Vifmar était près de fe rendre ; qu'il n'avait plus de flotte ; que la Suède était menacée, il était dans la ville de Stralfund ; et cette place était déjà affiégée par trente-fix mille hommes.

Stralfund, ville devenue fameufe en Europe par le fiége qu'y foutint le roi de Suède, eft la plus forte place de la Poméranie. Elle eft bâtie entre la mer Baltique et le lac de Franken, fur le détroit de Gella : on n'y peut arriver de terre que fur une chauffée étroite, défendue par une citadelle et par des retranchemens qu'on croyait inacceffibles. Elle avait une garnifon de près de neuf mille hommes, et de plus, le roi de Suède lui-même. Les rois de Danemarck et de Pruffe entreprirent ce fiége avec une armée de trente-fix mille hommes, compofée de pruffiens, de danois et de faxons.

L'honneur d'affiéger *Charles XII* était un motif fi preffant qu'on paffa par-deffus tous les obftacles, et qu'on ouvrit la tranchée la nuit du 19 au 20 octobre de cette année 1715. Le roi de Suède, dans le commencement du fiége, difait qu'il ne comprenait pas comment une place bien fortifiée, et munie d'une garnifon fuffifante, pouvait être prife. Ce n'eft pas que dans le cours de fes conquêtes paffées il n'eût pris plufieurs places, mais prefque jamais par un fiége régulier ; la terreur de fes armes avait alors tout emporté : d'ailleurs il ne jugeait pas des autres par lui-même, et n'eftimait pas affez fes ennemis. Les affiégeans prefsèrent leurs ouvrages avec une activité et des efforts qui furent fecondés par un hafard très-fingulier.

On fait que la mer Baltique n'a ni flux ni reflux. Le retranchement qui couvrait la ville, et qui était appuyé, du côté de l'Occident, à un marais impraticable, et du côté de l'Orient, à la mer, femblait hors de toute infulte. Perfonne n'avait fait attention que, lorfque les vents d'Occident foufflaient avec quelque violence, ils refoulaient les eaux de la mer Baltique vers l'Orient, et ne leur laiffaient que trois pieds de profondeur vers ce retranchement, qu'on eût cru bordé d'une mer impraticable. Un foldat s'étant laiffé tomber du haut du retranchement dans la mer, fut étonné de trouver fond : il conçut que cette découverte pourrait faire sa fortune : il déserta, et alla au quartier du comte de *Wackerbarth*, général des troupes saxonnes, donner avis qu'on pouvait passer la mer à gué, et pénétrer sans peine au retranchement des Suédois. Le roi de Prusse ne tarda pas à profiter de l'avis.

Le lendemain donc à minuit, le vent d'Occident soufflant encore, le lieutenant-colonel *Koppen* entra dans l'eau, suivi de dix-huit cents hommes : deux mille s'avançaient en même temps sur la chaussée qui conduisait à ce retranchement : toute l'artillerie des Prussiens tirait, et les Prussiens et les Danois donnaient l'alarme d'un autre côté.

Les Suédois se crurent sûrs de renverser ces deux mille hommes qu'ils voyaient venir si témérairement en apparence sur la chaussée ; mais tout à coup *Koppen*, avec ses dix-huit cents hommes, entre dans le retranchement du côté de la mer. Les Suédois entourés et surpris ne purent résister. Le poste fut enlevé après un grand carnage. Quelques suédois s'enfuirent vers la ville ; les assiégeans les y poursuivirent : ils entraient pêle-mêle avec les fuyards : deux officiers et quatre soldats saxons étaient déjà sur le pont-levis ; mais on eut le temps de le lever : ils furent pris, et la ville fut sauvée pour cette fois.

On trouva dans ces retranchemens vingt-quatre canons, que l'on tourna contre Stralsund. Le siège fut poussé avec l'opiniâtreté et la confiance que devait donner ce premier succès. On canonna et on bombarda la ville presque sans relâche.

Vis-à-vis Stralfund, dans la mer Baltique, eft l'île de Rugen, qui fert de rempart à cette place, et où la garnifon et les bourgeois auraient pu fe retirer, s'ils avaient eu des barques pour les tranfporter. Cette île était d'une conféquence extrême pour *Charles* : il voyait bien que, fi les ennemis en étaient les maîtres, il fe trouverait affiégé par terre et par mer; et que, felon toutes les apparences, il ferait réduit ou à s'enfevelir fous les ruines de Stralfund, ou à fe voir prifonnier de ces mêmes ennemis qu'il avait fi long-temps méprifés, et auxquels il avait impofé des lois fi dures. Cependant le malheureux état de fes affaires ne lui avait pas permis de mettre dans Rugen une garnifon fuffifante ; il n'y avait pas plus de deux mille hommes de troupes.

Ses ennemis fefaient depuis trois mois toutes les difpofitions néceffaires pour defcendre dans cette île, dont l'abord eft très-difficile; enfin ayant fait conftruire des barques, le prince d'*Anhalt*, à l'aide d'un temps favorable, débarqua dans Rugen, le 15 novembre avec douze mille hommes. Le roi préfent par-tout était dans cette île; il avait joint fes deux mille foldats, qui étaient retranchés près d'un petit port, à trois lieues de l'endroit où l'ennemi avait abordé; il fe met à leur tête, et marche au milieu de la nuit dans un filence profond. Le prince d'*Anhalt* avait déjà retranché fes troupes, par une précaution qui femblait inutile. Les officiers qui commandaient fous lui ne s'attendaient pas d'être attaqués la nuit même, et croyaient *Charles XII* à Stralfund; mais le prince d'*Anhalt*, qui favait de quoi *Charles* était capable, avait fait creufer un

V 3

foſſé profond, bordé de chevaux de friſe, et prenait toutes ſes ſuretés , comme s'il eût eu une armée ſupérieure en nombre à combattre.

A deux heures du matin *Charles* arrive aux ennemis ſans faire le moindre bruit. Ses ſoldats ſe diſaient les uns aux autres : *Arrachez les chevaux de friſe.* Ces paroles furent entendues des ſentinelles : l'alarme eſt donnée auſſitôt dans le camp , les ennemis ſe mettent ſous les armes. Le roi ayant ôté les chevaux de friſe, vit devant lui un large foſſé : *Ah*, dit-il, *eſt-il poſſible! je ne m'y attendais pas.* Cette ſurpriſe ne le découragea point : il ne ſavait pas combien de troupes étaient débarquées : ſes ennemis ignoraient de leur côté à quel petit nombre ils avaient à faire. L'obſcurité de la nuit ſemblait favorable à *Charles* : il prend ſon parti ſur le champ : il ſe jette dans le foſſé, accompagné des plus hardis, et ſuivi en un inſtant de tout le reſte; les chevaux de friſe arrachés, la terre éboulée , les troncs et les branches d'arbre qu'on put trouver, les ſoldats tués par les coups de mouſquet tirés au haſard , ſervirent de faſcines. Le roi, les généraux qu'il avait avec lui, les officiers et les ſoldats les plus intrépides, montent ſur l'épaule les uns des autres , comme à un aſſaut. Le combat s'engage dans le camp ennemi. L'impétuoſité ſuédoiſe mit d'abord le déſordre parmi les Danois et les Pruſſiens ; mais le nombre était trop inégal : les Suédois furent repouſſés après un quart-d'heure de combat, et repaſsèrent le foſſé. Le prince d'*Anhalt* les pourſuivit alors dans la plaine ; il ne ſavait pas que dans ce moment c'était *Charles XII* lui-même qui fuyait devant lui. Ce roi malheureux rallia ſa

troupe en plein champ, et le combat recommença
avec une opiniâtreté égale de part et d'autre.
Grothufen le favori du roi, et le général *Dardof*,
tombèrent morts auprès de lui. *Charles* en combattant
paſſa ſur le corps de ce dernier qui reſpirait encore.
During, qui l'avait ſeul accompagné dans ſon voyage
de Turquie à Stralſund, fut tué à ſes yeux.

Au milieu de cette mêlée, un lieutenant danois,
dont je n'ai jamais pu ſavoir le nom, reconnut
Charles, et lui ſaiſiſſant d'une main ſon épée, et de
l'autre le tirant avec force par les cheveux :
,, Rendez-vous, Sire, lui dit-il, ou je vous tue. ,,
Charles avait à ſa ceinture un piſtolet : il le tira de
la main gauche ſur cet officier qui en mourut le
lendemain matin. Le nom du roi *Charles*, qu'avait
prononcé ce danois, attira en un inſtant une foule
d'ennemis. Le roi fut entouré. Il reçut un coup de
fuſil au-deſſous de la mamelle gauche : le coup,
qu'il appelait une contuſion, enfonçait de deux
doigts. Le roi était à pied, et près d'être tué ou
pris. Le comte *Poniatowski* combattait dans ce
moment auprès de ſa perſonne. Il lui avait ſauvé
la vie à Pultava, il eut le bonheur de la lui ſauver encore
dans ce combat de Rugen, et le remit à cheval.

Les Suédois ſe retirèrent vers un endroit de l'île
nommé Alteferre, où il y avait un fort dont ils étaient
encore maîtres. De là le roi repaſſa à Stralſund,
obligé d'abandonner les braves troupes qui l'avaient
ſi bien ſecondé dans cette entrepriſe; elles furent
faites priſonnières de guerre deux jours après.

Parmi ces priſonniers ſe trouva ce malheureux
régiment français, compoſé des débris de la bataille

V 4

d'Hochſtet, qui avait paſſé au ſervice du roi *Auguſte*, et de là à celui du roi de Suède : la plupart des ſoldats furent incorporés dans un nouveau régiment d'un fils du prince d'*Anhalt*, qui fut leur quatrième maître. Celui qui commandait dans Rugen ce régiment errant, était alors ce même comte de *Villelongue*, qui avait ſi généreuſement expoſé ſa vie à Andrinople pour le ſervice de *Charles XII*. Il fut pris avec ſa troupe, et ne fut enſuite que très-mal récompenſé de tant de ſervices, de fatigues et de malheurs.

Le roi, après tous ces prodiges de valeur qui ne ſervaient qu'à affaiblir ſes forces, renfermé dans Stralſund et près d'y être forcé, était tel qu'on l'avait vu à Bender. Il ne s'étonnait de rien ; le jour il feſait faire des coupures et des retranchemens derrière les murailles ; la nuit il feſait des ſorties ſur l'ennemi : cependant Stralſund était battu en brèche ; les bombes pleuvaient ſur les maiſons ; la moitié de la ville était en cendres : les bourgeois, loin de murmurer, pleins d'admiration pour leur maître dont les fatigues, la ſobriété et le courage les étonnaient, étaient tous devenus ſoldats ſous lui. Ils l'accompagnaient dans les ſorties ; ils étaient pour lui une ſeconde garniſon.

Un jour que le roi dictait des lettres pour la Suède à un ſecrétaire, une bombe tomba ſur la maiſon, perça le toit, et vint éclater près de la chambre même du roi. La moitié du plancher tomba en pièces ; le cabinet où le roi dictait étant pratiqué en partie dans une groſſe muraille, ne ſouffrit point de l'ébranlement ; et par un bonheur étonnant, nul des éclats qui fautaient en l'air n'entra dans ce cabinet dont la porte était ouverte. Au bruit de la bombe, et au fracas de la maifon qui femblait tomber, la plume échappa des mains du fecrétaire. ,, Qu'y a-t-il donc? lui dit le roi d'un air tranquille; ,, Pourquoi n'écrivez-vous pas? ,, Celui-ci ne put répondre que ces mots : ,, Eh! Sire, la bombe! ,, Hé bien, reprit le roi, qu'a de commun la bombe ,, avec la lettre que je vous dicte? continuez. ,,

Il y avait alors dans Stralfund un ambaffadeur de France enfermé avec le roi de Suède : c'était un *Colbert* ; comte de *Croiffy*, lieutenant-général des armées de France, frère du marquis de *Torcy*, célèbre miniftre d'Etat, et parent de ce fameux *Colbert* dont le nom doit être immortel en France. Envoyer un homme à la tranchée ou en ambaffade auprès de *Charles XII*, c'était prefque la même chofe. Le roi entretenait *Croiffy* des heures entières dans les endroits les plus expofés, pendant que le canon et les bombes tuaient du monde à côté et derrière eux, fans que le roi s'aperçut du danger, ni que l'ambaffadeur voulut lui faire feulement foupçonner qu'il y avait des endroits plus conve- nables pour parler d'affaires. Ce miniftre fit ce qu'il put avant le fiége pour ménager un accommo- dement entre les rois de Suède et de Pruffe; mais celui-ci demandait trop, et *Charles XII* ne voulait rien céder. Le comte de *Croiffy* n'eut donc, dans fon ambaffade, d'autre fatisfaction que celle de jouir de la familiarité de cet homme fingulier. Il couchait fouvent auprès de lui fur le même manteau : il avait, en partageant fes dangers et fes fatigues, acquis le droit de lui parler avec liberté. *Charles* encourageait cette hardieſſe dans ceux qu'il aimait : il diſait quelquefois au comte de *Croiſſy* : *Veni, maledicamus de rege :* ,, Allons, diſons un peu de mal de *Charles XII.* ,, C'eſt ce que cet ambaſſadeur m'a raconté.

Croiſſy reſta juſqu'au 13 novembre dans la ville ; et enfin ayant obtenu des ennemis permiſſion de ſortir avec ſes bagages, il prit congé du roi de Suède, qu'il laiſſa au milieu des ruines de Stralſund avec une garniſon dépérie des deux tiers, réſolu de ſoutenir un aſſaut.

En effet, on en donna un, deux jours après, à l'ouvrage à corne. Les ennemis s'en emparèrent deux fois, et en furent deux fois chaſſés. Le roi y combattit toujours parmi les grenadiers : enfin le nombre prévalut ; les aſſiégeans en demeurèrent les maîtres. *Charles* reſta encore deux jours dans la ville, attendant à tout moment un aſſaut général. Il s'arrêta, le 21, juſqu'à minuit, ſur un petit ravelin tout ruiné par les bombes et par le canon : le jour d'après, les officiers principaux le conjurèrent de ne plus reſter dans une place qu'il n'était plus queſtion de défendre ; mais la retraite était devenue auſſi dangereuſe que la place même. La mer Baltique était couverte de vaiſſeaux moſcovites et danois. On n'avait dans le port de Stralſund qu'une petite barque à voiles et à rames. Tant de périls, qui rendaient cette retraite glorieuſe, y déterminèrent *Charles.* Il s'embarqua, la nuit du 20 décembre 1715, avec dix perſonnes ſeulement. Il fallut caſſer la glace dont la mer était couverte dans le port : ce travail pénible dura pluſieurs heures avant que la

barque pût voguer librement. Les amiraux ennemis
avaient des ordres précis de ne point laiffer fortir
Charles de Stralfund, et de le prendre mort ou vif.
Heureufement ils étaient fous le vent, et ne purent
l'aborder : il courut un danger encore plus grand
en paffant à la vue de l'île de Rugen, près d'un
endroit nommé la *Babette*, où les Danois avaient
élevé une batterie de douze canons. Ils tirèrent
fur le roi. Les matelots fefaient force de voiles et
de rames pour s'éloigner; un coup de canon tua
deux hommes à côté de *Charles;* un autre fracaffa
le mât de la barque. Au milieu de ces dangers le
roi arriva vers deux de fes vaiffeaux qui croifaient
dans la mer Baltique : dès le lendemain Stralfund
fe rendit; la garnifon fut faite prifonnière de guerre,
et *Charles* aborda à Ifted en Scanie, et de là fe
rendit à Carelfcroon, dans un état bien autre que
quand il en partit, quinze ans auparavant, fur un
vaiffeau de cent vingt canons, pour aller donner
des lois au Nord.

Si près de fa capitale, on s'attendait qu'il la
reverrait après cette longue abfence; mais fon
deffein était de n'y rentrer qu'après des victoires.
Il ne pouvait fe réfoudre d'ailleurs à revoir des
peuples qui l'aimaient, et qu'il était forcé d'opprimer pour fe défendre contre fes ennemis. Il voulut
feulement voir fa fœur : il lui donna rendez-vous
fur le bord du lac Veter en Oftrogothie; il s'y
rendit en pofte, fuivi d'un feul domeftique, et s'en
retourna après avoir refté un jour avec elle.

De Carelfcroon, où il féjourna l'hiver, il
ordonna de nouvelles levées d'hommes dans fon

royaume. Il croyait que tous ses sujets n'étaient nés que pour le suivre à la guerre, et il les avait accoutumés à le croire aussi. On enrôlait de jeunes gens de quinze ans : il ne resta dans plusieurs villages que des vieillards, des enfans et des femmes ; on voyait même en beaucoup d'endroits les femmes seules labourer la terre.

Il était encore plus difficile d'avoir une flotte. Pour y suppléer on donna des commissions à des armateurs qui, moyennant des priviléges excessifs et ruineux pour le pays, équipèrent quelques vaisseaux : ces efforts étaient les dernières ressources de la Suède. Pour subvenir à tant de frais, il fallut prendre la substance des peuples. Il n'y eut point d'extorsion que l'on n'inventât sous le nom de taxe et d'impôt. On fit la visite dans toutes les maisons, et on en tira la moitié des provisions pour être mises dans les magasins du roi ; on acheta pour son compte tout le fer qui était dans le royaume, que le gouvernement paya en billets, et qu'il vendit en argent. Tous ceux qui portaient des habits où il entrait de la soie, qui avaient des perruques, et des épées dorées, furent taxés. On mit un impôt excessif sur les cheminées. Le peuple accablé de tant d'exactions se fût révolté sous tout autre roi ; mais le paysan le plus malheureux de la Suède savait que son maître menait une vie encore plus dure et plus frugale que lui ; ainsi tout se soumettait sans murmure à des rigueurs que le roi endurait le premier.

Le danger public fit même oublier les misères particulières. On s'attendait à tout moment à voir les

Moſcovites, les Danois, les Pruſſiens, les Saxons, les Anglais même deſcendre en Suède; cette crainte était ſi bien fondée et ſi forte, que ceux qui avaient de l'argent ou des meubles précieux les enfouiſſaient dans la terre.

En effet, une flotte angloiſe avait déjà paru dans la mer Baltique, ſans qu'on ſût quels étaient ſes ordres; et le roi de Danemarck avait la parole du czar, que les Moſcovites joints aux Danois fondraient en Suède, au printemps de 1716.

Ce fut une ſurpriſe extrême pour toute l'Europe attentive à la fortune de *Charles XII*, quand, au lieu de défendre ſon pays menacé par tant de princes, il paſſa en Norvège, au mois de mars 1716, avec vingt mille hommes.

Charles, ne pouvant faire la guerre au czar, va la faire en Norvège.

1716.

Depuis *Annibal* on n'avait point encore vu de général qui, ne pouvant ſe ſoutenir chez lui-même contre ſes ennemis, fût allé leur faire la guerre au cœur de leurs Etats. Le prince de Heſſe, ſon beau-frère, l'accompagna dans cette expédition.

On ne peut aller de Suède en Norvège que par des défilés aſſez dangereux, et quand on les a paſſés, on rencontre, de diſtance en diſtance, des flaques d'eau que la mer y forme entre des rochers : il fallait faire des ponts chaque jour. Un petit nombre de danois aurait pu arrêter l'armée ſuédoiſe; mais on n'avait pas prévu cette invaſion ſubite. L'Europe fut encore plus étonnée que le czar demeurât tranquille au milieu de ces événemens, et ne fît pas une deſcente en Suède, comme il en était convenu avec ſes alliés.

La raifon de cette inaction était un deffein des plus grands, mais en même temps des plus difficiles à exécuter qu'ait jamais formés l'imagination humaine.

Le baron *Henri de Gortz*, né en Franconie, et baron immédiat de l'Empire, ayant rendu des fervices importans au roi de Suède pendant le féjour de ce monarque à Bender, était depuis devenu fon favori et fon premier miniftre.

Jamais homme ne fut fi fouple et fi audacieux à la fois, fi plein de reffources dans les difgrâces, fi vafte dans fes deffeins, ni fi actif dans fes démarches; nul projet ne l'effrayait, nul moyen ne lui coûtait; il prodiguait les dons, les promeffes, les fermens, la vérité et le menfonge.

Il allait de Suède en France, en Angleterre, en Hollande, effayer lui-même les refforts qu'il voulait faire jouer. Il eût été capable d'ébranler l'Europe, et il en avait conçu l'idée. Ce que fon maître était à la tête d'une armée, il l'était dans le cabinet; auffi prit-il fur *Charles XII* un afcendant qu'aucun miniftre n'avait eu avant lui.

Ce roi, qui à l'âge de vingt ans, n'avait donné que des ordres au comte *Piper*, recevait alors des leçons du baron de *Gortz* : d'autant plus foumis à ce miniftre que le malheur le mettait dans la néceffité d'écouter des confeils, et que *Gortz* ne lui en donnait que de conformes à fon courage. Il remarqua que de tant de princes réunis contre la Suède, *George*, électeur de Hanover, roi d'Angleterre, était celui contre lequel *Charles* était le plus piqué, parce que c'était le feul que *Charles* n'eût point offenfé; que

George était entré dans la querelle fous prétexte de
l'apaifer, et uniquement pour garder Brême et
Verden, auxquels il femblait n'avoir d'autre droit
que de les avoir achetés à vil prix du roi de
Danemarck, à qui ils n'appartenaient pas.

Il entrevit auffi de bonne heure que le czar était
fecrètement mécontent des alliés, qui tous l'avaient
empêché d'avoir un établiffement dans l'empire
d'Allemagne, où ce monarque, devenu trop dangereux, n'afpirait qu'à mettre le pied. Vifmar, la
feule ville qui reftât encore aux Suédois fur les
côtes d'Allemagne, venait enfin de fe rendre aux
Pruffiens et aux Danois, le 14 février 1716. Ceux-
ci ne voulurent pas feulement fouffrir que les troupes
mofcovites, qui étaient dans le Meckelbourg,
paruffent à ce fiége. De pareilles défiances, réitérées depuis deux ans, avaient aliéné l'efprit du
czar, et avaient peut-être empêché la ruine de la
Suède. Il y a beaucoup d'exemples d'Etats alliés
conquis par une feule puiffance; il y en a bien peu
d'un grand empire conquis par plufieurs alliés. Si
leurs forces réunies l'abattent, leurs divifions le
relèvent bientôt.

*Il s'imagine qu'il rétabli-
ra Staniflas en Pologne, et le prétendant en An-
gleterre.*

Dès l'année 1714 le czar eût pu faire une
defcente en Suède. Mais, foit qu'il ne s'accordât pas
avec les rois de Pologne, d'Angleterre, de Danemarck et de Pruffe, alliés juftement jaloux; foit
qu'il ne crût pas encore fes troupes affez aguerries
pour attaquer fur fes propres foyers cette même
nation dont les feuls payfans avaient vaincu l'élite
des troupes danoifes, il recula toujours cette
entreprife.

Ce qui l'avait arrêté encore était le befoin d'argent. Le czar était un des plus puiffans monarques du monde, mais un des moins riches : fes revenus ne montaient pas alors à plus de vingt-quatre millions de nos livres. Il avait découvert des mines d'or, d'argent, de fer, de cuivre; mais le profit en était encore incertain, et le travail ruineux. Il établiffait un grand commerce; mais les commencemens ne lui apportaient que des efpérances : fes provinces nouvellement conquifes augmentaient fa puiffance et fa gloire, fans accroître encore fes revenus. Il fallait du temps pour fermer les plaies de la Livonie, pays abondant, mais défolé par quinze ans de guerre, par le fer, par le feu et par la contagion, vide d'habitans, et qui était alors à charge à fon vainqueur. Les flottes qu'il entretenait, les nouvelles entreprifes qu'il fefait tous les jours, épuifaient fes finances. Il avait été réduit à la mauvaife reffource de hauffer les monnaies; remède qui ne guérit jamais les maux d'un Etat, et qui eft fur-tout préjudiciable à un pays qui reçoit des étrangers plus de marchandifes qu'il ne leur en fournit.

Voilà en partie les fondemens fur lefquels *Gortz* bâtit le deffein d'une révolution. Il ofa propofer au roi de Suède d'acheter la paix de l'empereur mofcovite à quelque prix que ce pût être; lui fefant envifager le czar irrité contre les rois de Pologne et d'Angleterre, et lui donnant à entendre que *Pierre Alexiowitz* et *Charles XII* réunis pourraient faire trembler le refte de l'Europe.

Il n'y avait pas moyen de faire la paix avec le czar, fans céder une grande partie des provinces

qui

qui font à l'orient et au nord de la mer Baltique ; mais il lui fit confidérer qu'en cédant ces provinces que le czar poffédait déjà, et qu'on ne pouvait reprendre, le roi ne pourrait avoir la gloire de remettre à la fois *Staniflas* fur le trône de Pologne, de replacer le fils de *Jacques II* fur celui d'Angleterre, et de rétablir le duc de Holftein dans fes Etats.

Charles, flatté de ces grandes idées, fans pourtant y compter beaucoup, donna carte blanche à fon miniftre. *Gortz* partit de Suède muni d'un plein-pouvoir qui l'autorifait à tout fans reftriction, et le rendait plénipotentiaire auprès de tous les princes avec qui il jugerait à propos de négocier. Il fit d'abord fonder la cour de Mofcou par le moyen d'un écoffais, nommé *Areskins*, premier médecin du czar, dévoué au parti du prétendant, ainfi que l'étaient prefque tous les écoffais qui ne fubfiftaient pas des faveurs de la cour de Londres.

Ce médecin fit valoir au prince *Menzikoff* l'importance et la grandeur du projet, avec toute la vivacité d'un homme qui y était intéreffé. Le prince *Menzikoff* goûta fes ouvertures ; le czar les approuva. Au lieu de defcendre en Suède, comme il en était convenu avec les alliés, il fit hiverner fes troupes dans le Meckelbourg, et il y vint lui-même fous prétexte de terminer les querelles qui commençaient à naître entre le duc de Meckelbourg et la nobleffe de ce pays ; mais pourfuivant en effet fon deffein favori d'avoir une principauté en Allemagne, et comptant engager le duc de Meckelbourg à lui vendre fa fouveraineté.

Les alliés furent irrités de cette démarche : ils ne

Hift. de Charles XII.   X

voulaient point d'un voifin fi terrible, qui, ayant une fois des terres en Allemagne, pourrait un jour s'en faire élire empereur, et en opprimer les fouverains. Plus ils étaient irrités, plus le grand projet du baron de *Gortz* s'avançait vers le fuccès. Il négociait cependant avec tous les princes confédérés, pour mieux cacher fes intrigues fecrètes. Le czar les amufait tous auffi par des efpérances. *Charles XII*, cependant, était en Norvège avec fon beau-frère, le prince de Heffe, à la tête de vingt mille hommes; la province n'était gardée que par onze mille danois divifés en plufieurs corps, que le roi et le prince de Heffe pafsèrent au fil de l'épée.

Charles avança jufqu'à Chriftiania, capitale de ce royaume : la fortune recommençait à lui devenir favorable dans ce coin du monde; mais jamais le roi ne prit affez de précautions pour faire fubfifter fes troupes. Une armée et une flotte danoife approchaient pour défendre la Norvège. *Charles*, qui manquait de vivres, fe retira en Suède, attendant l'iffue des vaftes entreprifes de fon miniftre.

Cet ouvrage demandait un profond fecret et des préparatifs immenfes, deux chofes affez incompa-tibles. *Gortz* fit chercher jufque dans les mers de l'Afie un fecours qui, tout odieux qu'il paraiffait, n'en eût pas été moins utile pour une defcente en Ecoffe, et qui du moins eût apporté en Suède de l'argent, des hommes et des vaiffeaux.

Il y avait long-temps que des pirates de toutes nations, et particulièrement des anglais, ayant fait entre eux une affociation, infeftaient les mers de l'Europe et de l'Amérique. Pourfuivis par-tout fans quartier, ils venaient de se retirer sur les côtes de Madagascar, grande île à l'orient de l'Afrique. C'étaient des hommes désespérés, presque tous connus par des actions auxquelles il ne manquait que de la justice pour être héroïques. Ils cherchaient un prince qui voulût les recevoir sous sa protection; mais les lois des nations leur fermaient tous les ports du monde.

Dès qu'ils surent que *Charles XII* était retourné en Suède, ils espérèrent que ce prince passionné pour la guerre, obligé de la faire, et manquant de flotte et de soldats, leur ferait une bonne composition; ils lui envoyèrent un député qui vint en Europe sur un vaisseau hollandais, et qui alla proposer au baron de *Gortz* de les recevoir dans le port de Gottembourg, où ils s'offraient de se rendre avec soixante vaisseaux chargés de richesses.

Le baron fit agréer au roi la proposition; on envoya même l'année suivante deux gentilshommes suédois, l'un nommé *Cromstrom*, et l'autre *Mendal*, pour consommer la négociation avec ces corsaires de Madagascar. On trouva depuis un secours plus noble et plus important dans le cardinal *Albéroni*, puissant génie qui a gouverné l'Espagne assez long-temps pour sa gloire, et trop peu pour la grandeur de cet Etat.

Il entra avec ardeur dans le projet de mettre le fils de *Jacques II* sur le trône d'Angleterre. Cependant, comme il ne venait que de mettre le pied dans le ministère, et qu'il avait l'Espagne à rétablir avant que de songer à bouleverser d'autres royaumes, il semblait qu'il ne pouvait de plusieurs années mettre

X 2

la main à cette grande machine; mais en moins de deux ans on le vit changer la face de l'Espagne, lui rendre son crédit dans l'Europe, engager, à ce qu'on prétend, les Turcs à attaquer l'empereur d'Allemagne, et tenter en même temps d'ôter la régence de France au duc d'Orléans, et la couronne de la Grande Bretagne au roi *George*: tant un seul homme est dangereux, quand il est absolu dans un puissant Etat, et qu'il a de la grandeur et du courage dans l'esprit.

Gortz ayant ainsi dispersé à la cour de Moscovie et à celle d'Espagne les premières étincelles de l'embrasement qu'il méditait, alla secrètement en France, de là en Hollande, où il vit les adhérens du prétendant.

Il s'informa plus particulièrement de leurs forces, du nombre et de la disposition des mécontens d'Angleterre, de l'argent qu'ils pouvaient fournir et des troupes qu'ils pouvaient mettre sur pied. Les mécontens ne demandaient qu'un secours de dix mille hommes, et fesaient envisager une révolution sûre avec l'aide de ces troupes.

Le comte de *Gyllembourg*, ambassadeur de Suède en Angleterre, instruit par le baron de *Gortz*, eut plusieurs conférences à Londres avec les principaux mécontens: il les encouragea, et leur promit tout ce qu'ils voulurent; le parti du prétendant alla jusqu'à fournir des sommes considérables que *Gortz* toucha en Hollande. Il négocia l'achat de quelques vaisseaux, en acheta six en Bretagne, avec des armes de toute espèce.

Il envoya alors secrètement en France plusieurs

officiers, entre autres le chevalier de *Folard*, qui, ayant
fait trente campagnes dans les armées françaifes,
et y ayant fait peu de fortune, avait été depuis peu
offrir fes fervices au roi de Suède, moins par des vues
intéreffées que par le défir de fervir fous un roi qui
avait une réputation fi étonnante. Le chevalier de
Folard efpérait d'ailleurs faire goûter à ce prince les
nouvelles idées qu'il avait fur la guerre; il avait
étudié toute fa vie cet art en philofophe, et il a
depuis communiqué fes découvertes au public dans
fes commentaires fur *Polybe*. Ses vues furent goûtées
de *Charles XII*, qui lui-même avait fait la guerre
d'une manière nouvelle, et qui ne fe laiffait conduire
en rien par la coutume; il deftina le chevalier de
Folard à être un des inftrumens dont il voulait fe
fervir dans la defcente projetée en Ecoffe. Ce gentilhomme exécuta en France les ordres fecrets du baron
de *Gortz*. Beaucoup d'officiers français, un plus grand
nombre d'irlandais, entrèrent dans cette conjuration
d'une efpèce nouvelle, qui fe tramait en même temps
en Angleterre, en France, en Mofcovie, et dont
les branches s'étendaient fecrètement d'un bout de
l'Europe à l'autre.

Ces préparatifs étaient encore peu de chofe pour
le baron de *Gortz;* mais c'était beaucoup d'avoir
commencé. Le point le plus important, et fans lequel
rien ne pouvait réuffir, était d'achever la paix entre
le czar et *Charles;* il reftait beaucoup de difficultés
à applanir. Le baron *Ofterman*, miniftre d'Etat en
Mofcovie, ne s'était point laiffé entraîner d'abord
aux vues de *Gortz;* il était auffi circonfpect que le
miniftre de *Charles* était entreprenant. Sa politique

X 3

lente et mefurée voulait laiffer tout mûrir; le génie impatient de l'autre prétendait recueillir immédiatement après avoir femé. *Oflerman* craignait que l'empereur fon maître, ébloui par l'éclat de cette entreprife, n'accordât à la Suède une paix trop avantageufe; il retardait par fes longueurs et par fes obftacles la conclufion de cette affaire.

Le czar voyage en France.

Heureufement pour le baron de *Gortz*, le czar lui-même vint en Hollande au commencement de 1717. Son deffein était de paffer en France: il lui manquait d'avoir vu cette nation célèbre, qui eft depuis plus de cent ans cenfurée, enviée et imitée par tous fes voifins; il voulait y fatisfaire fa curiofité infatiable de voir et d'apprendre, et exercer en même temps fa politique.

Gortz vit deux fois à la Haie cet empereur; il avança plus dans ces deux conférences qu'il n'eût fait en fix mois avec des plénipotentiaires. Tout prenait un tour favorable: fes grands deffeins paraiffaient couverts d'un fecret impénétrable: il fe flattait que l'Europe ne les apprendrait que par l'exécution. Il ne parlait cependant à la Haie que de paix: il difait hautement qu'il voulait regarder le roi d'Angleterre comme le pacificateur du Nord: il preffait même en apparence la tenue d'un congrès à Brunfvick, où les intérêts de la Suède et de fes ennemis devaient être décidés à l'amiable.

Le premier qui découvrit fes intrigues fut le duc d'Orléans, régent de France; il avait des efpions dans toute l'Europe. Ce genre d'hommes, dont le métier eft de vendre le fecret de leurs amis, et qui fubfifte de délations et fouvent même de calomnies,

s'était tellement multiplié en France sous son gouvernement, que la moitié de la nation était devenue
l'espion de l'autre. Le duc d'Orléans, lié avec le roi
d'Angleterre par des engagemens personnels, lui
découvrit les menées qui se tramaient contre lui.

Dans le même temps les Hollandais, qui prenaient
des ombrages de la conduite de *Gortz*, communi-
quèrent leurs soupçons au ministre anglais. *Gortz* et
Gyllembourg poursuivaient leurs desseins avec chaleur,
lorsqu'ils furent arrêtés tous deux, l'un à Deventer
en Gueldre, et l'autre à Londres.

Comme *Gyllembourg*, ambassadeur de Suède, avait
violé le droit des gens, en conspirant contre le prince
auprès duquel il était envoyé, on viola sans scrupule
le même droit en sa personne. Mais on s'étonna que
les Etats-Généraux, par une complaisance inouïe
pour le roi d'Angleterre, missent en prison le baron
de *Gortz*. Ils chargèrent même le comte de *Welderen*
de l'interroger. Cette formalité ne fut qu'un outrage
de plus, lequel devenant inutile ne tourna qu'à
leur confusion. *Gortz* demanda au comte de *Welderen*
s'il était connu de lui? ,, Oui, Monsieur, répondit
,, le hollandais. Hé bien, dit le baron de *Gortz*, si
,, vous me connaissez, vous devez savoir que je ne
,, dis que ce que je veux. ,, L'interrogatoire ne fut
guère poussé plus loin : tous les ambassadeurs, mais
particulièrement le marquis de *Montéléon*, ministre
d'Espagne en Angleterre, protestèrent contre l'attentat
commis envers la personne de *Gortz* et de *Gyllembourg*.
Les Hollandais étaient sans excuse : ils avaient non-
seulement violé un droit sacré en arrêtant le premier
ministre du roi de Suède, qui n'avait rien machiné

contre eux ; mais ils agiffaient directement contre les principes de cette liberté précieufe qui a attiré chez eux tant d'étrangers, et qui a été le fondement de leur grandeur.

A l'égard du roi d'Angleterre, il n'avait rien fait que de jufte en arrêtant prifonnier un ennemi. Il fit, pour fa juftification, imprimer les lettres du baron de *Gortz* et du comte de *Gyllembourg*, trouvées dans les papiers du dernier. Le roi de Suède était alors dans la province de Scanie ; on lui apporta ces lettres imprimées, avec la nouvelle de l'enlèvement de fes deux miniftres. Il demanda en fouriant fi on n'avait pas auffi imprimé les fiennes. Il ordonna auffitôt qu'on arrêtât à Stockholm le réfident anglais avec toute fa famille et fes domeftiques ; il défendit fa cour au réfident hollandais, qu'il fit garder à vue. Cependant il n'avoua ni ne défavoua le baron de *Gortz* : trop fier pour nier une entreprife qu'il avait approuvée, et trop fage pour convenir d'un deffein éventé prefque dans fa naiffance ; il fe tint dans un filence dédaigneux avec l'Angleterre et la Hollande.

Le czar prit tout un autre parti. Comme il n'était point nommé, mais obfcurément impliqué dans les lettres de *Gyllembourg* et de *Gortz*, il écrivit au roi d'Angleterre une longue lettre pleine de complimens fur la confpiration, et d'affurance d'une amitié fincère ; le roi *George* reçut fes proteftations fans les croire, et feignit de fe laiffer tromper. Une confpiration tramée par des particuliers, quand elle eft découverte, eft anéantie ; mais une confpiration de rois n'en prend que de nouvelles forces. Le czar arriva à Paris, au mois de mai de la même année 1717.

Il ne s'y occupa pas uniquement à voir les beautés
de l'art et de la nature, à vifiter les académies, les
bibliothèques publiques, les cabinets des curieux,
les maifons royales : il propofa au duc d'Orléans,
régent de France, un traité dont l'acceptation eût
pu mettre le comble à la grandeur mofcovite. Son
deffein était de fe réunir avec le roi de Suède qui lui
cédait de grandes provinces, d'ôter entièrement aux
Danois l'empire de la mer Baltique, d'affaiblir les
Anglais par une guerre civile, et d'attirer à la Mofcovie tout le commerce du Nord. Il ne s'éloignait
pas même de remettre le roi *Staniflas* aux prifes avec
le roi *Augufte*, afin que le feu étant allumé de tous
côtés, il pût courir pour l'attifer ou pour l'éteindre,
felon qu'il y trouverait fes avantages. Dans ces vues,
il propofa au régent de France la médiation entre
la Suède et la Mofcovie, et de plus une alliance
offenfive et défenfive avec ces couronnes et celle
d'Efpagne. Ce traité qui paraiffait fi naturel, fi utile
à ces nations, et qui mettait dans leurs mains la
balance de l'Europe, ne fut cependant pas accepté
du duc d'Orléans. Il prenait précifément dans ce
temps des engagemens tout contraires ; il fe liguait
avec l'empereur d'Allemagne et *George*, roi d'Angleterre. La raifon d'Etat changeait alors dans l'efprit
de tous les princes, au point que le czar était prêt
de fe déclarer contre fon ancien allié, le roi *Augufte*,
et d'embraffer les querelles de *Charles*, fon mortel
ennemi ; pendant que la France allait, en faveur des
Allemands et des Anglais, faire la guerre au petit-fils
de *Louis XIV*, après l'avoir foutenu fi long-temps
contre ces mêmes ennemis aux dépens de tant de

tréfors et de fang. Tout ce que le czar obtint par des voies indirectes fut que le régent interposât fes bons offices pour l'élargiffement du baron de *Gortz* et du comte de *Gyllembourg*. Il s'en retourna dans fes Etats, à la fin de juin, après avoir donné à la France le fpectacle rare d'un empereur qui voyageait pour s'inftruire ; mais trop de français ne virent en lui que les dehors groffiers que fa mauvaife éducation lui avait laiffés ; et le légiflateur, le créateur d'une nation nouvelle, le grand homme leur échappa.

Ce qu'il cherchait dans le duc d'Orléans, il le trouva bientôt dans le cardinal *Albéroni*, devenu tout-puiffant en Efpagne. *Albéroni* ne fouhaitait rien tant que le rétabliffement du prétendant, et comme miniftre de l'Efpagne que l'Angleterre avait fi mal-traitée, et comme ennemi perfonnel du duc d'Orléans, lié avec l'Angleterre contre l'Efpagne, et enfin comme prêtre d'une Eglife pour laquelle le père du prétendant avait fi mal à propos perdu fa couronne.

Le duc d'*Ormond*, auffi aimé en Angleterre que le duc de *Marlhorough* y était admiré, avait quitté fon pays à l'avénement du roi *George* ; et s'étant alors retiré à Madrid, il alla, muni de pleins-pouvoirs du roi d'Efpagne et du prétendant, trouver le czar fur fon paffage à Mittau en Courlande, accompagné d'*Irnegan*, autre anglais, homme habile et entreprenant. Il demanda la princeffe *Anne Petrowna*, fille du czar, en mariage pour le fils de *Jacques II*, (*y*) efpérant

---

(*y*) Le cardinal *Albéroni* lui-même a certifié la vérité de tous ces récits dans une lettre de remercîment à l'auteur. Au refte M. *Norberg*, auffi mal inftruit des affaires de l'Europe que mauvais écrivain, prétend que le duc d'*Ormond* ne quitta pas l'Angleterre à l'avénement du roi *George I*, mais immédiatement après la mort de la reine *Anne* ; comme fi *George I* n'avait pas été le fucceffeur immédiat de cette reine.

que cette alliance attacherait plus étroitement le
czar aux intérêts de ce prince malheureux. Mais
cette propofition faillit à reculer les affaires pour un
temps, au lieu de les avancer. Le baron de *Gortz*
avait, dans fes projets, deftiné depuis long-temps
cette princeffe au duc de Holftein, qui en effet l'a
époufée depuis. Dès qu'il fut cette propofition du
duc d'*Ormond*, il en fut jaloux, et s'appliqua à la traverfer. Il fortit de prifon au mois d'augufte, auffi-bien
que le comte de *Gyllembourg*, fans que le roi de
Suède eût daigné faire la moindre excufe au roi
d'Angleterre, ni montrer le plus léger mécontente-
ment de la conduite de fon miniftre.

En même temps on élargit à Stockholm le réfident
anglais et toute fa famille, qui avaient été traités avec
beaucoup plus de févérité que *Gyllembourg* ne l'avait
été à Londres.

Gortz en liberté fut un ennemi déchaîné, qui, outre
les puiffans motifs qui l'agitaient, eut encore celui
de la vengeance. Il fe rendit en pofte auprès du
czar, et fes infinuations prévalurent plus que jamais
auprès de ce prince. D'abord il l'affura qu'en moins
de trois mois il lèverait, avec un feul plénipotentiaire de Mofcovie, tous les obftacles qui retardaient
la conclufion de la paix avec la Suède : il prit entre
fes mains une carte géographique que le czar avait
deffinée lui-même ; et tirant une ligne depuis Vibourg
jufqu'à la mer Glaciale, en paffant par le lac de Ladoga,
il fe fit fort de porter fon maître à céder ce qui était
à l'orient de cette ligne, auffi-bien que la Carélie,
l'Ingrie et la Livonie : enfuite il jeta des propofitions de mariage entre la fille de fa majefté czarienne

et le duc de Holftein, le flattant que ce duc lui
pourrait céder fes Etats moyennant un équivalent;
que par-là il ferait membre de l'Empire, lui montrant
de loin la couronne impériale, foit pour quelqu'un
de fes defcendans, foit pour lui-même. Il flattait
ainfi les vues ambitieufes du monarque mofcovite,
ôtait au prétendant la princeffe czarienne, en même
temps qu'il lui ouvrait le chemin de l'Angleterre; et
il rempliffait toutes fes vues à la fois.

Le czar nomma l'île d'Aland pour les conférences
que fon miniftre d'Etat, *Ofterman*, devait avoir avec
le baron de *Gortz*. On pria le duc d'*Ormond* de s'en
retourner, pour ne pas donner de trop violens
ombrages à l'Angleterre, avec laquelle le czar ne
voulait rompre que fur le point de l'invafion : on
retint feulement à Pétersbourg *Irnegan*, le confident
du duc d'*Ormond*, qui fut chargé des intrigues, et
qui logea dans la ville avec tant de précaution
qu'il ne fortait que de nuit, et ne voyait jamais les
miniftres du czar que déguifé tantôt en payfan,
tantôt en tartare.

Dès que le duc d'*Ormond* fut parti, le czar fit
valoir au roi d'Angleterre fa complaifance d'avoir
renvoyé le plus grand partifan du prétendant; et
le baron de *Gortz*, plein d'efpérance, retourna en
Suède.

Il retrouva fon maître à la tête de trente-cinq
mille hommes de troupes réglées, et les côtes bordées
de milices. Il ne manquait au roi que de l'argent:
le crédit était épuifé en dedans et en dehors du
royaume. La France, qui lui avait fourni quelques
fubfides dans les dernières années de *Louis XIV*, n'en

donnait plus fous la régence du duc d'Orléans, qui
fe conduifait par des vues toutes contraires. L'Efpagne en promettait, mais elle n'était pas encore en
état d'en fournir beaucoup. Le baron de *Gortz* dònna
alors une libre étendue à un projet qu'il avait déjà
effayé avant d'aller en France et en Hollande; c'était
de donner au cuivre la même valeur qu'à l'argent;
de forte qu'une pièce de cuivre, dont la valeur
intrinsèque eft un demi-fou, paffait pour quarante
fous avec la marque du prince; à peu-près comme
dans une ville affiégée les gouverneurs ont fouvent
payé les foldats et les bourgeois avec de la monnaie
de cuir, en attendant qu'on pût avoir des efpèces
réelles. Ces monnaies fictives, inventées par la
néceffité, et auxquelles la bonne foi feule peut donner
un crédit durable, font comme des billets de change,
dont la valeur imaginaire peut excéder aifément les
fonds qui-font dans un Etat.

Ces reffources font d'un excellent ufage dans un
pays libre : elles ont quelquefois fauvé une république ; mais elles ruinent prefque furement une
monarchie, car les peuples manquant bientôt de
confiance, le miniftre eft réduit à manquer de bonne
foi : les monnaies idéales fe multiplient avec excès,
les particuliers enfouiffent leur argent, et la machine
fe détruit avec une confufion accompagnée fouvent
des plus grands malheurs. C'eft ce qui arriva au
royaume de Suède.

Le baron de *Gortz*, ayant d'abord répandu avec
difcrétion dans le public les nouvelles efpèces, fut
entraîné en peu de temps au-delà de fes mefures
par la rapidité du mouvement qu'il ne pouvait plus

conduire. Toutes les marchandifes et toutes les denrées ayant monté à un prix exceffif, il fut forcé d'augmenter le nombre des efpèces de cuivre. Plus elles fe multiplièrent, plus elles furent décréditées; la Suède inondée de cette fauffe monnaie ne forma qu'un cri contre le baron de *Gortz*. Les peuples, toujours pleins de vénération pour *Charles XII*, n'ofaient prefque le haïr, et fefaient tomber le poids de leur averfion fur un miniftre qui, comme étranger, et comme gouvernant les finances, était doublement affuré de la haine publique.

Un impôt qu'il voulut mettre fur le clergé acheva de le rendre exécrable à la nation; les prêtres, qui trop fouvent joignent leur caufe à celle de DIEU, l'appelèrent publiquement athée, parce qu'il leur demandait de l'argent. Les nouvelles efpèces de cuivre avaient l'empreinte de quelques dieux de l'antiquité, on en prit occafion d'appeler ces pièces de monnaie *les dieux du baron de Gortz*.

A la haine publique contre lui fe joignit la jaloufie des miniftres, implacable à mefure qu'elle était alors impuiffante. La fœur du roi et le prince fon mari le craignaient comme un homme attaché par fa naiffance au duc de Holftein, et capable de lui mettre un jour la couronne de Suède fur la tête. Il n'avait plu dans le royaume qu'à *Charles XII;* mais cette averfion générale ne fervait qu'à confirmer l'amitié du roi, dont les fentimens s'affermiffaient toujours par les contradictions. Il marqua alors au baron une confiance qui allait jufqu'à la foumiffion: il lui laiffa un pouvoir abfolu dans le gouvernement intérieur du royaume, et s'en remit à lui fans réferve

fur tout ce qui regardait les négociations avec le czar;
il lui recommanda fur-tout de preffer les conférences
de l'île d'Aland.

En effet, dès que *Gortz* eut achevé à Stockholm les
arrangemens des finances qui demandaient fa préfence, il partit pour aller confommer avec le miniftre
du czar le grand ouvrage qu'il avait entamé.

Voici les conditions préliminaires de cette alliance,
qui devait changer la face de l'Europe, telles qu'elles
furent trouvées dans les papiers de *Gortz*, après fa
mort.

Le czar, retenant pour lui toute la Livonie et une
partie de l'Ingrie et de la Carélie, rendait à la Suède
tout le refte; il s'uniffait avec *Charles XII* dans le
deffein de rétablir le roi *Staniflas* fur le trône de
Pologne, et s'engageait à rentrer dans ce pays avec
quatre-vingts mille mofcovites, pour détrôner ce
même roi *Augufte*, en faveur duquel il avait fait dix
ans la guerre. Il fourniffait au roi de Suède les
vaiffeaux néceffaires pour tranfporter dix mille fuédois en Angleterre et trente mille en Allemagne: les
forces réunies de *Pierre* et de *Charles* devaient attaquer
le roi d'Angleterre dans fes Etats de Hanover, et
fur tout dans Brème et Verden; les mêmes troupes
auraient fervi à rétablir le duc de Holftein, et forcé
le roi de Pruffe à accepter un traité par lequel on
lui ôtait une partie de ce qu'il avait pris. *Charles* en
ufa dès-lors comme fi fes armées victorieufes, ren-
forcées de celles du czar, avaient déjà exécuté tout
ce qu'on méditait. Il fit demander hautement à
l'empereur d'Allemagne l'exécution du traité d'Altranftad. A peine la cour de Vienne daigna-t-elle

répondre à la propofition d'un prince dont elle croyait n'avoir rien à craindre.

Le roi de Pologne eut moins de fécurité; il vit l'orage qui groffiffait de tous les côtés. La nobleffe polonaife était confédérée contre lui ; et depuis fon rétabliffement, il lui fallait toujours ou combattre fes fujets, ou traiter avec eux. Le czar, médiateur à craindre, avait cent galères auprès de Dantzick et quatre-vingts mille hommes fur les frontières de Pologne. Tout le Nord était en jaloufies et en alarmes. *Flemming*, le plus défiant de tous les hommes, et celui dont les puiffances voifines devaient le plus fe défier, foupçonna le premier les deffeins du czar et ceux du roi de Suède en faveur de *Staniflas*. Il voulut le faire enlever dans le duché de Deux-Ponts, comme on avait faifi *Jacques Sobiesky* en Siléfie. Un de ces français entreprenans et inquiets, qui vont tenter la fortune dans les pays étrangers, avait amené depuis peu quelques partifans français comme lui au fervice du roi de Pologne. Il communiqua au miniftre *Flemming* un projet, par lequel il répondait d'aller, avec trente officiers français déterminés, enlever *Staniflas* dans fon palais, et l'amener prifonnier à Drefde. Le projet fut approuvé. Ces entreprifes étaient alors affez communes. Quelques-uns de ceux qu'en Italie on appelle *braves*, avaient fait des coups pareils dans le Milanais, durant la dernière guerre entre l'Allemagne et la France. Depuis même, plufieurs français, réfugiés en Hollande, avaient ofé pénétrer jufqu'à Verfailles, dans le deffein d'enlever le dauphin, et s'étaient faifis de la perfonne du premier écuyer, prefque fous les fenêtres du château de *Louis XIV*.

L'aventurier

L'aventurier difpofa donc fes hommes et fes relais pour furprendre et pour enlever *Staniflas*. L'entreprife fut découverte la veille de l'exécution. Plufieurs fe fauvèrent, quelques-uns furent pris. Ils ne devaient point s'attendre à être traités comme des prifonniers de guerre, mais comme des bandits. *Staniflas*, au lieu de les punir, fe contenta de leur faire quelques reproches pleins de bonté; il leur donna même de l'argent pour fe conduire, et montra par cette bonté généreufe qu'en effet *Augufte*, fon rival, avait raifon de le craindre. (z)

Cependant *Charles* partit une feconde fois pour la conquête de la Norvège, au mois d'octobre 1718. Il avait fi bien pris toutes fes mefures, qu'il efpérait fe rendre maître en fix mois de ce royaume. Il aima mieux aller conquérir des rochers au milieu des neiges et des glaces, dans l'âpreté de l'hiver, qui tue les animaux en Suède même, où l'air eft moins rigoureux, que d'aller reprendre fes belles provinces d'Allemagne des mains de fes ennemis. C'eft qu'il efpérait que fa nouvelle alliance avec le czar le mettrait bientôt en état de reffaifir toutes ces provinces; bien plus, fa gloire était flattée d'enlever un royaume à fon ennemi victorieux.

A l'embouchure du fleuve Tiftendall, près de la manche de Danemarck, entre les villes de Bahus et d'Anflo, eft fituée Frederichshall, place forte et importante qu'on regardait comme la clef du royaume.

(z) Voilà ce que *Norberg* appelle manquer de refpect aux têtes couronnées, comme fi ce récit véritable contenait une injure, et comme fi on devait aux rois qui font morts autre chofe que la vérité. Penfe-t-il que l'hiftoire doive reffembler aux fermons prêchés devant les rois, dans lefquels on leur fait des complimens?

Hift. de Charles XII.   Y

Charles en forma le fiége au mois de décembre. Le foldat, tranfi de froid, pouvait à peine remuer la terre endurcie fous la glace; c'était ouvrir la tranchée dans une efpèce de roc: mais les Suédois ne pouvaient fe rebuter en voyant à leur tête un roi qui partageait leurs fatigues. Jamais *Charles* n'en effuya de plus grandes. Sa conftitution éprouvée par dix-huit ans de travaux pénibles s'était fortifiée au point, qu'il dormait en plein champ en Norvège au cœur de l'hiver, fur de la paille ou fur une planche, enveloppé feulement d'un manteau, fans que fa fanté en fût altérée. Plufieurs de fes foldats tombaient morts de froid dans leurs poftes; et les autres, prefque gelés, voyant leur roi qui fouffrait comme eux, n'ofaient proférer une plainte. Ce fut quelque temps avant cette expédition, qu'ayant entendu parler en Scanie d'une femme, nommée *Johns Dotter*, qui avait vécu plufieurs mois fans prendre d'autre nourriture que de l'eau; lui, qui s'était étudié toute fa vie à fupporter les plus extrêmes rigueurs que la nature humaine peut foutenir, voulut effayer encore combien de temps il pourrait fupporter la faim fans en être abattu. Il paffa cinq jours entiers fans manger ni boire; le fixième au matin il courut deux lieues à cheval, et defcendit chez le prince de Heffe, fon beau-frère, où il mangea beaucoup, fans que ni une abftinence de cinq jours l'eût abattu, ni qu'un grand repas à la fuite d'un fi long jeûne l'incommodât. (*aa*)

Avec ce corps de fer gouverné par une ame fi

(*aa*) *Norberg* prétend que ce fut pour fe guérir d'un mal de poitrine que *Charles XII* effuya cette étrange abftinence. Le confeffeur *Norberg* eft affurément un mauvais médecin.

hardie et fi inébranlable, dans quelque état qu'il pût être réduit, il n'avait point de voifin auquel il ne fût redoutable.

Le 11 décembre, jour de St *André*, il alla fur les neuf heures du foir vifiter la tranchée, et ne trouvant pas la parallèle affez avancée à fon gré, il parut très-mécontent. M. *Megret*, ingénieur français, qui conduifait le fiége, l'affura que la place ferait prife dans huit jours : ,, Nous verrons, dit le roi, ,, et continua de vifiter les ouvrages avec l'ingénieur. Il s'arrêta dans un endroit où le boyau fefait un angle avec la parallèle; il fe mit à genoux fur le talus intérieur, et appuyant fes coudes fur le parapet, refta quelque temps à confidérer les travailleurs qui continuaient les tranchées à la lueur des étoiles.

11 décembre 1718.
Charles XII. tué.

Les moindres circonftances deviennent effentielles, quand il s'agit de la mort d'un homme tel que *Charles XII;* ainfi je dois avertir que toute la converfation que tant d'écrivains ont rapportée entre le roi et l'ingénieur *Megret*, eft abfolument fauffe. Voici ce que je fais de véritable fur cet événement.

Le roi était expofé prefqu'à demi-corps à une batterie de canon, pointée vis-à-vis l'angle où il était : il n'y avait alors auprès de fa perfonne que deux français; l'un était M. *Siquier*, fon aide-de-camp, homme de tête et d'exécution, qui s'était mis à fon fervice en Turquie, et qui était particulièrement attaché au prince de Heffe; l'autre était cet ingénieur. Le canon tirait fur eux à cartouche; mais le roi qui fe découvrait davantage était le plus expofé. A quelques pas derrière était le comte

Y 2

Shwerin, qui commandait la tranchée. Le comte *Poffe*, capitaine aux gardes, et un aide-de-camp, nommé *Kulbert*, recevaient des ordres de lui. *Siquier* et *Megret* virent dans ce moment le roi de Suède qui tombait fur le parapet en pouffant un grand foupir ; ils s'approchèrent, il était déjà mort. Une balle pefant une demi-livre l'avait atteint à la tempe droite, et avait fait un trou dans lequel on pouvait enfoncer trois doigts ; fa tête était renverfée fur le parapet, l'œil gauche était enfoncé, et le droit entièrement hors de fon orbite. L'inftant de fa bleffure avait été celui de fa mort ; cependant il avait eu la force, en expirant d'une manière fi fubite, de mettre par un mouvement naturel la main fur la garde de fon épée, et était encore dans cette attitude. A ce fpectacle, *Megret*, homme fingulier et indifférent, ne dit autre chofe, finon : *Voilà la pièce finie*, allons fouper. *Siquier* court fur le champ avertir le comte *Shwerin*. Ils réfolurent enfemble de dérober la connaiffance de cette mort aux foldats, jufqu'à ce que le prince de Heffe en pût être informé. On enveloppa le corps d'un manteau gris : *Siquier* mit fa perruque et fon chapeau fur la tête du roi ; en cet état on tranfporta *Charles*, fous le nom du capitaine *Carlsberg*, au travers des troupes, qui voyaient paffer leur roi mort fans fe douter que ce fût lui.

Le prince ordonna à l'inftant que perfonne ne fortît du camp, et fit garder tous les chemins de la Suède, afin d'avoir le temps de prendre fes mefures pour faire tomber la couronne fur la tête de fa femme, et pour en exclure le duc de Holftein qui pouvait y prétendre.

Ainfi périt, à l'âge de trente-fix ans et demi,
Charles XII, roi de Suède, après avoir éprouvé ce
que la profpérité a de plus grand, et ce que l'adver-
fité a de plus cruel, fans avoir été amolli par l'une,
ni ébranlé un moment par l'autre. Prefque toutes
fes actions, jufqu'à celles de fa vie privée et unie,
ont été bien loin au-delà du vraifemblable. C'eft
peut-être le feul de tous les hommes, et jufqu'ici
le feul de tous les rois, qui ait vécu fans faibleffe;
il a porté toutes les vertus des héros à un excès où
elles font aufli dangereufes que les vices oppofés.
Sa fermeté devenue opiniâtreté fit fes malheurs
dans l'Ukraine, et le retint cinq ans en Turquie;
fa libéralité dégénérant en profufion a ruiné la Suède;
fon courage pouffé jufqu'à la témérité a caufé fa
mort : fa juftice a été quelquefois jufqu'à la cruauté :
et, dans les dernières années, le maintien de fon
autorité approchait de la tyrannie. Ses grandes
qualités, dont une feule eût pu immortalifer un
autre prince, ont fait le malheur de fon pays. Il
n'attaqua jamais perfonne; mais il ne fut pas aufli
prudent qu'implacable dans fes vengeances. Il a été
le premier qui ait eu l'ambition d'être conquérant,
fans avoir l'envie d'agrandir fes Etats ; il voulait
gagner des empires pour les donner. Sa paffion pour
la gloire, pour la guerre, et pour la vengeance
l'empêcha d'être bon politique, qualité fans laquelle
on n'a jamais vu de conquérant. Avant la bataille,
et après la victoire, il n'avait que de la modeftie;
après la défaite, que de la fermeté : dur pour les
autres comme pour lui-même, comptant pour rien
la peine et la vie de fes fujets, aufli-bien que la

fienne; homme unique plutôt que grand homme,
admirable plutôt qu'à imiter. Sa vie doit apprendre
aux rois combien un gouvernement pacifique et
heureux eft au-deffus de tant de gloire.

Charles XII était d'une taille avantageufe et noble;
il avait un très-beau front, de grands yeux bleus
remplis de douceur; un nez bien formé; mais le bas
du vifage défagréable, trop fouvent défiguré par un
rire fréquent qui ne partait que des lèvres; prefque
point de barbe ni de cheveux. Il parlait très-peu,
et ne répondait fouvent que par ce rire dont il avait
pris l'habitude. On obfervait à fa table un filence
profond. Il avait confervé, dans l'inflexibilité de fon
caractère, cette timidité qu'on nomme mauvaife
honte. Il eût été embarraffé dans une converfation,
parce que s'étant donné tout entier aux travaux et
à la guerre, il n'avait jamais connu la fociété. Il
n'avait lu, jufqu'à fon loifir chez les Turcs, que les
commentaires de *Céfar* et l'hiftoire d'*Alexandre;* mais
il avait écrit quelques réflexions fur la guerre et fur
fes campagnes depuis 1700 jufqu'à 1709. Il l'avoua
au chevalier de *Folard*, et lui dit que ce manufcrit
avait été perdu à la malheureufe journée de Pultava.
Quelques perfonnes ont voulu faire paffer ce prince
pour un bon mathématicien; il avait fans doute
beaucoup de pénétration dans l'efprit; mais la preuve
que l'on donne de fes connaiffances en mathématique
n'eft pas bien concluante; il voulait changer la
manière de compter par dixaine, et il propofait à la
place le nombre foixante-quatre, parce que ce
nombre contenait à la fois un cube et un quarré,
et qu'étant divifé par deux, il était enfin réductible à

l'unité. Cette idée prouvait feulement qu'il aimait en tout l'extraordinaire et le difficile. (1)

A l'égard de fa religion, quoique les fentimens d'un prince ne doivent pas influer fur les autres hommes, et que l'opinion d'un monarque auffi peu inftruit que *Charles* ne foit d'aucun poids dans ces matières, cependant il faut fatisfaire , fur ce point comme fur le refte, la curiofité des hommes qui ont eu les yeux ouverts fur tout ce qui regarde ce prince. Je fais de celui qui m'a confié les principaux mémoires de cette hiftoire, que *Charles XII* fut luthérien de bonne foi jufqu'à l'année 1707. Il vit alors à Leipfic le fameux philofophe M. *Leibnitz*, qui penfait et parlait librement, et qui avait déjà infpiré fes fentimens libres à plus d'un prince. Je ne crois pas que *Charles XII* puifa, comme on me l'avait dit, de l'indifférence pour le luthéranifme dans la converfation de ce philofophe, qui n'eut jamais l'honneur de l'entretenir qu'un quart-d'heure ; mais M. *Fabrice*, qui approcha de lui familièrement, fept années de fuite, m'a dit que dans fon loifir chez les Turcs, ayant vu plus de diverfes religions, il étendit plus loin fon indifférence. *La Motraye* même dans fes voyages confirme cette idée. Le comte de *Croiffy* penfe de même, et m'a dit plufieurs fois que ce prince ne conferva de fes premiers principes que celui d'une prédeftination abfolue , dogme qui favorifait fon courage, et qui juftifiait fes témérités. Le czar avait les mêmes fentimens que lui fur la religion et fur la

(1) Elle prouve auffi qu'il avait approfondi , jufqu'à un certain point , la théorie des nombres , puifqu'il connaiffait la nature et les propriétés des échelles arithmétiques.

Y 4

deſtinée ; mais il en parlait plus ſouvent : car il s'entretenait familièrement de tout avec ſes favoris, et avait par-deſſus *Charles* l'étude de la philoſophie et le don de l'éloquence.

Je ne puis me défendre de parler ici d'une calomnie renouvelée trop ſouvent à la mort des princes, que les hommes malins et crédules prétendent toujours avoir été ou empoiſonnés ou aſſaſſinés. Le bruit ſe répandit alors en Allemagne que c'était M. *Siquier* lui-même qui avait tué le roi de Suède. Ce brave officier fut long-temps déſeſpéré de cette calomnie : un jour en m'en parlant, il me dit ces propres paroles : *J'aurais pu tuer le roi de Suède ; mais tel était mon reſpect pour ce héros, que ſi je l'avais voulu, je n'aurais pas oſé.*

Je ſais bien que *Siquier* lui même avait donné lieu à cette fatale accuſation qu'une partie de la Suède croit encore ; il m'avoua lui-même qu'à Stockholm, dans une fièvre chaude, il s'était écrié qu'il avait tué le roi de Suède ; que même il avait dans ſon accès ouvert la fenêtre, et demandé publiquement pardon de ce parricide. Lorſque dans ſa guériſon il eut appris ce qu'il avait dit dans ſa maladie, il fut ſur le point de mourir de douleur. Je n'ai point voulu révéler cette anecdote pendant ſa vie. Je le vis quelque temps avant ſa mort, et je puis aſſurer que loin d'avoir tué *Charles XII*, il ſe ſerait fait tuer pour lui mille fois. S'il avait été coupable d'un tel crime, cé ne pouvait être que pour ſervir quelque puiſſance qui l'en aurait ſans doute bien récompenſé ; il eſt mort très-pauvre en France, et même il a eu beſoin du ſecours de ſes amis. Si ces raiſons ne ſuffiſent pas, que l'on conſidère que la balle qui frappa *Charles XII* ne pouvait entrer dans un piſtolet, et que *Siquier* n'aurait pu faire ce coup détestable qu'avec un piftolet caché fous fon habit. (2)

Après la mort du roi on leva le fiége de Frede-richshall; tout changea dans un moment : les Suédois, plus accablés que flattés de la gloire de leur prince, ne fongèrent qu'à faire la paix avec leurs ennemis, et à réprimer chez eux la puiffance abfolue dont le baron de *Gortz* leur avait fait éprouver l'excès. Les états élurent librement pour leur reine la princeffe, fœur de *Charles XII*, et l'obligèrent folennellement de renoncer à tout droit héréditaire fur la couronne, afin qu'elle ne la tînt que des fuffrages de la nation. Elle promit, par des fermens réitérés, qu'elle ne tenterait jamais de rétablir le pouvoir arbitraire : elle facrifia depuis la jaloufie de la royauté à la ten-dreffe conjugale, en cédant la couronne à fon mari, et elle engagea les états à élire ce prince, qui monta fur le trône aux mêmes conditions qu'elle.

Le baron de *Goztz*, arrêté immédiatement après la mort de *Charles*, fut condamné par le fénat de Stockholm à avoir la tête tranchée au pied de la potence de la ville : exemple de vengeance peut-être encore plus que de juftice, et affront cruel à la mémoire d'un roi que la Suède admire encore.

---

(2) Beaucoup de gens prétendent encore que *Charles XII* fut la victime de la haine qu'il avait infpirée à fes fujets. Cette opinion n'eft pas même deftituée de vraifemblance. M. de *Voltaire* ne l'ignorait pas ; mais, comme il ne pouvait vérifier les petites circonftances fur lefquelles cette opinion s'appuie, il a préféré la paffer fous filence.
On garde à Stockholm le chapeau de *Charles XII* ; et la petiteffe du trou dont il eft percé eft une des raifons de ceux qui veulent croire qu'il périt par un affaffinat.

Fin du huitième et dernier livre.

TABLE

DES LIVRES ET SOMMAIRES

CONTENUS DANS CE VOLUME.

LIVRE PREMIER.

ARGUMENT. *Histoire abrégée de la Suéde jusqu'à Charles XII. Son éducation; ses ennemis. Caractère du czar Pierre Alexiowitz. Particularités très-curieuses sur ce prince et sur la nation russe. La Moscovie, la Pologne et le Danemarck se réunissent contre Charles XII.*　31

LIVRE SECOND.

ARGUMENT. *Changement prodigieux et subit dans le caractère de Charles XII. A l'âge de dix-huit ans il soutient la guerre contre le Danemarck, la Pologne et la Moscovie; termine la guerre de Danemarck en six semaines; défait quatre-vingts mille moscovites avec huit mille suédois, et passe en Pologne. Description de la Pologne et de son gouvernement. Charles gagne plusieurs*

Fin de la table.

TABLE

DES MATIERES

Contenues dans l'Hiſtoire de Charles XII, roi de Suède.

A.

C.

D.

E.

F.

G.

H.

I.

K.

L.

M.

N.

O.

S.

T.

Z.

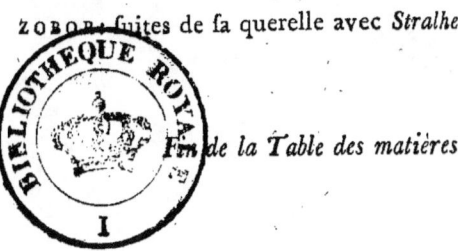

Fin de la Table des matières.

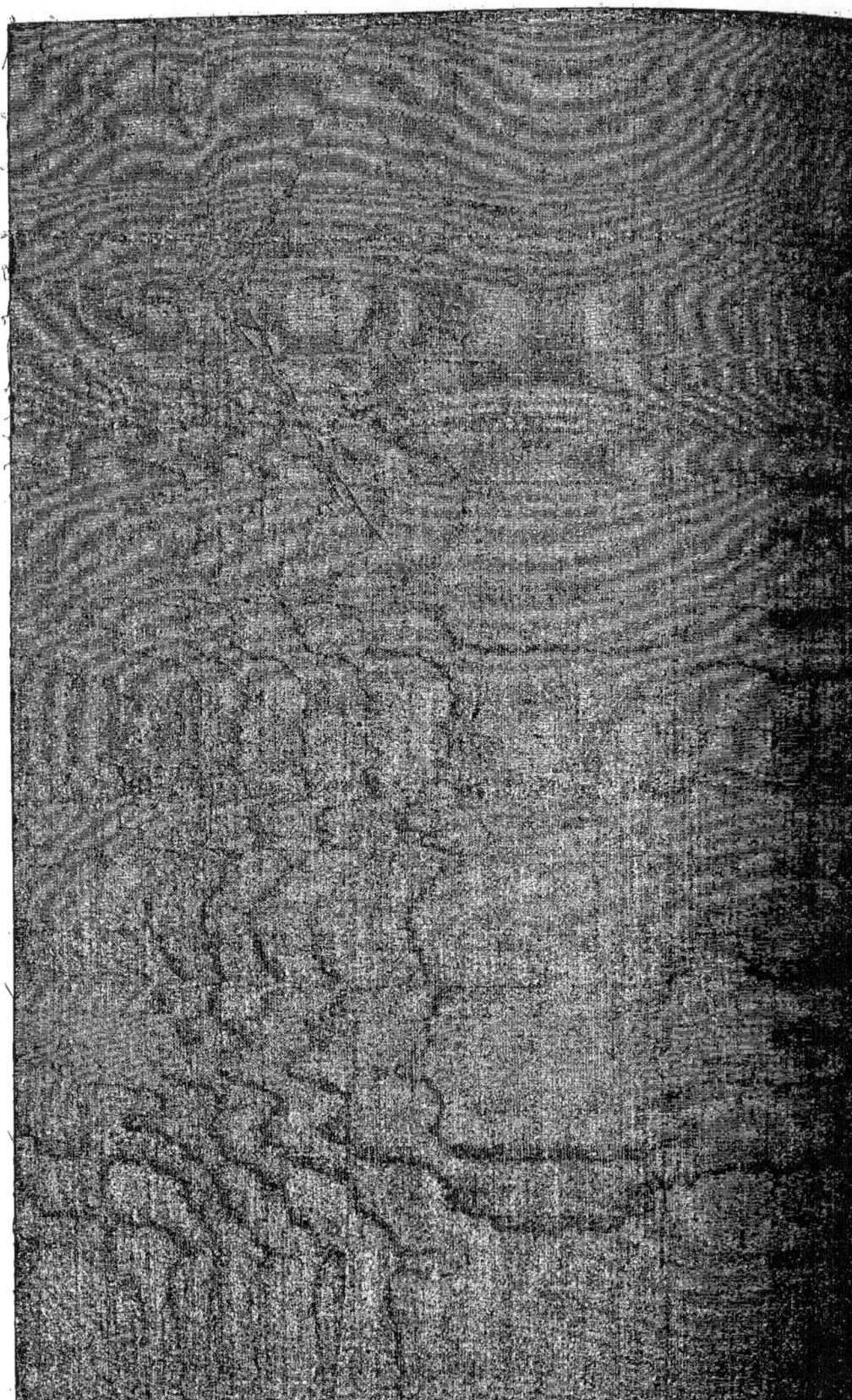